WARRIORS

貓戰士

外傳之XVII

灰紋的誓約

Graystripe's Vow

艾琳・杭特(Erin Hunter) 著
高子梅 譯　彩木Ayakii 繪

晨星出版

特別感謝基立・鮑德卓

翻爪：虎斑公貓。
蕨歌：黃色的虎斑公貓。
蜂蜜毛：帶黃斑的白色母貓。
火花皮：橘色虎斑母貓。
栗紋：暗棕色母貓。
嫩枝杈：綠眼睛的灰色母貓。
鰭躍：棕色公貓。
殼毛：玳瑁色公貓。
梅石：黑色與薑黃色相間的母貓。
葉蔭：玳瑁色母貓。
點毛：帶斑點的虎斑母貓。
飛鬚：帶條紋的灰色虎斑母貓。
拍齒：金色的虎斑公貓。

見習生　（六個月大以上的貓，正在接受戰士訓練）
月桂掌：金色虎斑公貓。導師：鼠鬚。
焰掌：黑色公貓。導師：百合心。
雀掌：玳瑁色母貓。導師：煤心。
香桃掌：淺棕色母貓。導師：鷹翼。

貓后　（懷孕或正在照顧幼貓的母貓）
黛西：來自馬場的奶油黃色長毛貓。

長老　（退休的戰士和退位的貓后）
灰紋：灰色的長毛公貓。
雲尾：藍眼睛的白色長毛公貓。
亮心：帶薑黃斑塊的白色母貓。
蕨毛：金褐色的虎斑公貓。

此時各族成員

雷族 *Thunderclan*

族長　**松鼠飛**：綠色眼睛、有一隻白色腳掌的深薑黃色母貓。

副手　**獅焰**：琥珀色眼睛、金色的虎斑公貓。

巫醫　**松鴉羽**：藍眼睛、失明的灰色虎斑公貓。

赤楊心：琥珀色眼睛、深薑黃色的公貓。

戰士　（公貓，以及沒有年幼子女的母貓）

刺爪：金褐色的虎斑公貓。

白翅：綠眼睛的白色母貓。

樺落：淡褐色的虎斑公貓。

鼠鬚：灰白相間的公貓。見習生：月桂掌。

罌粟霜：淺玳瑁與白色相間的母貓。

鬃霜：淺灰色母貓。

百合心：藍眼睛、帶白斑的嬌小深色虎斑母貓。見習生：焰掌。

蜂紋：帶黑條紋、毛色極淺的灰色公貓。

櫻桃落：薑黃色母貓。

錢鼠鬚：棕色與奶油黃相間的公貓。

煤心：灰色的虎斑母貓。見習生：雀掌。

花落：玳瑁與白色相間的母貓，帶花瓣形狀的白斑。

藤池：深藍色眼睛、銀白相間的虎斑母貓。

鷹翼：薑黃色母貓。見習生：香桃掌。

露鼻：灰白相間的公貓。

竹耳：深灰色母貓。

暴雲：灰色的虎斑公貓。

冬青叢：黑色母貓。

撲步：灰色母貓。
光躍：棕色的虎斑母貓。
鷗撲：白色母貓。
塔尖爪：黑白相間的公貓。
穴躍：黑色公貓。
陽照：棕色與白色相間的虎斑母貓。

長老　**橡毛**：嬌小的棕色公貓。

影族 *Shadowclan*

族長　**虎星**：深棕色的虎斑公貓。

副手　**苜蓿足**：灰色的虎斑母貓。

巫醫　**水塘光**：帶白斑的棕色公貓。

影望：灰色的虎斑公貓。

蛾翅：帶斑點的金色母貓。

戰士　**褐皮**：綠眼睛、玳瑁色的母貓。

鴿翅：綠眼睛、淺灰色的母貓。

兔光：白色公貓。

冰翅：藍眼睛的白色母貓。

石翅：白色公貓。

焦毛：耳朵有撕裂傷的深灰色公貓。

亞麻足：棕色的虎斑公貓。

麻雀尾：魁梧、棕色的虎斑公貓。

雪鳥：綠眼睛、純白色的母貓。

蓍草葉：黃眼睛、薑黃色的母貓。

莓心：黑白相間的母貓。

草心：淺褐色的虎斑母貓。

螺紋皮：灰白相間的公貓。

跳鬚：母花斑貓。

熾火：白色與薑黃色相間的公貓。

肉桂尾：白色腳掌、棕色的虎斑母貓。

花莖：銀色母貓。

蛇牙：蜂蜜色的虎斑母貓。

板岩毛：毛髮滑順的灰色公貓。

灰白天：黑白相間的母貓。
紫羅蘭光：黑白相間的母貓，黃色眼睛。
貝拉葉：綠眼睛、淡橘色的母貓。
鶺鴒羽：耳朵黑如鴉羽的白色公貓。
鴿足：灰白相間的母貓。
流蘇鬚：帶棕斑的白色母貓。
礫石鼻：棕褐色公貓。
陽光皮：薑黃色母貓。

見習生　鷦掌：金色虎斑母貓。導師：兔跳。

貓后　花蜜歌：棕色母貓。

長老　鹿蕨：失聰的淺褐色母貓。

天族 *Skyclan*

族長	**葉星**：琥珀色眼睛、棕色與奶油黃相間的虎斑母貓。
副手	**鷹翅**：黃眼睛、深灰色的公貓。
巫醫	**斑顧**：腿上有斑點、帶斑點的淺褐色虎斑母貓。
	躁片：黑白相間的公貓。
調解者	**樹**：琥珀色眼睛、黃色公貓。
戰士	**雀皮**：深棕色的虎斑公貓。
	馬蓋先：黑白相間的公貓。
	露躍：健壯的灰色公貓。
	根躍：黃色公貓。
	針爪：黑白相間的母貓。
	梅子柳：深灰色母貓。
	鼠尾草鼻：淺灰色公貓。
	鳶撓：紅褐色公貓。
	哈利溪：灰色公貓。
	櫻桃尾：綠色眼睛，玳瑁色和白色相間的母貓。
	雲霧：黃眼睛的白色母貓。
	花心：薑黃色與白色相間的母貓。
	龜爬：玳瑁色母貓。
	兔跳：棕色公貓。見習生：鶴掌。
	蘆葦爪：嬌小的淺色虎斑母貓。
	薄荷毛：藍眼睛、灰色的虎斑母貓。
	蕁水花：淺褐色公貓。
	微雲：嬌小的白色母貓。

河族 *Riverclan*

族長　**霧星**：藍眼睛、灰色的母貓。

副手　**蘆葦鬚**：黑色公貓。

巫醫　**柳光**：灰色的虎斑母貓。

戰士　**暮毛**：棕色的虎斑母貓。

鯉尾：深灰色羽白色相間的母貓。見習生：水花掌。

錦葵鼻：淺棕色的虎斑公貓。

黑文皮：黑白相間的母貓。

豆莢光：灰白相間的公貓。

閃皮：銀色母貓。

蜥蜴尾：淺褐色公貓。見習生：霧掌。

噴嚏雲：灰白相間的公貓。

蕨皮：玳瑁色母貓。

松鴉爪：灰色公貓。

鴞鼻：棕色的虎斑公貓。

金雀花爪：灰色耳朵的白色公貓。

夜天：藍眼睛、深灰色的母貓。

風心：棕色與白色相間的母貓。

見習生　**水花掌**：棕色虎斑公貓。導師：鯉尾。

霧掌：灰白色母貓。導師：蜥蜴尾。

貓后　**捲羽**：淡褐色母貓。生下兩隻小母貓小霜和小靄，以及一公貓小灰）。

長老　**苔皮**：玳瑁色與白色相間的母貓。

風族 *Windclan*

族長　**兔星**：棕色與白色相間的公貓。

副手　**鴉羽**：深灰色公貓。

巫醫　**隼翔**：灰毛帶白色雜毛、像是披了紅隼羽毛的公貓。

戰士　**夜雲**：黑色母貓。
斑翅：帶雜毛的棕色母貓。見習生：蘋果掌。
葉尾：琥珀色眼睛的深色虎斑公貓。
木掌：棕色母貓。
燼足：有兩隻深色腳掌的灰色公貓。
風皮：琥珀色眼睛、黑色的公貓。
石楠尾：藍眼睛、淺棕色的虎斑母貓。
羽皮：灰色虎斑母貓。
伏足：薑黃色公貓。見習生：歌掌。
雲雀翅：淡褐色的虎斑母貓。
莎草鬚：淺褐色的虎斑母貓。見習生：振掌。
微足：胸口有星形白毛的黑色公貓。
燕麥爪：淡褐色的虎斑公貓。
呼鬚：深灰色公貓。見習生：哨掌。
蕨紋：灰色的虎斑母貓。

見習生　**蘋果掌**：黃色虎斑母貓。導師：斑翅。
歌掌：玳瑁色母貓。導師：伏足。
振掌：棕白色公貓。導師：莎草鬚。
哨掌：灰色虎斑母貓。導師：呼鬚。

長老　**鬚鼻**：淺棕色公貓。
金雀尾：藍眼睛、毛色極淡、灰白相間的母貓。

影族 *Shadowclan*

族長　**黑星**：白色大公貓，有巨大黑亮的腳掌。

副手　**枯毛**：暗薑黃色母貓。

巫醫　**小雲**：體型很小的棕色公貓。

戰士　**橡毛**：體型很小的棕色公貓。
雪松心：暗灰色公貓。
花楸爪：薑黃色公貓。
高罌粟：腿很長的淺棕色虎斑母貓。
褐皮：玳瑁色母貓，綠色眼睛。

長老　**鼻涕蟲**：矮小的灰白色公貓，以前曾是巫醫。

彼時各族成員

雷族 *Thunderclan*

族長　**火星**：毛色如火焰的薑黃色公貓。見習生：棘掌。

副手　**灰紋**：灰色長毛公貓。

巫醫　**煤皮**：暗灰色母貓。

戰士　**鼠毛**：嬌小的暗棕色母貓。

塵皮：黑棕色虎斑公貓。見習生：栗掌。

長尾：淺色的虎斑公貓，有黑色條紋。

柳皮：很淺灰色的母貓，有罕見的藍色眼睛。

雲尾：白色的長毛公貓。見習生：雨掌。

蕨毛：金棕色虎斑公貓。

刺爪：金棕色虎斑公貓。見習生：煤灰掌。

灰毛：淺灰色帶有暗色斑點的公貓，深藍色眼睛。

見習生　**棘掌**：琥珀色眼睛，暗棕色公貓。導師：火星。

栗掌：琥珀色眼睛，玳瑁色和白色相間的母貓。導師：塵皮。

雨掌：藍眼睛的暗灰色公貓。導師：雲尾。

煤灰掌：淺灰色公貓，琥珀色眼睛。導師：刺爪。

貓后　**蕨雲**：有深色斑點的淺灰色母貓。

亮心：白色母貓，帶有薑黃色斑點。

長老　**金花**：淺薑黃色母貓。

霜毛：漂亮的白色母貓，藍色眼睛。

花尾：年輕時很漂亮的玳瑁色母貓。

斑尾：淺虎斑色母貓。

部族以外的貓

大麥：黑白花色公貓，住在離森林很近的農場裡。

烏掌：毛色光滑的黑色公貓，跟大麥一起住在農場裡，以前曾是雷族貓。

史莫奇：肥胖、友善的黑白花色寵物貓，住在森林邊緣的一棟屋子裡。

風族 *Windclan*

族長　**高星**：尾巴很長的黑色花色公貓。

副手　**泥爪**：帶有斑點的暗棕色公貓。

巫醫　**吠臉**：尾巴很短的棕色公貓。

戰士　**網足**：暗灰色虎斑公貓。
裂耳：虎斑公貓。
一鬚：棕色虎斑公貓。
流溪：淺灰色母貓。

貓后　**灰足**：灰色貓后。
晨花：玳瑁色貓后。
白尾：嬌小的白色母貓。

河族 *Riverclan*

族長　**豹星**：帶有罕見斑點的金色虎斑母貓。

副手　**霧足**：暗灰色母貓，藍色眼睛。

巫醫　**泥毛**：淺棕色長毛公貓。

戰士　**黑爪**：煙黑色公貓。
沉步：粗壯的虎斑公貓。
暴毛：暗灰色公貓，琥珀色眼睛。
羽尾：淺灰色母貓，藍色眼睛。

貓后　**苔皮**：玳瑁色母貓。

湖邊領地
月池
被遺棄的
兩腳獸窩
天族營地
舊雷族小徑
雷族營地
天空橡樹
湖
風族營地
斷半橋
兩腳獸地盤
轟雷路
符號說明
部族
雷族
河族
影族
風族
天族
星族
北方

綠葉
兩腳獸地盤
兩腳獸窩
兩腳獸小徑
兩腳獸小徑
空地
影族營地
半橋
小轟雷路
綠葉
兩腳獸地盤
半橋
貓兒視角
小島
小河
河族營地
馬兒地盤

湖邊領地
被遺棄的
工人小路
採石路
水晶池
符號說明
地形
落葉林區
松樹林
沼澤
湖
小路
北方
礦場
兔丘林
聖域湖
兔丘
兔丘
馬廄場
兔丘路

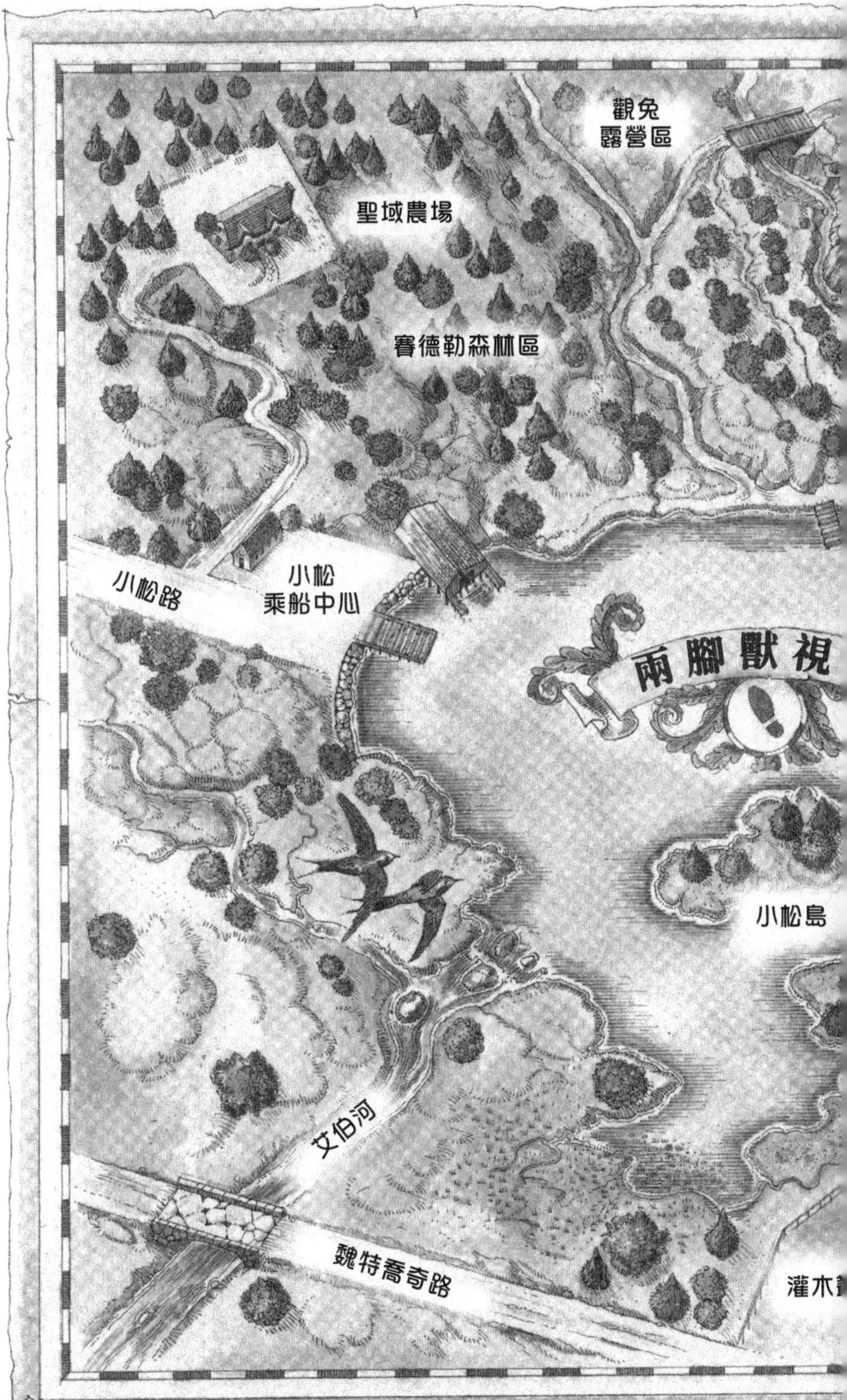
觀兔
露營區
聖域農場
賽德勒森林區
小松路
小松
乘船中心
兩腳獸視
小松島
艾伯河
魏特喬奇路
灌木

舊森林
領地
符號說明
地形
雷族
河族
影族
風族
星族
北方
腐肉場
影族營地
轟雷路
貓頭鷹樹
大梧桐樹
雷族營地
蛇岩
沙坑
松樹林
兩腳獸地盤

高聳岩
大麥的農場
四喬木
風族營地
瀑布
貓兒視角
陽光岩
河
河族營地
伐木場

舊森林
領地
北愛爾頓
垃圾堆置場
符號說明
地形
落葉林區
針葉林
沼澤
懸崖與巨石
健行步道
北方
上風路
白鹿森林
雀爾福林場
雀爾福工廠
雀爾福鎮

惡魔指山
[廢棄礦坑]
北愛爾頓公路
上風農場
督依德谷
上風高地
督依德
急流
兩腳獸視角
雀爾河
摩根農場
露營地
摩根農場
摩根路

序章

彼時

小妖從灌木叢的隱蔽處小心往外窺看，環顧四周，所有感官都處於警戒狀態，可是除了濃密的矮木叢，她什麼也看不到，只聞到蔥郁的植被氣味和聽到附近河流湍急的水聲。

她嘆口氣，退回灌木叢中間的凹地。「沒有他的蹤影，」她回報道。「也許我們的探子搞錯了。」

蹲在旁邊的同伴蛇仔拱起黑白毛色的肩膀，嘴裡嘟囔：「也許吧。」

他取代她的位置，隔著枝葉縫隙往外探看。小妖在旁邊梳整起她那一身黑白和玳瑁斑駁夾雜的毛髮。她聞到身上山蘿蔔的味道，不禁皺起眉眼，那是她和蛇仔為了掩飾身上氣味而特意打滾沾染的。她一想到可能發生的事……而且可能很快就發生……情緒不免既亢奮又擔憂，爪墊跟著微微刺癢。

蛇仔甩了甩尾巴，竟掃到小妖的臉，害她嚇一大跳，但她忍住沒尖叫出聲。蛇仔低吼道：「他來了。」

小妖擠到他旁邊，好一起隔著縫隙偷窺。只見兩隻薑黃色的貓兒——一隻毛色火紅的公貓和一隻毛色較淺的母貓，正穿過矮木叢，只離小妖和蛇仔躲藏的灌木叢不到兩隻狐狸身長的距離。

「所以這隻黃毛笨蛋真的去了。」蛇仔低聲冷笑道。「他腦袋在想什麼啊?這下他的部族不就群龍無首，毫不設防了嗎？」

「跟火星走在一起的那隻貓是誰啊？」小妖問道，音量同樣很低。

「那是他的伴侶貓沙暴，」蛇仔告訴她。「她是誰不重要，重點是如果她也跟著去了，我們就少對付一個戰士。」

小妖和蛇仔並肩看著兩隻雷族貓朝那座橫跨河流的兩腳獸橋走去，消失在視線裡。等到他們的味道也淡去了，蛇仔才朝小妖轉身，藍色眼睛顯得不懷好意。

「機會終於來了！」他嘶聲說道。「這會是血族復仇的大好機會！」

他的挑釁語氣令小妖不寒而慄。雖然蛇仔戴著項圈，但他絕不是一隻軟弱可欺的寵物貓。他那條細長的項圈皮條上鑲滿狗的牙齒，撕裂的耳朵也訴說著他曾經歷過的大小戰役。他不停縮張自己的爪子，彷彿正在想像利爪狠戳進雷族貓的喉嚨。

「走吧，」他催促她。「我們得去告訴阿怒。」

他跳出隱蔽的灌木叢，順著下游朝兩腳獸地盤奔去，他選的這條路可以讓他們避開雷族營地。他逐漸加快腳程，小妖努力跟上，卻感覺到肚子裡小貓沉甸甸的重量。

對我來說現在實在不適合上戰場，她暗地裡嘆口氣。**部族貓殺害了我們的族長，血族當然會想幫他復仇，但我希望能再多等一段時間。**萬一她必須上戰場，她肚子裡的小貓會有什麼下場？

小妖和蛇仔悄聲穿行過兩腳獸地盤，最後在一排怪獸窩穴旁邊的空地找到齊聚在那裡的阿怒和剩餘的血族成員。空地的另外三面有高樓林立，擋住陽光，因此整片空地始終籠罩在陰影下，只長出幾小撮半死不活的野草。

阿怒坐在淡紅色方塊石堆的頂端，兩腳獸都是用這種方塊石蓋窩穴。阿怒是一隻長毛虎斑貓，有隻眼睛曾被砍傷，身上布滿大小傷疤。自從鞭子在跟部族貓的某場戰役中被殺害之後，曾有幾隻貓陸續上任接管血族，而她是最新上任的。但小妖相信她比那隻差一點就成功當上森林裡貓老大的凶惡黑色公貓還可怕。就在一個月前，阿怒和前任族長爪子前往兩腳獸地盤尋找食物，但最後回來的竟只有阿怒，而且她四隻腳爪仍有未乾的血跡。阿怒告訴血族其他成員，爪子誤闖進「某隻狗的地盤」。但小妖懷疑這個說法。

小妖和蛇仔朝阿怒走近，阿怒瞪大僅剩的獨眼，尾巴迫不及待地抽動著。「怎麼樣？」她厲聲問道。「快呈報上來。」

其他血族貓也等不及地圍了上來，眼神熱切地豎耳傾聽蛇仔細數他和小妖看到火星和沙暴離開雷族領地的整個經過。

「所以現在是可趁之機囉？」阿怒在蛇仔一說完便喵聲道。她亢奮到聲音微微顫抖，肩毛全聳了起來。「我們必須挑選適當的攻擊時機……不過相信我，我們一定會出手。」

她的血族戰士一聽到族長說的話，立刻歡呼。

「沒錯！我們要拿下他們的領地！」一隻瘦巴巴的公貓尖聲說道。

「我們要把他們趕出去！」

「我們也要一舉拿下森林裡的其他地方！」

小妖靜靜聽著，一股不安的情緒悶在胸口。她的視線落在她弟弟廢鐵身上，後者跟幾隻較年輕的血族貓挨在一塊，眼神顯得狂熱。

「我們一定要復仇！」他吼道。「我們要把雷族貓撕成碎片！他們對血族做的那些事，一定要他們付出代價！」

小妖沒有她弟弟那麼狂熱。她發現自己不太相信他們能輕易拿下雷族，就算雷族的族長不在也一樣。畢竟那群戰士個個受過精良的訓練，而且數量超過僅餘的血族貓，畢竟自從上個禿葉季的戰役過後，血族貓數量便少了許多。

她肚子裡突然有胎動，彷彿是在提醒她此刻身上承載著極為寶貴的重擔。**我不會讓未出世的小貓遭遇任何不幸，**她思忖。**這表示我得找方法躲開這場戰役。我當然希望自己能相信我們會打贏，但真相是……**

這場仗恐怕只會血流成河。

第一章

此時

太陽正在西沉，長長的黑影覆蓋住岩坑，只剩幾塊地方可以曬到太陽，灰紋就坐在其中一塊，腳爪塞在身子底下，靜靜看著族貓們在營地裡走來走去。他的心裡哀傷。白日將盡，一切看上去似乎很平和，但灰紋很清楚不安的氛圍宛若蜘蛛網糾纏著所有雷族貓。

我相信不是只有我覺得營地太空曠了，他心想。有太多優良戰士在跟假棘星的那場戰役裡喪命。松鼠飛正努力做好族長的本分，但部族如今面臨的處境極為艱難。

他們的族貓似乎不知道自己該做什麼……似乎心不在焉到連日常的狩獵和巡邏工作都做不好。就連年輕的巫醫貓赤楊心也一樣，他剛剛才從自己的窩穴裡出來，都已經走到營地中央了，卻倏地停下腳步，尾巴懊惱地抽了幾下，又朝窩穴跑回去，過了一會兒，才叼著用葉子捆好的藥草又走出來。

灰紋往旁邊一瞥，只見一旁空蕩蕩的，他的伴侶貓蜜妮本該坐在他身邊，但祂已經死了。這幾個月來，灰紋默默承受著失去祂的椎心之痛。如今就連他女兒花落的兒子莖葉也被殺害。

這件事比蜜妮的死更讓我難以接受，灰紋難過地想道。蜜妮是因為生病的關係，愈來愈虛弱，但起碼我有半個月的時間學會接受她即將離世的事實，得學著去習慣沒有她陪伴的日子。以蜜妮這件事來說，他起碼還可以自我安慰她年紀大了，一生也夠圓滿了。但是莖葉還這麼年輕，卻死得那麼突然……

禿葉季的時候，星族忽然停止與部族貓的一切聯繫。就灰紋記憶所及，這還是他有生以來頭一回碰到星族這麼久不曾傳遞任何訊息給他們。一開始部族貓以為是月池的冰封阻礙了星族與他們之間的溝通。可是等到新葉季降臨，月池融冰了，還是沒有任何異象出現。就在那時，一隻叫做影掌的影族巫醫見習生竟宣稱星族傳給他一個罕見的異象，說這些部族裡頭有一股黑暗的力量，並點名曾打破戰士守則的幾隻貓。等到棘星生重病時，影掌又告訴雷族的巫醫貓必須把棘星暫擱在冰凍的荒原上過夜。影掌聲稱這也是星族的旨意……但棘星其實已經死了，只是後來天一亮，竟又活了過來，而且變得前所未有的強悍。

雷族原以為棘星只是花了較長的時間才得以重新回到星族賜給他的九條命當中。可是等到棘星的行為變得愈來愈怪異和殘酷時……譬如他堅持放逐那幾位被點名曾破壞守則的貓兒，甚至還另外指名其他幾隻貓，認定他們也曾破壞守則，必須接受懲罰……雷族最後才終於明白原來他是假冒的。莖葉就是為了擊敗這個假冒的棘星才犧牲掉自己的性命。雖然灰紋打從心底希望這位年輕戰士還活著，但是他仍以祂為榮。至少莖葉努力過，祂是為了祂的族貓奮戰而死。

罪惡感像利爪一樣瞬間戳痛灰紋。他多希望自己當初有多盡一點力去反抗那個假冒者。雖然他曾給過假棘星一些建議，提醒他就算是火星也不會要求在忠誠度上完全盲從，但他終究沒有加入那群躲在影族領地裡的反抗軍，也沒參與那場跟那位入侵者決一死戰的戰役。

但我已經不再年輕，他反思道，**不再像當年的我和火星，什麼冒險都敢嘗試……什麼麻煩都會去惹！只要部族遇到任何危險，永遠一馬當先地上前迎戰。**

灰紋環顧族貓們，突然覺得好笑，不禁抽動著鬍鬚。**你真是隻老笨貓……你早就退休，當了長老！長老不都是這樣嗎？……拱手讓年輕和強壯的貓兒上場作戰！**他用目光尋找他的小貓們，以及他們的小貓。蜂紋正坐在戰士窩的入口附近，跟他姐姐的小貓殼毛討論戰士守則，後者曾是蜂紋的見習生。空地對面，獅焰正從生鮮獵物堆裡挑出一塊獵物，那身金黃色虎斑毛髮令灰紋不禁想起沙暴，而沙暴是為了協助赤楊心找到天族的命運而犧牲掉自己的性命。

獅焰叼著獵物朝點毛走去，後者獨自弓背坐著，仍在難過伴侶貓莖葉的離世。正當點毛仰頭對獅焰說話時，突然，灰紋的腦海裡某種深沉的記憶被觸動。點毛的鼻口形狀和耳朵角度神似霜毛。霜毛是點毛的遠親，當年選擇不跟其他雷族貓一起長途跋涉，移居湖邊。反而留在舊森林裡，那裡是部族貓的第一個領地。

記憶裡過往族貓的身影一個又一個地在灰紋腦海裡浮現。灰紋一想到霜毛，便不免想起她的弟弟烏掌，那是他的老朋友，當年離開雷族去跟穀倉貓大麥住在一起。他突然一陣難過，因為他想起當年天族貓終於來到湖邊時，曾經告訴他們，烏掌有到峽谷拜訪他們，最後在那裡像英雄一樣地死去。

他應該去了星族吧，他心想，**若說有哪隻貓兒有資格上星族，那絕對非他莫屬**。

但一想到星族，灰紋又不免想到部族貓目前的處境。假棘星在戰役裡被他們制服，現在被當成囚犯關在影族裡，大家指望從他嘴裡套出一些話，好讓部族貓可以重新連繫上星族。松鼠飛已經開始暫代雷族族長的職務。灰紋到現在都還幾乎不敢相信那個假棘星竟然愚弄了大家這麼久，不過他並不懷疑松鼠飛所聲稱的事情以及假棘星的供詞。

灰紋搖搖頭，彷彿這樣便能甩掉那些黑暗的記憶。這時松鼠飛突然從擎天架上的族長窩穴那裡一躍而下亂石堆，穿過空地，走向一群年輕戰士，他們正趴在營地岩牆附近。她一趨近，他們立刻噤聲不語。

「生鮮獵物堆上的獵物愈來愈少了，」她喵聲道，「天黑前該再去狩獵一次。」

戰士們瞪著她看，卻動也不動。灰紋緊張到肚子頓時抽緊。難道他們拒絕服從她的命令？拍齒放肆地張大嘴巴，打了一個呵欠。竹耳只是翻翻白眼，自顧自地將鼻子擱在盤捲起來的尾巴上。

灰紋留意到刺爪，後者是資深戰士，正從不遠處靜觀這一切。灰紋伸長脖子想捕捉對方的目光，但他感覺得到刺爪故意不理他。**你好歹說句話吧！**灰紋在心裡催促道。**只要你提醒他們要尊重自己的族長，他們就會聽進去的……**

可是刺爪不肯迎視他的目光。松鼠飛站在年輕戰士們的面前，瞇起綠色眼睛，目光逐一掃視他們。灰紋看得出來她的肌肉繃緊，似乎很難再自我克制，巴不得立刻撲上這幾名年輕戰士，賞他們幾個耳光。過了一會兒，飛鬚才嘴裡咕噥道：「好啦，妳別那麼不爽。」這幾隻貓才慢慢起身，無精打采地穿過營地，消失在荊棘叢隧道裡。

松鼠飛在後面怒目而視，尾尖惱火地前後抽動。灰紋也為她感到不平。**松鼠飛是我們部族的副族長，而且在我們搞清楚棘星能不能回來之前，她都還算是我們的領袖。要是我們的戰士不服從她的命令，那我們還算是戰士嗎？**

年輕戰士們前腳一離開，刺爪便轉身朝灰紋走來。

「你為什麼不替松鼠飛說幾句話？」灰紋質問正趨近他的虎斑戰士。「那幾個小毛頭應該要懂得尊重自己的族長。」

刺爪停下腳步。「松鼠飛不是我們的族長，」他嗤之以鼻。「她沒有資格領導我們。棘星是星族欽定的族長，但松鼠飛在假棘星身分敗露時，就已經不是我們的副族長了。她當時被放逐……甚至也不再是雷族貓！」他長嘆口氣。「真是亂七八糟。」

灰紋懊惱地豎起毛髮。「你在說什麼老鼠屎啊！」他反駁道。「她是因為那個冒牌貨的關係才被放逐。他根本沒有權利放逐她！既然她現在回來了，我們當然應該尊重她，對她效忠，就像對棘……」

「為什麼要效忠？」刺爪很快打斷他，肩膀的毛全聳了起來。「就因為她是棘星的伴侶貓？」

「當然不是因為這樣！」灰紋愈說愈生氣，激動到胃都開始翻攪。「松鼠飛已經證明自己是稱職的副族長，而且是一次又一次地證明。她也是一位好族長。」過往的記憶再度攫住他，他一邊甩頭一邊補充：「不要忘了雷族也曾有過幾次族長並非星族欽定，但我們最後也都挺過來了。」

刺爪轉身，不發一語地昂首闊步離開，尾巴不停揮打。灰紋不以為然地哼了一聲，又回頭思忖營地的現況。他看見松鼠飛朝他走來。他看得出來她眼裡帶著興味，看來她是目睹到了他跟刺爪之間的口角。**至少我沒站錯邊**，他在心裡苦笑。

「灰紋，可以跟你談談嗎？」她問道。

「當然可以。」灰紋回答。他看不出她臉上的表情，但他可以想像她被自己的族貓質疑，肯定並不好受。

「那就到我的窩穴來吧。」松鼠飛甩著尾巴說道。「我想私下談。」

很是詫異的灰紋站起身，跟著暗薑黃色母貓爬上通往擎天架的亂石堆。

進到窩穴裡的松鼠飛長嘆口氣，直接癱坐在臥鋪裡，就像在告訴灰紋她有多疲累。他趨近一看，才發現她綠色眼睛裡帶著愁雲，就連鬍鬚都垂了下來。站在營地裡的她總是保持著幹練俐落的姿態，但在這兒，因為只有自己的老朋友在，才能完全放鬆。她偏著頭，示意灰紋，等他在旁邊坐定才開口。

「灰紋，我知道你以前當過副族長，所以我很看重你的建言，」松鼠飛開口道。「我相信我們最後一定能讓棘星和星族再回來，不過你剛也看到了。我現在面臨嚴重的部族分歧問題。」

灰紋嚴肅地點點頭。**但我不懂她為什麼要找我**，他心裡想道。**火星比較懂怎麼給貓兒建言……或者說比較懂得怎麼把自己的想法用白話說出來。我就從來不知道該說什麼**

或怎麼說才好。

他的腦袋一時間一片空白。他真希望火星在這裡，哪怕只是靈魂也好。雷族以前那位族長雖然不見得總是知道自己該選擇哪條路，但是灰紋只要站在他好友旁邊，再大的挑戰也不怕。

「松鼠飛，」他最後開口了。「我很希望我能告訴妳該怎麼做，但是我沒辦法。那個假棘星太擅長挑撥離間了……所以也許我們只是需要一點時間來重新想起我們本是同一陣線。那些年輕的戰士實在有夠討厭，不過他們本來就還沒弄懂雷族的真正精神是什麼，這是在假棘星出現之前就有的問題。再說，」他補充道，「兩腳獸把我抓走之前，我當副族長的時間也不是很長。」

火星不在的期間，他也曾暫代過雷族族長一職，不過那段時間更短。**雖然等火星回來的時候，問題都解決了，但他不在的那段時間，事情也都不太順，**灰紋心裡想道，同時強忍住發抖的衝動。**我當時是花了好一番功夫才讓整個部族團結一氣，只是我那時就知道自己不是族長的料。**

如今灰紋不免懷疑自己能給松鼠飛什麼建議，該說什麼才能讓她覺得好過一點？

「你以前是一位出色的副族長，」松鼠飛道，不過灰紋覺得這話沒有說服力。

過了一會兒，他才發現到松鼠飛正瞪著他看。「怎麼了？」他問道。

她抽動鬍鬚。「你剛在想什麼？我從你的眼神裡看得出來你有點心不在焉。」

灰紋驚訝地直起身子。他跟松鼠飛相識一輩子，但從來不知道她這麼能看穿他的心思。「喔，我想我……我只是想到你的父親。」他承認道。

松鼠飛點點頭。「所以呢？」

「所以……」他繼續說道。「好吧，以前當副族長跟現在的感覺不太一樣，就某些方面來說，很像是……」他聲音愈來愈小，突然擔心自己會在松鼠飛面前說錯話。

但是她竟然幫他把話說完。「另一個不同的部族？」她問道。

他吁了口氣。「沒錯，」他直白地附和道。「不過也沒有比較好或比較壞啦，只是……」

松鼠飛甩動毛髮。「灰紋，你說出來無妨。從很多方面來說，火星掌管下的雷族是比較好的……至少事情簡單多了。」她嘆口氣。

「妳的處境比較艱難。」灰紋喵聲道。

她迎視他的目光。「我父親當年把部族留給你看管時，你的處境也很艱難。」她回答道。「我那時還沒出生，但我聽過一些故事，說你做過一些很艱難的決定。」

灰紋想起以前的往事，忍不住倒抽口氣。「它比我想像的還要難，」他嘟囔道。「其實它讓我瞭解到，我絕對不會去接下妳現在這份工作。」

松鼠飛瞪大眼睛。「真的假的?你從來都不想當族長？」

灰紋搖搖頭。「那次經驗之後，就不想了。火星回來後，我也是這樣告訴他。」

松鼠飛瞇起眼睛。「可是你還是繼續當副族長，不是嗎?至少在……」

灰紋點點頭。「沒錯。」他喵聲道，他並沒有忘記。「因為我答應過你父親，就算我再也當不了族長，我也會是一位忠貞的副族長。我絕對不會離開雷族。我一定把部族放在第一位。」

儘管灰紋是看著松鼠飛說的，但有那麼一會兒功夫，腦海裡的種種記憶竟模糊了他的視線。他清楚記得他對火星許下的承諾，也清楚記得久別後再見到他最親愛的老友的那種感覺。**當時只覺得如釋重負……**

這時他又被松鼠飛的聲音給帶回了現實。「如果這是真的……如果你總是把部族放在第一位……那麼我可以請你幫個忙嗎？」

灰紋眨眨眼睛，一臉驚訝地看著眼前的松鼠飛。「要我幫忙？」

松鼠飛彈動耳朵。「灰紋，我會聽你的忠告。」她說道。「雷族現在的感覺很棘手。我希望能有戰士挺我。」

「當然可以，」灰紋道。他的聲音聽起來雖然很自信，但心裡卻亂糟糟。那個承諾是多久以前的事了？感覺就像是上輩子……甚至像是在完全不同的部族裡。**那個部族是火星的雷族**。灰紋是曾經離開過雷族一次，當時是為了去河族跟他的小貓住在一起。但自從他許下那個承諾……也就是在他將整個部族凝聚起來之後，而火星也還在進行他的探索之旅時……他便再也沒有質疑過自己在雷族裡的角色，也從來沒想過要離開。

直到現在。

這個突如其來的念頭令他不寒而慄。**不，我當然是……當然是不能離開**。但他必須承認，這麼多個季節以來，這還是他頭一回腳癢難耐地很想出走。也不是他不想再待在雷族，而是因為一股不安感……他現在所待的部族還是火星離開時的那個部族嗎？如果不是，它會再恢復原狀嗎？

灰紋搖搖頭，試圖迫使這些念頭消失。**這太荒謬了，我已經老了！就算想離開，能去哪裡呢？**

松鼠飛需要他。火星當然也會希望他留下來。

「灰紋？」松鼠飛又突然開口了，猛地將他從思緒裡拉了回來。「你有聽到我說話嗎？」

灰紋甩甩身子。「妳可以信賴我，」他只能這樣說。**我知道她現在需要聽到這句話。**「我答應妳，我會幫忙凝聚部族，直到我們再度聯繫上星族，得到祂們的指引。」

松鼠飛感激地喵嗚出聲。

灰紋站了起來，垂頭致意，然後離開窩穴，慢慢走下亂石堆。他試圖推開那個一直縈繞在他心裡的念頭。**要是我們再也找不到星族，那該怎麼辦？**如果沒有星族來指引這個殘缺不全的雷族……沒有火星、也沒有其他祖靈來影響他們的未來……這個部族還算是雷族嗎？

被自己的疑惑給搞得精疲力竭的灰紋跌跌撞撞地走進長老窩，躺了下來。他只聞得到蜜妮仍殘留在臥鋪上的一點點氣味——它正慢慢變淡。沒多久就會消失殆盡。

灰紋閉上眼睛。但就在他睡著之前，一個念頭突然出現：

我真希望剛剛有把我的真心話告訴松鼠飛。

第二章

此時

灰紋徒步穿過森林，腳下草地柔軟，在擦身而過時，微微搔刮著他的毛髮。陽光隔著林子灑了下來，枝葉在微風中窸窣作響，斑駁的光影隨之搖晃。森林裡的空氣充斥著綠植生長的味道和附近獵物鮮甜多汁的氣味。

可是當灰紋瞥看四周時，卻無法確定自己身在何處。這裡是雷族領地嗎？就在這時，他發現火星正走在他旁邊，似乎對這環境很是自在。

火星！灰紋回頭看了一眼，認出了雷族營地四周的荊棘屏障。**所以這裡是我們現在住的地方，**他驚訝地想道。**我們住在湖邊，松鼠飛是族長。但這就表示……**

兩隻貓靜靜地緩步前進，但他突然想起火星應該死了。原本再度遇見老友的那種如釋重負感迅速被不安取代。灰紋是長老、也是戰士，並非巫醫貓或族長……但有沒有可能是星族企圖直接聯繫他？他身邊的這隻貓兒感覺如此栩栩如生。**也許是火星跟我的關係好到足以親自讓我看見異象。我一定得留意聽他要告訴我的話。**

灰紋才剛恍然大悟自己是在夢境裡時，森林就突然起了變化。陽光消失了，林木變得愈來愈濃密。青蔥蓊鬱的氣味被腐臭味取代。但火星看上去還是栩栩如生，那一身火焰色毛髮閃閃發亮，彷彿已然消失的太陽仍照在他身上。

「火星，發生什麼事了？」灰紋問道。

他的朋友連看沒看他，徑自穿過林子繼續往前走，彷彿沒聽到也沒看到灰紋。失望的感覺像隻沉甸甸的腳爪重壓在他身上。夢到火星……與他同行……只是害灰紋對他老友的思念更甚以往。

所以這不是星族的異象囉，灰紋心想。**如果真的是火星，他的靈魂是跟我們的祖靈在一起，所以一定會有話告訴我。**

火星繼續往前走，灰紋跟在後面。就算他知道這只是夢，他還是希望他的老友可以在他醒來之前展現一些什麼東西給他看，也許是幾句睿智的話語或者鼓勵也好。

火星終於停下來，灰紋內心一閃而逝的期待宛若電光石火，他往前一躍，想要追上他。就在此時，一片幽暗襲來，籠罩了他。所有形體都被抹去，只留下他老友發光的身軀。雖然火星還是沒說話，但有一股強烈的刺痛感從灰紋的肉墊一路往上蔓延，流竄他全身，甚至波及到他的耳朵和尾尖。是他的老友在催促他做點什麼。

「你為什麼不告訴我你要我做什麼？」他喵聲道。

火星像是在回答他問題似地轉頭瞪視黑暗，並用尾巴橫掃四周，彷彿在叫灰紋也跟著他看。

然而，此刻森林裡已經幽暗到根本伸腳不見爪，就連離他最近的林區也籠罩在陰霾裡。灰紋抬起頭，這才發現烏雲遮住了太陽和目所能及的整片天空。等他回過頭再去看他的老友時，火星發光的形體已然消失。雖然灰紋所在的森林並不冷，但他心裡卻感到一股寒意，整個身子像被陰森冰冷的恐懼之爪狠狠戳穿。

我得離開這裡，這不是我應該待的地方……

灰紋醒來，全身發抖，發現自己正躺在長老窩的臥鋪裡，他的爪子不停扒抓著臥鋪裡的青苔和蕨葉，彷彿正在試圖逃跑。夢境終了時的那股恐懼到現在仍巴著他不放，宛若漆黑的氤氳水氣滲透了他的身軀。

我必須離開這裡，他一邊想一邊驚恐地掙扎。

他好不容易爬了起來，低身穿過榛木叢的矮生枝椏，鑽到空地。陽光正灑在岩坑裡，上方的林子被溫暖的微風吹得窸窣作響。一朵又一朵的白雲掠過天際。空地幾乎空蕩蕩的，灰紋這才明白巡邏隊八成出去了。他只看到赤楊心正把一些帶葉的嫩枝鋪在巫醫窩旁邊一塊晒得到陽光的岩石上。而他的窩友雲尾和亮心則在生鮮獵物堆附近互舔毛髮。

但這幅陽光燦爛的平和畫面並未撫平灰紋的恐懼。他的心臟撲通撲通跳得厲害，就像不小心闖進狐狸窩似地，他趕緊快步離開，橫過營地，鑽進荊棘隧道，進到森林裡。

起初他徒步穿越林子時，仍然忍不住東張西望，不時瞥看任何一處陰暗的凹坑和濃密的小樹叢。**我在害怕什麼？**他反問自己。後來他才明白他其實是半帶期待地以為自己會再看見火星的火焰色靈體跳進空曠處來當面斥責他。

「你是鼠腦袋嗎？」他對自己低吼。「我根本不用怕火星啊！我還巴不得他能出現呢。要是能跟他說上幾句話，就再好不過了。也許這樣一來我就會知道他到底想要我做什麼？」

但是沒有毛色鮮亮的靈體出現。除了樹葉的窸窣聲、鳥叫聲、和矮木叢裡獵物四散逃開的輕微聲響之外，森林裡一片靜悄悄。灰紋原本加快的心跳終於漸漸緩和。他擴胸深吸了幾口氣，讓自己平靜下來。

他夢裡的驚恐情緒雖然消散了，但仍無法將它從腦海裡完全抹去。**那不是異象**，他心想，**但話說回來，這個夢境一定有它的意義存在吧。我必須搞清楚這是怎麼回事。**

「好吧，火星是想要我做點什麼，」他對自己咕噥道。「他讓我看了森林，那裡幽暗到絕不會有貓住在那裡。我知道夢境裡的那塊地方並不適合我。」他緩緩地眨了幾下眼睛。「火星，這是你想告訴我的嗎？我應該離開森林……離開雷族？」

灰紋一想到這個決定的嚴重性，心又開始狂跳。就算只是起心動念而已，離開雷族的這個決定也是不可行的。松鼠飛已經提醒他對火星做過的承諾，他絕對不會離開雷族。

我從來不曾打破自己的承諾，他心想道，**但如果是火星親自告訴我，我不屬於……那是不是表示他放我自由了，我不用再遵守承諾？可是如果是這樣，他為什麼不直接說出來？我真希望能有隻貓可以商量。喔，蜜妮，我真想念你！**

他的無聲哭喊彷彿召喚了祂似地，他竟感覺得到蜜妮就在他身邊。他在腦海裡開始勾勒她：那優雅的走路姿態，那一身發亮的銀色虎斑毛髮，那雙藍色眼睛閃爍著愛的光芒。灰紋幾乎感覺得到只要轉頭過去，便能看見她，哪怕他知道這只是他的想像。

「蜜妮，就假裝我正在把這些事情告訴妳吧，」他咕噥道，同時讓自己在柔軟的青苔地上坐下來，將腳塞在身子底下。「我現在沒有妳可以陪我聊。對我來說，要我自己去理解這些事情，實在太難了。妳以前總是能幫忙我決定什麼才是對的事情，什麼才是該做的事情。」

那你就告訴我吧，他能想像蜜妮一定會俐落地回他一句：**看在星族老天的份上，你可以不要這樣拖拖拉拉嗎？**

於是灰紋在腦海裡重新回顧一次那個夢境，彷彿是在向祂描述所經歷到的一切。「感覺好像是火星在叫我離開雷族，」他解釋道。「可是這怎麼可能呢？他不想我留在這裡當他女兒的後盾嗎？她現在是代理族長欸。」

灰紋話都還沒說完，就幾乎想像得到蜜妮的回應方式。**也許火星知道你離開的話，反而對部族有幫助**，她應該會這樣說，**或許是有重要的任務要你去執行。**

「可是我已經是長老，」灰紋挖苦地反駁道。「我們不用執行重要的任務，再也不用了。」

而這念頭也令他不免好奇，他以前對火星做過的那個承諾現在還有約束力嗎？也許這就是火星想跟他表明的。他已經是長老了，沒有戰士的職責了。雷族早就跟以前不一樣了。「喔，蜜妮，我真希望妳能告訴我該怎麼做。」

他的伴侶貓一向實事求是、明理睿智。**為什麼不去瞭解一下其他貓兒怎麼想呢？**她一定會這樣建議他，**或者再等等看還會發生什麼事，也許就能告訴你該怎麼做了。**

「妳現在講得好像我是巫醫貓一樣，得去尋找一些跡象徵兆。」灰紋嘟囔道。他可以想像蜜妮這時一定會用她的爪子戳他，或者用尾巴彈他耳朵，**戰士不是老在尋找跡象徵兆嗎？**她會這樣喵聲說道。**有跡象顯示那個洞底下躲著兔子，或者有老鼠藏在那株灌木叢裡。有跡象告訴我們，日正當中之前會下雨，你最好趕快回營地。所以不是所有跡象徵兆都來自星族好嗎？**

「這倒也是，」灰紋承認道。「可是這件事比狩獵隊來得複雜多了。」

就算灰紋還是沒有找到一個他可以完全相信的答案，但在經過這場想像中的對話之後，他的心情輕鬆多了。之前他離開營地時，總覺得自己像是在濃密的森林裡掙扎前進，沒有任何東西可以指引他，但至少現在當他站起來，轉身朝岩坑走去時，已經能確信自己一定能找到一條前進的道路，哪怕還不知道那是一條什麼樣的路。

等到灰紋快走到營地時，一股強烈的雷族氣味從一排羊齒植物那裡朝他飄送過來，過了一會兒，葉叢一分為二，另一個長老從裡頭走出來。蕨毛嘴裡正叼著獵物。

灰紋跟他打聲招呼，隨後說道：「看來收穫不錯。」

「是不錯，」蕨毛叼著兩隻老鼠的尾巴，只能嘴裡含糊答應。「感覺好像在狩獵一樣。」

他正要離開，灰紋突然伸爪按住他。「蕨毛，我可以跟你聊一下嗎？」他問道。

蕨毛驚訝地眨眨眼睛。「當然可以。」他喵聲道，同時把兩隻老鼠丟在地上。

「我有件事想問你，」灰紋開口道。他得找個妥當的字眼，他覺得有點尷尬，不過此刻最適合給他建言的貓就是蕨毛。他曾是灰紋的見習生，也是在舊森林裡長大的，而且他也認識曾經在任的藍星和火星。「你記得以前的雷族對吧？」他緩緩說道。「就是火星第一次當上族長時的雷族，我們跟虎星有過節的那段時間。」

「記得啊，」蕨毛的語調不解。「我記得很多事情。你為什麼現在會問我這個？」

「呃，我是在想……你覺得現在這個部族還是以前那個部族嗎？」

蕨毛瞪著他看，表情更疑惑了。「當然還是同一個部族，」他回答。「灰紋，我懂你的意思是什麼。雷族現在危機四伏，尤其這段時間以來我們失去了那麼多族貓……」他的聲音微微顫抖，灰紋猜想他是想到了自己的伴侶貓栗尾，祂在大戰役裡被殺害了，還有他最好的朋友塵皮，他們兩個以前總是同心協力地修整營地，確保窩穴能擋住風雨。「可是他們的親屬都還在。」他語氣甚為堅定地繼續說道，「雖然棘星的領導風格跟火星不一樣，但也是一位好族長，我是說在冒牌貨偷取祂的身體之前。你絕對不能被這些暫時性的問題打敗。」他告訴灰紋，尾尖擱在這位長老的肩膀上。雖然灰紋知道他只是在跟他打包票，要他放心，但這個動作有點惹惱他。「我們早晚都會把問題解決掉的，我們不都是這樣過來的嗎？」

「我不確定欸。」灰紋回答。「現在的爭執這麼多，尤其是那些年輕的貓兒。有時候我覺得自己很想轉身不去理會他們，乾脆離開雷族好了。」

「離開雷族？」蕨毛嚇得頸毛都聳了起來。「灰紋，別鬧了，你絕對不會做這種事的，我就不會。」他停頓了一會兒又繼續道；「至少不要現在，因為現在的他們前所未有地需要我們。」

「我想你說得對，」灰紋咕噥道。他私下希望自己也有同樣的想法，或者跟蕨毛一樣充滿信心。如果我相信蕨毛這番話，那麼我的夢境又是怎麼回事？要如何解釋它呢？

「我說的當然是對的！」蕨毛很有自信地說道。「你等著瞧吧。」他拾起自己的老鼠，朝營地的方向走去。

灰紋嘆了一大口氣，跟在他後面。

當灰紋走近營地時，突然被一個很大的吼聲嚇到。在荊棘叢後方，他聽到至少有兩隻貓正在互相咆哮和齜牙咧嘴。

我的星族老天啊，又怎麼了？他反問自己。**是冒牌貨回來了嗎？還是有獾入侵？**

灰紋趕緊擠進荊棘隧道，進入岩坑。就在空地中央附近，他看見梅石和竹耳正在對峙，他們毛髮倒豎，耳朵貼平，嘶吼聲憤怒到灰紋相信她們馬上就會打起來了。

「嘿，」他喵聲道，同時跑了過去。「有什麼問題嗎？」

兩隻年輕的貓都帶著敵意朝他轉身。「她是叛徒！」梅石吼道，同時朝竹耳甩出尾巴。「她背叛了雷族！」

「我沒有！」竹耳吼回去。「她才令部族蒙羞呢！」

兩隻貓都蹲低身子，準備隨時撲上去。灰紋擋在她們中間，強迫她們分開。

「別衝動，」他喵聲道。「告訴我怎麼回事。」

「你問她！」竹耳嘶聲道。「都是她的錯！」

「才不是我的錯！」梅石厲聲回嗆，然後朝灰紋轉身。「你叫她告訴你，她做了什麼！」

「我不在乎誰來告訴我，」灰紋說道，盡量不表現出惱火的樣子。「反正妳們其中一個得說，不然我們就去找松鼠飛？」

一提到代理族長，兩隻母貓似乎都畏縮了，她們各自低頭看著在地上不停扒抓的前爪。過了一會兒，竹耳才嘟囔道：「她吃了我的老鼠。」

「那不是妳的老鼠！」梅石回嗆她。「是我把它從獵物堆裡拿出來的。」

「可是我正要去拿啊，」竹耳抱怨道。「然後她就擠過來，把它搶走了，馬上狼吞虎嚥地吞下去，甚至沒有說要分我一口！」

「就這件事？」灰紋嘆口氣問道。「就只為了一隻小老鼠？可是我現在看到生鮮獵物堆上面的東西多到比過去幾個月所看到的還要多？妳們兩個是腦袋進了蜜蜂嗎？如果火星看到兩個戰士為了區區一隻老鼠就要大打出手，他會怎麼說呢？」

「當然囉，那可是火星！」竹耳回答。「那時候的雷族有一個真正的族長啊！」

梅石的肩毛立刻聳了起來。「把妳的話吞回去！」她吼道。「松鼠飛是真正的族長。她比誰都還要盡力做好分內的工作。」

「是喔，目前為止她還真是做得不錯呢。」竹耳很是鄙夷地彈動尾巴，回嗆她。

梅石伸出爪子，繃緊肌肉，就要撲上去。灰紋趕忙擋在兩隻憤怒的母貓中間，不讓她們有機會扯掉彼此的毛髮。

灰紋搞不懂為什麼這麼微不足道的事情都能升級成衝突，讓兩隻族貓準備拚個你死我活，互相指控背信棄義。**我們已經淪落到這地步了嗎？**他反問自己。

「妳們兩個懂得為自己據理力爭，是件好事，」他繼續說道。「這對妳們的部族也是有幫助的。只是妳們倆得先停止互相傷害。雷族需要的是團結，才能做松鼠飛的後盾，不然我們就會永遠瓦解。」他再次想到他對松鼠飛所做的承諾，納悶自己該如何履行？**我要怎麼讓她們明白部族本身比任何一位族長都來得重要？**他想到以前有一次在陽光岩那裡，兩個正在爭吵的戰士由於太專注在爭執獵物的這件事情上，結果反而沒防備到河族的偷襲。**眼前這兩個年輕戰士或許可以從那次經驗裡學到一些課題。**「當年火星還是族長時……」他開口道。

梅石抬起頭來怒瞪他，同時掀起嘴皮，齜牙低吼：「長老就是有這種毛病，」她冷笑道，「動不動就喜歡話當年。我們不需要靠陳年往事來帶給我們什麼啟示，那時的情況跟現在不一樣。」

「沒錯，」竹耳附和道，也給了灰紋同樣的白眼。「火星已經不再是我們的族長。就算我們想請教祂什麼，也問不到啊！星族已經離棄我們。我們的祖靈都不見了。我們必須想辦法在沒有祂們指點的情況下好好活下去。」

「說得對，」梅石喵聲道。「我們必須向前看。以前的方法不管用了，如果我們總是認為那些老方法管用，那就會像是我們的腦袋塞滿一堆帶刺的薊一樣。」

「妳的意思是說……」灰紋開口道，儘管他很努力抑制住自己的怒氣，但尾尖仍不停抽動。

「她的意思是，你們的時代已經過去了。」竹耳朝他伸出鼻口。「現在是戰士們做主的時代，不是長老們。走吧，梅石，我們還有更重要的事情得做。」

兩隻年輕的貓旋即轉身，昂首闊步地並肩離開，毛髮擦過彼此，朝生鮮獵物堆走去。

「我幫妳找一隻更好吃的老鼠。」梅石承諾道。

好吧……至少我阻止了她們的爭吵。灰紋看著她們，覺得自己有點像是一縷幽魂……只差還沒死而已。她們認為火星的時代已經過去，但又有哪隻貓兒會說她們是錯的呢？

這就跟他自己的感受一樣。正是這種存疑的態度害他懷疑自己到底能否幫得了松鼠飛。我們現在已經變成不一樣的部族了。

他蹲了下來，這時有片雲飛掠而過，擋住太陽，營地瞬間暗了下來，這個景象令他想起夢境裡的那座森林。

也許我的勸告方式對今天的雷族來說已經過時了，他心想道，忍不住全身打起寒顫。或許他對那個夢境的解讀是對的：這裡真的不再適合他。

搞不好這就是一種跡象徵兆……是在告訴他，雷族沒有我反而比較好。

那天晚上，灰紋幾乎難以入眠，等到黎明曙光滲進天空時，他就又醒了。但他太沉溺於自己的思緒裡，不斷反覆回想前日的事情，結果花了他好一段時間才恍然發現營地裡出現騷動。他站了起來，老骨頭跟著嘎吱作響，他不禁皺起一張臉，拖著腳步，走進空地。

第一眼乍看下，他還以為所有雷族貓都聚集在空地。等到走上前去，灰紋才瞄到獅焰和刺爪正在對峙，鬃霜、栗紋、翻爪、拍齒，和其他族貓也都在旁邊錯落地圍成一圈。空氣裡瀰漫著緊張的氣氛，好似即將有暴風雨來襲。

獅焰和刺爪僵持在現場，尾巴不停甩打，肩毛倒豎。他們看起來像是快打起來。灰紋全身警戒。獅焰和刺爪都是資深戰士，他們不該像梅石和竹耳那樣為了一點小事爭吵。**他們很有可能會傷到彼此！**

他抬眼望向松鼠飛的窩穴，可是沒有族長的蹤影。**她一定不在營地**，灰紋心想，**不然她不可能置之不理。**

灰紋豎起耳朵，聽見刺爪滿腹牢騷地嘟囔：「我們明知道該怎麼做，卻像魚困淺灘一樣無力掙扎。」

「我們怎麼可能知道怎麼做？」獅焰質問道。「有哪個部族像我們一樣有族長被困在生與死之間。」

刺爪頑強地點個頭。「沒錯，而且任何部族都不該有這種遭遇，我們的族長應該在這裡領導我們才對。」

獅焰偏著頭，彷彿不明白他在說什麼。「他要怎麼回來領導？」

「部族若是沒有真正的族長來領導，就不是部族。」刺爪無視他的問題，厲聲說道。

「我們有松鼠飛啊！」獅焰立刻反駁。

「她是我們的副族長！」

獅焰的眼裡射出怒火，鼻口猛地伸長過去，與刺爪近距離對峙。「我現在是你的副族長！」他吼道。

「難怪你會這麼滿意現在的局面，」刺爪回嗆他。「你一個月前也不過只是戰士，就跟我們一樣。」

嫩枝杈走上前來質問刺爪，但後者憤怒到沒有留意到對方。灰紋感覺到自己的頸毛開始倒豎，**刺爪或許是莖葉的父親，也是我女兒花落的伴侶貓，但不管他是不是還在傷心難過，他現在的行為顯然就像是腦袋裡飛進了蜜蜂。**

灰紋強壓下自己的怒氣，緩步走進貓群。刺爪和獅焰已經把嫩枝杈趕走，後者喪氣地聳聳肩，退了下來。蜂紋也想去阻擋他們，結果被他們兩個的怒目給逼退回來。

「……你之所以能當家作主，還不都是因為你是松鼠飛的親屬。」刺爪對獅焰嘶吼。

灰紋一聽到他的暗示，肚子跟著抽緊，圍觀的族貓一聽到此話，毛髮也都聳了起來，眼神猶疑，灰紋看得出來他們跟他一樣也感到不安。

獅焰惱火地甩打尾巴。「你把這句話給我吞回去！」他要求道。

「我只是實話實說！」刺爪挑釁他。「自火星以來，雷族的下一任族長是誰從來都不出我們所料。」

「雷族的領導權從來都是從族長傳遞給副族長，」獅焰反駁，「戰士守則是這麼規定的。」

「所以火星找他女兒的伴侶貓當副族長只是巧合囉。」刺爪繼續說道。

獅焰前爪戳進地上。「當時棘星是雷族裡頭最強壯的貓！」

「然後棘星又任命他的伴侶貓為副族長，而現在……」

「她有資格當上副族長！」

刺爪吼了回去。「而現在火星的親屬……一隻由松鼠飛和棘星當成自家孩子共同撫養長大的貓……也成了雷族副族長。所以我們理當相信在這個部族裡只有一個家族能培養出足以擔當族長大任的小貓嗎？其他的貓生來就是要接受他們支使和命令嗎？你以後會任命誰當副族長？火花皮？還是焰掌？」

灰紋不禁覺得刺爪說得也不無道理。也許被同一個家族掌權太久，是有點奇怪。但他並不支持刺爪的表達方式，他說的活像是他們在資格挑選上會刻意排除其他貓。

而且很明顯，刺爪自認比獅焰更有資格擔任副族長。這一點灰紋並不意外。刺爪本來就是驍勇善戰，經驗老到的戰士，他會是很優秀的副族長。

我希望獅焰能明白這一點，先讓自己冷靜下來。

但這似乎不可能。「你為什麼要在部族裡挑撥離間？」獅焰質問道，同時怒瞪著刺爪。「我們要擔心的問題還不夠多嗎？」

「難道我們就該盲目地相信你，什麼疑問都不能有？」刺爪胸口發出低沉的吼聲。「就像我們以前相信棘星那樣？」

「我沒有要求你們得盲目相信任何一隻貓……」

刺爪猛地探出頭。「一開始就是因為我們太相信自己的族長，才會害我們淪落到這種地步。就因為我們對棘星太信任了，才會讓那個冒牌貨有機會為所欲為好幾個月！差點毀了雷族。」

獅焰的眼裡射出怒火。「但是現在唯一可能毀掉雷族的貓就是無理取鬧的戰士！」他朝刺爪逼近一步，亮出爪子。「比如你！」他呸口道。

刺爪嘶聲以對，拱起後背。灰紋一想到竟然有兩隻雷族貓在營地中央快要打起來，便感到痛心難過。**不，這不是我以前認識的雷族。**

他才剛有這個念頭，那股悲痛竟又瞬間被憤怒掃開，他得別過臉去，才能咬牙忍住想親自跳進去好好教訓他們的那股衝動。

這兩隻貓會把部族搞垮的，他們完全不懂他們站在同一條陣線上，他心裡想道。**身為副族長的獅焰應該要懂得調解糾紛，而不是去火上加油！難道雷族真的要瓦解了嗎？**

他別過臉，卻看到眼神絕望的鬃霜上前擋在兩名戰士中間，刺爪嘶聲斥喝她後退。這時有動靜吸引他的注意，於是目光移向荊棘隧道。松鼠飛和她的巡邏隊回來了。

族長立刻丟下叼在嘴上的獵物，跑進空地中央，也就是獅焰和刺爪對峙的地方。

「怎麼回事？」她問道，目光在獅焰和刺爪之間來回。

松鼠飛會解決的。灰紋心想道。但他馬上就發現自己太樂觀了。

「刺爪在質疑雷族的領導權。」獅焰吼道。

「獅焰這句話什麼意思？」松鼠飛冷冽的綠色目光射向刺爪。

「這沒有什麼不好意思說的，」刺爪駁斥道。「如果我們早點質疑自己的族長，搞不好現在就能省掉很多麻煩。」虎斑貓堅稱道。

灰紋看得出來松鼠飛對刺爪的這番話感到惱火。那個麻煩出現的時候，她已經是副族長了，他顯然是要她為冒牌貨在族裡的為所欲為負起全責。「現在去爭執我們當初該怎麼做，並沒有意義。」她語氣堅定地說道。「重要的是，我們接下來該怎麼做。此刻雷族必須團結起來，直到找出方法讓棘星回來，我們必須當彼此的後盾。」

刺爪嗤之以鼻。「在妳對自己的部族棄之不顧的時候，怎麼沒想到這一點。」

「我從來沒有對雷族棄之不顧，」松鼠飛厲聲回答。「我是沒有選擇才離開的……」

就在松鼠飛繼續解釋她當時的處境時，灰紋的心情跟著低落了起來。他感覺得到緊張和焦慮宛若池塘裡的漣漪在族貓當中擴散。**因為這場對話再度提醒了我們雷族的族長不見了**，他恍然大悟。**如今的棘星正卡在兩個世界之間……沒有貓知道他什麼時候能回來，或者說回不回得來！所以我們當然很難團結一氣地支持新的族長。**他和族貓甚至不知道棘星的靈體到底還在不在。一名年輕的天族戰士曾看到棘星的靈體在湖邊四周遊蕩，不過那是好一陣子之前的事了。棘星的遭遇奇特到灰紋的腦袋根本沒辦法想像。他只知道失去族長這件事已經害他們部族快要瓦解。

「如果我們可以聯絡上星族，」嫩枝杈向跟赤楊心一起站在巫醫窩外面的松鴉羽說道。「也許我們就能知道我們有沒有走對路。大家就不用這麼緊張了。」

截至目前為止，松鴉羽都沒有參與這場騷動。但這時他竟惱火地抽動鬍鬚。「妳以為我們沒試過嗎？」他質問道。「妳指望我做什麼？飛到星族那裡，拖住祂們的尾巴，把祂們拉下來嗎？」

「在祂們準備好跟我們聯絡之前，我們其實什麼也不能做。」赤楊心直言道，語氣較為冷靜。

「如果祖靈的現身得等祂們高興才可以，那還要祂們幹什麼？」拍齒惱火地問道，結果沒多久也跟其他族貓吵了起來。

「對啊，難道你們不能在夢裡去找星族嗎？」

「要是祂們都不來找我們呢？」

灰紋聽到四周有這麼多反駁聲和質疑聲，乾脆閉上眼睛，眼不見為淨。松鴉羽的冷言諷語根本沒幫上忙。但灰紋也必須承認自己跟其他族貓一樣也有這些質疑的念頭。他不敢想像要是星族再也不回來了，部族貓的下場會是什麼。

不過……

「如果我們的祖靈離棄了我們，」翻爪正開口道。「我們又何必自找麻煩地遵照祂們所訂下的傳統？我們甚至不是住在祂們當初出生的那座森林裡。我們可以依據我們在湖邊重新展開的生活來制訂守則啊。」

百合心瞪大眼睛看著他。「你真的認為戰士守則應該改變嗎？」

翻爪聳聳肩。「我不知道我的想法是什麼。但星族的失蹤，不也正好是個很好的機會讓我們重新思考我們的信仰究竟對不對？」

哪怕灰紋也曾懷疑過未來若少了星族會是什麼光景，但他還是很訝異這位年輕戰士嘴裡的這番話。翻爪不只提議部族不用再去搞清楚祖靈戰士對他們的指點是什麼，甚至也明白地說部族貓根本不需要祂們的指點。

更令灰紋震驚的是，竟有幾隻貓也認同翻爪。**這是不對的，**他告訴自己，他不能放手這個被他奉行了一生的信念。**沒有祖靈的帶領，部族是活不下去的……這不是我要的。喔，火星，要是我再也不能跟你說上話……或跟銀流說話，或者所有我曾深愛和失去的貓說話，那該怎麼辦？那雷族存在的意義為何？**

他想起他上次見到火星的場景……或者說那個夢境。那個令他不安的夢境又開始在他腦海裡浮現，再加上它所揭示的各種疑慮。**也許這座森林不再有我的容身之處，也許那是我見到火星的最後一次機會……也許這就是他想告訴我的。**

「……我熱愛戰士這個身分，」翻爪正在開口說話。「我可以為我的族貓犧牲性命。但在經歷過假棘星的事件之後，我需要再好好思索一下身為戰士的真正意義何在。」他轉向松鼠飛，然後接著說：「我想我們都需要好好思索。」

「我已經知道身為戰士的意義何在。」松鼠飛咆哮，綠色眼睛怒瞪年輕公貓。

翻爪深吸一口氣。「那麼也許我應該出去走走，」他喵聲道。「我是說我自己去，才能將這一切想清楚，再決定是否回來。也許我會找到一個比較沒那麼危險又更好的領地供我們生活。又或者該是我們停止這種生活方式的時候了，我是說部族生活。」

灰紋震驚到毛髮瞬間倒豎，有幾隻貓也一樣嚇得倒抽口氣。**他怎麼會說出這種話？**但是他明白對照翻爪先前的提議，這其實是個合乎邏輯的結論。如果祖靈不再指引他們，就算有部族，又有何意義。灰紋覺得心很痛，就好像被尖銳的樹枝刺到。**要是不管我在不在，雷族都一樣會瓦解，那麼我是否遵守諾言也無關緊要了。**

「翻爪，你不是認真的吧？」鬃霜瞪著她弟弟，語氣憤慨。

「也許他是認真的。」站在貓群後方的拍齒反駁道。「而且也許我也認同他。」

「那麼你們兩個都應該出去，」松鼠飛回答道，尾尖憤怒地彈動。

刺爪走到翻爪旁邊。他的肩毛不再聳起，對獅焰的憤怒似乎也消失了，當他開口時，語氣也很冷靜，音量大到足以讓營地裡的每個角落都聽得到。「我也想要出去走走。」

有幾隻貓發出抗議的吼聲，灰紋能理解其中原因。因為無論年輕戰士做出什麼決定，你都大可漠視他們，但刺爪並非一個對部族生活不滿、還在叛逆期的年輕貓兒，他是一位備受尊重的資深戰士。

「我也是。」飛鬚也開口道，同時走上前去加入他們。翻爪眼神溫柔地看她一眼，朝她貼近。

拍齒從焦慮不安的貓群裡擠出來，站在他同窩手足旁邊。「還有我。」

「我們不能都稍微冷靜一下嗎？」獅焰問道，同時走向松鼠飛，目光來回看著松鼠飛和他自己的孩子，琥珀色眼睛裡帶著懇求的神色。「這不是戰士可以隨隨便便做出的決定。」

對於副族長看到自己的兩個孩子決定離開他所熱愛的部族，心裡的那股難受，灰紋可以體會。可是拍齒和飛鬚並不打算聽他的話。

「我們不是隨隨便便做出這個決定，」拍齒反駁道。「我們很認真。這也是我們必須離開的原因……才有空間可以思考。」

灰紋愣了好一會兒，他看著族貓臉上的表情，聽到一些貓正試圖勸解刺爪和其他貓留下來。鬃霜想到她弟弟翻爪竟然決定自己到外面走出一條路，顯得尤為慌張。灰紋再度想到他對松鼠飛的承諾，心裡很篤定這時候他該開口說幾句話。他當然可以從他在部族裡的過往生活經驗當中找到一些說詞，或者提到以前那個世界跟現在一樣險惡，用各種以前的經驗談來改變年輕戰士的心意，重新激起他們的忠貞和鬥志。他理當幫忙松鼠飛扭轉局面。

他抬起頭，開口正要說什麼，但還沒說出口，便留意到刺爪正在跟花落說話，後者不可置信地瞪大眼睛，抬眼看著她的伴侶貓。「如果我決定離開，」他低聲道，「我會回來道別的。」

灰紋絞盡腦汁想找到該說的字眼，可是當他環顧族貓們那一張張困惑的臉時，他才驚訝發現他們似乎都太年輕了。這提醒了他昨天跟梅石和竹耳的爭執，那場爭執令他開始懷疑自己在這個部族裡到底還有什麼作用。**不過就是一個長老，一張張口就要吃的嘴……年輕貓兒不會想聽我要說的話。也許我對過往的回憶只會阻礙他們的進步。**

我應該離開的。當他想到這句話時，彷彿覺得太陽從雲層後面乍現。本來跟其他族貓一樣感到驚詫的他，頓時也有種如釋重負的奇怪感覺。他原本應該告訴族貓們他對戰士離開部族這件事的看法——這是一個錯誤和不好的示範，但他其實並不真的這麼想。對於他自己在部族裡的角色是什麼，他已經掙扎了好一陣子，只是從來沒有想到過在為雷族貢獻了大半生之後，仍然得鼓起勇氣選擇離開這裡。如今無論他曾經告訴松鼠飛什麼，他都確定在夢到火星的那個夢境裡，他的感受是對的：這地方已經不屬於他。也許永遠離開並不對……但或許他必須出去走走，才能確定很多事情。「出去走走」這個點子搞不好正是他所需要的，他可以趁這段時間把所有事情想清楚。

他緩緩地走上前去，族貓們紛紛讓出一條路給他，直到他站在松鼠飛面前。「我也要離開。」他輕聲說道。

他很清楚驚詫的情緒如漣漪在貓群當中擴大。他也明白資深戰士們很清楚雷族對他的意義何在，所以對他想要離開雷族的這個想法一定感到十分震驚。他們怎麼也料想不到灰紋竟然會想離開雷族。他聽到他們驚詫地議論紛紛。

「先是刺爪，現在要連灰紋也要走了！」

「我還以為他是最不想離開自己部族的貓。」

松鼠飛直視他的眼睛，綠色目光混雜著震驚與哀痛。「你告訴過我，你會挺我，」她開口回應，聲音沙啞。「你還說你可以當我的後盾。」

灰紋垂下頭，全身被罪惡感淹沒。他從來沒想過要傷害松鼠飛，可是他對她許下承諾時，沒弄懂一些事情，但現在他弄懂了。**待在這裡，我什麼問題也沒辦法解決，周圍有這麼多貓，他們只會一再提醒我現在已經跟以前不一樣了……而我多希望還是一樣。**

「對不起，」他哽咽說道。「我沒有信守承諾。」

松鼠飛僵在原地，宛若一塊冰雕的雕像。「為什麼呢？你也答應過我父親，你絕對不會離開雷族……還是你已經忘了？」

灰紋愧疚不已。他知道雷族此刻正逢存亡危機之秋，他卻令部族失望。他終究打破了長久以來的承諾，令他的族長失望，也對記憶中的火星食言。可是他知道這件事他沒有做錯。也許是火星把他從承諾裡頭釋放了出來，哪怕當時他在夢裡並不完全明白。

「改變得太多了，」他告訴她。「我跟雷族共同經歷了這麼多事情，包括舊森林被破壞，流亡在外當了一陣子寵物貓，最後又找到你們。但今天我所看到的雷族已經不復我當年效忠火星時的那個雷族。我不知道我是不是還屬於這裡。我需要時間思考。」

松鼠飛退後一步，目光掃過所有宣稱要離開的貓兒。「如果這是你們的決定，」她喵聲道，「那就帶著我的祝福離開吧。你們很清楚自己的想法，我不會試圖改變。」她的聲音變得愈來愈陰沉。「但記住一件事。戰士是以部族為優先。如果你們走了，就等於辜負自己的族貓。我可以暫時忍受。但如果你們在一個月內沒有回來，就不要再回來了。」

灰紋垂頭表達最深的敬意，隨即轉身離開，朝荊棘隧道走去。他聽得到另外三隻貓的腳步聲跟在後面。松鼠飛因他的食言表現出的悲痛至今仍迴蕩在他腦海裡，一想到他所拋開的一切，心裡頭就好像有隻小貓正在哭號。鑽進荊棘隧道之前，他特意回頭看了最後一眼。

這是我最後一次見到我的家園嗎？真的得道別了嗎？

他一進到森林，思緒便像歸巢的小鳥飛回久遠的從前，那時的他許下了他剛剛才打破的承諾。

第三章

彼時

灰紋坐在營地，尾巴整齊地蜷放在腳邊，出神地望著塵皮正在守衛的金雀花隧道開口處。他很享受雷族此刻的靜謐……火星外出了，他是代理族長。目前為止，一切順利。森林裡充滿獵物，營地的荊棘圍籬強固到足以抵擋老愛四處打劫的狐狸和獾，而且到現在為止，也沒有其他任何部族來找麻煩。

即便如此，灰紋仍不免企盼他的母親柳皮此刻也能在這裡親身體驗這種平靜的生活。祂是為了保護灰紋那有一半血緣的弟弟煤灰掌，而跟一頭獾對打，最後光榮戰死。當時祂那三隻年紀最輕的小貓都還在當見習生，對祂的驟逝震驚不已。

我想部族裡有些貓恐怕已經忘了柳皮也是我母親，他心想道。但另一方面來說，灰紋也慶幸少有貓注意到這件事，他才可以靜靜哀悼柳皮，不必在整個部族面前處理自己的傷痛情緒。

營地此刻很是幽靜。黎明巡邏隊已經回來報告過，邊界目前沒有任何跡象顯示什麼問題，多數戰士都出外狩獵了。灰紋渴望能在太陽下山前，看到滿滿的生鮮獵物堆。

他環顧四周，看見煤皮鑽進鑽出她的窩穴，忙著將藥草鋪在太陽底下晒乾，長老花尾和獨眼正在倒下的樹幹旁邊，也就是長老窩的窩穴邊緣，懶洋洋地互舔毛髮。他們正在聽斑尾說話，後者似乎正忙著靠前爪和尾巴的比劃來說明故事原委。

育兒室外面，蕨雲和快要臨盆的亮心一邊看顧蕨雲的小貓，一邊閒聊。兩隻精力充沛的小公貓來回投擲著一塊樹皮，用前爪揮打它，不時興奮地發出尖叫聲。

灰紋的位置剛好近到足以聽到母貓們的對談，一股不安像蟲一樣在他肚子裡爬行，因為他聽到了她們的聊天內容。

「營地裡已經聞不到火星的味道了，」蕨雲難過地喵聲道。「就好像他從來沒住在這裡。」

「我懂，」亮心偏過頭。「我從來沒想過他會一走了之，離開我們。」她猶豫了一下，然後又說：「妳相信他離開的原因是為了幫星族出任務嗎？」

「我不知道該相信什麼，」蕨雲嘆口氣。「塵皮說他認為火星可能厭倦了部族族長的工作，又回去當寵物貓了。」

灰紋感覺到自己的肩毛在憤怒和憂懼情緒混雜的情況下開始聳立。他豎起耳朵，以免漏聽兩隻母貓的談話內容。**他們在我背後都是這樣說的嗎？**

「妳真的這麼想？」亮心問道，語氣裡攙著焦慮。

「我也不願這麼想啊，」蕨雲回答。「而且我不認為塵皮真的相信。但我還是想知道火星去了哪裡，他什麼時候回來。」

我們難道不想知道嗎？灰紋懊惱地想道。他好奇身為代理族長的自己此刻是不是應該穿過空地去制止母貓們的揣測。**但這只會引起口角吧，他提醒自己。煤皮和我都知道火星是去尋找天族，可是我們不打算告訴其他貓。這表示我也無法把她們不曾聽過的事**

情告訴她們。也許等一下，她們就會停止擔心火星的事，開始談論起自己的小貓或別的事了。然後又天下太平了。

他看著兩隻貓兒貼近彼此交頭接耳，聲音小到他根本偷聽不到。灰紋這才明白，只要短短幾句話便能讓他原本的好心情瞬間湮滅。不過他也知道除非真正的族長回來了，否則就算當下心情再平和，也持續不了多久。

正當他一閃而過這個念頭時，煤皮已經鋪好她的藥草，朝他走了過來，她拿尾巴彈他耳朵。「灰紋，醒醒！」她開心地喵聲道。「我們還有整個部族得打點呢。」

灰紋站起來，弓背伸了一個很大的懶腰，試圖把剛聽到的話拋在腦後。「我沒有睡著，」他語氣溫和地回答。「不管怎麼樣，在夜間巡邏隊出去之前，應該沒有什麼事可做了。妳看！」他補充道，同時用耳朵指著營地入口。「狩獵隊要回來了，看來抓到不少獵物！」

灰毛正從荊棘隧道裡鑽出來，嘴裡叼著一隻肥美的鴿子。另外兩名隊員雲尾和鼠毛跟在後面，也都帶著自己的獵物。灰紋跟著他們前往生鮮獵物堆那裡。

「做得好，」他喵聲道。「部族今晚可以吃得飽了。」

灰毛把鴿子丟進獵物堆裡，冷笑地朝灰紋轉身。「至少我們少了兩張嘴要餵，希望火星和沙暴能好好享受他們的寵物餐。」

「是啊，」雲尾附和道，同時蓬起全身毛茸茸的白色毛髮。「我都不再留戀寵物餐了，他還回去幹嘛？」

灰紋瞪視他們，表情驚詫。「你們應該為自己感到羞愧！」灰毛和雲尾用嘲諷的眼神互看一眼，彷彿一點也不在乎他剛說了什麼。灰紋的目光射向亮心和蕨毛，這才明白其實已經有很多貓公開質疑火星，他知道他身為代理族長，理當採取果斷行動。灰紋決定在自己的聲音裡加點權威，至少讓語氣聽起來很果斷。「忠貞的戰士絕不會趁族長不在的時候在背後說長道短。」

但即便他開口了，灰紋卻看到族貓避開目光，不屑地彈動尾巴。他這才明白他們根本不像以前乖乖聽火星訓話那樣也安分地聽他訓話。

「他不應該離開的。」雲尾直言道。「那就不會有誰說長道短了。」

灰紋張嘴正想反駁，但話還沒說出口，鼠毛便打斷他。

「所以偉大的火星到底在哪裡？」鼠毛質問道。「他一定是在出什麼非常重要的任務吧，幹嘛不能告訴其他族貓呢？」

灰紋知道他再多說也無益。他心裡部分明白族貓對火星的離開感到多震驚。他也不能怪他們會有被族長背棄的感覺。可是他答應過火星不會告訴任何貓他此行的任務是去尋找流落在外的天族，天族曾是第五部族，直到被趕出森林為止。這件事只有他和煤皮知道。

「他是應星族的要求才出外遠行的，祂們究竟派他去哪裡，這件事跟你們無關。」他吼道。

「那好，部族的安全也跟我們無關囉。」灰毛回嗆道。「而且我也不確定你有沒有資格領導我們。」

灰紋當下只是驚訝地瞪著年輕的戰士。他不敢相信竟然有貓會這樣質疑他……或者更糟的是，質疑將領導權交付給他的火星。他感覺得到他的肩毛聳了起來，只能逼它們平貼回去。他很想伸爪劃掉灰毛臉上的嘲諷表情，但他知道他必須冷靜。

「這不是你可以作主的，」他不動聲色地說道。「火星選我當他的副族長，其他貓……」

「對，不是所有貓都滿意他的這個決定，」鼠毛打斷道。「副族長應該要永遠效忠自己的部族，你曾離開雷族，去了河族。看在星族老天的份上，你在河族有小貓欸！要是我們現在跟河族起衝突，天知道你會站在哪一邊？」

「可是我們和河族沒有衝突啊。」灰紋宣稱道。

「這不是重點，」灰毛喵聲道。「我們可能會有衝突。反正不管怎麼樣，灰紋，族裡有很多貓都不認為你有資格擔任族長。」

「沒錯，你甚至沒有指定副族長，」雲尾插嘴道。「要是火星沒回來呢？你總不能獨自領導這個部族吧。」

「可是火星會回來。」灰紋堅稱道，但他懷疑自己說的算不算實話。**沒錯，火星是打算回來，但這一路上一定會遇到很多危險……是我們連想都不敢想的危險。**

「但要是他沒回來呢？」雲尾顯然不願意就此罷手。「老實說，灰紋，你需要一個副族長。」

灰紋盯著白色戰士看，對他的疑惑甚過於憤怒。「我不是族長，我只是代理族長。如果火星想要一個代理副族長，在他離開之前，一定會先指派。」灰紋惱火地彈動鬍鬚，又補充道：「雲尾，你為什麼這麼說，是想當副族長嗎？」

「我認為應該由塵皮擔任副族長，」灰毛趕在雲尾開口之前搶先回答。「灰紋，有些貓認為當初火星一開始就該任命塵皮擔任副族長，才是比較好的選擇。」

灰紋頓時火大，費了好大功夫才沒衝動地伸爪朝灰毛撲上去。他深吸一口氣，等他再度開口時，語氣異乎尋常地冷靜。「灰毛，那些貓是誰？是誰在質疑火星的判斷力？」

灰毛遲疑了，顯然不想回應也不能回應。灰紋一邊呼吸吐納，一邊用目光掃過營地，看了塵皮一眼，後者仍坐在地上監看金雀花隧道的入口。他納悶那位棕色的虎斑戰士是否也跟他們有一樣的想法，是否有聽到生鮮獵物堆這邊的爭執聲。

當然，他是忠貞的雷族戰士，灰紋心想道。**也是一位驍勇善戰和技術精良的戰士，他會是優秀的副族長。**他的毛髮頓時不安地豎起來，**比我優秀嗎？**他甩動毛髮，拋開那個令他很不舒服的念頭。**火星沒有選中他，就這樣。**

「若是火星要我們尊重他的判斷力，那他就應該留在這裡。」灰毛最後說道。「我還是認為你應該指派塵皮擔任你的副族長，這樣一來，營裡會比較有秩序一點。」

「秩序？」煤皮的聲音嚇了灰紋一跳。他根本不知道巫醫貓已經悄悄走過來，站在他後面。「灰毛，我看這附近唯一擾亂秩序的就是你們三個吧，老是在質疑族長的決策。」

灰紋瞥了煤皮一眼，只見她藍色眼睛射出怒火。**她平常雖然溫柔，卻絕不縱容任何貓胡說八道**，他感激地心想道。

灰毛立刻後退一步。雲尾則是不敢迎視那雙犀利的目光，至於鼠毛竟突然介意起肩上那撮打結的毛髮，忙著回頭梳整它。

「火星是星族欽定的族長，」巫醫貓繼續說道。她的聲音冷冽到宛若一陣冷風掃過白雪皚皚的山丘。「他也按規定找了灰紋當副族長。要是星族不贊成，早就有很多機會可以表明祂們的看法。」

「可是我……」灰毛正要開口。

煤皮無視他的打斷。「與此同時，由於灰紋不是星族欽定的，所以他也沒有權利指定任何副族長。而且火星在他離去之前似乎不認為有這必要。所以為什麼我們不能好好地做自己的分內工作，只管好自己的事呢？」

「沒錯，」灰紋咆哮道。他沒有等對方回答，便徑自轉身昂首闊步地離開，朝戰士窩走去。

但是他還沒走到，就聽見金雀花隧道那裡有貓急切地呼喊他。「灰紋！灰紋！」

他旋即轉身，看見蕨毛穿過營地，朝他奔來，刺爪和棘爪緊跟在後。棘爪是雷族最新任的戰士，火星和沙暴展開追尋之旅前才剛任命他。這支隊伍也是出去狩獵，卻沒帶任何獵物回來。蕨毛嘴裡叼著某樣東西，但那東西小到不可能是隻老鼠。

「出了什麼事？」灰紋等到三名戰士停在他面前才問道，只見他們氣喘吁吁。「你們看起來好像跑遍了整座領地。」

「我們是跑遍了。」刺爪嚴肅第說道。

蕨毛把他嘴裡叼的東西丟在灰紋腳下。「你看這個！」他大聲說道。

「你聞聞看！」棘爪補充道。

灰紋低頭瞪看，發現蕨毛帶了一小塊沾了血的兔子毛皮回來。他彎下身子，嗅聞很久，除了兔子本身的氣味之外，毛皮上還沾染了另一種明顯的味道。

「風族！」他呼出一口氣。「拜託告訴我，你們沒跑進他們的領地狩獵？」

「我們沒有！」蕨毛惱火地反駁，金棕色毛髮聳了起來。「我們絕對不會。我們是在自己的領地上發現這個，離四喬木不遠，沿路還有更多兔子的殘骸，都沾有風族的臭味。」

「那些卑劣的追兔仔竟然偷我們的獵物。」刺爪吼道。

灰紋又聞了一次那塊毛皮。刺爪太快下結論了，他不完全認同。最近獵物充沛，沒有理由偷別族的獵物。**風族越界這種事感覺不太合理**。

在此同時，灰毛、鼠毛、和雲尾因為知道出事了，也都走了過來，圍在那塊兔皮旁邊嗅聞。蕨毛重覆一遍他們是怎麼找到它的。

「你打算怎麼做？」灰毛滿心期待地朝灰紋轉身問道，藍眼睛裡帶著挑釁。

「我……不太確定，」灰紋本來希望能有多一點時間想清楚，而不是像現在這樣當場被追問。這是擔任代理族長會遇到的棘手問題之一。他知道火星一定能精準知道當下該怎麼處理……但是他也相信火星不會想跟風族起衝突，除非他確定雷族占理。

如果我做錯決策，灰毛和其他貓兒就會說，這足以證明我不是當族長的料。

「我說你就做個決定吧，」鼠毛嗆他。「出了這種事，你總不能放風族一馬吧！」

放風族一馬？棕色母貓的質疑在灰紋腦海裡反覆迴蕩，他停下動作好好思索，清楚知道他的戰士正帶著不耐和譴責的混雜目光瞪著他看。「這也許不像我們想得那麼糟，」他終於說道。「搞不好這是風族那裡的兔子，其中一名戰士為了追捕，越過界線。好吧，他們也不應該越界，但在這種情況下，問題就不像擅闖我們領地進行偷捕來得那麼嚴重。」

「所以你打算什麼事也不做？」雲尾問他，同時懊惱地蓬起白色毛髮。

灰紋忍住想嘆氣的衝動。**煤皮也許已經制止住那場爭執，但這些貓並沒有改變自己的想法。他們如果繼續意見這麼多，我要如何決定下一步該怎麼做？**

「不是什麼事都不做，」他回答，同時強迫自己保持冷靜。他現在終於明白耐心是好族長必備的條件之一。「但我不會因為一件可能的意外小插曲，就去找風族麻煩。反而是應該在風族邊界加強巡邏。若再發現同樣類似問題，我們再做討論。」

灰毛冷哼一聲，轉身朝生鮮獵物堆走去，同時朝灰紋的方向彈動尾巴。雲尾和鼠毛也跟他走了。灰紋聽見雲尾喃喃說道：「如果是火星，他一定不能容忍這種事。」

灰毛咕噥附和。「對啊，他也許不完美，但他很有擔當。」

他們的無禮害灰紋氣得全身發燙，但他盡量不顯露出來。「你們有抓到任何獵物嗎？」他問蕨毛的狩獵隊。

蕨毛點點頭。他顯然也不太滿意他的做法，但至少他不會跟他爭執。「有，我們先埋起來了。我們覺得應該先讓你知道風族的事。等一下我們就會去把獵物拿回來。」

「很好，」灰紋說道。「你去的時候，可能也得在風族邊界那裡重新補強氣味記號。」

蕨毛俐落地點個頭。「你放心，灰紋。」說完就帶著刺爪和棘爪穿過營地，經由金雀花隧道走出去。

灰紋看著他們走遠。**蕨毛也對我感到失望嗎？當我提到氣味記號時，他看起來是有比較高興一點**。他隨即甩開自己的疑慮……**如果我想當個好族長，就得學會不要那麼敏感**。他派出黃昏巡邏隊之後，便往自己在戰士窩裡的臥鋪走去。他不覺得他有資格佔據火星在高聳岩下方的族長窩。他蜷伏在自己的臥鋪裡，試圖休息和放鬆。但那塊染血的兔皮……亦即那個不利於風族的證據……以及他跟族貓們的紛爭，都在腦海裡不斷迴盪，直到覺得自己好像陷入了幽黑的池水裡。

他搞不清楚自己到底能不能睡著，只知道好像才一會兒功夫，就又聽到營地對面某處傳出慘叫聲。那是貓兒在恐懼和痛苦中所發出的聲音。

灰紋跳了起來。**出了什麼事？**

第四章

此時

「我們狩獵好不好？」刺爪提議道，同時抬起鼻口嗅聞空氣。「我的肚子在抗議了。」

灰紋和其他四隻離開雷族的貓停在一棵大橡樹的樹蔭下，這裡離雷族跟天族的邊界不遠。灰紋嗅聞空氣，聞到了充沛的獵物味道以及天族腥臭的氣味記號，那臭味是從不到三條狐狸身之遠的接骨木樹叢那裡飄送過來的。

「現在嗎？」飛鬚回應刺爪。「我還以為我們應該離開雷族。沒什麼道理在我們自己的領地上逗留吧？」

翻爪和拍齒點頭附和，刺爪發出懊惱聲。「聽著，」他厲聲道，「你們要好好想清楚離開的意思是什麼。如果你們繼續走這個方向，越過我們的邊界，很快就會抵達兩腳獸的地盤。又或者你們可以走那個方向，」他用尾巴指了指，「穿越天族和影族的領地。而另一個選擇是回到湖邊，穿越風族的領地，經過馬場離開。你們自己挑一個吧。不過要想找到能獲得別族允許的獵物來充飢，就只能看你們運氣了。」

三隻年輕貓兒懊惱地互看一眼。飛鬚看起來尤其沮喪。灰紋趕在她開始找資深戰士爭執之前先上前一步。

「刺爪說得沒錯，」他喵聲道。「我們離開領地之後，就不知道能找到什麼獵物了。所以先吃飽和充分休息後再穿過邊界，才是合理的。」

「我想也是。」拍齒咕噥道。

「好吧，我們就狩獵吧。」飛鬚同意道。「我只是希望別撞見雷族的巡邏隊。那會很尷尬！」

結果一語應驗似地，接骨木叢那裡傳來窸窣聲響，但那是天族的隊伍，不是雷族，帶隊的天族副族長鷹翅從樹叢裡出來，後面跟著微雲和馬蓋先。

「你們好，」離邊界最近的翻爪緊張地點了一下頭。

鷹翅簡單點頭回應。「你們好。我可以請教一下嗎？為什麼有這麼多隻貓在離我們邊界這麼近的地方閒晃？」

「我們沒有閒晃！」飛鬚反駁道，很不高興地蓬起頸毛。

鷹翅的黃色目光緩緩掃過這五隻貓。「在我看來很像啊！」

灰紋看到馬蓋先滑出爪子，微雲這時也上前一步，踩在邊界線上。

「沒事，」他開口道。「我們只是……」

「我們正打算離開部族貓的領地！」拍齒打斷道。「我們要暫時告別雷族，但我們也不想跟天族扯上任何關係，所以謝囉！」

灰紋驚恐地瞪看著口無遮攔的年輕黃色虎斑公貓，刺爪嘴裡咆哮，「鼠腦袋！」他掀開嘴皮，對著拍齒露出尖牙。

「真的嗎？」鷹翅冷冷地回答。「真是有趣，那我就不擋你們的路了。只是記住別踏進天族邊界，我是說你們……上路的時候。」

「不會的。」灰紋向他保證道，隨即用尾巴示意他的族貓們離邊界遠一點，朝橡樹根那裡走去。「你根本不用跟他們說這些！」他在拍齒耳邊低聲吼道。

「對不起。」拍齒喃喃說道。

「光說對不起是抓不到獵物的。」刺爪嘶聲道。

天族的隊伍離開了。灰紋聽到微雲正大聲說：「哇，我從來沒想到會遇到這種事！」

「是啊！」馬蓋先附和道。「我是知道雷族目前情況很糟，但沒想到有這麼糟！」

「好了，現在大家都知道我們在做什麼了。」天族一消失在矮木叢裡，刺爪便繼續凶狠地出聲斥責。「拍齒，你兩隻耳朵中間到底長了什麼？一坨棉花嗎？」

拍齒沒有回答，只是瞪著自己的腳爪，尾巴垂在地上，任憑資深戰士訓斥。

「別罵他了，」灰紋嘆口氣。「傷害已經造成，我們先狩獵吧。」

「好吧，」刺爪火大地甩甩身子。「翻爪，你跟我來。」他繞過橡樹幹，鑽進灌木叢裡。翻爪懊惱地看了他的族貓們一眼，跟了上去。

「等到捕夠了獵物，就在這裡碰面會合！」灰紋在後面喊道。

翻爪揮揮尾巴表示知道了，然後消失在矮木叢裡。

「我們一起去狩獵。」飛鬚對她弟弟喊道，隨即又補充道，「灰紋，如果你願意的話，可以跟我們一起去，又或者如果你想休息，畢竟你年紀大了，我們可以幫你抓點好吃的東西回來。」

她的語氣貼心，但灰紋卻感到噁心想吐。「對啦，我想我是可能需要休息一下，」他回應道，然後故意表現出很累的樣子，先嘆了一大口氣，再癱趴在橡樹根上。「畢竟我這身老骨頭快累死了，我這四隻老腳也走不遠。」

「呃……好啦……」飛鬚似乎發現她剛剛的話太不得體。

拍齒推了她一把，兩隻年輕的貓於是繞過荊棘叢，消失在後方。

灰紋沒打算休息。族貓們的氣味一消失，他便站來，朝不同方向走去。他所有感官都為獵物打開，不過因為太長時間無需勞動他出外狩獵，所以他很擔心自己可能忘了所有技巧。

「星族，求求祢們，」他喃喃說道，但其實也不確定戰士祖靈們聽不聽得到他的祈求。「讓我抓隻好獵物吧，證明給那幾隻年輕又沒腦的貓兒看誰才有真本領。」

灰紋走向一處他以前常大有斬獲的地方。那裡下陷形成陡坡，上面佈滿長滿青苔的大岩塊，一條潺潺小溪在底下蜿蜒而過。岩塊之間有幾處兔子洞的開口。此刻灰紋慢慢趨近坡頂，他低下身子，腹毛刷過草地，小心匍匐前進，一步一步地踩。他很訝異很久沒做的動作竟然這麼快就又找回熟悉感了。

他檢查了一下，風向是往他這邊吹，於是嗅聞空氣，聞到強烈的兔子氣味。

太好了！

斜坡邊緣的灰紋剛把頭從大圓石後面伸出去，就瞄到下頭河邊有隻兔子正忙著喝水，用前爪洗臉。那是一隻肥美的兔子，肉多到至少能餵飽兩到三隻貓。他一想到這，便不禁流口水。

灰紋小心掃視斜坡，想找出一條路穿過那幾塊岩石，結果發現要是等他走到底下，那隻兔子恐怕已經有所警覺，鑽進其中一個兔洞了。如果他是跟狩獵隊一起狩獵，他會派其中兩名隊員繞過去，盡可能阻斷兔子的退路。

該行動了，他告訴自己。

他的腿猛地一個使力，做出很大的跳躍動作，腳爪幾乎還沒觸及坡道半路上的另一塊大石頭，便又再彈飛出去。而這個第二次的跳躍動作剛好讓他泰山壓頂那隻兔子，後者發出驚恐的叫聲，隨即癱軟在地。

「星族謝謝祢們保佑我抓到獵物，」灰紋喵聲道。他叼起獵物，很是滿意地走回約定的會合處。

我也許是長老，但還是有些本領的。

等到灰紋回來時，太陽正在西沉，林間斜射著猩紅色的陽光。小空地的另一頭離廢棄的兩腳獸巢穴很近，刺爪和翻爪正在那裡梳洗全身。灰紋把他的兔子丟在橡樹的瘤狀樹根中間，那裡堆了一小坨少得可憐的獵物。然後他伸了個懶腰，讓自己放鬆下來。他期待拍齒和飛鬚很快就能狩獵回來。

跟著這些貓兒這樣搭個臨時營地住，而不是睡在長老窩裡，感覺有點怪。他知道

「出去走走」是正確的選擇，剛剛狩獵的成功更為他增添了信心，但他還是有種茫然若失的感覺，不確定自己得付出何種代價才能讓這件事變成一件有益於自己和部族的正面經驗。若是不知道自己該走去哪裡，恐怕於事無補。不曉得怎麼搞的，他老是想起雷族以前舊的森林領地。從某方面來說，那座營地盡是帶來痛苦的回憶……火星、煤心、塵皮、以及其他已經跟著星族一塊去狩獵的眾多族貓。不過也有一些美好的回憶。也許那兒才是他該去的地方……再去看看那塊舊領地嗎？

這太鼠腦袋了，他心想，純粹只因為我想到那段時光，就想回去？舊領地搞不好已經不在了。兩腳獸為了打造更多條轟雷路和更多棟兩腳獸窩穴，早就毀了那裡。但至少他們沒能毀掉屬於他的記憶。

銀流……我美麗的銀流，他想到她，不免嘆口氣。這位河族戰士是他的初戀……當時他因為此事而質疑過自己對雷族的忠貞度。最後他是在失去她之後，才再度把自己完全奉獻給雷族。**希望她和蜜妮能有機會在星族碰面，也希望她們兩個都很快樂。**

一想到銀流，灰紋就不免想起暴毛，那是他和河族貓后唯一倖存的孩子。

至少我希望他是還活著，不過我也不能確定。

銀流死後，灰紋曾暫住在河族撫養小暴和小羽。他還記得他是怎麼陪著他們在河族營地裡玩耍，還有他們每每跑到河邊探險時，他有多驚慌。**他們真勇敢，我好以他們為榮。**

但如今暴毛已經背棄河族，跟他的伴侶貓溪兒住在山裡的急水部落。為了安全起見，灰紋也希望暴毛離五大部族現存的危機遠一點。只不過他對他的想念使他更加確定自己接下來該去哪裡。

我要走到急水部落去看我兒子。

灰紋頓時全身充滿活力，彷彿這點子重新點燃了他的熱情。他確信再見到他兒子一定有助於他決定未來想去的地方和真正的歸宿。等拍齒和飛鬚回來，他再告訴這群夥伴。

矮木叢裡的窸窣聲響打斷了灰紋的思緒，他抬眼看見兩名年輕戰士從蕨叢裡出來。拍齒叼了一隻畫眉鳥，飛鬚則帶回一隻烏鴉。

「真是一場盛宴！」刺爪讚賞地說道。「那隻兔子是誰抓的？好大隻喔！」

灰紋舔舔其中一隻前爪，再拿它順順耳朵。「是我抓的。」他說話的時候瞪了飛鬚一眼，年輕母貓不敢迎視他的目光，反而低頭尷尬地舔舔胸前毛髮。

刺爪和翻爪梳洗完後，走了過來。這群貓坐下來開始進食。由於貓口不多，獵物綽綽有餘。看著年輕的族貓大口吞下分食的獵物，灰紋突然有股想要保護他們的念頭。他們會想跟著他去拜訪急水部落嗎？灰紋不確定，但他知道若能在旁邊盯著他們會比較好……尤其是這幾隻年紀較輕的戰士。

我年紀較長，星族知道我會比較理智行事。我得確保他們不會出事。

「現在我們只要為自己捕獵，所以簡單多了，」飛鬚吃完她的烏鴉，擦掉黏在她鼻子上的一根羽毛，隨口說道。「在部族裡，我們得幫所有沒辦法自己狩獵的貓兒出外捕獵，包括貓后、長老和……」她聲音越說越小聲，神情有些彆扭地瞄了灰紋一眼，似乎又想起他在部族裡也是長老。「所以現在這樣好處理多了。」

「那是因為妳現在年輕、身強體壯，再加上獵物充沛。」灰紋直言道。「但要是你們其中一個有了小貓或受傷了，那怎麼辦呢？或者有一天妳老到不能狩獵了，又該怎麼辦？再或者碰到禿葉季，該怎麼辦？這是無可爭辯的事實……雷族貓數量眾多，所以團結力量大。」

翻爪斜睨了飛鬚一眼。「要是妳想生小貓，」他低聲道。「我保證會讓妳吃得飽。」

原來如此，灰紋看見飛鬚的頸毛開始聳起，突然有種不妙的感覺。**我不知道翻爪正在追求飛鬚。**

拍齒戳戳飛鬚的腰側。「妳想跟翻爪生小貓嗎？」他問他的同窩手足。「妳要老實說喔。他盯著妳的樣子就像狐狸看到兔子一樣。」

翻爪拱起背，顯然很不自在。「我只是籠統地說，」他喃喃說道。「任何母貓懷孕，我都會幫忙的。」

飛鬚朝她哥哥彈動耳朵。「我現在根本不想要小貓……何況雷族現在處於這種情況。不過就算我要生小貓，翻爪，我對你也沒意思。你不是我喜歡的類型。」她很是抱歉地看了翻爪一眼，就別過臉去。

翻爪看上去受到很大的打擊。灰紋捕捉到刺爪的目光，看得出來這位資深戰士也跟他一樣驚訝和不太高興。**這趟旅程最不需要就是戀情受挫這種事。**灰紋可以想見被拒絕的翻爪心一定很痛。他甚至想到在未來的旅途中，這幾隻年輕的貓要如何相處。翻爪會摸摸鼻子地接受飛鬚的拒絕嗎？還是他會頹廢到成了一灘爛泥？**我最不想見到的事，就是弄到最後我還得照顧一隻失戀的年輕公貓！**

「我們現在要到哪裡去都行，」翻爪沉默了一會兒之後開口道。「我們應該自己找個新領地。那一定會很棒……絕對比繼續待在雷族來得安全。飛鬚，妳在那裡一定會過得很自在舒服。那麼也許有一天……妳會有不一樣的想法。」

所以他不會摸摸鼻子接受對方的拒絕囉，灰紋心想道，同時也為這位年輕的戰士感到遺憾。**那你就繼續再接再厲地推這顆大石頭好了，早晚她會把你壓得粉碎！**

飛鬚冷淡地抽動鬍鬚。「翻爪，這點子聽起來不錯，但可惜的是，我們沒辦法活在你的一廂情願裡。那裡只有你。」

灰紋低頭抵住胸毛，暗自竊笑，**我快被憋死了！**拍齒則直接噴笑出來。翻爪懊惱地抽動尾巴，朝他轉身：「好吧，那你說我們接下來該做什麼。」

拍齒顯然語塞，他尷尬地低下頭去。「我們不是要去旅行嗎？」最後才咕噥道。

灰紋忍住吐槽他的衝動。這隻金色虎斑公貓雖然敢堂而皇之地嘲笑翻爪，但自己根本不知道下一步該怎麼辦。灰紋正打算提議大家可以去急水部落走走，飛鬚竟突然大聲說道：「我一直很好奇當寵物貓的感覺是什麼。」

兩隻年輕公貓驚訝地轉頭看她。灰紋有些訝異這隻年輕母貓竟然考慮要去跟兩腳獸住在一起，不過他也認識幾個做過同樣決定的貓，就連他自己本身也有過一次經驗。那算是場意外……他在試圖拯救其他貓兒時，突如其來地被兩腳獸抓到……雖然那種生活並不適合他，但也因為這個機緣而認識了他至愛的伴侶貓蜜妮。**我能理解為什麼有些貓寧願意當寵物貓，一輩子過著安逸的生活**。有時候那種生活的確是比部族生活來得輕鬆多了。

「真的假的？」拍齒問道。「妳願意放棄自己的自由？」

「沒有啦，」飛鬚回答，她舔舔爪子，再慢慢撫平耳朵。「反正也還沒決定啦。不過寵物貓至少知道食物在哪裡，而且每天晚上都有溫暖的地方可以睡，聽起來也不錯！」

「當然不好！」拍齒惱火地甩打尾巴。「只有長鼠腦袋的才會覺得那裡不錯。」

「你才鼠腦袋呢！」飛鬚反嗆他。

她一說完，刺爪就發出火大的吼聲。「我從營地出走，不是為了來聽更多瑣碎的口角，」他喵聲道。「我離開是為了好好思考我接下來要做什麼。從部族出走，才有機會跟自己好好獨處。」他站起身，接著又說：「如果未來我決定回去部族，那麼也許我們會再見面，又或者我們可以在翻爪想像中的領地上重逢。反正不管怎麼樣，我都不打算繼續留在這裡浪費時間聽你們爭執。我走了。」

「現在就走？」灰紋訝異地問道。他承認之前他理所當然地以為刺爪會協助他管理這幾隻年紀較輕、沒什麼經驗的戰士。他可不想單獨負起照顧他們的責任，不時得協調他們之間的爭執和辱罵。**我可從來沒想過出來走走還得順便照顧他們！**這樣一來，他怎麼會有時間自我思索呢。「刺爪，我……」他開口說道，他不希望他的同伴在沒有正式道別的情況下便冒然離開。

「是啊，現在就走。」刺爪打斷道，說完就甩著尾巴，昂首闊步地穿過空地，消失在矮木叢裡。

好吧。

灰紋看著他離去，焦慮不安開始在他肚子裡發酵。他是很樂意出走的頭幾天帶這幾隻年輕的貓兒四處見識一下，但他並不想被留下來照顧他們，活像自己成了一個超小部族的族長一樣。年輕戰士似乎都對刺爪的冒然離去感到不安，於是把帶著期盼的目光移向灰紋。

「我沒想到刺爪會這樣離開。」飛鬚抱怨道，她一頭霧水地眨眨眼睛，看著金棕色戰士消失的所在。

我也沒想到，灰紋心想道，**會有這個結果**。

「我們接下來該怎麼辦？」翻爪問道，直接瞪看著灰紋。

灰紋發現這問題很難回答。他們的信任和倚賴對灰紋來說似曾相識，但這不是他現在需要的東西。**就算我想辦法帶領他們，最後也會行不通。我以前就有過一次經驗差點輸掉整個部族，我可不想再冒險一次。**

他們只有一個月的時間來決定是否要再回去雷族。而他可能一不小心就被他們困在湖邊這附近，逗留在雷族邊界外的地方，鎮日忙著調解這些孩子之間的爭吵，但他的四隻腳爪其實很想拖他到更遠的地方。他想跟暴毛再見上一面。

「刺爪做對了選擇。」他告訴其他貓兒。「至少對他自己來說是對的選擇。他離開雷族不是為了自創一個新的部族。」

「那他為什麼要離開？」拍齒問道。「你又為什麼要離開？」

「我無法幫刺爪回答。」灰紋說道，然後突然陷入長考，沉默了好一會兒。「但我想我必須重新探訪我的過去，」他最後說道，「這樣一來，我才能對我的未來做出正確的決定。我要遠行到山裡，拜訪急水部落和我的兒子暴毛。」

「什麼？」翻爪問道，驚詫地瞪大眼睛。

拍齒和飛鬚疑惑地互看一眼。「你要一路跋涉過去？」飛鬚喵聲道。

年輕貓兒說這話的同時，灰紋的情緒慢慢從焦慮不安轉變成清楚冷靜。「沒錯。」他喃喃說道。他知道他是對的。

這是我應該去做的事。重新探訪我的過去，將可幫助我瞭解我對未來的打算。

第五章

彼時

灰紋鑽出戰士窩交織的枝椏，進到空地。夜色已經降臨，星族的靈體在墨黑的夜空中閃閃發亮。溫暖的和風徐徐拂過營地。但是灰紋被來自育兒室的痛苦尖嚎聲給嚇得從頭到腳打起寒顫。

是亮心！他心想道，同時奮力壓抑住恐慌的情緒。**八成要生了。**

他快步穿過營地，但一到育兒室入口，便停下腳步，彷彿雙腳突然被冰霜冰封在地面上。亮心的痛苦哭喊聲非他所能忍受，他無法讓自己去近看正承受著痛苦和恐懼的她。

她會死掉……就像銀流一樣……

灰紋不禁回想起當初他失去伴侶貓的那種痛苦。他彷彿看到銀流躺在河邊，使盡力氣想生下小貓。血腥味灌進他喉嚨，她的哭喊聲就像銀流的一樣刺穿他的耳膜。

但我卻幫不上任何忙……

煤皮的頭顱探出育兒室入口，瞬間將灰紋拉回現實。亮心的伴侶貓雲尾從她旁邊擠出來，進到空地。

「你要杜松子，對吧？」他問巫醫貓。「還有細葉芹？」

「沒錯，細葉芹的根，不是葉子喔。」煤皮告訴他。「你記得它長什麼樣子嗎？」

「我當然記得。」雲尾回頭丟下這句話，便急奔過營地，朝巫醫貓的窩穴跑去。

「灰紋，」煤皮喵聲道，她似乎現在才留意到他。「你沒事吧？你怎麼抖得跟山楊樹的葉子一樣？」

灰紋無法控制住身體的顫抖，恐懼緊緊攫住他，以致於他根本說不出話來。**快停止，你這笨毛球，**他告訴自己。**這是亮心，不是銀流。亮心在育兒室裡，整個部族都在幫她……不像銀流是待在河邊的一個坑裡生產。**他試圖說服自己同樣的事情不會再發生，他必須表現出族長的樣子，就像雷族貓的大家長火星一樣。**我必須冷靜……**

「我沒事，」他好不容易吐出這幾個字。「她還好吧？」

「她不會有事的，」煤皮向他保證。「目前還算順利。」

「還要很久嗎？」灰紋不知道像亮心這樣的母貓得承受多久的陣痛和壓力。**她們怎麼忍受得了？亮心、銀流……和所有的母貓，她們都好勇敢！**

「我不知道，」煤皮俐落回答他。「該花多久時間，就花多久。我得趕快回去照顧她了，不能再待在這裡陪你聊。如果你願意的話，也可以進來。」

灰紋遲疑了，他試著鼓起勇氣，這時雲尾已經帶著煤皮要求的藥草從巫醫窩那裡跑回來，鑽進育兒室。灰紋只能把自己心理建設好，提起膽子將頭鑽進入口。

藉著育兒室頂篷縫隙透進來的幽光，他勉強辨識出躺在青苔和蕨葉軟墊上的亮心。蕨雲正坐在她的頭那邊，溫柔地舔著亮心的耳朵。蕨雲的小貓小蜘蛛和小潑挨擠在一床青苔臥鋪的深處，害怕地瞪大眼睛看著眼前的一切。

雲尾將藥草放在煤皮腳下，白色毛髮在暗影下發出微光。「怎麼樣？」他追問道。「為什麼小貓還沒生出來？」

煤皮的回答被亮心另一聲刺耳的尖叫聲淹沒。亮心的身體開始抽搐，四條腿僵硬地伸直。灰紋閉上眼睛，血腥味快要令他不堪負荷。他的心正在狂跳，活像奔到四喬木後又跑回來。他想要躲起來，以免聽到貓后分娩時的哭號聲。

這時突然一片靜寂，就在這片靜默裡頭，灰紋聽到小貓的細微叫聲。接著是雲尾顫抖的喵聲，跟她平常的大嗓門完全違和。

「喔，亮心，你看！她好漂亮……」

亮心喃喃自語了一下，但灰紋聽不出來她在說什麼。

灰紋放膽睜開眼睛，看見一隻很小的白色小貓鑽進亮心的肚裡旁邊。青苔上仍沾有一些血跡，但不若銀流死時的血量那麼多。亮心看起來跟銀流完全不一樣。她的表情痛苦疲累，但那隻獨眼閃爍著幸福快樂的光。

「亮心，你表現得很棒，」煤皮的聲音聽起來滿意極了。「你辦到了！只有一隻小貓，你已經生完了，不會有事的。」

亮心將身子蜷伏起來，開始舔小貓的頭。雲尾一臉驕傲到好似快要爆炸的樣子。

我應該說什麼呢？灰紋納悶道。他剛剛一直在緊張亮心最後可能會跟銀流一樣的下場，根本沒心思去想要如何對一個新進的雷族成員說「歡迎加入部族」這類賀詞。火星好像總是知道什麼場合該說什麼話。**好吧，火星會說什麼呢？盡量簡單點吧！**灰紋好不容易讓自己的心跳恢復正常。「小貓，歡迎加入雷族，」他喵聲道。「還有你亮心，恭喜你，做得好！」

亮心一臉疲憊地朝他垂頭致意，然後又回頭去舔她的小貓。雲尾在她旁邊坐下來，防備地伸長尾巴覆在她肩上。**灰紋，表現不錯喔，**灰紋暗地裡稱許自己，然後就從育兒室出來，騰出空間給這一家三口。**歡迎小貓加入我們雷族！**

小潑的聲音亢奮到音量跟著放大，傳進空地。「我們可以跟她玩嗎？」

「不行，她還太小了，」蕨雲溫柔地告訴他。「過幾天再說，到時你們就能一起玩了。」

「喔，感覺好像要等好久好久喔！」小蜘蛛大聲說道。

灰紋忍住噴笑的衝動，直起身子，轉過身去，竟看到多數族貓佇足在幾條尾巴的距離之外，圍成一個鬆散的半圓形。他才知道原來不只有他被亮心的叫聲吵醒。

灰紋上前一步。「亮心生了一隻小貓，」他大聲宣布。「雷族多了新成員。她和小貓母子均安。」

族貓們刻意不像平常那樣歡呼吼叫，改用歡喜的喵嗚聲回應他，就怕吵到新手媽媽和她的小貓。一想到此，灰紋不禁為自己的部族感到驕傲，哪怕在他代理族長的這段期間，什麼大事也沒發生。雷族現在多了一名未來戰士，而貓后也保住了。

但是這種自豪很快就被自我懷疑取代。**火星向來都會做好準備，在分娩過程中協助貓后，而我卻什麼也沒做……我被自己嚇到一點忙都幫不上。**灰紋多希望自己也像火星一樣能幹。**他認為我一定能勝任，那就至少讓我做到他對我的期許吧。要是他曉得我對族長該做的每一個決策都感到緊張焦慮，他肯定不會將這個重責大任交付給我。**但這個想法並沒有令灰紋心裡好過一點。**我會緊張焦慮是因為這一切對我來說都不輕鬆簡單。如果是火星，絕對不會慌掉。**

灰紋又想到了銀流，心又痛了起來，彷彿裂成兩半。他抬眼望向閃閃發亮的星子，希望其中一顆是銀流，正從星族那裡低頭看他。

我希望祂也看到了生下小貓的亮心，而因此感到開心。

「灰毛，我要你帶一支巡邏隊到蛇岩那裡去，」灰紋喵聲道。「那邊已經有好幾天沒有貓兒去狩獵了。」

這是亮心生完小貓的隔天早上，灰紋覺得目前營地的現況還不錯。大部分戰士已經去育兒室看過新生的小貓了，雲尾看上去自豪到活像身上多長了一條尾巴。

「沒問題，灰紋，」灰毛答應道。「我該帶誰一起去呢？」

灰紋還沒回答，金雀花通道盡頭傳來的動靜分散了他的注意。刺爪出現了，他的見習生煤灰掌大步跟在後面，棘爪落後幾步。灰紋的目光從刺爪游移到煤灰掌身上，再移到棘爪身上，他留意到他們都沒有帶獵物回來。

不安像刺一樣扎著灰紋。他們是他那天早上派出去的第一支狩獵隊伍，才出去沒多久，怎麼什麼都沒抓就回來了？

「出了什麼事？」他問道，三隻貓兒穿過營地，來到戰士窩外灰紋和灰毛的所在處。

「風族……」刺爪語氣嚴厲地說道，「又來了。」

灰紋感覺得肩上的毛豎了起來。**這下可好……我還是得處理這件事。**「說來聽聽。」他喵聲道。

「我們當時是去四喬木，還在自己的領地裡，就又聞到風族的氣味。」刺爪告訴他。

「我們去的那個地方，矮木叢都被折斷了，血濺得到處都是。」棘爪補充道。年輕戰士的琥珀色眼睛流露出擔心的神色。「看來至少是兩隻貓搞出來的，或者三隻。那裡有很強烈的松鼠氣味，還有幾坨松鼠的毛皮。」

灰毛甩著尾巴。「現在你總該做點什麼了吧？」他質疑灰紋。

灰紋忍住怒氣，奔過營地，跳上高聳岩。「所有年紀大到足以自行獵捕獵物的貓兒都到高聳岩下方參加部族會議！」他大聲吼道。

他站在那裡等，這時煤皮從巫醫窩裡出來，走到高聳岩旁邊坐下。斑尾和其他長老也都鑽出窩穴，長老窩就在那棵倒下的樹旁邊，他們齊聚在那裡。雲尾也出現了，就坐在育兒室入口，亮心仍待在裡面陪著她的新生小貓。過了一會兒，蕨雲也走出來跟他坐在一起，她的兩隻小貓小潑和小蜘蛛則藏在她後面好奇地往外窺看。另外兩名見習生雨掌和栗掌則是從他們窩穴裡爬出來，快步穿過營地，去找他們的同窩手足煤灰掌，急切地問他究竟發生什麼事。塵皮揮打著尾巴，停在栗掌後面，沙暴不在營地的這段期間，由他暫代她的導師。「你們三個安靜點，免得我們聽不到灰紋說什麼。」

見習生們頓時安靜下來，栗掌噘起嘴巴，**她八成很想念沙暴吧**，灰紋心想道。就在族貓集合的同時，灰紋這才發現黎明巡邏隊還沒回來，但他覺得這件事太重要了，不能再拖下去。「刺爪，把你們剛剛看到的，告訴整個部族。」他喵聲道。

刺爪站在高聳岩底部，面對部族。「風族又在偷盜獵物了。」他大聲說道。刺爪把和隊員們發現的事情重述一遍。「這次沒有藉口了，」他結論道，「他們從風族越過邊界，進到我們的領地盜取獵物。」

棘爪點頭附和。「在風族領地裡是沒有松鼠的。那是雷族的獵物。」他證實道。「顯然這不是意外，是風族在偷襲。」

可是當灰紋再聽一遍原委時，卻還是甩不掉疑慮，整件事應該不像證據顯示的那麼簡單。天氣還這麼好，獵物也很充裕。風族沒有必要從其他部族的領地偷取獵物。既然沒有這個必要，又為何要挑釁呢？

一定有其他原因，他心想道，**如果是影族，我還有可能相信是黑星故意惹事，但高星從來不是這樣的貓。**

「所以我們要怎麼做？」灰毛等刺爪和棘爪一說完立刻問道。

「你必須當面質問高星。」雲尾在營地的另一頭喊道。「如果只有一次，那可能只是不小心犯錯，但都兩次了，就沒藉口了。」

「如果塵皮是副族長，一切就好辦多了。」

喔，別又來了！灰紋懊惱地想道。我以為煤皮那天已經處理好了。而他也不免好奇，**等火星回來之後，灰毛還會繼續鼓吹讓塵皮當副族長嗎？**

他東張西望，沒在營地裡瞧見那隻棕色虎斑貓，這才想到他帶著鼠毛和蕨毛去巡視邊界了。他上次也沒參與那場爭執，因為他在擔任守衛。

他到底知不知道灰毛說了什麼？灰紋反問自己。**我並不特別喜歡塵皮，但我從來不認為他會這樣暗中破壞我的威信。不過他和灰毛向來走得很近。**塵皮以前是灰毛的導師。

「嗯……」他喃喃自語。「我得跟塵皮談一談。」

但灰紋很明白現在不是時候。此時刺爪又開口了。灰紋懊惱地甩甩身子，擺脫那些令他不快的思緒，試圖專心聽他的族貓在說什麼。

「拜託你好不好，灰紋。別站在那裡像隻被凍僵的兔子……你必須做點什麼！」

貓群傳來附和的怒吼聲。灰紋低頭瞪看族貓們熾熱的目光和不停甩打的尾巴，他們毛髮高聳，利爪隨時準備戳進風族貓的身體。他對自己得當面質疑高星的這件事感到不安，後者是經驗老到又能幹的族長。他恨不得能離開這裡，找到安靜的地方把整件事想清楚，也許可以找煤皮討論一下。但眼前沒有時間了。他的部族顯然巴不得他快點採取行動。

「不要激動，」他喵聲說道，怒吼聲漸漸消失，他的聲音終於可以被聽見。「我不可能氣沖沖地跑進風族營地，跟高星說他們部族裡的貓都是賊。」

「為什麼不行？」跟其他長老坐在一起的獨眼開口嗆他。

「因為這是部族族長的工作，」灰紋反駁道。「如果我去了，高星就會納悶火星在哪裡。我不能出現在高星認為會見到火星的場合上，才能瞞住對方，但光這件事本身就已經夠難搞，要是我真的過去，不就等於穿幫了。」

「可是如果你不去，」棘爪猶豫地問道，好像是很緊張在資深戰士面前發表自己的看法，「他們就會好奇火星到哪兒去了，因為火星絕對不會輕易饒過這種事。」

灰紋察覺到自己無法輕易從這場衝突裡脫身，頓時感到沮喪不已。「你說得沒錯，火星是不會輕易饒過。」他朝年輕戰士點個頭，致上敬意。**他是一隻很聰明的年輕貓兒，在部族裡的前途大有可為。**

可是灰紋還沒想清楚自己該怎麼做，在他看來，風族「偷竊」這件事感覺不太對勁。就算他承認風族在偷盜獵物，但他要怎麼警告風族離雷族領地遠一點，又不會洩露火星外出遠行的這件事呢？

「你有沒有想過也許是因為風族已經猜到火星不在這裡，才故意試探的？」刺爪問道。

「沒錯，他們以為他們可以僥倖過關，」灰毛附和地吼道。「而且現在看起來他們好像沒猜錯。」

灰紋沒理會他的冷嘲熱諷。他也覺得的確有可能風族發現火星不在營地，所以試圖佔他們便宜。但這個結論並無助於他決定下一步該怎麼做。他低頭看了煤皮一眼，後者仰頭望著他，藍色眼睛很是明亮。「星族有讓你看到什麼嗎？」他問她，希望她或許能指引他一條明路。

巫醫貓搖搖頭。「沒有，不過……」她的眼裡有焦慮的神色。「有些徵兆是很難判讀的。每當我試著看遠一點，就只看得到陰影。」

謝了，你還真會幫倒忙，灰紋心想道，**我應該要自己找答案，而不是指望星族給我答案。**

下方的族貓們開始嘟囔，抬眼朝他射來不滿的目光。灰紋知道自己得馬上向他們保證一定會採取行動，不然就會永遠失去他們對他的尊重，再也不會配合他。

我也不能怪他們。一族之長本來就該果斷行事。

他打起精神準備開口，但仍不確定自己該說什麼，這時金雀花隧道的方向傳來尖銳的喊叫聲。原本去邊界巡邏的鼠毛出現了，她疾奔穿過營地，來到高聳岩這裡。部族的騷動聲頓時止住，每隻貓都轉頭瞪看她。

「出了什麼事？」灰紋問道，不安地倒豎著毛髮。「是風族嗎？」

鼠毛停頓了一下，胸口劇烈起伏。「不是，是影族。枯毛和花楸爪在我們巡邏邊界時找上我們。」她解釋道。「他們要找火星說話。」

什麼？現在？灰紋的爪子劃過高聳岩堅硬的岩面，緊張的情緒流竄他全身。**別的地方也出問題了嗎？**

此時

這一小群流浪的貓正逗留在雷族邊界附近外面的無主領地裡。黎明寒意仍滯留空氣中，升起的太陽還沒蒸發草地上的露水。這幾隻年輕貓兒仍未決定是不是要跟著灰紋去拜訪山裡的急水部落。但他已經厭煩透了這種在林子裡漫無目的的游蕩日子。

「我們在離開雷族領地之前，應該再狩獵一次。」飛鬚提議道。

她聽起來很緊張，兩隻年輕公貓似乎也跟她一樣擔憂，回頭朝雷族營地的方向看了一眼。前一天還大聲宣布要出走部族、興致高昂的他們，本來很急切地想趕緊越過邊界，但灰紋猜他們此刻已經多少認清了現實。

灰紋的毛聳了起來。他覺得他浪費了太多時間照顧這些菜鳥戰士。**我只有一個月的時間可以做出最後決定。如果我要離開，我想現在就走。**

但這時候看見他的同伴們都瞪大眼睛，抽動著鬍鬚，就又於心不忍了。他心想這幾隻貓兒從沒到過部族領地以外的地方。他們是在湖邊出生，並不知道雷族邊界外面的林子裡頭獵物充沛到就跟領地裡一樣多。

灰紋回想他在跟飛鬚和拍齒同樣年紀時，也幾乎沒有離開過舊森林的雷族領地，或許偶爾會去兩腳獸地盤走走，或者拜訪烏掌和大麥的穀倉。但只要不是迫於無奈，他根本不會再游蕩到更遠的地方。在他還是飛鬚這個年紀的時候，絕對不可能亂跑。哪怕離開部族是這幾隻年輕貓兒自己做的決定，但他們或許需要再多一點的時間，才敢越過邊界，進入未知的領域。

「飛鬚，這點子好，」他說道。「我們來狩獵吧。」

年輕母貓聽到他的附和之後，心情顯然輕鬆多了。灰紋很是滿意自己說對了話。

四隻貓兒分散開來，進入附近的矮木叢裡。灰紋一聞到田鼠的氣味，立刻精神一振。在他離開營地之前，已經有一段時間不曾狩獵，當上長老的意思就是見習生會送食物給他。灰紋對這一點雖然感激，但還是覺得自己抓獵物比較好。他昨天已經抓過一隻兔子，曾經熟悉的動作技巧很快又都回來了，就好似他每天都還有在追蹤獵物一樣。

他瞄到長草叢的莖梗間有田鼠穿梭，立刻蹲伏成狩獵姿勢。他一步一步地偷偷接近獵物，就在他準備撲上去時，其中一名同伴突然驚叫出聲。

「有狗！」

「狐狸屎！」灰紋嘶聲道，連忙轉身，看見拍齒和另外兩隻貓正隔著附近榛木叢窺看。他趕緊衝到他們旁邊，立刻聞到附近有很濃的狗臭味。他聽到他們正在灌木叢的另一頭到處嗅聞。他把拍齒推到一旁，隔著榛木葉叢窺看，心頓時一沉，他看到狗了。其中一隻身形瘦削，是棕色的，另一隻體型比較大，全身都是蓬亂的白毛。牠們正把鼻子戳進每個洞裡和每條樹根底下，但顯然還沒聞到貓味。

「退後，不要出聲。」他低聲對其他同伴說道。

但他們還沒退後幾步遠，那隻體型較小的狗似乎就聞到他們了。牠偏過頭，鼻頭不停抽動，鼻孔賁張。然後突然一陣尖銳咆哮，衝向貓群，牠的同伴也尾隨在後。

「快散開！」灰紋尖聲喊道。「快跑！」

年輕貓兒立刻散開，各自往不同方向逃走。灰紋待在原地一會兒，發出挑釁的吼叫聲，吸引狗的注意。為首的那隻朝他轉向，他趕緊轉身，衝向最近一棵樹，往上一躍，好不容易攀上一根樹枝。

「我的星族老天！」他倒抽口氣。「我年紀太大了，不適合這種運動。」

他低頭看，只見兩隻狗在樹底下一邊嗚咽一邊嗅聞。大白狗用後腿撐起身子，前爪不停刨抓樹幹，但不管怎麼嘗試，就是沒辦法爬上去。

「快滾吧，跳蚤狗！」灰紋吼道。

他焦急地環顧四周，查看同伴們的下落。飛鬚也爬上樹了，正搖搖欲墜地站在一棵幼小的接骨木的低矮樹枝上。翻爪正巴住附近老橡樹樹幹上的爬藤，但他的重量正在慢慢扯落樹幹上的藤鬚，藤蔓不斷往地面低垂，愈來愈近。灰紋起初沒找到拍齒，直到瞄到他的頭從幾條尾巴距離外的荊棘叢裡探出來。要是這兩隻狗找到他們，那位置沒有一個足夠安全，這三隻貓看起來都嚇到不敢動。

兩隻狗似乎也沒立刻離開的打算。灰紋看到白狗坐了下來，開始搔抓身體，棕色同伴則是站著瞪看灰紋，伸長舌頭，張開嘴巴，露出發亮的尖牙。

我們要怎麼逃過這劫呢？灰紋納悶想道。

他環顧四周，但隔著樹林，也看不出來哪裡有明顯的逃生通路。他在想是不是該跳下去，誘引兩隻狗進到林子深處，遠離他的同伴們。但他很清楚自己可能沒辦法跑贏這兩隻狗，他擔心在他爬上另一棵樹之前，體力就耗盡了。

然後牠們會逮住我，他自己腦補，想像兩隻狗撲上他，將他撂倒在地。他一想到被狗的尖牙劃穿皮肉，便忍不住發抖。

「灰紋，我們要怎麼辦？」飛鬚朝他喊道。她看起來好像快掉下來。她蹲伏所在的那根樹枝被她的重量壓得不停彈動。灰紋擔心她可能隨時栽進蕨葉叢裡。

「你先撐住！」他朝她喊道。

他得逃出去，但就在他準備跳下去時，突然聽見腳步聲穿過林子朝這邊趨近。那是兩腳獸重踩地面的聲音。他豎起耳朵，勉強辨識出兩個不同的聲響。過了一會兒，一對兩腳獸出現了，一男一女從荊棘叢後方走出來。

男的兩腳獸一瞄到狗，立刻大喊。灰紋覺得那聲音聽起來有點惱火。兩隻狗遲疑了一下，這才很不情願地走向兩腳獸，一邊走還一邊回頭瞥看灰紋。

兩腳獸拿出兩條藤蔓，綁住狗的項圈，帶牠們走了。狗兒們仍在低嗚和拉扯抗拒，但最後還是消失了，牠們的氣味也開始消散。灰紋吁出一口氣，總算放下心來。

他跳了下去，甩動尾巴示意其他夥伴也下來。飛鬚和翻爪跳下地面，拍齒從荊棘叢裡鑽了出來，懊惱嘶叫，因為毛髮上都是刺。

「你們都沒事吧？」灰紋問道。有一部分的他覷見這些年輕戰士瞪著斗大的眼睛、四隻腳不停發抖，不免覺得如果他們要過類似獨行貓的生活，最好現在就要硬起來，才撐得下去，但也有一部分的他……也就是指導過無數見習生的他……很想安撫他們的恐懼，協助他們學會如何在下次遇到類似危機的時候反應更機敏。而這也是族貓們彼此關照的方法。

他們三個點頭回應，於是他接著說道：「那好，我們再回去狩獵吧。」

等到這些貓兒狩獵完，用獵物填飽肚子，已經過了日正當中。三個年輕戰士似乎都很想找片溫暖的青苔地躺下來睡上一覺。但灰紋身上的每根毛髮都在告訴他，該是離開的時候了。

可是我真的能離開我的夥伴們嗎？他反問自己，跟狗的那番可怕遭遇仍歷歷在目。這些年輕貓兒似乎已經忘了他曾說過他想去拜訪急水部落。他深吸一口氣，鼓起勇氣。

「我就在這裡跟你們分道揚鑣吧，」他大聲說道，同時站起來。「我很抱歉，但如果我現在就走，就可以趕在天黑之前讓上山的這條路有一個好的開始。」

飛鬚和拍齒疑慮地互看一眼。「可是……」飛鬚雖然開了口，但沒再說下去。翻爪也是一臉疑惑的樣子。他的目光從飛鬚和拍齒那裡移回灰紋身上。

有那麼一會兒功夫，灰紋有些猶豫。**他們不會有事吧？我應該就這樣丟下他們嗎？刺爪都已經先走了。**

但是灰紋認為宣布要離開雷族的第一隻貓兒是翻爪。早在其他貓兒也說要跟他一起走之前，他自己就已經做好出走的準備。**這些貓兒也許年輕**，灰紋告訴自己，**但他們年**

紀已經大到足以自己做決定，自行承擔後果。

這是件好事，因為灰紋很想去拜訪急水部落，很想再看見他兒子，這種渴望強烈到無法忽視。

「我告訴過你們我要去哪裡，」他輕聲地提醒他們。「這對我來說很重要。我已經說過，如果你們也想來，歡迎同行。」沒有貓兒回答，於是他又接著說道：「這是一個好機會可以讓你們去探險。去看看那些高山。體驗不同於部族的生活。」

他的提議得到的回應只有沉默。灰紋不確定自己指望聽到什麼答案，但他很失望年輕族貓對他的提議似乎不感興趣。

「謝謝你好心提議，」拍齒終於說道，同時很有禮貌地垂頭致意。「但是我不確定飛鬚和我會想去那麼遠的地方。」

飛鬚點頭附和。「我們都還沒離開雷族領地，就已經差點被狗咬死。而急水部落又那麼遙遠……」

「可是我們……」灰紋開口道。

「我確信到那裡的路上一定會遇到更多狗和兩腳獸，」拍齒無視於他，繼續說道。「搞不好還有其他我們不知道的事情，甚至可能更可怕，或者更難以克服。在我和飛鬚決定下一步之前，會先待在部族領地這附近，以策安全。」

這段時間，翻爪都沒有說話，他只是看起來有點憂心忡忡，對自己要決定什麼很是疑慮，灰紋想到前一天晚上他才被飛鬚拒絕，不免好奇這隻失戀的可憐公貓是否會繼續追求她，然後讓自己一次又一次地心碎。**不過這是他的決定，只是恐怕會害他永遠快樂不起來。**

灰紋的目光逐一掃過這幾隻貓。他不禁想起冬青葉、獅焰、和松鴉羽在部落貓前來求助時，曾多興奮地一路跋涉到山區。而他們當時都還只是見習生而已。

我不懂這些日子以來年輕的貓兒怎麼變得愈來愈草莓了……然後灰紋突然覺得好笑，當場愣了一下。**我的語氣聽起來就像一隻愛發牢騷的糟老貓！**

不過當他看著還在考慮的翻爪時，他的玩笑興味突然又被悲傷取代。**跟這些年輕的貓兒比起來，我的確是隻愛發牢騷的糟老貓！**他已經失去他的伴侶貓，而過去幾個月來又被整個部族遭遇到的問題搞得精疲力竭。**我現在滿腦子想的都是我有多懷念以前的歲月……那時一切感覺簡單多了。**

這時灰紋突然想到他其實不是他們的族長，而他擔任副族長也已經是陳年往事了。這些戰士要不要聽他的話，根本不重要。明白了這一點，頓時讓他心情輕鬆了不少。他沒有立場去告訴這些年輕的貓兒該做什麼。他們有權自己作決定。保護他們不是他的工作。他們就跟他一樣是自己選擇要離開部族的安全網。將來會遇到什麼事也由他們自己來取決。再說，如果不喜歡獨自待在外面，隨時可以回部族去。

「好吧，」他喵聲道。「這只是一個想法。我希望我會再見到你們，我是說回到雷族見到你們……前提當然是如果我們都決定要回去的話。若是不回去，也要注意安全，好好照顧彼此。」

三隻年輕的貓兒尷尬地垂下頭，彷彿對拒絕陪他遠行感到有點愧疚。「再會了，」飛鬚回應道，「灰紋，願星族照亮你的前路。」

一提到星族，灰紋嚇了一跳。他回頭看了年輕戰士一眼，想知道他們對剛剛那句送別的話是不是也突然覺得很怪。但看起來他們並沒有想到星族已經不在這件事。**無妨啦**，他難過地想道。

「別離狗太近喔！」拍齒補充道。

「我盡量，你們也是。」灰紋揮揮尾巴，表示再會。「祝你們好運！」

他轉身穿過林子離開，朝大湖和風族的邊界走去。一想到要離開雷族領地了，頓時悲喜加交，也不知道自己還能不能回來，不過總算真的要去浪跡天涯了，也令他如釋重負。**我會邊走邊好好想想自己真正要的是什麼，等我回來時……如果真的能回來……我就能對部族作出更多貢獻**。雖然他渴望再見到暴毛，但獨自旅行的感覺還是很怪。就算他曾長途跋涉地找到部族貓在湖邊的新家園，但畢竟那一路上都有蜜妮陪著他。

我希望跟我一起出來的四隻貓兒都會沒事，他嘆口氣想道。哪怕他們不是他的責任所在，但他們是他的族貓……或者說曾經是。他沒辦法不掛念他們。

但就在他快抵達那條被視為風族邊界的溪流時，灰紋聽到後面傳來急促的腳步聲。他轉頭去瞧，看見翻爪追了上來。

「我想跟你去！」他氣喘吁吁地說道。「我想遠行到山裡，見識急水部落，」他補充道，好不容易喘了口氣。「你需要一個同伴。部族領地以外的地方很危險。」

「當然很危險。」灰紋同意道，哪怕聽到對方是在暗示他可能老弱無力到需要別隻貓的保護，心裡有點不爽，但仍不由得對這名年輕戰士起了好感。他想像得到翻爪在聽到飛鬚清楚表明她對他的感覺……或者說沒感覺……之後，其實也很需要有個伴為他打氣。他一定不會想待在飛鬚還有她的同窩手足身邊。

我雖然沒辦法處理整個部族的問題，他心想，**但一個族貓我還應付得來。**

他和翻爪肩並肩地踩進邊界上的小溪，水花四濺地穿行而過，離開雷族領地。

第七章

彼時灰紋動也不動地站在高聳岩上，目光射向隧道盡頭。他等著兩隻影族貓現身，他們一定會發現雷族正在鬧哄哄地開會，而他竟然站在族長的專屬位置上，火星則不見蹤影。

「你有帶他們來嗎？」他問道。**我要跟他們說什麼？我要如何解釋火星的缺席？**

鼠毛搖搖頭。「我跑在前面先回來警告你們。塵皮和蕨毛陪著他們朝營地慢慢走過來。」

感謝星族！灰紋覺得自己稍微鬆了口氣。**那我還有一點時間可以好好想清楚……**部族此刻一片靜寂，但仍抬頭看著灰紋，等他決定。灰紋試著先把風族的問題丟在腦後，專心在影族貓的這件事情上。

「所以我們該怎麼辦？」鼠毛問道，同時不耐地甩動棕色毛髮。

灰紋想不出其他解決辦法。他準備好直接面對這件麻煩事。「就讓他們來吧。」他回答。

他等到鼠毛又鑽回金雀花隧道之後，才朝族貓們轉身。「你們就像平常一樣做自己分內的工作，」他開口道。「灰毛，去召集你的狩獵隊伍，但先別離開。見習生們，先去打掃長老窩！」

「是該打掃了！」斑尾打岔道。

灰紋沒理她。「趁他們打掃的時候，有些長老或許可以去看一下亮心，再不然就坐在太陽底下互舔毛髮。煤皮，你去整理一些藥草或什麼的。記住，這座營地快樂又忙碌，我們什麼煩惱也沒有，只惦記著下次要在生鮮獵物堆裡挑什麼東西吃而已。」他結論道：「誰都不准提到我們跟風族的糾紛。」

灰紋趁族貓們忙著照他的吩咐做時從高聳岩上一躍而下，走到營地中央，等候影族貓。沒多久，鼠毛再度從通道裡出現，後面跟著暗薑黃色的母貓枯毛，也是影族的副族長，還有一隻肌肉結實的薑黃色公貓花楸爪。蕨毛和塵皮在後面押隊。他們緊跟著影族戰士，相偕穿過營地，來見灰紋。

枯毛停在灰紋面前，俐落地點了一下頭。「你好，」她喵聲道，「我們想找火星說話。」

有那麼一會兒功夫，灰紋不確定自己該說什麼。火星離開時，是打算對其他部族實話實說：星族召喚火星出任務。可是等到開大集會的時候，他首度暫代火星的位置，那時的情勢看起來很像是若讓他們知道雷族族長離開了這座森林，恐怕會很不利，就像是在歡迎他們入侵雷族一樣。於是灰紋改口告知大家雷族族長生病告假。他現在很後悔當初那個決定。怎麼可能有一隻身強體壯的貓兒會生病這麼久？**要是他們要求進窩穴裡探視火星，那該怎麼辦？**

「可以嗎？」枯毛不耐地敲打著其中一隻腳爪。

「不好意思，」灰紋只能即興發揮，盡可能表現得冷靜又蠻不在乎。「火星剛好出營去了。」

「那我們等他。」花楸爪坐了下來，尾巴覆在腳上。「這件事很重要。」

灰紋猶豫了一下。他留意到煤皮已經從窩穴裡出來，朝他們對話的方向歪著耳朵，同時假裝正要把金盞花的嫩枝鋪在一塊有陽光的地方讓它們晒乾。蕨雲坐在育兒室入口，看著小潑和小蜘蛛玩著青苔球。金花和霜毛從長老窩那裡慢慢走過去，停下腳步稱許小貓。灰毛帶著棘爪和刺爪從戰士窩裡鑽出來，但卻穿過營地，站在灰紋附近，沒有帶隊出營。

這時的灰紋確信族貓都在挺他，於是深吸一口氣。「我是雷族的副族長，」他直言道。「你想告訴火星的事情，可以直接告訴我。」

枯毛和花楸爪惱火地互看一眼，頸毛豎了起來，似乎有某種默契在。枯毛微微點個頭。「好吧，」她喵聲道，尾巴憤憤不平地抽動了幾下。「我想我們也不能整天坐在雷族營地裡。我們覺得火星可能會想知道……」她繼續說道，「我們在離兩腳獸不遠的轟雷路邊有聞到血族的氣味，就在你們領地對面。」

灰紋聽見身後的雷族戰士全都緊張地倒抽口氣。他感覺得到他的胃頓時抽緊，不過仍刻意保持鎮定地鎖住枯毛的目光。自從火星帶領四大部族將血族趕出森林後，已經有好幾個月沒有他們的蹤影。**即便如此，這種感覺仍很像是我們只不過沒回頭去多查看幾眼，那些凶殘的惡棍貓就又偷偷溜回來了。**

「你們影族貓當然會第一個嗅聞到血族的氣味，」雲尾嘟囔道，同時從育兒室走過來。「你們確定自己沒有在影族領地上偷藏血族嗎？」

「就算偷藏，我也不會驚訝！」塵皮附和道，並很有敵意地瞪看著枯毛和花楸爪。

「沒錯，我們為什麼要相信你們？當初是虎星把血族帶進森林的。」鼠毛接著說道，她伸縮著爪子，彷彿準備好要在他們身上劃上幾爪。

枯毛掀起嘴皮，發出憤怒的嘶叫聲，花楸爪也跳起來站好，肩毛倒豎，開始警覺地環顧四周，似乎在決定到時要先攻擊哪隻雷族貓。

「我們為什麼要忍受這種事？」枯毛問道。「我們只是好心過來提醒你們這些疥癬貓！」

「我知道，我很抱歉。」灰紋很有禮貌地垂頭回應。「我們的戰士會擔心血族捲土重來也是情有可原，或許就是因為這種心理，才會有點不太客氣。我們當然很感激你們的預警……對吧？」他補充道，同時以嚴厲的目光掃視聚集在旁的族貓們。

說完後，族貓就出現附和的低語聲，但是還是有幾隻貓兒沒辦法做出感激在心的表情，他們眼神提防，肌肉緊繃，彷彿只要影族貓一有攻擊的跡象，便隨時可以迎戰。

「等火星回來後，我會確保把你們的話轉達給火星知道，」灰紋繼續說道，他試著仿效火星以前只要場面尷尬，就會跟其他部族說的那種場面話。「我剛說過雷族很感激你們，我也確定火星一定會這麼說。鼠毛、蕨毛，送客吧，護送他們回邊界去。」

「願星族照亮你的前路。」煤皮補充道，同時走上前來，站在灰紋旁邊。

枯毛只是咕噥回應，隨即轉身帶著花楸爪走出營地，兩隻雷族貓隨行兩側。

「我還以為血族已經完全消失了。」雲尾等影族貓的氣味淡到快要消失了才開口說道。

「我就知道火星一離開，這種事情就會發生，」灰毛低吼道。「他這樣會害雷族不堪一擊的，他到底為什麼要離開？這是我很想知道的事。」

「在我那個年代，一族之長是不會隨便出去閒晃的，」斑尾厲聲道。「他們會待在部族的領地裡。」

「我真希望火星沒有離開，」棘爪補充道，那雙琥珀色眼睛閃著不安。「要是血族回來了，我們會很需要他。」

灰紋和煤皮互看一眼。只有他和巫醫貓知道火星和沙暴是出外尋找失落的天族。是他們和火星一起決定不讓其他貓兒知道以前曾經有過第五個部族，只是被趕出了森林。

他們在氣火星的不告而別，灰紋心想道，**我也不能怪他們**。但是他要怎麼處理這件事呢？

「不要緊張，」他對其他族貓喵聲道，「這只是風聲而已。我們沒有證據證明血族就在我們領地附近。」

可是他的族貓都在竊竊私語，耳朵貼平，不安地抽動著鬍鬚。灰紋看得出來他們聽不進去他的話，但這是他第一次沒那麼在乎他們有沒有聽進去他的話，因為各種思緒開始在他腦袋裡飛掠，快到他都以為自己的腦袋會爆炸，就好像是火星不知道用什麼方法把自己的機智暫時借給了他。

「我來告訴你們是怎麼回事吧，」他突然靈光一現，於是開口說了這句話，同時站起身來。「我們的問題不在風族，而在血族身上。有可能是他們跑去風族領地上滾一滾，沾染風族的氣味，再偽裝成風族貓，跑到我們領地上盜獵，這不是很像血族的作風嗎？我們跟風族的糾紛會害我們把所有心力都放在那條邊界上，血族就能趁機從兩腳獸地盤那裡偷偷逼近我們。但我們這兩個部族會因為交戰的關係而折損許多兵力……然後那些噁心的跳蚤貓便能輕易得手我們的領地。」

一時之間，族貓們都沒有回應，只是憂心忡忡地看著彼此。**我說對了**，灰紋心想道，**我就知道。但這不表示問題很容易解決。**

「你可能是對的。」塵皮終於說道，其他幾隻貓也都出聲附和。

「他們甚至還留下記號給我們看，」煤皮指出。「我是說血跡……讓血跡出現在我們的領地上。」

灰紋如釋重負地吁了口氣。至少他再度得到了多數族貓的支持。跟血族有關的這個消息給了他一個好理由不必去跟風族起衝突。他的直覺是對的。他早就知道高星絕不可能在這種富裕的季節鼓勵他的族貓去偷盜獵物。

現在他只需要決定下一步行動是什麼。「我們先暫時把風族擱在一旁……不管怎麼樣，等到我們有真憑實據再說。如果你們有在邊界看到風族巡邏隊，就跟他們打招呼，像平常一樣相敬如賓。灰毛……」他繼續說道。「你帶一支狩獵隊出去，刺爪和雲尾跟你一起去。直接到四喬木那裡，再沿著轟雷路一路回頭走，搜索一下那裡的血族氣味。塵皮和棘爪，你們跟我來。」

「我們要去哪裡？」棘爪問道，眼裡的焦慮不安被急切取代。

「去兩腳獸地盤附近的轟雷路，」灰紋回答。「就是影族貓說他們聞到血族氣味的附近地帶。我們必須搞清楚他們說的是不是實話。」

「酷喔！」年輕戰士大聲說道，尾巴高高舉起。

塵皮翻了個白眼。

這就如同灰紋所預期的，承諾展開行動可以讓整個部族又團結一氣。灰毛的巡邏隊快步穿過營地，鑽進隧道。灰紋帶著塵皮和棘爪跟在後面。

在前往轟雷路的路上，灰紋注意到棘爪很是警覺，一路悄聲前進，就像在跟蹤一隻老鼠似的，聽到任何不尋常的聲響便豎起耳朵，張開嘴巴嗅聞空氣。灰紋看得出來這名年輕戰士是想在資深戰士面前證明自己的實力。

他不是只擔心血族可能的攻擊，灰紋心裡猜測，他還記得虎星的名字被提起時，棘爪看起來有多緊張。**他一定是認為要是血族回來了，大家就會想起他是虎星的兒子。**

「棘爪，你有聞到什麼嗎？」他問道。

年輕戰士搖搖頭。「我猜狐狸曾穿過這裡……也許是昨天吧，」他喵聲道。「但我沒聞到任何血族的氣味。」

灰紋點點頭。「嗅功不錯，」他喵聲道。「繼續加油，如果有聞到什麼，就通知我們一聲。」

棘爪兩眼發亮，自豪地挺起胸膛。「我會的，灰紋。」

隊伍離轟雷路愈來愈近，灰紋注意到雲層漸厚，快要遮住太陽。寒風吹亂了他的毛髮，沒多久，天空開始下起毛毛雨。

「真是踩到鼠大便了！」灰紋嘟囔道，因為他知道雨水會浸濕所有氣味，變得更難追蹤到血族，可能完全洗掉影族曾找到的痕跡。「怎麼那麼倒楣被我們碰上！」

轟雷路的辛辣嗆味逐漸滲進雨水，灰紋聽得到正沿著堅硬的黑色路面疾行的怪獸所發出的怒吼聲。在他們前面，有一大片空地，其中一頭是一道籬笆，圍著第一棟兩腳獸窩穴，正前方直走，則是一排濃密的灌木，剛好在轟雷路的外緣。

「我們就待在灌木的這一頭，」灰紋對他的同伴們低聲說道。「沿路往前走，搞不好會遇到灰毛的隊伍。」

但是灰紋還沒踏出第一步，便聽到一聲怪異的吼叫聲劃破嘶嘶作響的雨聲。他驚恐愣在原地，這時灌木叢裡頭傾洩而出一隻又一隻的貓，全朝三名雷族戰士撲了上來。

血族真的回來了！直到這一刻，灰紋才知道他其實很希望是影族貓搞錯了。**難道我得處理這種事嗎？**他反問自己，**血族的捲土重來對任何族長來說都是一大考驗……我甚至也不是真的族長！我懷疑這場設計好的埋伏，跟影族脫不了關係，目的是為了削弱雷族嗎？**

血族貓肌肉結實、長相可怕，他們怒目挑釁，繞著灰紋和雷族貓圍成一圈，身上的腥臭氣味明顯可聞。灰紋一看到他們還有聞到他們的味道，胃頓時翻攪起來，巴不得再也別讓他聞到這種氣味。

總共八隻，灰紋心想，**星族啊，幫幫我們，不然我們就要變成烏鴉的食物了**。

有那麼一會兒功夫，血族貓只是站立不動，肩毛高聳，掀起嘴皮，發出一式的嚎叫聲。他們看起來都是難纏又身經百戰的鬥士，不過灰紋留意到其中一隻毛色黑白斑駁夾雜些許玳瑁的母貓已經快臨盆。雖然對方是敵營的貓，但一想到要跟一隻快臨盆的貓后打架，頓時有點反胃。他知道這種事從來不會發生在雷族，貓后向來都是安穩地待在育兒室裡休息，有巫醫貓全天候地照護她和未出世的小貓。

不過這也許意謂她不會像其他血族貓那樣奮力殺敵……

同樣面對著血族貓的麈皮正用力嗅聞。「我想我有聞到他們身上殘留的風族氣味。」

灰紋小心舔嚐空氣，也真的聞到一點別族的氣味，可能就是來自於風族邊界的氣味記號線。

「所以我的推斷是對的。」他回答道。「感謝星族老天，我沒去當面質問高星。」

這時一隻傷疤遍布鼻口到肩膀的獨眼長毛虎斑母貓上前一步，與灰紋對峙。「你說風族是嗎？」她喵聲道。「你真的以為我們會去滾他們的臭味？那也太噁心了吧！」

「沒錯，我就是認為你們會。」灰紋反駁道。「我想你們一定很樂於看見我們像無頭蒼蠅一樣以為自己被入侵了。但這招沒用！我一聽說你們的氣味出現在我們的邊界上，就知道是怎麼回事了。所以你們是沒辦法靠煽動我們和風族交戰來削弱我們。」

「真可惜，」仍然不肯承認血族使倆的長毛虎斑貓覷了覷自己的爪子。「你們的領地太肥沃了。」她喵嗚，同時不懷好意地瞇起僅剩的那隻獨眼。「獵物很多，」她越說語調越不客氣。「在鞭子被殺之前，那塊地本當是屬於我們的，他雖然死了，但這並不表示我們就此放棄，再也不要你們的領地。」

想到眼下可能會寡不敵眾，灰紋強忍住發抖，假裝無所畏懼地大聲說道，因為他知道火星一定也會這樣說。「以前我們就把你們攆走過，」他直言道，「而當時你們的數量還比現在多，鞭子也還是你們的首領。你們或許能逞強挑釁，但你們當中沒有一個能抵得過那隻瘦巴巴的小公貓。而他已經死了好幾個月了，就死在我們族長爪下。」

他說話的同時，刻意挪動位置讓棘爪待在他後面，同時也看見塵皮正試圖從另一個方向保護這隻年輕的貓。棘爪雖然已是全能戰士，但畢竟一個多月前還只是個見習生而已，絕對打不過這些凶殘的惡棍貓。但此刻他正縮張著爪子，渴望在這場硬仗裡有所表現，可是灰紋卻暗地發誓，絕對不能讓他涉險。

「你們的族長火星是已經殺了鞭子，」虎斑母貓繼續說道，「但我們一直都在監視你們，結果被我們看到火星離開了。你們那位寶貝的族長已經離棄了你們。」

灰紋和塵皮警覺地互看一眼。**這本當是個祕密**，灰紋心想道，恐懼到全身都微微刺痛。

「雷族貓的數量還是遠比血族貓多，」他申明道，同時刻意蓬起毛髮，希望能震懾對方。「我算過你們只有八隻貓，憑什麼認為打得過我們？」

另一隻血族貓……一隻灰色的虎斑公貓……頓時大笑。「你這個跳蚤腦！」他大聲說道。「你又憑什麼認為全部的血族貓都在這裡？」

然後在沒有任何預警的情況下，血族貓突然發動攻勢。灰紋不管往哪裡看，都只見到伸出來的利爪和血盆大口裡的尖牙。虎斑首領撞上他，將他壓制在地，兩隻前爪朝灰紋的頸子猛砍，灰紋把頭扭到後面，及時閃過，只有毛髮被爪子擦到。他使出強而有力的後腿猛蹬，直到對方哀嚎地翻滾離開，那張帶疤的臉露出憤恨的表情。

灰紋蹣跚站了起來。現在雨勢已經成了傾盆大雨，他全身濕透，雨水沿著前額流進他的眼睛。他甩掉雨水，瞄見塵皮正在跟兩隻薑黃色母貓對打，他飛快地左右轉動身子，揮掌猛砍她們的脖子和肩膀，對方則試圖進攻他曝露在外的下腹。棘爪正勇猛地對抗那隻毛色斑駁的公貓，但就在灰紋朝他的方向跳過去時，公貓的利爪瞬間劃過棘爪的腰側，鮮血頓時噴出。這一爪的力道傷得棘爪頓時腳步踉蹌。

灰紋衝向棘爪，低下身子，單肩撐住他。「快離開這裡！」他在棘爪的耳邊嘶聲喊道。

「不要，我還能打！」年輕貓兒反駁道。

「我叫你快走！」灰紋重覆一遍，「快回去營地找幫手來，這是命令！」

棘爪縱然百般不願意，還是從兩名血族戰士中間強行穿了過去，疾奔衝回林子裡。

其中一隻血族貓試圖追上去，但灰紋撲上他，來個泰山壓頂，血族貓撞上地面，好久之後才又爬起來。

灰紋趁機喘口氣，環顧四周尋找塵皮，結果看到有第三隻惡棍貓加入那兩隻母貓一起圍攻塵皮，那隻惡棍貓是一隻黑白相間的公貓，有一隻耳朵破了，還戴著鑲滿犬牙的項圈。灰紋還沒來得及跳到塵皮那裡幫忙，血族首領和剩下的另外三隻貓便包圍上來，將他隔開，不讓他接近同伴。灰紋留意到其中一隻是那隻懷孕的母貓，她的毛髮被扯落，鮮血正從她前額滴落，顯示出她也跟其他血族貓一樣打鬥起來很是凶狠。

我還以為我們可以不用把她放在眼裡，我錯了……

這四隻貓不斷將灰紋逼向兩腳獸的地盤。一度被灰紋痛擊在地的那隻公貓好不容易踉蹌走了過來，也加入包圍的行伍。灰紋不安地環顧四周，納悶自己能否在不引發另一波攻勢的情況下，殺出重圍。他當機立斷地衝出去，但還是晚了一步，先前被他擊倒在地的那隻公貓繞過來擋住他，其他貓兒隨即蜂擁而上，拳腳從灰紋的四面八方落在身上。就連那隻懷孕的母貓哪怕是大著肚子，身手有點笨拙，也一樣不留情地朝他拳打腳踢。

他反擊回去，尖爪利牙齊上，但仍然寡不敵眾。他沒有足夠的空間施展他最厲害的雷族戰技。濕淋淋的毛髮拖住了他，他想施展手腳，卻在濕滑的草地上打滑。

「別退縮！」長毛首領吼道，那雙發亮的目光鎖住懷孕的母貓。「別以為妳快生小貓了，就可以隨便唬弄過去。」

這就是你的血族，灰紋模模糊糊地想道，**如果是真正的部族，我們會全力保護彼**

此。但在血族，卻只能自求多福。

他知道他體力漸失，疼痛和失血正在耗盡他的力氣。頭顱側邊的一記重擊害他跌倒在地。他想爬起來，但四條腿不聽使喚。他躺在倒下的地方，各種感官開始游離，身上所有肌肉都痛到微微博動。

這就是我的終局嗎？他納悶想道，**當火星發現我不只沒能保護部族的安全，還這麼輕易地就被對方擊敗，他會怎麼看我呢？**

「我們就把他丟進兩腳獸地盤的狗群裡吧！」血族首冷吼道。「就算他現在沒死，也活不了多久。」

「這主意太棒了！」另一隻貓竊笑道。

灰紋感覺到有隻爪子在戳他的腰側。「他還以為他能接管那個部族，當部族族長呢！」獨眼虎斑貓喵聲道。「現在等他也走了，那些貓就會四分五裂了。」

即便意識迷迷糊糊的，但灰紋仍然恍然大悟原來血族貓一定都在密切監視雷族，才會留意到不只火星不見了，也發現是由他在接管。**為什麼我們沒有留意到他們呢？他們都是靠氣味的偽裝在監看我們嗎？**

他又感到一陣劇痛，有爪子戳住他，然後一個顛簸，他就開始往旁邊移動了，他才發現有幾隻貓兒正拉著他往兩腳獸窩穴附近圍籬底部的一個坑洞拖行。他的毛髮沿路擦著圍籬底部，最後被丟進坑洞了。他聽見惡棍貓正哼哼唧唧地費力搬動像石塊一樣的東西擋住坑洞。沒有逃生的路。四周都是狗的臭味。

現在怎麼辦？他反問自己，**我這個樣子怎麼對抗得了狗……**

一開始，灰紋躺著動也不動，部分原因是這一摔害得他差點岔不過氣來，另一個原因是他想讓血族貓以為他死了。但除了痛之外，他不認為自己受傷嚴重，他的四肢都沒斷，各種感官也正慢慢回來。也許他沒有失血太多。

最後灰紋發現血族貓應該正在離開。他們的聲音漸漸消失在遠方，氣味也開始消散。等到一切都靜悄悄了，灰紋才小心翼翼地站起來。他眨眨眼睛，清乾淨視線，結果看見自己站在兩腳獸花園的邊緣處。雨已經停了，灰紋從旁邊一株灌木叢的葉子上舔了一些雨水，感覺自己正在恢復。

過了一會兒，兩腳獸窩穴方向那裡傳來尖銳的狗吠聲，他愣在原地。但他環目四顧，沒有狗的蹤影。他這才明白那聲音來自那棟窩穴裡。

儘管帶著傷口，灰紋還是忍不住得意地喵嗚大笑。「哈！如果那群愚笨的惡棍貓想要那條狗來結束我的性命，那也得先確定牠能逮到我啊！」

他身上的每寸肌肉都在痛，而且冷到全身發抖，毛髮因為下雨和流血的關係緊緊黏在身上。他知道自己得離開這座花園，回去營地，於是巴住圍籬旁邊的樹，硬戳進爪子，渾身疼痛地將自己往上撐。

等他爬到跟籬笆頂端等高時，再跳上籬笆，沿著它走到盡頭，鑽進另一棵樹的樹枝裡。費盡力氣的他氣喘吁吁，於是先休息一會兒，掃視空地，尋找塵皮的蹤影。他一想到可能會瞄到棕色虎斑戰士躺在血泊裡，頓時心驚，但還好沒有看到塵皮的蹤影，這才鬆了口氣。

他一定是逃走了，回去營地了。

可是灰紋歇口氣的時間很是短暫。因為當他最後一次掃視剛剛的戰場時，竟瞄到那隻懷孕的母貓，她正蹲在轟雷路旁的一株灌木底下。他頓時驚恐，目光牢牢盯住她。

完了！

灰紋愣在原地，等母貓出聲喊她同夥。**我跑不過他們的，我不可能靠自己打贏他們。星族啊，救救我！**

可是時間悄悄溜走，母貓什麼事也沒做，什麼話也沒說。灰紋猶豫不決，最後爬下樹，但她一樣沒出聲……那雙清亮的目光始終鎖住他。他一拐一拐地走進林子裡，她仍然靜悄悄的，就在灰紋鑽進矮木叢之前，他回頭看了一眼，發現她仍盯著他看。

我安全了……可是為什麼她要放我走呢？

第八章

此時

太陽正往地平線下沉，在灰紋和翻爪後方投下長長的影子。他們正艱難地爬上山坡，前往急水部落所在的山區。腳下地面粗糙多礫，壘壘岩石在稀疏的草地之間隆起。正前方有陡崖高聳，寸草不生，只有細長的荊棘零星長在幾處岩縫裡。

灰紋看著眼前景象，忍不住發抖。**我希望我是對的，**他心想，**我以為這裡就是急水部落的山區，但是我從來沒走過這條路，當初我和蜜妮跋涉到湖邊時，是走另一條路。灰紋曾短暫考慮過先回雷族營地，向曾來過急水部落的貓兒請教方向，可是這樣就有可能又被部族裡的麻煩事卡住，再說到時一定有貓兒堅持陪他一同前往。我不想這樣，更何況我聽過太多跟急水部落之旅有關的故事，當時是獅焰和其他貓兒前往部落協助他們，所以我應該也找得到路。**

灰紋一想到就要再見到自己的兒子暴毛，便滿心期待到腳爪微微刺癢，再加上一點點的不安。自從暴毛和他的伴侶貓溪兒離開五大部族之後，已經又過了好長一段時間，但灰紋從來沒有停止過想念。不過現在他很好奇暴毛看見他父親突然無預警地出現在他領地裡，而不是在原生部族裡，會有什麼反應呢？

坡度愈來愈陡，最後前方的道路變成很窄的突岩，沿著陡峭的崖壁一路而上，另一側是絕壁，下方是幽深的峽谷，完全被黑影籠罩。

「看在星族老天的份上，千萬別走小路的外緣，」灰紋指點翻爪。「要是失足滑落，就成了烏鴉的食物了，除非你會飛。」

「灰紋，我會很小心。」翻爪向他保證道，同時貼著裡面的崖壁往前走，毛髮不時拂過壁面。「這不是很棒嗎？」他興奮地補充道。「我還以為岩坑邊緣就很高了，但這裡簡直是了不起。等我回去，一定要告訴鬃霜和竹耳……他們一定會嫉妒到鬍鬚都掉光！」

所以翻爪是有在考慮最後還是要回去雷族，灰紋得意地想道。就算他不確定自己的未來，但知曉這位年輕戰士終究抵擋不住親情的召喚，著實令他開心。

「你聲音小一點，」他警告他，「我們正前往急水部落的領地。我聽說過以前這附近也有住惡棍貓，小心一點，因為我們算是入侵者。」

他的毛髮緊張地高聳，幾乎可以確定岩間暗處有眼睛正在監視他們。但他們能做的只是繼續前進，灰紋只希望不會有貓那麼跳蚤腦地在這麼危險的小徑上發動攻勢。

隨著最後一道陽光的消失，灰紋看見懸崖前方幾條狐狸身長之外的路突然中斷。他停下腳步，翻爪頓時撞上他的後腳，害他一個踉蹌。

「怎麼了？」年輕戰士問道，同時繞過灰紋往前窺看。「我們為什麼停下來？」

灰紋一想到天色就快暗了，他們卻得走回頭路，肚子便開始抽搐。這時他留意到前方懸崖的再前面一點其實是有路的，只是隔著一道大約三條尾巴長的缺口。

「我們得跳過去。」他喵聲道。

這時一個聲音從前方暗處傳過來。「要跳，也得有我們的許可才行。」

翻爪發出驚恐的尖叫聲，趕緊挨近灰紋，後者全身上下打起寒顫。有兩隻貓出現在缺口另一頭的小徑上。一隻是棕色虎斑公貓，另一隻是淺灰色母貓。因為陰影和毛色的關係，兩隻貓的身形幾乎跟他們身後的岩塊完全融合。再近看一點，才發現他們身上還用泥巴染成條紋狀，使自己更容易隱身。只有他們的眼睛……其中一隻貓的眼睛是光燦的琥珀色，另一隻是亮澄澄的綠色……在幽暗裡格外晶亮。

母貓上前來，走到缺口邊緣。「你們是誰？你們要做什麼？」她語氣粗魯地問道。

灰紋也走上前去，垂頭致意。「我叫灰紋，」他回答。「我是來找我的親屬。」

灰色母貓謹慎地跟虎斑公貓互看一眼。「你有親屬住在這裡？」她問道，聽起來似乎不相信灰紋。

「有啊，我兒子暴毛。」灰紋回答。

「暴毛！」虎斑公貓大聲說道，聽起來像是鬆了口氣，語氣也突然變得和善許多。「你們一定是住在湖邊的部族貓。」

「暴毛告訴了我們很多有關你們的故事。」母貓補充道，語氣也不再那麼不友善。「歡迎來到急水部落的領地。我叫閃月，這位是裂棘。」

「我們是護穴貓，」裂棘喵聲道，同時自豪地挺起胸膛，就像在向灰紋證明他有多稱職。

「我叫翻爪，」年輕戰士挨擠過來，目光越過灰紋的肩膀望過去，眼裡帶著興味地看著素未謀面的兩隻貓兒。「我是雷族貓，跟灰紋一樣。」

裂棘和閃月雙雙往後退，在缺口另一頭騰出足夠空間給他們。

「過來吧！」閃月邀他們過來。「我們帶你們去洞穴。」

翻爪急切地從灰紋旁邊鑽過去，直接朝缺口起跑，繃緊肌肉，用力一蹬，騰空飛躍，安全著陸在缺口的另一頭，甚至還多出一條尾巴的距離。

意識到在爬了這麼長的石頭路之後，全身肌肉都在酸痛的灰紋，也準備要起跳了。但那道缺口似乎隨著他的每次心跳不斷變寬。他不擔心自己跳不過去，直接墜入幽深的崖底，反倒擔心可能鬧出笑話，吊在半空中。於是先小心翼翼地打量缺口，才繃緊後腿，用力往前一蹬。還好四隻腳爪都砰地一聲落在岩緣上。他直起身子，抽動著鬍鬚，表現得自己好像根本沒當回事。

「帶路吧！」他喵聲道。

他們繼續沿著懸崖走，閃月領隊，灰紋和翻爪跟在後面，裂棘在最後押隊。沒多久，小徑轉向，進入狹隘的岩縫，兩側是高聳的岩壁和壘壘巨石。狹谷盡頭有一條很淺的山澗汩汩流出。灰紋穿行山澗，水花四濺，心裡暗自慶幸有冰涼的山泉水撫慰他酸痛的腳爪。

這個時候，陽光已經完全消失，灰紋心想幸好有部落貓護送他們。不過他也只能憑氣味跟緊閃月，而不是靠視覺。他很確定在這麼幽黑的地方，光靠他自己是不可能找得到路的。

最後他們繞過一塊突岩，眼前的景致豁然開展。灰紋停下腳步放眼望去，前面是一道陡峭的岩壁，瀑布從岩頂奔流而下，水聲隆隆地灌入下方的水潭。傾洩而下的水幕被星光染成銀白，潭面的水花宛若閃閃發光的水霧。

「好美喔！」翻爪一臉震懾地瞪看眼前景致，不由得倒抽口氣。

灰紋也一樣驚嘆。他曾聽過他的族貓描述過急水部落的家園，但他從來沒想過竟會如此壯觀。他站在那裡將一切盡覽眼底，幾乎沒察覺到水霧已經浸濕了身上的毛髮。

「走這裡。」裂棘俐落地說道。

他在前面帶路，四隻貓兒魚貫爬上瀑布旁邊的岩石，沿著瀑布後方一條小徑前進。

「小心你腳踩的地方，」灰紋警告翻爪，他緊張到毛髮聳了起來。腳下的岩地愈來愈濕滑，沖刷而下的急水可以輕易地攫住一隻漫不經心的貓，將他拖到下方的水底。

想像每天要進營地前，都得走一趟這條路，他心想道。

「我沒事，」翻爪向他保證，不過聲音卻在顫抖。「倒是這些高山貓一定很擅長攀爬。」

等到他們終於抵達洞穴，灰紋謝天謝地地立刻呼出一大口氣，然後在幽暗的光線裡四處打量。岩壁高聳，沒入黑暗。穴頂往下倒掛著多根像尖牙一樣的石塊。眼前的地面往前延展好幾條狐狸尾巴的距離，但到底有幾條，根本數不清。

眾多貓兒的氣味瞬間淹沒灰紋，起初他看不出來氣味來自何處。後來等眼睛適應了黑暗，才發現洞穴裡都是貓，有的棲在岩架上，有的在洞穴地上的凹坑裡休息，也有的開始慢慢朝他和翻爪驅近，眼裡盡是好奇。

尤其在洞穴中央有一隻肌肉結實的灰色公貓，他先停下來瞪看了一會兒，然後就朝灰紋跳了過來，在他面前煞住腳步。

「灰紋？」他大聲喊道，眼神不可置信，充滿喜悅。「真的是你？」

「暴毛……」灰紋發出一聲很長的喵嗚聲。暴毛看起來跟他上次見到時不太一樣，但他還是灰紋記憶裡的那隻小貓。他的心裡暖烘烘的。**我的兒子！**旅途中遇到的所有險惡，在這一刻都覺得值得了，他用鼻頭輕觸暴毛，吸進他的氣味。

「我不敢相信你會來這裡！」暴毛繼續說，同時退後一步。「溪兒……快過來看，是我父親灰紋。」

他用尾巴朝一隻漂亮的虎斑母貓示意，後者眼神熱絡地走了過來，向灰紋垂頭致意。「很高興再見到你。」她喵聲道。

灰紋點頭回應。「很高興來到這裡。」他回答。

四隻年輕的貓兒擠在溪兒身邊瞪看著灰紋，毫不掩飾他們的好奇心。「這些都是我的小貓，」溪兒自豪地介紹他們。「曙雀、松石……」

「我們兩個叫鷹羽和葉風。」一隻年輕的灰色公貓開心地打斷他們。「灰紋，能見到你太好了，暴毛跟我們說了很多有關你的故事。」

灰紋瞪看著眼前這群貓，數量多到他不知所措。這些貓都很年輕很健康，他們見到失散已久的親屬，眼裡全都閃爍著興奮的光芒。**他們都是我的親屬，這些年輕的貓都是**

我的孫子。

這真是太美好了。

他跟暴毛和溪兒已經很久沒見了，他的兒子不再年輕，原本輕盈的身形變得厚實多了，鼻口也隱約長出白毛，但他看起來仍然孔武有力，而眼神裡也多了歲月留下的智慧痕跡。

灰紋的腰側被戳了一下，他這才想起他在跟這些親屬團聚的同時，翻爪一直站在旁邊靜靜等候。

「不好意思喔，翻爪，」灰紋喵聲道。「暴毛、溪兒，這是翻爪，也是雷族戰士。」

「歡迎你，翻爪，」溪兒低聲道，這時暴毛問道：「灰紋，他也是你的親屬嗎？」

灰紋一時之間被這問題嚇到，這才發現暴毛對雷族的現況以及他和蜜妮所生的小貓所知甚少。他頓時納悶要是與血族大戰後，暴毛和羽尾首度回到河族時，他也跟著他們一起去，或者要是他能夠說服他們留在雷族，現在的生活會是什麼樣子呢？又或者如果他在暴毛和溪兒住過湖邊後，回去部落時，也跟著他們離開雷族，來到部落呢？如果他沒有選擇忠於雷族，他現在的生活一定很不一樣。

也許我做錯了選擇，他心想道。**也許我也應該試著待在急水部落，陪著我這倖存的長子……他是我跟銀流唯一剩下的血脈。**

很難想像他還能再做些什麼，畢竟他長久以來都住在雷族。只是他看到雷族經歷了很多的變化。而且越變越糟，糟到現在的雷族已經不像他從小生長的那個雷族，也不像曾經被他全心奉獻的那個雷族。過往時光的美好記憶只會一再強調這些差異。

儘管如此，灰紋還是沒有完全失去鬥志。**就算它變了，如果我的部族需要我，我還是想回去那裡，但……他們需要我嗎？**他不知道他要怎麼做才能幫得上忙。**我也不知道我要怎麼幫忙，我甚至不再是戰士了。**

在此同時，翻爪已經回答了暴毛的問題，完全不會因為一次遇見這麼多素未謀面的貓兒而被嚇到。「不，我是獅焰的親屬，他以前來這裡拜訪時，是叫做獅掌。」

「喔，我記得獅焰！」溪兒喵嗚道。「過來跟我們一起吃東西，一邊吃一邊聊吧。」

暴毛和溪兒護送灰紋和翻爪穿過洞穴，來到部落的生鮮獵物堆那裡，他們的小貓都跟在後面。當灰紋趨近洞穴後方時，才注意到那裡有兩個地道入口，好奇不知道那會通到哪裡。他正要問暴毛，但他的兒子再度開口，打斷了他。

「你今天的出現實在很有趣，」暴毛走到灰紋旁邊說道。「因為前幾天才發生一件奇怪的事。我們有幾隻狩獵貓在山的另一頭遇見一隻惡棍貓……也就是離你們舊森林比較近的那一頭。他有問起你。」

灰紋停下腳步，一臉疑惑地眨眨眼睛。「問起我？」是誰可能會在離部落這麼近的地方問起他呢？

「是啊，但是狩獵貓不知道你是誰，所以他們沒跟那隻惡棍貓說什麼。」

「這是這麼久以來，我聽過最怪異的事，」灰紋喃喃自語道，這時暴毛擺動尾巴，要他再往前走。「我想不出來那會是誰。可能是我以前跟蜜妮跋涉到湖邊時，路上遇到的其中一隻穀倉貓吧？又或者是森林附近兩腳獸地盤上的寵物貓？我猜火星的寵物貓朋友可能還記得我的名字，或者火星的姐姐公主的小孩？他們現在也都長大了。」

「可是為什麼他們要找你呢？」暴毛問道。「還有為什麼來這裡找？」

暴毛用茫然的表情看著他，灰紋覺得那表情就跟他現在臉上的表情一樣。

他們一走到生鮮獵物堆那裡，洞穴後方地道的開口處就出現一個身影：一隻暗灰色的公貓，有著一雙發亮的琥珀色眼睛。當他趨近時，其他貓兒都讓出位置，表示敬意，最後他停在灰紋和翻爪面前。

暴毛上前一步，朝新來者垂下頭顱。「尖石巫師，這位是我父親灰紋，」他喵聲道。「而這位是翻爪，另一隻雷族貓。灰紋，這位是我們部落的治療者……尖石巫師。」

尖石巫師禮貌地伸出爪子招呼他。「來自雷族的貓，」他丹田有力地說道。「歡迎你們。」

灰紋垂頭致敬，同時想起他的族貓曾說過尖石巫師的權力有多大……他不只是部落的族長，也是巫醫貓。「很榮幸見到你。」他回答。

尖石巫師用琥珀色的目光盯著他看，害灰紋不自在到毛髮都聳了起來，活像這隻貓能看穿他似的。

尖石巫師對他微微點個頭。「快去吃吧，吃完就去休息。」他喵聲道。「不過灰紋，晚點我們或許可以再聊一聊。」說完，他就退回地道裡了。

灰紋發現巫師一走，自己就輕鬆多了。部落貓都很和善，雖然他們的生活方式對他來說很陌生，但跟他所熟悉的部族貓沒有太大不同。只是尖石巫師又另當別論了。

也許是因為他坐擁的權力吧，灰紋心想道，**我不確定我會想再跟他多聊些什麼**。

這時暴毛帶了兩塊獵物過來，於是灰紋揮開心中的疑慮。「你要跟我一起吃獵物嗎？」他問道。

「當然好，謝謝你，」灰紋回答，但不確定他兒子的意思是什麼。他想到自己可能會做錯什麼，害兒子在其他部落貓面前丟臉，就緊張到肚子微微抽筋。

這時他瞄到兩條尾巴距離外有兩隻部落貓，其中一隻咬了一口獵物，然後推給另一隻吃。於是他知道怎麼做了，這才放鬆心情，咬了一口暴毛放在他面前的獵物，然後把剩下的推過去給他兒子，再接過暴毛的第二塊獵物。

「這是老鷹，」暴毛告訴他。「你們湖邊有老鷹嗎？」

灰紋搖搖頭。「不過這還不錯，」他滿嘴食物地說道。「很好吃。」

他環顧四周，看見翻爪也在跟暴毛的兒子鷹羽分食獵物。看見他的年輕族貓適應上沒問題，著實放心不少，於是開始安心享受食物和他兒子的陪伴。

洞口有閃閃發亮的星光，瀑布被渲染成銀白一片。灰紋留意到他兒子正盯著他們看，眼神黯了下來，顯然陷入回憶。灰紋當下沒有作聲，只想給他足夠的空間去沉澱，直到小貓玩耍的尖叫聲將暴毛從回憶裡拉回來。

「我有時候會好奇羽尾是否就在上面看著部落，」他沉思道。「我不確定她是去了星族還是去了部落貓祖靈會去的地方……殺無盡部落？後者好像比較可能吧，畢竟她是為部落貓犧牲了性命。」

這番話當頭棒喝了灰紋，這裡是他女兒喪命的地方。他記得她那些膽識過人的故事，她讓穴頂的齒狀石塊砸下來，徹底除掉劫掠成性的獅貓尖牙。

「葉池告訴過我，曾在星族看到她身影。不過也許她有某種方法可以兩邊都在？如果她現在在殺無盡部落，」他回應暴毛，「也許此刻正在上面看著我們說話。」

暴毛嘆口氣。「她很聰明，而且勇猛又直爽。」他喃喃說道。

「是啊，看到她總讓我想起銀流……」灰紋附和道。「你從沒見到的母親，也是我的初戀。我後來有了另一個伴侶貓……蜜妮。」他繼續說道。「但她後來生病，也死了。」

「我很遺憾，」暴毛伸長尾巴，輕觸灰紋的腰側。「我沒有辦法想像要是溪兒不在，我要怎麼辦？更別提前後失去兩個伴侶貓了。」

等他們吃完東西，暴毛就帶著灰紋去洞穴後方的池子那裡喝水，那是岩間山澗涓滴流淌而成的池水。翻爪也在那裡喝，友善的鷹羽眼神炯洞地看著他。

「我覺得這個部落好棒喔！」翻爪語氣熱切地告訴灰紋，同時甩甩頭，鬍鬚上的晶亮水珠紛紛灑落。「他們就跟一個部族一樣，只是他們不用整天擔心戰士守則。而且沒有其他部落找他們麻煩。」

「我們也是有自己的守則，」鷹羽指出。「有時候住在山腳的惡棍貓也會上來惹事。」

「喔，那不一樣。」翻爪揮著尾巴堅稱道。「你們這個居住環境很棒，」他繼續說道，同時一臉欣羨地環顧這座巨大的山洞。「這空間對你們來說非常寬敞，完全能遮風蔽雨，甚至不用出去找水喝。」

灰紋還記得上山途中，翻爪曾提到要回去讓自己的族貓刮目相看。但現在他好奇這位年輕的戰士是否改變了主意，不再回去了。顯然他愛上了這個部落的生活方式。他心想，**假如他決定留下來，也不算是很糟的決定，只不過在山上寸草不生的地方討生活，其實並不容易。**

「鷹羽邀我明天跟他一起去狩獵，」翻爪繼續說道。「他說他可以秀給我看一些不一樣的技巧。」

「是啊，我是狩獵貓，」鷹羽大聲說道。「灰紋，如果你同意的話，我很想帶翻爪出去看看。」

「翻爪是戰士了，」灰紋回應道，心裡也不免自豪他有這麼一個活潑又年輕有為的孫子鷹羽。「他不需要我的許可。」

「這不會耽擱你的行程吧？」鷹羽問道。

灰紋搖搖頭。「我想我們至少會待上一兩天。」

「太好了，」翻爪興奮地微微一跳，就像不久之前他還是見習生的那個模樣。「我真的很開心當初決定跟你一起來。」

「那就好。」灰紋用鼻頭輕觸年輕戰士的耳朵。

「我已經幫你們兩個準備好睡覺的凹洞了。」溪兒走過來說道。「跟我來。」

她帶著雷族貓走到靠岩壁的一塊地方，地上有兩個凹陷處已經鋪好青苔和羽毛。灰紋這才發現自己其實很疲累，完全擋不住鋪有軟墊的臥鋪誘惑。

「謝謝你，看起來好舒服。」翻爪打了個大呵欠，喵聲道。「晚安，灰紋。晚安，鷹羽。」

他立刻蜷伏進其中一個凹洞，很快就睡著了，被尾巴蓋住的鼻子發出微微鼾響。

灰紋在他旁邊的凹洞安頓下來，白天的長途跋涉再加上跟兒子重逢的情緒起伏，使得他也很快入睡。只是他睡得很不安寧，似乎不時沿著幽黑的地道走動，還瞄見貓兒的身影，有時是銀流，有時是羽尾，也有時是蜜妮，但不管他怎麼追，都追不上對方。

最後他猛地驚醒，坐了起來，全身毛髮都在顫抖，彷彿聽見有吼聲示警危險。現在還是夜裡，星光明滅不定地點亮整座洞穴。一切似乎平靜美好。灰紋看得到蜷伏在臥鋪里的每隻貓兒背影，聽見他們輕柔的呼吸聲。

這時他瞄見銀色的瀑布水幕旁邊有動靜，立刻認出尖石巫師的輪廓。他的直覺反應是躺下來假裝自己還在睡。但是他知道他早晚都得面對部落的巫師。

好吧，他嘆口氣想道，**也許現在也可以。**

第九章

此時灰紋從臥鋪裡撐起身子，穿過洞穴走過去，站在尖石巫師面前。「你說我們可能要聊一聊。」他喵聲道，同時垂頭以示最深的敬意。

尖石巫師稱許地點點頭，在地上坐下來，腳爪伸在前面。「我看得出來有問題困擾著你，」他告訴灰紋。「你為什麼來急水部落？我能幫你找到你未來註定要走的路嗎？」

「你說得沒錯，我是有一些困擾，」灰紋回答，同時坐在巫師旁邊。他發現這隻素未謀面的貓竟然如此了解他，不禁令他寒毛倒豎。但他也不免好奇尖石巫師是否真的能體會他的心情。**部族跟部落不太一樣，把我們的問題跟一隻部落貓說，算不算背叛？**

「我是來看我兒子的，」他接著說道。「但那不是我離開部族的原因……」

灰紋凝看著那雙充滿包容與耐心的琥珀色眼睛，喉嚨像突然卡了什麼東西似的。所有他想說出來的話都哽在那裡。他好想將一切全數吐出，從一開始棘星變得怪怪的，再到那場死了很多部族貓的慘痛戰役。他猶豫了一會兒，最後對自己點個頭。「這一切都始自於上一次的禿葉季……」他開口道。

尖石巫師不發一語地聽他說完。「當我請示尖石來引領我自己的部落時，我就已經感應得到部族那裡有黑影出現。」他終於說道。

灰紋不是很懂巫師這話的意思，但一想到巫師預見到了問題，腳底便忍不住發抖。**我們的問題一定是糟糕到連這麼遠的地方都感應得到。**

「最慘的是，」他承認道，「五大部族到現在都還沒辦法聯繫上星族。祂們已經沉默很久，就連我們的巫醫貓也沒有祂們的消息。你有接到來自殺無盡部落的訊息嗎？」

「當然有，」尖石巫師回答道。他猶豫了一下，接著又繼續說道：「我來幫忙看看好了。你跟我來。」

他起身，帶著灰紋穿過洞穴，進入他稍早前現身所在的地道。地道很幽暗，灰紋感覺得到毛髮正刷拂著兩側的岩壁。這時他發現前方有月光滲入。

過了一會兒，他進到一處開闊的空間，一見到眼前景象，不由得驚愕張嘴。這個洞穴比前面小。穴頂有鋸齒狀的孔洞供月光和星光灑進來，映照在遍布地上的大小水池上。這不免令他想起舊森林領地附近的慈母口和月亮石。煤皮曾說過那裡也會在幽暗裡映現出熠熠閃爍的光。

最令他生畏和讚嘆的是從穴頂垂生而下的錐狀尖石，看上去比外面洞穴的還要粗壯。地上也矗立著更多尖石，有的甚至高聳到跟上面垂生下來的接合起來，灰紋感覺自己就像站在一座石林的邊陲。

「來吧，」巫師邀他過去。他在這些石林裡穿梭，最後站在洞穴中央。

灰紋跟了過去，來到巫師旁邊，後者在一池閃閃發亮的水邊安頓下來，腳爪塞在身子底下，伸長頸子，直到鼻頭幾乎碰觸水面。水流輕柔的涓滴聲舒緩了灰紋的情緒，他耐心等候正凝視著水面的巫師。

最後巫師終於抬起頭來看著灰紋。「在你部族住的那個方向，的確有黑影籠罩，」他回報道。「也許就是這個原因，才阻斷了你們和星族的溝通管道。」

「但這代表什麼呢？」灰紋問道。「我能做什麼來幫忙我的部族嗎？」**又或者我只是個沒用的長老？**他默默地對自己說道。

「等一下，」巫師說道，「我再看一下。」

灰紋看著巫師再度朝池水垂頭。他的思緒也跟著翻騰。尖石巫師還是有看到大湖上方黑影籠罩，雖然五大部族無法聯繫上星族，但巫師仍然聯繫得上殺無盡部落。

他凝神看著尖石巫師，後者閉上眼睛，看上去就像在傾聽祖靈的聲音。這正是他向來想像巫醫貓用鼻頭碰觸月池時的樣子。**但這兩者有什麼區別呢？部落仍然可以跟他們的祖靈溝通，星族為什麼就不行呢？……或者說不願意……跟我們溝通？**他指望自己能找到答案。但還有希望嗎？畢竟連巫醫貓都不知道要怎麼辦了。

滿懷期待的心理令灰紋興奮到腳底微微刺癢，他好奇巫師是否真能為他解惑。

他站在怪異的石林當中，聽著水滴的低語聲，看著池面的光影變幻，也不知道究竟等了多久。結果當巫師再度直起身子面對他時，他反而差點被對方嚇了一跳。

「殺無盡部落有要你帶話給我嗎？」他啞著聲音問道。部族已經好幾個月都沒有星族的消息，這使得灰紋很渴望從部落巫師的嘴裡聽到任何指示。

巫師偏著頭。「祂們告訴我你還是有你可以發揮的角色，」他回答。「你必須離開部落，繼續你的旅程，所以快去睡吧，出發時，才會有體力。」

灰紋又在自己的臥鋪裡躺了下來，只是更一頭霧水。他聽到自己還有可以發揮的角色，頓時鬆了一大口氣。但是他想像不出來那個角色是什麼。可是部落祖靈認為並不適合現在就告知他。

殺無盡部落聽起來很像星族，他心想，**從來都不會直接給我們答案**。

尖石巫師似乎是建議他回雷族去。但是灰紋一想到要在自己或部族都無任何頭緒的情況下回去，就有一股可怕的寒意令他從頭涼到腳，活像踏進禿葉季的冰冷湖水裡。自他離開雷族營地的這幾天以來，他感覺得到自己成長了不少，不管是狩獵、旅行，還是決策，有點像他年少時的那種成長經歷。

如果我現在回去，我就又變回長老，他心想，**也許那才是真正的我。但是在我踏上歸途，回到雷族之前，我必須先找到我的使命**。

「星族，祢們有聽到我的聲音嗎？」他喃喃自語，還用尾巴蒙住嘴巴，深怕吵到蜷伏在四周的貓兒。「或者殺無盡部落有聽到我說話嗎？如果有的話，請給我一個徵兆。告訴我該怎麼做。」

洞穴裡一片靜默，只有貓兒們睡覺時的輕微鼾響和瀑布無止盡沖刷的水聲，完全沒有其他任何動靜。粼粼波光照常滲進洞穴裡，彷彿在告訴他瀑布外面的月亮正在洞外發光。

「我猜你們的答案是不能告訴我。」灰紋對自己嘟囔道。

但他腦袋裡有個聲音似乎在說，**還不到時候**。

灰紋重嘆一口氣，閉上眼睛。睡意輕輕將他籠罩，就像母貓將自己的小貓圈在懷裡。

灰紋醒來時，起初並不知道自己身在何處。他睜開眼睛，以為會看到長老窩裡交織的枝葉，結果卻是岩壁環繞，還有一根根尖石朝下指著他。他的耳裡突然被騷動聲充斥。

他眨眨眼睛坐起來。眼前是大片的岩地，一直延展到洞口閃閃發亮的瀑布水幕那裡。一看到瀑布，灰紋頓時想了起來：他是長途跋涉到山裡，與他兒子重逢，還有昨夜與尖石巫師那番令他不安的對話。他跳了起來，甩掉毛髮上的青苔屑和羽毛。

現在我必須去找出一些答案！

灰紋踏出他睡覺的凹坑，坐下來快速地舔洗自己。他看到到處都有部落貓走來走去做自己分內的工作，幾隻小貓正在地上擊打一顆卵石，還有一隻年紀較長的貓正在向一群見習生示範狩獵動作……或者說是半大貓吧，他記得部落裡都是這麼稱呼見習生的。灰紋發現原來自己睡得太晚，一天早就開始，頓時聳起毛髮，感到很不好意思。

他還沒梳洗完，就瞄到溪兒快步橫過洞穴，朝他走來。灰紋站起來，禮貌地垂頭招呼，她在他旁邊停下來。

「你好，灰紋，」她喵聲道。「睡得好嗎？」

「我想應該要很好才對吧。」灰紋懊惱地道，「對不起。」

「沒必要道歉，」溪兒告訴他。「你昨天走了這麼遠的路，一定累壞了。你餓了嗎？」她很快地說道。「狩獵隊還沒回來，但也許我可以幫你找點吃的。」

一想到食物，灰紋的肚子就發出輕微的抗議聲，但他搖搖頭。「謝謝了，不用，我能等。」

溪兒在他旁邊坐下來，接著舔溼其中一隻腳爪，搓洗自己的耳朵。「暴毛帶邊界巡邏隊出去了，」她喵聲道。「鷹羽也帶著翻爪跟松石還有其他幾隻狩獵貓一塊出去。希望你別介意。」

「我昨晚已經告訴鷹羽，翻爪不需要徵求我的同意。」灰紋回答。**但無論如何，我希望他能平安回來，我們還得討論接下來該做什麼。**

「我想我出去呼吸一點新鮮空氣好了，」他接著說道，同時起身。「順便伸伸腿。」

「站在瀑布後面的小徑上要小心點喔，」溪兒提醒他。「那裡很滑。」

「我會小心的，謝謝。」

灰紋再度向溪兒垂頭致意，然後一路穿過洞穴，沿著岩架走去，來到山腰處。他輕鬆攀上一塊平坦的岩石，站在上面環目四顧。冷冽清澈的空氣被他深深吸入肺裡。

他遠眺四面八方，層峰連綿，消失在縹緲之間。近處可見灰色岩壁，帶刺的灌木從裂縫處竄生出來。隨處可見高聳樹木，都是暗色松樹，很像長在影族領地的那種。

至於其他能看到的植被就都生長在瀑布前面的水池外緣了。

貓兒怎麼能在這種地方生存下去？他反問自己，**他們腳下踩的永遠都是堅硬的岩石，也從來聞不到森林裡的綠植氣味……**

下方的動靜吸引了灰紋的注意，他瞄到有四隻貓兒從深溝裡出現，繞過水池，朝小徑盡頭走去。其中三隻扛著一隻巨鳥的軀體，棕色羽翼癱垂下來，幾乎絆到正扛著牠的貓兒，至於牠那兩隻凶殘的利爪則以怪異的角度突在外面。

我猜那就是老鷹吧，灰紋心想，**我的星族老天，他們八成費了一番功夫才抓到**。

灰紋認出負責押隊的第四隻貓是裂棘，就是前一個晚上護送他和翻爪過來的護穴貓……他正小心勘察四周環境，對天空的動靜保持警戒。灰紋想像也許是在提防別隻大鳥朝狩獵隊俯衝而下，伸出巨爪擄走其中一隻貓。

狩獵貓們爬上小徑，消失在瀑布後方。裂棘短暫停下腳步，點頭招呼灰紋。

「你們的狩獵成績不錯喔！」灰紋稱許道。

「超棒的！」裂棘開心回答。「部落晚上應該可以飽餐一頓了。」他接著說道，隨即跟著其他隊員消失在洞穴裡。

寒風四起，吹亂灰紋的毛髮。太陽已經開始沉到山峰後方，朝岩縫和下方一點的山溝投出長長的黑影。他這才知道自己已經睡掉了大半天。

灰紋站起來，準備從岩石上跳下去，回到洞穴，卻在這時瞄見山腰有動靜。這一次是一隻落單的母貓，她正沿著一條窄到灰紋以為她隨時可能失足墜落的岩架疾奔。母貓連滾帶爬地衝下最後一道岩坡，來到池邊，接著攀上小徑，衝到盡頭。現在她離他很近了，灰紋看得到她瞠大的眼睛和倒豎的毛髮，顯然有什麼事情嚇到她。

「出了什麼事？」他喊道。

母貓沒理他，灰紋猜她其實不知道他在這裡。最後她消失在小徑上。灰紋從岩石上跳下來，趕緊跟上，心不免狂跳，有種不祥的預感。

等他進到洞穴，母貓已經站在不安的貓群當中，大家都想知道發生了什麼事。

「快找巫師來！」母貓上氣不接下氣。「出意外了！」

灰紋胸口頓時有一股可怕的不祥預感，他感覺得到肩毛聳了起來。**翻爪……**他往前擠，穿過貓群，來到母貓旁邊。

溪兒站的位置離她很近，她用尾巴按住年輕貓兒的肩膀，試著安撫她。「冷靜點，雪峰，」她喵聲道。「告訴我們發生了什麼事。」

叫做雪峰的母貓吸了幾口氣，胸口不斷起伏，然後才開口說：「我們正在狩獵……突然有落石，鷹羽和那隻雷族貓就被活埋了！」

「不！」溪兒痛苦嚎叫一聲，隨即緊閉嘴巴，顯然努力想克制住自己的情緒。

灰紋擠了過去，站到她旁邊。「我們得去救他們。」

溪兒點點頭。「我們會的，我們當然會，可是尖石巫師……」

她話說到一半，貓群突然一分為二，灰紋才知道早有貓兒去通知巫師。巫師從地道裡出來，走上前來與他們會合。

「雪峰，」他喵聲道，同時低下頭去。「快跟我報告！」

雪峰又說了一遍，這次比較冷靜也比較詳細。松石為了追一隻兔子爬上斜坡，結果他壓上去的重量使一塊岩石鬆脫，土石瞬間崩落。鷹羽看到了，朝翻爪大叫，想要示警，因為他剛好就站在落石的正下方。

「鷹羽朝他跳過去，想把他推開，但太遲了，」雪峰聲音顫抖，「他們都被活埋了。」

巫師回應得很快。「我們去把他們救出來。」

灰紋記得有貓兒告訴過他，部落裡的巫師從不離開洞穴的，但顯然像這樣的緊急狀況，他是準備打破部落的傳統。「我跟你們一起去。」灰紋大聲道。

巫師當下反應好似想爭辯什麼，但隨即簡單地點個頭，「溪兒，你也一起來，」他喵聲道，然後用尾巴向裂棘和另一隻肌肉結實的公貓示意。「雪峰，你帶路！」

救援任務正式開始，雪峰帶著灰紋和其他貓兒前往土石流所在處。但就在水池邊的岩石下，灰紋瞄到了更多貓兒。原來暴毛正帶隊回來。溪兒用簡短幾句話將事情經過告訴他。

「我也去，」暴毛回答，同時命令他的隊員先回洞穴，然後在救援隊伍後面押隊，深入山區。

隨著最後一道陽光的消失，陰影更是大片地籠罩下來。灰紋很擔心腳爪一個踩錯，便會墜入深谷。但他硬逼著自己繼續往前走，決心跟上這群經驗老到的部落貓，盡他所能地協助自己的族貓。

希望翻爪還活著，他心想道，同時覺得那顆心好像被冰冷的爪子緊緊攫住。**喔，星族，求求祢們，別讓他死掉！**

最後雪峰將他們帶到一處綠草茵茵的高原，盡頭有陡峭的斜坡往上綿延好幾條狐狸長的距離。灰紋看到坡上有處粗糙的凹痕，土石就是從那裡崩落，在山腳下形成土堆。有兩隻貓兒正在那裡瘋狂挖鑿。

「鷹羽！」溪兒跳上前去。「雪峰說你被活埋了！」

「我是被活埋了！」年輕的灰色公貓甩著身子，心急如焚地朝他母親和其他貓兒轉身。灰紋看得出來他身上沾滿沙石，前額還有一個傷口正在流血。「但我是埋在很淺很邊緣的地方，翻爪還在底下。」

「你們退後，先休息一下，」巫師接管救援任務，聲音權威。「你也是，松石。」他對還在挖著土石的鷹羽弟弟松石說道。「你們跟鷹羽待在一起，密切注意有沒有老鷹來襲。把工作空間讓給我們。」

鷹羽和松石心不甘情不願地退到高原邊緣，尖石巫師和其他貓兒開始接手挖掘。灰紋在巫師和暴毛中間找到一處空間，也開始揮爪挖鑿，再用有力的後腿踢掉。

這個救援任務好像沒有盡頭。灰紋的肌肉因用力過度開始酸痛，眼睛也被砂礫刺痛，爪間塞滿泥巴，但他仍然繼續挖鑿。他知道如果在他們找到翻爪……或翻爪的屍體之前，自己就先放棄，他將永遠無法原諒自己。

一隻貓活埋在土石底下能撐多久呢？

起初只是暮色漸深，但後來暗到灰紋連自己的腳爪都看不太到，但又察覺到黑暗竟漸漸褪去，有銀色的光灑在岩間。他曉得那是因為月亮已經升起，但他全神貫注在挖掘工作上，完全沒空抬眼察看。

最後暴毛發出粗啞的叫聲：「在這裡！」

灰紋往旁邊一瞄，眨眨眼睛，擠掉眼裡的沙石，看到一條虎斑色的蛇狀物出現在礫石堆裡。他馬上警覺到那是翻爪的尾巴。他跳過去，打算挖深一點，好讓這隻族貓的其他部位也露出來，但尖石巫師伸爪按住他肩膀，制止他。

「小心點，別讓更多沙石蓋住他。」

灰紋點點頭，表示理解。他和暴毛小心翼翼地刮掉沙土，把翻爪一點一點挖出來，先是他的後腿，然後是身體，最後是他的頭和伸長的前爪。他們終於能把他抬起來，放在離土石堆有段距離的草地上。

翻爪動也不動。他全身覆滿沙土，嘴巴張得大大的，裡面塞滿泥沙，眼睛緊閉，就連鬍鬚也紋風不動。

「他死了！」灰紋哽咽出聲。驚慌失措的感覺宛若爪子緊緊攫住胸口。**都是我的錯！是我把他帶來這裡的。要不是我，他現在還活著，搞不好已經回到雷族，或者跟飛鬚和拍齒去探險了。**

「讓我看看。」尖石巫師把灰紋擠到旁邊，在動也不動的公貓旁邊蹲了下來。「我們還沒放棄。」

他輕輕挖出翻爪嘴裡的泥沙，淨空他的呼吸道，讓他可以呼吸。灰紋不忍看，於是抬頭望向夜空。

月亮飄浮在山峰上方，看起來好似近到可以觸碰。山巒在銀色月光的暈染下顯得很美，但灰紋一想到藏匿在這美麗外表下的死亡隱憂，心便不禁痛了起來。

這時他的目光被一座岩石吸引，它的形狀往上翹，像貓爪一樣尖尖的，在月光下似乎在發光，令他目眩，看上去有點森冷。

月亮石的樣子八成也是這樣吧，因為太刺眼而眨著眼睛的灰紋心想道。

突然一陣咳嗽聲拉回了他的思緒，然後就聽到溪兒顫抖的哭喊聲：「他還活著！」

灰紋低頭一看，只見翻爪不停咳出沙礫，咳到身子也跟著抽搐，接著突然睜開眼睛，茫然地往上看。

「怎麼了？」他粗啞地問道。

「剛剛坍方，你被活埋了。」暴毛解釋道，同時用腳爪按住翻爪的肩膀，安撫他。「別緊張，你不會有事的。」

「你能站起來嗎？」尖石巫師問道。

翻爪試著爬起來，卻發出痛苦的叫聲，又跌了回去，因為有隻後腿撐不住。「我的腿……好像斷了。」

巫師彎腰下去檢查那條後腿，觸診它的長度，全程目光專注。灰紋滿是焦慮地看著他。**翻爪以後怎麼辦？他的腿會痊癒嗎？他要怎麼回雷族？**

最後尖石巫師坐了起來，「腿沒斷，」他大聲說道，「只是脫臼了，我可以把它扳回去。」他環顧四周，又接著說：「暴毛，抓住他肩膀，灰紋，把他另一條後腿按住，別讓它動。」

「會痛嗎？」翻爪緊張地問道。

「會，但很快就結束。」巫師回答，說完就把一隻前爪按在翻爪的後臀上，用另一隻腳爪抓住他的腿，倏地用力一推，翻爪瞬間發出震耳欲聾的尖叫聲，但貼身壓制住他的灰紋有聽到骨頭滑回原來位置的輕微喀嚓聲響。

尖石巫師滿意地點點頭。「現在站起來看看。」

還在發抖的翻爪勉強站起來，刻意將重量壓在那隻傷腿上。「嘿，好多了。」他大聲道，然後前後走了幾步，雖然還是有點跛，但顯然沒那麼痛了。「巫師，謝謝你。」

「我的榮幸。」巫師低聲說道，但隨即補充道：「雖然沒那麼痛了，最好還是不要試著自己走回洞穴。你爬上來，我背你。」翻爪躊躇不前，顯然不太願意。巫師不耐地抽動尾尖。「來吧，我們沒有整個晚上可以耗！」

翻爪爬上巫師的背，爪子戳進年長貓兒的毛髮裡。暴毛幫忙在巫師走動時從旁邊穩住翻爪，其他貓兒跟在後面

灰紋正準備殿後押隊時，突然好像聽到遠方某處有聲音從後面呼喊他。他回頭瞥看，望向那座高聳發亮的岩石。但這一次有一隻貓穩穩地站在最頂端，雖然距離很遠，卻看得到她每一根毛髮和那條柔軟膨鬆的尾巴，也看得到那雙藍色眼睛裡閃著愛的光

芒。

「羽尾！」他倒抽口氣。

他想跳上去，用尾巴圈住他那失去已久的至愛女兒，嗅聞她甜美的氣味。可是岩石的距離太遠，要爬上去也太危險。它就像遙遠的月亮石一樣遙不可及……

羽尾凝視他良久，銀色身影微微發光。接著那雙藍色眼睛眨也不眨地垂下來，看著腳下的岩石，然後又抬頭望向灰紋，瞇起眼睛，將頭往前伸。

她好像正試著要我理解，他心想道，**但是要理解什麼呢？**

他張開嘴巴想大聲提問，但猶豫了一下。火星的身影突然在他腦海裡掠過。羽尾仍意有所指地低頭看著她所站立的岩石。灰紋只覺得不管她想告訴他什麼，都像他心裡的一隻獵物……一隻他近到足以捕捉到的獵物。

尖石巫師的洞穴使我想起了月亮石，如今羽尾又現身在這塊石頭上，外形也神似火星跟我形容過的月亮石……祖靈是在試圖喚醒我對月亮石的記憶嗎？為什麼呢？

灰紋的腳爪亢奮到微微刺癢，他開始明白這是怎麼回事了。當他再望回羽尾時，他看見她眼裡有調侃的光，而且還很是興味地抿起嘴巴。

他對她點個頭。「我是個笨毛球，」他對自己嘟囔。「我要祢們給我徵兆，結果徵兆來的時候，我差點就忽略了！」

各種思緒宛若池裡的鯉魚搖曳閃現。**有沒有可能是月池害我們無法跟星族連繫，而不是星族本身有問題？畢竟這裡的部落還是能跟他們的祖靈溝通，而我們的巫醫貓以前**

在月亮石那裡跟祖靈溝通也從來沒有任何障礙。

可是那是在以前的舊領地。灰紋越想越亢奮，他好奇他是不是正在被帶引著回到那裡……無論那裡還剩下什麼……就是要他回去找那裡的月亮石。**我能幫五大部族找回星族嗎？**他的心裡有了某種篤定，因為他終於明白他離開部族的使命何在，而這個使命超越他的想像。也許他還是能為雷族作出貢獻。**這樣我就不會對松鼠飛有所愧疚了。搞不好我最後是帶著重要的訊息回去找她。**

「灰紋！」那是溪兒的聲音，聲音很近，但有些不耐。「別落單了，你絕對沒辦法自己回去的。」

灰紋轉頭看見虎斑母貓正在高原邊緣處等他。巫師和其他貓兒已經不見蹤影。

「不好意思，我就過來。」他喵聲道。

他跟在溪兒後面，回頭朝那塊岩石看了最後一眼。羽尾已經消失，那些不自然的光線也都消散了，任務完成。「再會了，羽尾，」他低聲道。再度看見羽尾等於重新扒開那層因失去她而留下的傷疤，可是當他加快腳步趕上其他貓兒時，他突然覺得自己很是感恩這次的遇見，因為這就像是在向他保證她仍是天上其中一顆耀眼的星子。

她以某種方式向我證明我可以解決五大部族的問題，他心想道。**我現在知道我要做什麼了……我必須親自去看看星族能否透過月亮石傳遞訊息給我。明天我就會出發前往我們以前住的領地。**

第十章

彼時

被血族攻擊的灰紋全身疼痛地跛著腳走回營地，路上他聽見前方矮木叢傳來窸窣聲響，當場愣在原地，深怕血族還在四周埋伏，於是蹲伏在一根多瘤的橡樹樹根後面嗅聞空氣，還好只有濃烈的雷族氣味飄送過來。過了一會兒，灰毛、刺爪、和雲尾從羊齒植物叢裡走出來。

灰紋站起來迎接他們。「感謝星族老天，是你們！」他大聲說道。「你們有看到棘爪和塵皮嗎？」

「有，他們兩個都回到營地了。」刺爪回答。「是塵皮派我們出來找你的，他擔心你陣亡了。」

「還沒，」灰紋冷冷地說道。「但如果我們不解決血族的問題，那就不一定了。我們必須搶在他們把爪子伸進我們領地之前趕走他們。」

在族貓們的護衛下，灰紋回到了營地，朝巫醫貓窩穴走去。快走到的時候，塵皮剛好從蕨叢隧道裡出來，他的動作僵硬，單側肩膀被藥泥敷蓋，還用蜘蛛絲纏好固定。

「你沒事吧？」灰紋問道。

「死不了。」塵皮苦笑說道。「但現在我要回臥鋪先睡上它一整個月！」

「在你走之前，我想問你……」灰紋開口道，他心想若要找塵皮當面對質，這個時機再好不過。「我聽到灰毛想推你出來擔任副族長，這是怎麼回事？」

本來已經要走的塵皮霍地轉身，瞪著他看，琥珀色眼睛茫然不解，顯然很驚訝。灰紋看到這表情就知道塵皮對灰毛的提議並不知情。

「你說什麼？」塵皮脫口而出。

「灰毛告訴我，火星不在期間，我應該任命你擔任副族長，」灰紋解釋道，語調鎮定。「如果我解讀得沒錯，他的意思是，也許等火星回來之後，也應該由你續任副族長。」

塵皮一臉震驚。他不是那種很容易搞不清楚狀況的貓，但這會兒功夫，他的爪子活像抓不住地面似的，猶如一隻剛從育兒室裡出來見世面的小貓那樣一頭霧水。

「灰紋，我跟你保證，這件事我完全不知情。」他粗啞地說道。「喔，不對……是有一或兩次我有聽到謠傳，不過營地裡向來不缺謠傳，尤其現在我們的族長不在，部族多少有點動蕩不安，但我沒有很留意這件事，灰毛也從來沒直接跟我提過。有其他貓兒也在慫恿嗎？」

灰紋偏著頭想了一下。「雲尾……也許還有鼠毛吧。但始作俑者是灰毛。」

塵皮很快恢復神色。「我當然也想當副族長……哪隻貓不想？」他承認道，表情帶了一點興味，很是嘲諷地撇著嘴。「但我很清楚只要火星是族長，這種事就不可能輪到我。我不是他的愛將……也不是你的。但我本質上是個忠貞不二的雷族戰士。如果我認為你……或者火星做的是一件特別沒腦的事，我一定會當面指正。但若涉及到跟血族或其他仇敵之間的干戈，我絕對一路挺你到底。」他停頓一下，然後又用帶點好奇的謙卑語氣補充一句：「你相信我嗎？灰紋？」

灰紋想起他和塵皮是如何並肩作戰地共同抵禦那幫數量多到招架不住的血族貓。「塵皮，你說的每一句話我都相信。」他回答。

「謝謝你。至於灰毛……」塵皮接著說道。「就讓我來處理吧。我會去教訓他。如果我有再聽到誰這麼說，我保證會讓他巴不得自己最好沒出生。你也知道灰毛向來意見很多。」他繼續說道，「從他還是見習生的時候就這樣了。如果我說要去蛇岩附近狩獵，他就會說四喬木不是更好嗎？所以……」他結論道，「也該是時候讓他學會不能老是這樣管不住自己的嘴巴。」

灰紋對虎斑戰士點點頭，隨即走進巫醫貓的窩穴裡。他一想到他再也不用擔心營地裡可能有貓兒謀反或者想拉他下台這類頭號問題，頓時覺得輕鬆不少，心裡滿是感恩。

他在蕨葉叢隧道的盡頭處，看到煤皮正要把藥泥敷上長尾的眼睛。

「這應該會有幫助，」她明快地說道，隨即朝灰紋轉身。「感謝星族老天，你回來了，」然後接著說：「塵皮把事情經過告訴我了。你哪裡痛？」

「全身都痛！」灰紋回答。

他趴了下來，開始清理毛髮，這時煤皮從窩穴盡頭的岩縫裡取來藥草，再仔細地將灰紋從頭到尾聞了一遍。

「看起來沒有很糟，」她喵聲道，「大多是擦傷，我猜晚一點就會出現瘀青。有幾個被咬到的傷口，我們得留意它們。我認為你這一兩天應該待在我的窩穴裡。目前我們先用些金盞花吧。」

就在灰紋放鬆下來，讓巫醫貓治療他的傷口時。他聽到窩穴外面傳來聲響。

「我很擔心，血族就這樣痛扁灰紋和整支隊伍。」灰紋認出那是灰毛的聲音。「要是火星在，一定抵禦得了這場攻勢。也許灰紋真的不適合領導我們。」

所以塵皮還沒找他談，灰紋心想，**希望他動作快一點**。

「可是對方有八個成員哎！」那是棘爪的聲音，他抬高音量反駁。「我們只有三隻貓怎麼應付得來？」

「火星到底在哪裡？」雲尾嘟囔道。顯然他和那些資深戰士並不太理會棘爪。「他的部族深陷危機，他應該要在這裡啊。族長和部族是不能分開的。」

「也許火星根本不是應星族的召喚出任務，」鼠毛暗示道。「我以前就說過了，我現在也可以再說一次……搞不好他是回去當他的寵物貓了。」

灰紋發出惱怒的低吼聲。

「我傷到你了嗎？」煤皮暫停動作，不敢把蜘蛛絲再往流血的傷口敷。

「沒有，完全沒有。」灰紋回答。他瞥了外面一眼，煤皮循著他的目光看過去，然後給了他一個領會的眼神。

「或許……」她說道，注意力又轉回蜘蛛絲上。「你只是需要重新集中自己的注意力。

灰紋很是興味地抽動鬍鬚。**我想她說得沒錯……我不能一聽到一點小事就被激怒。**

他環顧四周，看到長尾正在臥鋪裡動來動去，「我真希望我看得到，」長尾抱怨道，懊喪地抽動著鬍鬚。「這樣我就能更有用處了。」

「長尾，這不是你的錯。」灰紋向他保證。「你先休息，很快就會舒服多了。」灰紋等那隻公貓情緒平靜下來，灰紋便挨近煤皮。

「我不能在這裡待太久，」他輕聲說道。「不管戰士相不相信火星的這件事，火星都有交代我要好好治理這個部族。我必須帶領雷族抵禦仇敵。」

第二天早上，巫醫貓窩穴上方蕨葉交織的屋頂被雨水打得叮咚作響，灰紋被吵醒。有些雨滴滲了下來，滴在他的毛髮上。寒意令他發抖。他站起來。長尾仍蜷伏在臥鋪裡，煤皮抬起頭，疑惑地看了他一眼。

「你確定你身體還行嗎？」她問道。

「我覺得我已經完全好了。」灰紋撒謊道。但其實他覺得全身上下好像正在被森林裡的所有狐狸用尖爪利牙撕扯一樣。「我們必須展開行動！」

他拖著身子走到空地，他淋著大雨，水花四濺地步行穿過營地，從戰士窩的枝葉叢鑽進去。大部分的貓兒都還在睡覺。平常時候，都是等到大雨過後再派巡邏隊。

「起床了！」他大聲吼道。「我們必須對付血族！」

戰士們開始騷動，一想到要離開溫暖的臥鋪，便忍不出呻吟抱怨。雲尾把頭抬起來，白色毛髮仍沾著青苔屑。「你在開玩笑吧？」

灰紋懶得理他。他原地等候，雨水從他身上不斷滴落，一直等到整個部族都醒來。

「你們都很清楚血族回來了，」灰紋確定大家都在豎耳恭聽時，他才喵聲說道。「今天我們必須勘查整個領地，找出他們的任何一點蛛絲馬跡。我要有兩組隊伍往不同方向巡邏邊界。塵皮、棘爪，在昨天的戰役過後，你們兩個不適合外出巡邏，你們留守這裡，看好營地。」

「血族不敢進到營地的！」棘爪向他保證。

「很好，」灰紋對他的族貓們明快地點個頭。他試著讓自己看起來強大而且果斷，但又想到要是今天真的找到血族貓，可能會發生什麼事，便令他不寒而慄。**但無論如何，我都得為雷族強悍起來。**「你們自己分成兩組，」他結語道，「我會帶領其中一隊，灰毛，你負責另一支隊伍。」

也許給灰毛一點責任，就能止住他的抱怨。

厚重的烏雲整日籠罩整片天空，只能靠光線的漸暗來辨識太陽正在西沉。灰紋甩掉身上的雨水，窺探森林，嗅聞前一天戰場附近的氣味。一整天下來，他的巡邏隊都在搜索血族貓。邊界巡邏隊組成之後，他們就把森林從頭到尾都走遍了，但連根鬍鬚也沒找到……自從早上下了大雨，雨勢時有時停，就變得很難嗅出任何氣味。這一切令灰紋感到挫敗，這場大雨徹底洗淨了昨天浴血之戰所留下的痕跡。灰紋一想到他們可能錯失掉任何線索，肚子就像有蟲子在爬一樣不安。

在他旁邊的鼠毛甩甩身子。「我們回營地吧。」她提議道。「這是我聽過最好的主意。」刺爪附和道，「我們全都累了，而且也餓壞了。」

灰紋很訝異刺爪竟然會承認自己累了，但這時他瞄到虎斑戰士看了他的見習生煤灰掌一眼。那隻瘦小的灰色公貓正在發抖，看上去筋疲力盡，可憐兮兮。

「走吧，灰紋，」鼠毛催促他。「繼續待在這裡，一點好處也沒有。」

「沒錯，我們不可能沒完沒了地翻找這座森林，」雲尾喵聲道。「我知道我們必須留意血族，但也要先顧好自己的部族啊。我們需要時間狩獵和休息，還有巡邏。」

「好吧，」灰紋知道族貓們說得沒錯。「我們走吧。」

但就在他帶隊回營時，他又忍不住回頭瞥看一眼，毛髮緊張地倒豎。雨中根本沒辦法追蹤到血族的氣味，所以他非常清楚那些惡棍貓可能出現在任何地方。他總覺得任何時候都有可能在暗處看見對方的眼睛回瞪著他。

你們大可埋伏和監看我們，他冷冷地想道，**但我不會讓你們得逞拿下雷族的。**

第十一章

此時

「我得離開了，」灰紋喵聲道，「今天早上就走，現在就走。」

他和暴毛站著永不停歇的水幕旁邊，晨光斑駁灑在地上。多數部落貓已經外出工作，洞穴裡幾乎空蕩蕩的。

「為什麼就要走了？」暴毛凝視他的父親，眼神些許受傷和憤怒。「我還以為你要留在這裡一段時間……也許會永遠留下來。」他把鼻頭壓在他父親的肩膀上。「你是我父親，部落永遠歡迎你。」

那一瞬間，灰紋差點就想答應他，畢竟他也渴望待在這個有親屬和朋友的地方，遠離雷族的麻煩事。但他知道不可能，如果他不盡全力幫助自己的部族，他將永遠無法原諒自己。不過他也很好奇，若是當年他選擇留在河族陪暴毛和羽尾，參與他們的生活，現在會是什麼光景？看見自己的下一代都在這裡，對他來說是既甜蜜又痛苦的經驗，因為這等於在提醒他，這是屬於他生命裡的一部分，但卻是鮮少想起的一部分……還有他本來可以輕鬆選擇另一條路，卻朝著另一個方向前進。

要是銀流還活著，會是什麼景況呢？我們會有一個真正的家嗎？這問題令灰紋心痛，**一切一定都會不一樣**。

「謝謝你，但我必須拒絕你，」他懊惱地對暴毛說道：「我不能留下來。我必須回到我們以前的舊領地，看看能不能靠找到月亮石來幫忙五大部族。」

暴毛一臉驚訝地朝他眨眨眼睛：「你為什麼要去找月亮石？」他問道。

「我昨晚……看到某種徵兆，」灰紋解釋道。「我看見一塊突起的岩石在月光下閃閃發亮，它看上去就像是月亮石該有的樣子。」

「岩石在月光下發亮是很常見的。」暴毛直言道，顯然沒有被說服。

「我知道，但這個……不太一樣。」灰紋知道自己永遠沒辦法向暴毛或任何貓兒說清楚那座發亮的岩石所帶給他的悸動與感受。但有件事絕對是暴毛無法漠視的。「我也看見羽尾了。」他補充道。

暴毛瞪大眼睛，驚愕地倒抽口氣。「羽尾？真的假的？她看起來好嗎？」

「美麗如昔，」灰紋知道如果是他姐姐給的徵兆，暴毛一定不會忽視。「感覺就像她在秀那塊岩石給我看，要我去月亮石。」

「我懂了，」那當下，暴毛若有所思地眨眨眼睛。「但我還是不懂你覺得這樣做有用嗎？」

「尖石巫師還能跟殺無盡部落的祖靈溝通，」灰紋回答，「所以如果阻礙星族與我們連繫的不是星族本身，那有沒有可能是月池呢？也許有什麼東西在那裡妨礙了祂們，又或者那地方不再是可以溝通的地方。」

令灰紋失望的是，暴毛仍然一頭霧水，眼神疑惑地覷看他。

灰紋試著解釋：「你也知道月亮石是舊森林領地裡巫醫貓和星族對話的地方。如果我回去那裡，找到月亮石，我可以試著接觸星族……甚至火星！或許他們就能告訴我如何在湖邊跟祂們重新連繫。」

他終於看到暴毛眼裡露出理解的曙光。「好吧，我也只能祝你好運了。」他低聲道。「我必須承認，我也很想回去看看我們以前的領地，要不是部落裡有溪兒和這些孩子，我可能就會跟你去了。從瀑布下方水池裡抓到的魚吃起來就是不對味。而且我很懷念以前河族營地邊河水在蘆葦叢裡汩汩流竄的聲音。」

「現在可能變得不一樣了。」灰紋提醒他。「我必須不斷提醒自己，才能做好心理準備去面對那裡的變化。兩腳獸在我們離開前就破壞了很多，所以誰知道現在對以前的領地又破壞了多少。也許我會連以前的狩獵場都認不出來。很可能就連月亮石也不在了。」

他的兒子甩甩毛髮。「這倒也是真的，也許不要知道還是比較好。但是灰紋……」他口氣猶豫地說道。「不管未來如何，這裡都很歡迎你……或許等你試著聯繫星族之後，會再重新考慮跟我們住在一起？」

「我會再想想，」灰紋承諾道，但他並不打算現在就去預想自己究竟是會找個新的地方安頓下來還是回去雷族。**這趟遠行如果能夠成功，答案就會明朗。**「我回程時，會再來看你。」

「那翻爪呢？」暴毛接著說。「他想跟你去嗎？我不認為他這一兩天適合長途旅行。」

「我也不認為他會想去，」灰紋想了一下回答道。他很想趕快上路，心急到腳爪都微微刺癢，所以自然不可能繼續留在部落的領地裡浪費時間等候翻爪腿傷痊癒。「事實上，我想他可能想待在這裡。他真的對你們的生活方式很感興趣，而且跟鷹羽也相處得很好。」

暴毛點頭附和。「是啊，我也注意到這一點。好吧，不過他得先獲得巫師的同意才行。但看不出來巫師有什麼理由去拒絕一個訓練有素的戰士。」

「我們最好回去問一下翻爪。」灰紋喵聲道。

暴毛帶路穿過洞穴去找翻爪，後者正坐在臥鋪的坑裡，大力梳整身上的毛髮。他抬頭望著兩位年紀較長的公貓朝他走來。「嗨，灰紋、暴毛。」他招呼他們。

「翻爪，你今天覺得怎麼樣？」灰紋問道。

「很好啊，」翻爪回答。「只是我這輩子恐怕都沒辦法把毛髮裡的沙石完全清乾淨。尖石巫師稍早有來看我。」他接著說，「他說我的腿不礙事，但我需要再休息幾天。」

「很好。」灰紋喵嗚道。「這也是我要找你討論的部分原因。我昨晚得到一個徵兆，必須回舊領地去，看看我能不能透過月亮石跟星族說上話。甚至也許能再見到火星。」

翻爪一頭霧水地眨眨眼睛。「月亮石？」

「那是我們以前住在舊森林時，巫醫貓會去跟我們的戰士祖靈溝通的地方。」灰紋解釋道，「你還是小貓的時候，長老們沒有告訴過你們那些故事嗎？」

「喔，當然有，我現在想起來了。你想回去那裡？」翻爪問道，語氣聽起來很像是他覺得這點子都太荒謬了，只是不好意思這麼說。

灰紋不忍再重述一遍他之所以做出這個決定的所有背後原因。「是這樣的……」他接著說道。「我覺得我必須馬上離開。我不能等到你的腿傷好了，適合遠行才走。」

「喔，沒關係的，灰紋，我其實……」翻爪猶豫了一會兒，看上去有點慚愧。「我已經決定要回去雷族了。」他終於承認道。

灰紋驚訝到就像有根尖石從穴頂掉下來砸到他的頭一樣。「我還以為你會想待在這裡。」

「這裡？」翻爪渾身打起寒顫。「這裡有很多東西會砸到你頭上，害你瘀青。不，謝了……這裡太危險了。」他心虛地看了暴毛一眼，後者就站在灰紋後面。「我覺得部落是很棒，尤其鷹羽，」他補充，「我也很開心能來山區認識你們，但我真的不適合住在這裡，對不起。」

「沒有必要說對不起，」暴毛向他保證道。「我能理解。」

「月亮石聽起來真的很酷，我希望你走這一趟路會有斬獲。」翻爪繼續說道。「可是……呃，我很想念我的親屬，看到部落這麼團結，使我明白我不需要再遠走他鄉來搞清楚自己的最終歸屬。」

「只要你確定……」灰紋開口道。

翻爪尷尬地舔了舔胸毛。「老實說，我本來以為離開部族是很刺激好玩的，當時也的確是，結果我們來到這裡，但……這麼說好了，雷族終究是我的家。」

灰紋知道自己一定會想念這位年輕旅伴，但是他已經做好失去他同行的心理準備了。他可以理解翻爪對雷族那股濃烈的思鄉之情。灰紋很清楚自從翻爪得知飛鬚對他沒意思之後，冒險對他來說就不再具有意義了。再說，翻爪從來沒住過舊森林，月亮石在他而言只是一個字眼而已，不是一種記憶或一個地方。他沒有理由想去那兒看看。

「火星」也只是一個陳年名詞而已，灰紋難過地想道，**翻爪從來就不認識這位偉大的雷族族長……兼我的好友。**

「你確定你能自己找到回家的路？」他問道。

這時候狩獵隊回到洞穴，溪兒走了過來，帶來一塊生鮮獵物，剛好聽到這段對話的最後一部分。

「翻爪，等你準備要走時，會有貓兒護送你下山的。」她喵聲道。「鷹羽和松石會陪你下山。」

「謝謝你們，」翻爪的眼裡閃著快樂的光。「下山後，我會循著我們的氣味往回走。」他向灰紋保證道。「雖然拖了幾天，但如果沒有下過大雨，應該還有氣味殘留。」

「只要小心點就行了。」灰紋警告他。「不要太操那條傷腿。」

「當然不會。」翻爪目光炯炯地盯著溪兒放在他臥鋪旁的生鮮獵物。「這是給我的嗎？」他問道。「喔，溪兒謝謝你，我好餓喔！」

當灰紋準備從部落的洞穴出發時，金色陽光正好穿過水幕，灑落一地。

「能再見到你們，真是太好了。」他告訴暴毛以及其他親屬。他們都集合在入口處為他送行，入口的小徑可以通到瀑布後方，一出去就進到山腰那裡。他看著這些年輕的貓兒，一想到他們都是他開枝散葉在這個部落裡的後輩，卻離他的老家如此遙遠，情緒差點失控。「謝謝你們的招待，尤其是對翻爪的照顧，」他繼續說道，然後向尖石巫師垂頭致意，後者站得比較遠。「也謝謝你的指引。」他補充道。

尖石巫師點點頭。「我的榮幸。」

「曙雀和葉風會護送你下山。」暴毛喵聲道，並示意兩隻年輕貓兒過來。「這裡的路你不熟，會很危險。他們會帶你到狩獵貓曾被一隻惡棍貓問起你的那處地方。也許他還在附近。」

翻爪的那場意外和他從羽尾那裡得到的徵兆，都使灰紋幾乎忘了惡棍貓那回事。如今又聽到暴毛跟他提起惡棍貓，毛髮不禁緊張地豎起，納悶那隻神秘的貓可能是誰。**我希望他不會找我麻煩，尤其現在我還有任務在身。**

灰紋謝過他兒子後，環顧四周，尋找翻爪，後者一跛一跛地穿過營地，過來跟灰紋互碰鼻頭。

「那就再會了，」灰紋喵聲道，鼻子輕觸年輕戰士的鼻頭。「願星族照亮你的前路。」

「你也是，灰紋，再會了。我很快會再見到你，我們在雷族營地見囉。」

但願如此，灰紋心想道。他還不知道他去找月亮石的這個計畫能否奏效，或者這計畫會引領他到哪裡。但他真的很希望最後能踏上返回雷族的那條歸途。

他忍住嘆氣的衝動，目光再次掃過所有親屬，然後就跟著護衛轉身，往舊森林的方向前進。

灰紋走時又回頭看了一眼，發現暴毛出現在小徑的盡頭，就在瀑布旁邊。他舉起尾巴道別。灰紋很清楚他兒子將一路目送他，直到他跟著嚮導繞過大圓石，一步一步地走出視線之外。

感覺好怪，我以前從來沒有單獨旅行過。

自從灰紋離開部落的山區之後，已經又過了好幾個日升日落。他小心翼翼地摸索，穿行一處稀疏的林地。他喜歡再度走在林子裡的感覺，但他不習慣這樣踽踽獨行。過去，他總是跟部族在一起，或者跟火星。有一次他被迫跟他們分開，後來雖然長途跋涉地去找他們，但一路上也有蜜妮相伴。

一想到蜜妮，灰紋的心又痛了起來，但想起當年旅途中有她的陪伴，便又多少安撫了自己的心，那時他們很年輕而且正在熱戀。雖然是在陌生的領地上流浪，但那時的她很勇敢，下定決心絕不放棄。當時若不是蜜妮發現了他……又餓又絕望的他，被迫當寵物貓的他絕對沒辦法離開兩腳獸地盤，重新走回正途。

自從他在山區邊緣跟曙雀和葉風道別之後，他就時時提防任何氣味，想找到那隻打探過他的惡棍貓，但什麼也沒有。沒有氣味，也沒有獵物被捕的痕跡，連腳印都沒有。灰紋猜那隻貓八成已經放棄尋找，回家去了。

灰紋看到前方就是林子邊緣，他暫停腳步，豎起耳朵，張開嘴巴嗅聞空氣。這裡的矮樹叢裡會比外面開闊的空地更有機會找到獵物。

過了一會兒，星族老天總算沒辜負他，他聞到老鼠的氣味。他好不容易偵測出那隻小動物正在一棵白臘樹底下的枯葉叢裡搔抓。灰紋立刻低下身子，準備好狩獵姿勢，匍匐前進，每一步都踩得很輕盈，幾乎不敢呼吸。

就在他快走到可以撲上去的距離時，突然起了一陣風，他的氣味瞬間飄送到老鼠那裡。對方警覺地抬起頭來，鬍鬚不停抽動，正要拔腿逃走，灰紋及時撲了上去，兩隻前爪猛然地壓住小小身軀。

還是逮到了，他得意地想道。他直起身子，疑色瞥了天空一眼，**好啦！**「謝謝星族，賜獵物給我！」

等他大口吞下生鮮獵物，品嚐過鮮嫩多汁的美味之後，才走到林子邊緣。這時的他肚子飽脹滿足。他步出林子，眼前景色霍然開展，他看到遠方一條很長的路，目光瞬間被某個熟悉的景象吸引，不禁倒抽口氣。三座嶙峋的山峰環繞著幽暗的方形缺口，從這個距離看過去小到不能再小。但就在那裡，蒼穹之下有隱約成形的輪廓，非常遙遠卻也非常熟悉，正是以前的高岩山。

「快到家了！」哪怕舊領地已經不再是他的家園，但灰紋的情緒仍然高亢。無論改變了多少，能再度看到舊森林，就是件好事。他相信縱然兩腳獸掠奪成性，還是會有一些記憶裡的東西留下來。他活力十足地疾奔過大片草地，朝遠方一排灌木跑過去。

灰紋鑽進灌木裡，這才發現他站在一條很寬的轟雷路路邊。他滿腦子想趕緊回到老家，完全忽略了那些原本應該小心的辛辣氣味。他只短暫停下腳步傾聽怪獸的聲響，但遠方視線裡的高岩山令他心急如焚地想繼續往前走。

他才在堅硬的黑色路面上走了一半，空氣中便突然充斥怒吼聲，一頭怪獸繞過轟雷路的彎道呼嘯衝過來。嗆鼻的氣味朝灰紋撲天蓋地。他一時間愣在原地，進退不得。怪獸趕緊轉向，發出恐怖的尖嚎聲。灰紋直到最後一刻才從牠那圓形的黑色腳爪底下衝出來，撞進另一頭的灌木叢裡。

他蹲在那裡，心臟狂跳，彷彿隨時會從胸口跳出來。灰紋試圖喘口氣，不讓自己發抖。

你這個白癡毛球！他斥責自己，**要是被別的貓兒看到，還以為你是第一次離開營地的見習生呢！**

怪獸猛地煞住腳步，三頭兩腳獸從牠的肚子裡出來。灰紋從隱蔽處窺視，只見牠們疾步繞來轉去，互喊彼此，正在四處搜索。

牠們在找我！灰紋這才明白。他嚇得弓起後背，將自己盡量縮得比老鼠還小。**要是**

牠們找到我，該怎麼辦？我不能被兩腳獸抓走，不能再被抓了，尤其我現在有重要的任務在身。

面對可能被抓的風險，他不禁又想起蜜妮……想起他跟她在兩腳獸地盤共度的那段時光，以及他們共同脫逃的那次經驗。他發現自己很難相信有哪一隻寵物貓可以像蜜妮那樣在森林裡快速學會生存之道。他記得她有很堅強的意志，於是也打起精神，甩開害怕再被抓回去的那股恐懼心理。當初他們首度抵達已被棄置和破壞的舊雷族營地時，是蜜妮給了他一線希望。她告訴他，哪怕他的家園沒了，但他的部族還有戰士守則依然存在。**不管發生什麼事**，他在心裡下定決心，**我一定會找到回雷族的路，就像我們以前那樣。**

兩腳獸轉過身，走到轟雷路另一頭的灌木叢裡搜索。灰紋一直等到牠們都走到了對面，才悄悄溜出藏身處，拔腿逃開

第十二章

彼時

灰紋鑽出戰士窩，坐了下來，蓬起全身毛髮，環顧雷族營地。在經過昨天的暴雨之後，陽光此刻很是燦爛，營地地面上的大小水窪有水氣正裊裊上升。戰士們曾出外巡邏搜索血族，雖然毫無所獲，但獵物仍很充沛，生鮮獵物堆被堆得滿滿的。灰紋感覺得出來有些族貓已經開始鬆懈。

尖銳的叫聲分散了灰紋的注意，他很是興味地眨眨眼睛，瞄到蕨雲的小貓小蜘蛛和小潑正繞著高聳岩追逐彼此。但他愉悅的心情沒有持續太久。他很清楚營地四周的荊棘屏障並無法阻絕決心要闖入的入侵者。他覺得焦躁不安，就像踏進了狐狸窩一樣。

那些血族貓不會死心的，他心想，**我知道他們正在監視我們，準備伺機行動。**

蕨毛出現在金雀花隧道的入口處，正回到營地的邊界巡邏隊是由他率領的。他一瞄到灰紋，就跑過來找他。

「有什麼跡象嗎？」灰紋站起來，迫不及待地問道。

蕨毛搖搖頭。「連根鬍鬚也沒找到。我不知道這算是好事還是壞事？但這跟我們先前並不知道他們就在外面虎視眈眈是很不一樣的。不過也沒有風族的痕跡，只除了邊界記號線那裡。」他補充道。「我想這證明了以前真的都是血族在搞鬼。」

「看來是這樣。」灰紋同意道，同時想起當時血族首領差點就要坦白招認是她手下偷盜的。「他們已經現形了，所以不再需要任何偽裝。」

蕨毛離開去生鮮獵物堆那裡挑選獵物吃，灰紋卻還在苦惱血族的威嚇。**還好有影族事先警告我們**，他心想，**也許我們也應該去警告一下風族和河族，順道瞭解一下他們有沒有在自己的領地上發現任何蹤跡。**

灰紋環顧四周，看見雲尾正往金雀花隧道走去，他的見習生雨掌尾隨在後。「雲尾，」他喊道，彈動尾巴示意白色戰士。「你在忙嗎？」

「我要帶雨掌去沙地那裡上戰技訓練課。」雲尾回答，並朝灰紋走過來。「他終究得回到常規，雖然他……」他聲音越說越小，同時意有所指地抽動著鬍鬚。

雖然他母親死了，灰紋在心裡接口道。自從柳皮死在一頭獾的爪下之後，三個見習生就徹底崩潰，直到不久前才又重返崗位。

「我想我們可以做點更刺激有趣的事，」灰紋喵聲道。「雨掌，你想去拜訪風族和河族嗎？」

雨掌一聽到這點子便豎起耳朵。「我想去。我從來沒去過他們的營地。」

灰紋很高興他有興趣，於是向雲尾解釋了一下此行任務，然後就帶隊出發了。他們爬上峽谷，進入森林，一路都保持警覺，小心留意血族的任何蹤跡，但什麼也沒聞到，只有誘人的獵物氣味和鬱鬱蔥蔥的綠葉季植被氣味。

「也許你把那群跳蚤貓嚇跑了。」雲尾吼道。

「我不這麼認為。血族不會被輕易嚇跑。」灰紋回答。

雲尾哼了一聲。「如果他們敢靠近我，我一定扒了他們的皮，鋪在我的臥鋪上。我有小貓要保護。」

灰紋稱許地點點頭。他相信血族會再回來，但他也很高興他的部族有像雲尾這樣強悍的戰士可以當後盾。就連令他討厭的灰毛也一定會英勇地全力守護雷族。

帶隊穿過四喬木凹地的灰紋，下令隊伍待在風族邊界等候。前方就是隆起的荒原，貧瘠的土壤表面四處可見突起的岩塊，粗糙的野草在冷冽寒風的吹刮下悉數低頭。

「我現在看得出來為什麼要叫做風族了。」蓬起全身毛髮抵禦風勢的雲尾嘴裡嘟囔道。

終於有一支風族隊伍出現在荒原邊脊的頂端。他們一瞄到雷族貓，就衝下來找他們。隨著他們的趨近，灰紋認出為首的是虎斑戰士一鬚，後面跟著流溪和網足。

「嗨，灰紋，」一鬚站在邊界的另一頭跟他打招呼。「有什麼事需要我們幫忙嗎？」

聽到風族戰士愉悅的語氣和善意的態度，灰紋越發有信心獵物不是風族偷的。如果真是他們偷的，一定會看起來很心虛。

「我們需要跟高星碰面。」灰紋自信地告訴一鬚。能施展自己熟悉的任務，感覺真不錯。帶話給別族正是他以前在當火星的副族長時經常做的事。「我們有重要的事情要跟他商量。」

一鬚一臉好奇，但他知道最好別質問別族的副族長。於是他和其他風族貓護送雷族隊伍爬上山丘的邊坡，再從另一頭下來，朝山腳下的金雀花叢走去。

「你們的營地在哪裡？」雨掌一邊問一邊疑惑地四處張望。

「你眼前看到的就是了。」一鬚回答，同時揮著尾巴指向金雀花叢。

「真的假的？」雨掌大聲說道。

「很棒，對吧？」流溪得意地笑著說道。「你永遠不會知道貓在哪裡，除非你就在我們的正上方。」

雨掌不再說話，但那雙瞪大的眼睛顯示出他很驚訝。

灰紋和他的隊員跟著風族貓穿過粗糙的金雀花叢，尖刺刮擦著灰紋的毛髮，他強忍住，不發出惱火的嘶叫聲，至於身形細長的風族貓則是輕易地穿行其中。

灌木叢另一頭的地勢陡地傾斜，形成一處沙坑。一鬚穿過沙坑，口中大喊；「高星！」然後就消失在盡頭一座大圓石後方。網足和流溪仍守在雷族貓旁邊。

過了好一會兒，一鬚又出現了，後面跟著風族族長。高星的年紀明顯表現在他緩慢審慎的動作和鼻口四周漸白的毛髮上。不過他仍然是一位望之生畏的戰士。他用尾巴示意灰紋和他的隊員過來。

「你們好，」他等他們站在他面前時才喵聲道。「你們為什麼要來拜訪我們的部族？」

灰紋向風族族長垂頭致意。「高星，恐怕有個壞消息。」他回答。「血族的氣味在影族和雷族附近被發現，而且……」

「什麼？」高星打斷他，身上每根毛髮都開始倒豎。「那些吃腐食的惡棍貓又在找麻煩了？我還以為我們上次已經把他們處理乾淨了。」

「很抱歉我必須說不算完全處理乾淨。」灰紋懊悔地說道。「我猜你們在自己的領地上應該是沒聞到血族的任何氣味吧？」

高星搖搖頭。「如果我的戰士有在邊界附近任何地方聞到血族留下的腳印，一定會告訴我。」他說完後仔細覷看灰紋，隨即又補充道：「我猜你們最近有遇到他們吧？」

灰紋一想到自己的傷口根本還沒痊癒，便有些不太自在。但是他不想告訴高星那場攻擊有多慘烈，因為他不希望讓風族族長以為雷族不堪一擊。**我知道現在大家都和睦相處，但天知道會有什麼變化。**

基於同樣理由，他隻字不提血族曾如何利用風族的氣味使雷族相信風族正在他們的領地上偷盜獵物。高星要是知道雷族曾有段時間懷疑風族，可能會當場發飆。

「我們的假設是他們明擺著對我們的領地仍感興趣，」灰紋回應道，「但我認為我們應該證明給他們看，雷族不會不戰而降。」

高星發出一聲長嘆。「老是在打仗！」他抱怨道。「這對你們雷族來說只會更艱難，」他繼續說道，「畢竟你們的族長正在生病。對了，火星還好嗎？」

「好多了，謝謝你。」灰紋回答，暗自希望對方別問得太詳細。他知道自己不擅長撒謊，但他也曉得不能洩露火星缺席的這個祕密，除了是為了隱瞞火星出任務的真實目的之外，也是想讓雷族看起來夠強大。在上次的大集會裡，他告訴其他部族，雷族族長生病了，**但這個謊言能維持多久呢？**

還好高星看起來已經接受灰紋的告知內容。「請轉達我對他的祝福，」他喵聲道。「至於血族，我們會留意的。謝謝你的警告。」

「不客氣，」灰紋回答，並再度向風族族長垂頭致意。他很慶幸自己沒有聽信族貓的建議，在首度發現獵物被盜時便對風族發動攻勢……若真的打起來了，那就慘了。**也許我還是有族長的直覺。**「要是我們再碰到他們，一定會讓你們知道。」

離開風族營地後，灰紋和他的隊伍就朝四喬木折返回去。雨掌還在東張西望，對陌生的領地無比好奇。灰紋欣見他看起來比他母親死後的那一陣子要開朗多了。**也許他正開始走出陰霾。**

三隻貓兒繞過大集會的凹地，穿過林子，停在那條可通往河族領地的兩腳獸橋樑上。「走吧！」灰紋鼓勵他們。**通常我們都會等在邊界，但我有小孩住在那裡，**他心想，所以規定應該可以折衷一下。邊界記號很新鮮，顯示巡邏隊才剛來過這裡。但因為沒有任何貓兒的蹤跡，所以灰紋決定直接走到河族營地。

「跟緊我，說話謹慎點。」他趁走在河邊時這樣告知他的隊員。「豹星不像高星。要是她嗅到雷族有任何一絲弱點，就會趁機占領陽光岩。」

雲尾伸出爪子。「她有膽就試試看啊！」

「反正照我的話做就對了。」灰紋用尾尖彈了一下雲尾的耳朵。「血族帶給我們的麻煩還不夠多嗎？別一波未平，另一波又起，給河族機會找我們麻煩。」

白色戰士翻翻白眼。「你說了算。」

他們還沒抵達河族營地，灰紋就瞄到有兩名河族戰士順流而上地過來找他們。他滿懷期待到全身微微刺癢，因為他認出為首的是他兒子暴毛。

他看起來好極了，灰紋一見到他兒子那一身豐厚發亮的毛髮和自信的步伐，便不禁這樣想道。**我真為他感到驕傲。**

他其實很失望當初在跟血族大戰之後，暴毛和他姐姐羽尾決定回去河族。他們的母親銀流是河族貓，但此刻正從星族俯看他們。灰紋曾邀他們加入雷族與他同住，因為他不相信豹星會願意接納這兩隻半族貓當他們部族的成員。但是他的小貓在鞭子和虎星造成嚴重的破壞之後，都選擇回去幫忙重建河族。灰紋縱然再不願意，也只能尊重他們的決定。

「你好，灰紋，」暴毛喵聲道，同時走過來與他父親互碰鼻頭。「我們……我的星族老天！」他瞪大眼睛，大聲說道，因為他看到灰紋的傷口。「你是跟狐狸打過架嗎？」

「恐怕比那還糟，」灰紋冷冷地回答。「不過最好先跟豹星說，我是說如果我們可以跟她碰面的話。」

「當然可以，」暴毛喵聲道，轉身護送灰紋沿河而下，朝河族營地走去。

雲尾和雨掌跟在後面，另一隻河族戰士在後面押隊，他是一隻粗壯的虎斑貓，灰紋知道他叫沉步。

再度回到河族營地的這種感覺很怪。河族貓住在河岸附近一座島上。那裡長著柳樹，長長的枝條垂掛而下，可以遮蔭。蘆葦叢層層圍繞著整座島嶼，在徐徐微風下嘶嘶作響。這是一個很舒服的地方，但是再見到它，只是讓灰紋更加確定雷族才是他的歸屬。**這是我的孩子們住的地方，從來不是我的家。**

灰紋的腳在踏進水裡之前猶豫了一下。曾住在河族的他，永遠都無法習慣腳始終溼淋淋的感覺。他抬起前腳，試著說服自己就直接踩進泥巴裡吧，哪怕濺出水花也沒關係。**拜託你好不好，灰紋，代理族長一定要勇敢……**

結果啪啦一聲，是沉步走進了蘆葦叢，他揮動著尾巴。「我去找豹星來。」他回頭喊道。灰紋頓時如釋重負。

「謝謝你。」灰紋在他後面大喊，不免納悶沉步是否有留意到他的遲疑。

過了好一會兒，蘆葦叢一分為二，河族族長的金色色身影敏捷地跳上岸，面對灰紋，她的副族長霧足跟在後面，後者看起來好似她母親藍星，這幅畫面令他再次受到衝擊。

「什麼事？」豹星問道。她的聲音尖銳，不像高星那麼友好。「你來這裡做什麼？」

灰紋察覺到雨掌忍不住朝他的導師挨近，彷彿被河族族長粗魯的語調給嚇到。雲尾用他的尾尖輕觸見習生的肩膀，要他放心。

「我們有壞消息。」灰紋告訴豹星，然後說明了一下影族在邊界聞到血族的氣味，以及他和另外兩名戰士抵禦血族的過程。但他沒有提到血族曾害雷族誤以為風族偷盜獵物的那個伎倆。

「我們在我們的領地上沒有看到血族的蹤跡。」豹星等灰紋說完後這樣回應道。「只要我們有聞到他們任何一根鬍鬚的味道，保證一定會把他們趕走。」

霧足擔憂地眨眨眼睛。「我還以為我們已經把血族徹底趕走了。」她嘆口氣。「我不敢相信在被我們那樣驅趕之後，他們還敢踏進我們的森林。結果現在你跟我們說一切又回到原點？」

豹星眼神凌厲地瞪了她副族長一眼。「如果我們必須再付諸一戰，那就上場作戰。」她喵聲道。「我們是戰士！」她轉向灰紋，又接著說：「火星的看法是什麼？」

灰紋沒料到她會這樣提問。「他……呃……他的看法跟你的差不多，」他尷尬地回答。「我們是戰士，我們解決得了這個問題。」

「那就好。」豹星有些懷疑地瞇起眼睛。「上次大集會沒見到火星，」她接著說：「我記得你上次說他病了。」

「沒錯，」灰紋尷尬地抽動著尾巴，不知道要如何岔開這個話題。「但是他現在已經好多了。」**但我真的必須得……**

「很高興他好多了，」河族族長喵嗚道，「我有點忘記了，他是生了什麼病？」

灰紋心想，**你沒有忘記，因為從來沒有貓兒跟你說過他是什麼病**。灰紋開始覺得全身發燙。豹星想拆穿他嗎？從他以前住在河族的經驗來判斷，這的確很像是這個老奸巨猾的族長會有的作風。他得腦筋動得快一點。「呃……是白咳症。後來演變成綠咳症，本來病得很重，差點失去一條命。」

他說話的同時，留意到雲尾的藍色眼睛射出怒火，也幾乎能聽到這位白色戰士想說的話……**別胡說八道了，你的謊扯太大了。**

「真的假的？綠葉季竟然會感染綠咳症？」豹星舔舔其中一隻腳爪，摸了摸她的耳朵。「真是不幸。」

灰紋用力嚥下口水。對方說得沒錯……很少有貓兒會在溫暖的綠葉季得到綠咳症。這表示他不只是對別族族長撒謊，而且謊還編得很糟糕。他知道他把這場對話處理得相當不好。他確信豹星並不相信他……不然就是懷疑火星的病情遠比他編造的還要嚴重，因此正在想要如何將這一點轉換成河族的轉機。

「好了，我們真的該走了。」灰紋喵聲道，同時往後退了幾步。「豹星，很高興跟你談話。如果我們再遇到血族貓，一定會告訴你。」

河族族長沒有回應，只是站在河岸瞇著眼睛看著灰紋和他的族貓。

倒是霧足開口了。「如果血族在我們這兒出現，我們也一定會通知雷族。」她的聲音友善，藍色眼睛釋出溫暖。「暴毛會護送你們走到踏腳石那裡。你們沒有必要再原路經過兩腳獸的橋樑回去。」

「謝謝。」灰紋垂頭，暗自高興能有機會再多點時間跟他兒子相處。

這時出他意料之外的是，霧足竟朝營地轉身，大聲喊道：「羽尾！」

灰紋一看見他那美麗的女兒從蘆葦叢裡摸索著出來，然後跳上河岸，心就突然漲得好滿，滿到隨時可能爆炸。他已經好久沒見到她了。

「我在這，霧足，你叫我……」她開口道，當一瞄到灰紋，就沒再說下去。她開心地捲起那條蓬鬆的灰色尾巴，跳上前去與他互碰鼻頭，喵喵嗚嗚地說不出話來。

「我要你護送這些雷族貓離開我們的領地。」霧足下令道。她的語調親切，但言語犀利。「暴毛會跟你一起去，以防他們找麻煩。」

「喔，謝謝你，霧足。」羽尾大聲說道。她瞄了豹星一眼，後者仍然站立不動，只是揮揮尾巴，暗示他們該走了。

灰紋恭敬地點個頭，然後轉過身，跟著他的族貓和負責護送的河族貓沿著河流離開。

「我記得你們，你們以前有住在雷族。」雨掌邊走邊觀察羽尾和暴毛。灰紋很高興看到自從他們離開難纏的豹星之後，見習生看起來就開朗多了。「那時候你們還是見習生。」

「而那時候你只是一隻小貓。」暴毛喵聲道，同時彎下身子用鼻頭輕觸雨掌的耳朵。「你看看你現在！我希望你都有把你導師的話聽進去。」

「哪有可能！」雲尾發出大笑聲。「不過話說回來……他還只是見習生，你能指望什麼？」

「我有聽話啊！」雨掌憤憤不平的說道。

「我相信你有。」羽尾用尾巴撫搓見習生的腰側。「雲尾只是開玩笑。」

雨掌用一種欣羨的目光看著她和她弟弟。「我很快就會成為戰士，跟你們一樣。」他大聲道。

灰紋和雲尾互看一眼，他想這位白色戰士的想法八成跟他一樣。**雨掌和他的同胞手足一定會成為很優秀的戰士……前提是如果血族給他們機會的話。**

等他們走到了踏腳石，雲尾刻意將雨掌帶開。「我們到前面去，」他提議道。「看能不能在回營地的路上找到一些獵物，你可以試試看我教過你的新狩獵技巧。」

「太棒了！」雨掌語氣熱切地附和道。他轉身朝兩位河族戰士揮揮尾巴。「再會了，希望下次大集會上可以再見到你們。」

「也希望能再見到你。」羽尾回應，很是親切地對見習生眨眨眼睛。

灰紋看著雲尾帶著雨掌往前面走去，經過踏腳石。那裡的河水水位相當低，年輕貓兒毫不費力地跳過一塊又一塊扁平的石頭。**這一定是他第一次過河**，灰紋心想道，很是欣羨年輕灰色公貓的膽識。

等到他的族貓都安全抵達對岸時，灰紋才朝羽尾和暴毛轉身。**雲尾真是體貼**，他心想，**刻意多給我一點時間跟我的孩子相處。**

「我只是想告訴你們，我對你們有多自豪。」他喵聲道。「你們已經成為全能戰士了。」

「謝謝你。」暴毛喵嗚說道。「這番話對我們意義重大。」羽尾喵嗚附和。

灰紋哽咽地說：「我真希望你們的母親銀流可以在這裡看到你們，祂一定也會很以你們為傲。」

「我相信祂正從星族看著我們。」羽尾安慰他，鼻口輕輕刷過她父親的鼻口。

那當下，三隻貓兒挨近彼此。灰紋深深吸進他們的氣味，心想有哪個父親能像他這樣擁有這麼出色的孩子。他真希望他們也能加入雷族，這樣一來，就能每天都有他們的陪伴，**但這不是他們想要的，他們的年紀已經大到足以自己做決定。**最後灰紋只能抱著遺憾，往後退了幾步。

「我必須走了。」他喵聲道。「願星族照亮你們的前路。」

「也照亮你的。」暴毛回應他。

「永永遠遠。」羽尾接著說。

灰紋躍過一塊又一塊的踏腳石，腳步卻是無比沉重，不禁悲從中來。他想到後半輩子都得跟他的孩子相隔兩地，便幾乎難以承受。他的腳不由自主地雷族營地走去，但他心裡想，**也許有一天……**

也許有一天我和暴毛、羽尾終將團聚。

第十三章

此時

來到了高岩山，舌間卻沒有旅行藥草的嗆鼻味道，這感覺有點怪。正當灰紋攀上通往高岩山頂峰的最後一道斜坡時，突如其來的回憶竟令他不知所措……他好渴望見到他年輕時的巫醫貓黃牙和煤皮。他上氣不接下氣，只能試著讓自己的呼吸盡量緩和下來。**我比上次來攀登時又老了一點，但至少我還沒看到任何兩腳獸**，他慶幸地想道。他停下來歇了口氣，然後才又伸出爪子，往更高點攀了上去，想俯瞰曾經是雷族領地的那塊地方。

我知道一切都不一樣了，他告訴自己，盡量不讓自己抱太大的希望。**我們當初必須離開，是因為兩腳獸占領了一切，所以跟我記憶裡的家園不可能一模一樣。**

等他終於可以極目遠眺，將一切景致盡覽眼裡時，他竟然大吃一驚，就好像他在尋找的月亮石突然從頭頂上砸下來一樣。他可以看見那條河流、那座峽谷、和那道瀑布，還有從這個距離看過去很小很小……被轟雷路隔在另一頭的……大麥農場的穀倉屋頂。

大麥，他沉吟著，想起那位落腳在農場、好心的前任血族貓，這些回憶令他全身暖烘烘的。**我好想再見到他……但我最好先找到月亮石**。他也想到了烏掌，不免微微感到心痛，烏掌曾是雷族的見習生，也是大麥在農場上的好夥伴，但已經死了。**大麥一定很想念祂。**

農場再過去就有很多兩腳獸的窩穴，多到他都分不清楚以前的雷族領地在哪裡。轟雷路蜿蜒穿梭窩穴之間，怪獸在上頭奔來跑去，從這麼遠的距離看過去，活像是發亮的甲蟲。茂密的林子已不復見，風族曾經居住的荒原斜坡也大多不見了。一想到部族貓留下的痕跡這麼快就被鏟平，不禁令灰紋全身打起寒顫。

如果我們再也聯繫不上星族，那麼也許不消多久，便再也沒有貓兒記得我們以前在這裡的一切。就連對所有部族的記憶也都將消失，就像新葉季洪水裡的枝葉一樣被刷洗殆盡。

灰紋心想至少他現在應該是離慈母口和月亮石很近。他提醒自己這樣一路跋涉而來，不是只為了看看以前的老家。他必須回到月亮石，試試看它有沒有辦法協助他找到方法連繫星族。

等我把這件事做完之後，就得趕快回去，他很堅定地告訴自己，**這裡顯然沒有其他我必須去看的東西**。如果他的任務達成，他一定要盡快趕回湖邊。

雖然從他所在的岩石堆上看不到慈母口，但灰紋知道那個開口應該就在他下面山腰的某處。他小心翼翼地往下走，四隻腳爪在陡坡上有些打滑。有時當他踩在小石子鋪成的小徑上，小石子會突然滾落，害他剎不住腳步，於是就得把爪子戳進路面，以防墜落崖底。他的腳墊很快便酸痛不已。他一直在找酸模葉，但在荒涼的岩塊間看不到任何酸模。

這時候，朱紅色的陽光慢慢消失，壘壘的岩塊朝他的小徑投下深幽的黑影。他無法清楚辨識前方的路，只好慢下腳步，匍匐前進，試踩每一步，確定沒問題才敢把全身重量壓上去。

他以前去過月亮石，但是都是從領地的林子那頭過去，是為了護送巫醫貓而去的……從來沒有進到裡面，或者親眼見過月亮石。現在因為是反方向去，所以並不確定自己有沒有走對路。更糟的是，隨著最後一道天光的消失，他聽見上方傳來不停迴蕩的嚎叫聲。他抬頭一望，看見一隻貓頭鷹正展翅在他上方盤旋。

「狐狸屎！」他嘟囔道。

灰紋不確定貓頭鷹對他這種成年的貓來說會不會構成危險，但他不想靠付出沉重的代價來知道答案。那隻鳥似乎一直跟著他，於是他選了一條路讓自己可以躲在突岩底下。但沒多久他就發現：完了，他迷路了。

我走到太下面了，他告訴自己，同時隔著幽暗窺看。四周的環境很是陌生，從這裡看不到大麥的農場，也沒有任何東西可以告訴自己究竟身在何處。灰紋不記得上次來這裡的時候有這麼沒方向感，活像獨自離營的小貓那樣脆弱不堪。

他還在想該走哪條路時，前方突然傳來怒吼聲，兩隻巨大又晶亮的眼睛盯住他，他頓時目眩。

「是怪獸！」灰紋驚愕大叫。**怪獸來這裡做什麼？**

那瞬間，他嚇得身子貼平地面，四肢被恐懼凍結。一直等到怪獸不再朝他前進，只是蹲在那裡怒吼時，他才回神蹣跚爬了起來，竄進附近一叢灌木裡。

藉由怪獸眼睛所射出來的光，灰紋看見自己原來誤闖怪獸的某營地。有好幾頭坐在那裡，顯然都睡著了，有幾頭兩腳獸正在牠們當中穿梭。

就在他觀察的同時，另一頭怪獸醒來了，而且幾乎一醒來就馬上前進，朝灰紋過來，這時的他仍躲在灌木叢底下。灰紋一想到自己就要被那巨大的黑爪碾碎，頓時驚駭不已。他慌亂地爬行穿梭在低矮的枝葉底下，衝到盡頭處，趕緊逃之夭夭。

過了一會兒，他感覺到腳下地面變成了轟雷路的那種堅實路面，但驚慌不已的他滿腦子只想趕快逃離那頭正在追逐他的怪獸。他不顧一切地往前衝，差點就撞上在他面前拔地而起的斷崖。他伸出爪子往上爬，發現自己原來正在攀爬兩腳獸的圍籬，最後半跳半摔地跌進後面的花園裡。

來自怪獸的閃爍光影掃過灰紋，他疾奔穿過草地，鑽進開著碩大花朵的灌木叢裡，奇異的花香味害他打了個噴嚏。他蹲在那裡一直等到那些光和怒吼聲漸漸消失，只剩黑暗和無聲的寂靜。

好險！他氣喘吁吁地想道。

他躺伏在那裡，渾身發抖，試圖喘口氣，他舉目隔著枝葉瞄見貓頭鷹仍在盤旋。起碼牠現在抓不到躲在灌木底下的他了。

「去幫自己找隻好吃的老鼠吧！」他嘟囔道，「別再來煩我！」

灰紋逼自己放輕鬆點，於是決定留在原地不動，直到確定附近是安全的，再採取行動。一股令他不安的睡意正要襲來，卻突然聽見附近有個聲音，語調很是親切友好。

「哈囉，我以前沒見過你。」

灰紋睜開眼睛，看見一隻肥胖的白色虎斑寵物貓正在枝葉底下窺看他。他覺得自己就像是一個被逮到、正受到驚嚇的見習生，頓時覺得不好意思，於是費勁地將身子鑽出來，進到空地，對新來者禮貌地點個頭。

「嗨，」他喵聲道，「沒事，我不是來占領你的領地的。」

對方是一隻母貓，她一頭霧水地看著他，彷彿不懂他在說什麼？「你迷路了嗎？」她問他。「也許我幫得上忙。」

灰紋懷疑這隻寵物貓對她花園以外的地方瞭解多少？但他顧不了這麼多了，覺得還是值得一試。「我只是經過這裡，」他解釋道。「我在找慈母口。」

寵物貓瞪著他看。原本渺小的希望頓時化為泡影。「慈母口？」她喃喃說道，彷彿這個字眼就像是嘴巴裡從沒吃過的一種獵物。「那是某種屋伴的窩穴嗎？」

「它是一座大洞穴的入口，」他告訴她。「月亮石就在最底部。」

白色虎斑寵物貓不解地眨眨眼睛。「我不知道那是什麼，」她喵聲道。「我跟我的屋伴已經在這裡住了好幾個季節，但我從來沒聽過『月亮石』這種地方。」

「沒關係，」灰紋嘆口氣。他早就知道那這問題問寵物貓根本是無解。「不管怎麼樣，都謝謝你肯聽我說話。」

「沒關係，」母貓告訴他。「那我要走囉，我的屋伴通常這時候會餵我。」她緩步走過花園，消失在兩腳獸門扇底部的小縫裡，寵物貓提到的食物，頓時提醒了灰紋他有多飢腸碌碌。他突然有股衝動想跟上去，問她能不能分點食物吃，但隨即克制住自己，感到慚愧。**你可是戰士！**他斥責自己。**你不能進到兩腳獸窩穴裡或者吃寵物貓的食物。**他轉身過去，心想自己終究還是有自尊的，但肚子卻感到一股空虛的飢餓感。

灰紋明白他必須繼續往前走，否則永遠也找不到通往月亮石的路。他疲倦地從兩腳獸的圍籬攀爬回去，開始沿著轟雷路的路邊走。這時兩腳獸窩穴裡的光亮了起來，轟雷路旁石林頂端的橘色小太陽也跟著點亮。貓頭鷹消失了，他如釋重負。但怪獸仍然不時呼嘯地從他旁邊經過，灰紋沿著籬笆，悄悄走在陰暗處，避開怪獸刺眼的目光。

他好不容易看出自己應該是來到以前曾是風族領地的地方，但沒有任何東西可以告訴他接下來該怎麼走。曾經開闊的荒原如今充斥著兩腳獸的窩穴、轟雷路、和正在睡覺的怪獸。他停下腳步，嗅聞空氣，但怪獸的嗆鼻氣味淹沒了其他所有東西，令灰紋作嘔到不知道自己該不該回頭改走別條路，結果發現就算回頭，反而可能徹底迷路。

不管發生什麼事，我都得繼續走下去。

灰紋緩步前進，很清楚飢餓正啃蝕著他，而且四肢和腳掌都在酸痛。他現在只想狩獵、進食、和休息。但在這個陌生的環境裡，似乎沒有空間可以讓他做這些事。但就在他經過另一頭正在睡覺的怪獸時，他聽見牠肚皮霍地往外打開，一頭兩腳獸從裡頭現身，朝他直接走來。

這情況比他看見貓頭鷹還要糟糕，恐懼瞬間給了他力氣，趕緊衝向最近一道圍籬，腳爪幾乎沒碰到木質圍籬，便直接跳了上去。他一跳到上面，馬上回頭查看，只見兩腳獸那張蒼白的臉正仰望著他，於是他索性讓自己摔下花園，鑽進圍籬和一棵樹之間的夾縫裡躲起來。他不敢出聲地蹲在那兒渾身發抖，直到他聽見離去的腳步聲，才確定兩腳獸已經放棄。

就在他逐漸冷靜下來的同時，心裡有個點子開始成形。他閉上眼睛，關掉所有兩腳獸味道和聲音的干擾，看看能否靠感官裡的記憶引導自己回到慈母口。但不管他多努力地集中精神，還是感受不到任何指引，也感覺不到他的腳爪會自動找到對的方向。他失望地睜開眼睛。

就連我的身體也忘記了這個地方。

灰紋從藏身處溜出來，蠕動身子，穿過兩腳獸圍籬的縫隙，再次傍著轟雷路費力前進。現在他得花很大力氣才能一步又一步地走下去，他已經完全不知道自己身在何處。就算他現在想放棄回家，也不知道該往哪裡走。

最後他來到轟雷路盡頭一處開闊的場域。那裡有整排的兩腳獸窩穴，盡頭處是一大片草地，草地四周圍著灌木和幾棵樹。他多少受到這幅景象的鼓舞……至少目前為止沒有兩腳獸出沒在草地上……於是張開嘴巴在空氣中嗅聞獵物的氣味。

他很快就聞到老鼠的味道，於是一路追蹤到樹根旁邊的草叢裡。

灰紋開始流口水。他悄悄追上他的獵物，打算撲上去。就在他縮起後腿要往前一蹬時，一連串的吠聲從離他最近的一棟兩腳獸窩穴傳來。**有狗！**灰紋懊惱地想道，**怎麼那**

麼衰！老鼠一聽到聲響，早就逃之夭夭。

灰紋洩氣地趴在地上，慘到不行。他已經累到沒有體力再重新尋找獵物，反而拖著身子躲進林子裡的樹根之間，蜷起身子睡覺，試圖忘卻肚子的抗議聲。迷了路的他又冷又餓，但心裡還是不解自己怎麼會走到離月亮石那麼遠的地方。

一切都跟以前不一樣了，灰紋心想，**就好像部族貓從來沒有在這裡住過一樣。**在忐忑中漸漸陷入夢鄉的他反問自己，**回來這裡是錯的嗎？**

灰紋躺在長老窩的臥鋪裡，蜷起身子將蜜妮圈在懷裡，她的頭枕在他的肩上。他感覺得到她的每根肋骨和全身上下的灰色毛髮，曾經她的毛髮是如此光滑閃亮，如今卻枯黃稀少。灰紋無法欺騙自己，他知道她已經踏上通往星族的道路。

「可是你不能離開我，」他低聲道，「我不能失去你。再等一下，等我跟你一起去。」

很久以前，他就曾歷經過失去伴侶貓的椎心之痛，當時銀流是因分娩而亡。灰紋不認為自己還能再承受一次。可是一天天過去，他感覺得到蜜妮正從他身邊慢慢溜走。松鴉羽已經給了她杜松子補充體力，也給了她酢醬草刺激胃口。但無論巫醫貓怎麼努力，可憐的蜜妮還是愈來愈虛弱。

腳步聲在窩穴外響起，灰紋的女兒花落低頭鑽進榛木枝葉底下。她帶來田鼠，生鮮獵物的肥美氣味充斥著整座窩穴。

「這是她最喜歡吃的，」她低聲說道，同時把牠擱在蜜妮旁邊。「你覺得她現在可以吃一點嗎？」

「我們可以試試看。」灰紋回答。他坐起來，輕輕搖晃蜜妮的肩膀。「你看花落幫你帶來了什麼。」

蜜妮的藍色眼睛倏地睜開，抬眼望著灰紋，然後又看著花落，後者用腳爪將田鼠推過去，「喔，這是給我的嗎？」蜜妮喵聲道，鼻頭動了動。「謝謝你，花落，這隻真是肥美，但是不知道怎麼搞的……我現在吃不下。」

「你必須吃點東西。」花落的聲音帶著焦慮。

「那麼也許一口就好……」蜜妮伸長脖子，嘶咬了一小塊，然後費力地吞下去。「味道真好！也許我晚點再吃。」她又把頭擱回去，再度閉上眼睛。

「喔，蜜妮，你不要離開我們！」花落大聲喊道。「松鴉羽一定有什麼辦法。」

灰紋搖搖頭，不願承認真相，但也無法欺騙女兒。「我想她的時候到了。你去叫蜂紋來。」

花落迎視他的目光，眼睛瞪得斗大，一臉不可置信，然後馬上轉身，衝出窩穴。

灰紋把頭傍著他至愛的伴侶貓，嗅聞她甜美的味道，哪怕知道這是最後一次了。

「我需要你陪在我身邊，」他喵聲道，「沒有你，我該怎麼辦？」

雖然蜜妮的聽力在生命倒數的最後幾個月已經不復敏銳，但她現在似乎聽得到他的聲音。她的眼睛又睜開了。她凝神看著灰紋，充滿愛意。「我們曾共度美好的時光，」

她喃喃說道，「我也不後悔離開我的兩腳獸，一點也不後悔。但是親愛的，一切都結束了，我必須離開你。你也必須在沒有我的陪伴下去找出自己的路。」

「我不認為我找得到。」灰紋哽咽。

「但你必須去找，」蜜妮回答他。「一直以來你都是一隻勇敢又忠貞的雷族貓，你必須繼續保持下去，你的部族需要你。」

「不再需要我了，我現在只是個沒有用的長老。」灰紋強忍哽咽，脫口說了出來。「對部族來說，我已經不再重要……而且已經好幾個月，好幾個季節了。」

「你絕對不會沒有用，」在灰紋的耳裡，蜜妮的話充滿溫度。「你可是灰紋！你是強壯的戰士，堅定果敢的戰士。對我來說，你是這世上最重要的貓兒，你絕對不能放棄。」

蜜妮才說完，花落就回到了窩穴，後面跟著她弟弟蜂紋。這時灰紋驚詫地瞪大眼睛，因為有第三隻貓跟在他們後面走到榛木叢底下。

「薔光！」他倒抽口氣。

那是他們的女兒，曾被倒下來的樹壓到傷勢嚴重，但如今卻四條腿完好如初地走進來。她的毛髮和眼睛都閃閃發亮，腳爪和耳朵四周有星光閃爍。

蜜妮抬眼，發出快樂的喵嗚聲。「我親愛的孩子們……」她低聲道，鼻頭輕觸灰紋的耳朵，然後吁了口氣就癱在臥鋪裡，閉上了眼睛。

「不！」花落不敢置信地大叫。她蹲在她母親的屍體旁，鼻頭探進她母親逐漸冰涼的毛髮裡。蜂紋似乎也跟著腿軟，在她旁邊跪了下來。

但薔光仍站在那裡，抬高頭，彷彿正在等候。然後就在灰紋詫異的目光中，蜜妮從她的身體裡升了起來，模樣轉換成年輕時充滿活力的她。她低頭看著灰紋，藍色眼睛閃閃發亮，充滿愛意。

「親愛的，再會了，」她喵聲道，「我會在星族等你，但在你去那裡見我之前，你還有很長的路要走，記住我說過的話……絕對不能放棄。」

然後她轉身，跟著全身發亮的女兒離開窩穴。黑暗像隻巨大烏鴉的羽翼覆蓋灰紋。

灰紋全身發抖地醒來。他還蜷伏在兩腳獸窩旁的樹根間，又冷又餓，跟他爬下高岩山之後的情況沒兩樣。他想起蜜妮的死，哀傷瞬間像有力的爪子緊緊攫住他。失去她對他來說很痛苦，但他還是常夢見她的死。

但是等到他努力甩開睡意之後，哀傷竟不可思議地被沖淡了。蜜妮的臨終情景並不像他剛剛夢裡所見的那樣。他並沒有看到薔光，也沒有看到蜜妮以年輕重生的靈體離開自己的軀殼，去到星族。他想起這兩隻他至愛的貓兒曾經如此身強體壯和美麗，一顆心瞬間漲滿喜悅。

臨終的蜜妮從來沒說過他夢裡聽到的那些遺言。「你絕對不能放棄。」**這就好像是祂有看到我在這裡，迷了路又可憐兮兮的，**灰紋心想。然後他突然靈光一現，就像被雷劈到一樣：**也許祂真的有看到我。**

他希望真的是蜜妮從星族來他夢裡傳遞訊息，在他最無助的時候說出鼓勵他的話，這種想法太天真了嗎？灰紋心想如果這是真的，至少他就有動力繼續走下去了。

「別擔心，蜜妮，」他大聲說道。「我不會讓妳失望。」

灰紋坐了起來，鼻子動了動，徐徐微風中飄浮著某種熟悉的氣味。**那是什麼？**他好奇想道，但腦袋仍揮之不去剛剛的夢境。就在他甩掉最後一絲睡意時，他突然發現他聞到的是遠處的河水氣味。

灰紋滿懷希望地打起精神，跳起來站好，甩甩毛髮。他環顧四周，發現自己其實是睡在一棵長得最高的樹底下。他攀上樹幹，跳過一根又一根的樹枝，直到可以從兩腳獸窩穴上方遠眺。

他曾經從高岩山上遠望過兩腳獸地盤，但現在的他就在兩腳獸地盤裡，範圍大到令他不知所措。**為什麼這些愚笨的生物需要這麼多獨立分開的窩穴呢？這樣住怎麼會舒服呢？**

這時在遠方……也就是所有紅頂窩穴的盡頭處……他看到了他正在找的東西。**那條河流！**灰紋遠望著湍急洶湧的河水和晶亮的水花，感覺自己就像正在暢飲沁涼的河水。**我看得到瀑布……喔，舊的兩腳獸橋也還在那裡！**更遠處……其實遠到他也不敢確定，畢竟在晨光下一切朦朦朧朧的……但灰紋覺得那好像是陽光岩。

他的心瞬間抽緊，因為他想到他曾經在那裡與火星併肩作戰。他幾乎還聽得到貓兒廝殺的尖叫聲，靈活敏捷的身影在粼粼閃爍的河水襯托下格外明顯。於是更多回憶跟著湧現，宛若洪水淹沒灰紋：沙坑上的訓練；榛木叢深處潛行追蹤獵物；月圓之夜，前往四喬木參加大集會。

這裡是我成為戰士的地方，也成就了現在的我，他心想。

但灰紋不能再耽溺於這些悲喜裡。他環目四顧，觀察已然改觀的景色，突然間恍然大悟：**我就站在雷族的領地上，至少以前是雷族的領地。**

他看到四周環繞著臭氣薰天的轟雷路還有千篇一律的成排兩腳獸窩穴，心情頓時沉重。一切都不見了。他覺得活像身體裡的空氣被抽乾了。他原本以為自己已經對兩腳獸可能如何改變了森林裡舊狩獵場的地貌做好了心理準備。但乍見自小生長所在的雷族，如今成了兩腳獸住處，還是比他當初預期的更令他心痛。

做個深呼吸吧，他閉上眼睛，試圖冷靜自己。**灰紋，你早就知道一切都會不一樣，過去已經不再了。**

他睜開眼睛。他得保持專注。他必須找到月亮石。現在他大概知道怎麼去慈母口了。但他也留意到兩腳獸的窩穴並沒有往河邊那裡蓋，曾是河族領地的對岸完全沒有兩腳獸的窩穴，它仍靜靜躺在蘆葦叢生、灌木遍地、綠草茵茵的河岸上，那也是當年他對那個部族的記憶。他曾經住過那裡，就在蘆葦和灌木叢間，陪著羽尾和暴毛玩耍，也曾試圖說服自己可以改當河族貓。

至少他們的領地沒變。

灰紋從樹上爬下來的時候，心裡雖然很清楚自己應該直接走到慈母口，但身體不由自主地朝舊河族領地移動，就像在佯裝……哪怕只是短暫的時間……自己回到了過往。

去看一下也沒什麼害處啊，他決定了，**只是去看一下它是不是真的一點都沒變。**

灰紋迅速地經過最後一棟兩腳獸窩穴。現在是清晨，所有的怪獸似乎都還在熟睡，也完全沒有兩腳獸的動靜。最後他來到河邊開闊的場域，再順流而下地朝兩腳獸橋走過去。

路上他聞到強烈的兔子氣味，瞄到河邊有小動物正在啃食一叢蒲公英。他的肚子餓到都痛了，於是悄悄爬過去。但就在他要撲上去的最後一刻，有某種東西驚嚇到兔子，牠坐起來，耳朵顫抖，倏地跳開，但又差點栽進前面湍急的河水裡，牠拚命保持平衡，免得掉進水裡，旋即轉身，幾乎是朝灰紋的腳爪直接撞過來，被他一掌劈中喉嚨，當場喪命。

「星族，謝謝你恩賜獵物。」他下意識地喃喃自語，心情開始轉好。自從他夢到蜜妮之後，總覺得星族這件事愈來愈有望了，也許他可以在月亮石那裡連繫上祂們。備受鼓舞的他一口咬下溫熱的兔肉。

過了一會兒，灰紋坐了起來，舌頭舔舔嘴巴，這隻兔子被他吃得只剩下兔毛和骨頭。通常一整隻兔子對他來說份量太多了，但灰紋從昨晚就餓到現在。此刻肚子卻飽到快要脹破，全身肌肉再度被能量灌滿。

這裡的獵物味道跟湖邊的很不一樣，他心想道，同時站起來，繼續前進。**這味道很有家鄉味。**

灰紋再度朝兩腳獸橋前進，所有感官都保持警戒，以防撞見任何一隻出來巡邏的河族貓。但他又突然噴笑出來，暗地裡嘲笑自己。**我在想什麼啊？這裡已經沒有貓了，只有兩腳獸。**

灰紋疾奔過那座橋，渴望再次見到河族領地。在這趟旅程中，這是他首度感到自己很放鬆，不用去防備任何危險。**這可是我頭一回不用再擔心撞見有敵意的貓或兩腳獸。**

可是就在他下橋時，清晨空氣突然被可怕的吼聲劃破。他嚇得瞪大眼睛，四處張望，結果看到一隻體型跟見習生一樣大的母貓從附近灌木叢裡跳出來。他都還沒來得及伸爪防衛，對方就撞上他的腰，害他砰地一聲摔在地上，差點喘不過氣來，抬眼一看，卻見攻擊者壓在他身上，綠色眼睛閃出得意的光。

「你認輸了嗎？」她問道。

第十四章

彼時

灰紋領著族貓們朝四喬木走去，他眼神疑慮地抬眼望著高掛夜空的滿月。原本他指望火星可以在大集會之前趕回來，但一直沒有雷族族長的蹤影，灰紋只好再度上陣暫代他的位置。

煤皮始終走在灰紋的旁邊，後面跟著雷族最強悍的戰士們：塵皮、雲尾、鼠毛、蕨毛、和刺爪。棘爪也在其中，只是他經驗仍不足。灰紋很欣賞他的競業精神，也很清楚要是遇到麻煩，他一定會有所作為。

但就算他的族貓們都昂首揚尾地前進，眼裡充滿信心，灰紋還是察覺得到某種緊張的情緒，彷彿他們很擔心得繼續假裝火星仍在林子裡，只是不知怎麼搞的生病了或身體欠安，又一次無法出席大集會。

我也不能怪他們，就連我自己也很緊張。

這個夜晚很安靜，只有微風拂過樹枝和貓兒們穿過長草叢的聲響。空氣溫暖，充斥著獵物氣味。但貓兒們都知道此刻不是狩獵的時候。不過灰紋倒是把所有感官都拿來提防血族的可能蹤跡，哪怕他並沒聽到或聞到任何蛛絲馬跡，但他可以想像一定有眼睛正在矮木叢的暗處瞪看他。他不安到毛髮微微刺癢，一直想回頭察看，只是他知道就算回頭，也只能看到跟在後面的族貓。

「他們一定就在某處。」他對煤皮嘟囔道。

巫醫貓抽動著鬍鬚，「也許吧，」她回應道。「但我們現在又拿他們沒辦法。」

「我真想扒了他們的皮！」灰紋吼道。

煤皮將尾巴暫擱他肩上，要他冷靜下來。「也許上次對打時，他們就被你嚇跑了。」她喵聲道。「自從那次之後，戰士們便沒再看到惡棍貓的蹤跡。」

灰紋哼了一聲。「他們差點把我們痛宰，絕不可能被嚇跑。」

「那是你們寡不敵眾啊，」煤皮直言道。「他們可能覺得才三隻雷族貓就打得這麼難分難解，要是雷族貓一起上的話，血族可能一點機會也沒有。」

「我很想相信你這番話。」灰紋嘆口氣，**但我不相信，麻煩就快來了，我聞得到。**

他一躍而過溪流，帶路攀上通往四喬木的最後一道陡坡。眾多貓兒的混雜氣味朝他飄送過來。他爬上凹地邊緣時，看見河族和影族已經到了，風族才剛抵達，正從荒原那頭的對面斜坡魚貫走下來。

雷族貓一穿過凹地邊緣的蕨叢，便各自分散，去找其他部族裡的朋友打招呼，灰紋則直接走向巨岩，跳上岩頂，在豹星和黑星的旁邊找到自己的位置。他感覺得到前方聚集的幾名戰士發出了驚詫的低語聲。**他們沒料到會看到我在這裡……他們以為會見到火星。**

「火星還在生病嗎？」豹星從幾條尾巴距離外的地方覷著灰紋問道。但他無法從她淡漠的眼神裡看出她在想什麼。

灰紋想起他上次拜訪河族時曾告訴對方，他們的族長火星得了綠咳症。**那真是愚蠢**

的謊言，他思忖道，**但現在我也只能繼續編下去。**「是啊，」灰紋回答。**說得簡潔一點，他們才不會問太多問題**，他心想道，「他還在生病，但好多了。」

豹星盯著他看。灰紋感覺得到她還想再多問點，但高星這時跳了上來，分散了他們的注意。

灰紋聽見豹星在跟他打招呼，於是轉身過去。

在大集會上暫時扮演族長的角色，這種感覺對他來說很怪，渾身都不對勁。他不知道在堅硬的岩面上要怎麼擺放自己的腳爪，雖然這是他第二次暫代族長開大集會，但還是不習慣從這個角度去看四喬木。他的注意力一度被那幾棵巨橡樹之間那逕自向遠方開展的景色所吸引，直到瞄見在他下方的羽尾和暴毛，他們坐的位置與其他河族貓稍微分開。

看見他的兩個孩子離他如此之近，卻也如此遙遠，令他不禁心痛。**至少他們在河族是快樂的……我想應該是快樂的吧。**

正當灰紋還在看著暴毛和羽尾時，黑星站了起來，大吼一聲，示意大集會開始。凹地上的閒聊聲頓時止住，每隻貓都轉頭仰望族長們。灰紋在眾目睽睽下強忍住發抖的衝動。月光下，貓群的眼睛閃閃發亮。

「影族日益強大，」黑星開始報告。「當初虎星將血族引進森林，留下了很大的傷痕，但現在我可以驕傲地說，我們已經把部族重整起來了。」

遍布在凹地上的影族貓瞬間大聲歡呼，其他族貓也都熱烈迴響。**只要每個部族都夠**

強大，四大部族也會跟著強大，灰紋心想。在很多方面，他都很欽佩黑星，自從他們的前任族長虎星帶來破壞之後，接任族長的他便面臨到極為險惡的處境。不過灰紋到現在還是不確定自己可以完全信任影族。

他們會不再那麼行事詭秘嗎？其他部族以後可以完全信任他們嗎？又或者他們還是麻煩製造者，就跟以前一樣？灰紋反問自己。

黑星後退一步，高星接著站起來說話。「風族一切安好，」他報告道。「我們有很多獵物，風族戰士們也前所未有地強大。」他再度坐下。

豹星接著站起來，上前一步，對凹地裡的貓群發表談話，那身斑駁的毛髮在月光下閃閃發亮。「河族那裡的獵物十分充裕。」她大聲說道。

「是在水裡吧！」黑星嘟囔道，耳朵彈了一下。

灰紋忍住嘖笑的衝動。顯然黑星跟灰紋一樣無法理解河族對魚的偏好。

「兩天前，有隻狐狸穿過我們的領地，」豹星接著說道。「霧足帶隊將牠驅離，因此我們會暫時性地加強我們的邊界巡邏隊……巡視河的兩岸。」她說完了，並看了灰紋一眼。

這表示她打算再試圖拿下陽光岩嗎？灰紋不免納悶。**就算她真的做了，我也不意外。**他決定雷族這邊也要補強巡邏。**我絕對不能在火星告假這段時間弄丟任何領地。**

灰紋察覺豹星退了回去，用尾巴示意輪到他了，他胃部瞬間抽緊。他吞了吞口水，深吸一口氣，然後站起來。

「雷族一切安好。」他開口道，試圖讓聲量響徹整座凹地。「領地上的獵物很充裕。綠咳症曾在我們營地裡短暫肆虐，還好我們的巫醫貓處置得宜，治好了所有病貓。所以沒有貓喪命。」

他察覺得到貓兒們在下方竊竊私語，還瞄到有幾隻貓兒疑色地互看彼此。

「火星正在慢慢康復嗎？」豹星語氣平靜地打斷他。「他今晚還是沒來？」

「沒錯，」他回答。「但他……好多了。」

「他到底在哪裡？」黑星問道。「枯毛告訴我，她去拜訪他的時候，他外出不在營地。」

灰紋的頭頓時有點昏，趕緊細想他跟哪些貓編過哪些謊話。他真希望當初要是照一開始的打算，向大家坦言火星出任務去了。一切就會簡單多了。

但為時已晚，他心想，**而且天知道其他族長要是曉得火星不在這裡，可能使出什麼壞？**

「沒錯，」他告訴黑星。「火星當時出去狩獵了，雖然煤皮警告他這不是個好主意，但看來他過度消耗自己的體力，所以煤皮認為得再多花幾天的時間他才能完全康復。」他抬眼望向群眾，希望能找到煤皮，這樣一來她就能幫他背書。**快幫幫我！**但好像所有身影都在黑暗中融成一片。

其他三位族長對灰紋的解釋不以為然，顯然他們都知道他在隱瞞什麼。

「所以他病得很重？」高星問道。「如果他派你來參加大集會，那他一定是病得很重。」

「他只是需要多休息而已。」灰紋反駁道。「別擔心，等他恢復健康，就會親自回答你們的所有問題。」

「所以你確定他會回來……站在我們面前？」黑星追問道。

灰紋強壓下自己的驚慌失措。**他會回來嗎？難道黑星知道火星根本不在這座林子裡？**他趕忙打起精神，回應道：「當然，為什麼不回來？」

「火星以前是寵物貓，」黑星彈動尾巴提醒其他貓兒。「誰知道他到底在哪裡？或者他究竟對什麼忠貞？」

我懶得跟你說，灰紋心想道，同時瞇起眼睛怒瞪影族族長。「火星只對雷族忠貞不二，」他吼道。「我也完全不懷疑這一點。他是一位優秀的族長，對部族全心全意。」

我得改變話題。「我有跟你們提過嗎？」他突然補充道，語調變得輕快。「我們雷族有一個好消息。我們的戰士亮心生了一隻小貓，取名為小白，雲尾是小貓的父親。」

「亮心！小白！」空地上的貓兒呼應著灰紋的消息，開始齊聲歡呼。

灰紋往下瞄了一眼，看見雲尾自豪地環顧四周，彷彿覺得自己當之無愧為部族增添新生命的這項功勞。他的確可以自豪，灰紋心想。畢竟多虧了雲尾的幫忙，亮心才能克服傷疤嚴重的心理障礙，重新成為部族裡的全能戰士。**而且我現在很樂意把注目的焦點轉移到任何一隻貓兒。**

「恭喜有了新成員！」高星打斷道，但也懊惱地朝黑星抽動耳朵。「不過我們有件更重要的事情需要討論。灰紋，關於血族，你有什麼更多消息可以告訴我們嗎？」

灰紋本來不想討論到血族這個話題，但現在覺得這話題就像個救星。**要我談什麼都行，只要能岔開其他部族的注意，別再好奇火星在哪裡。**

「我是有更多消息，」他報告道，「只是還沒告訴影族，他們應該還不知道我和雷族戰士在兩腳獸地盤附近跟幾隻血族貓有過一場小規模的衝突。之後，我們就再也沒見過或聞到他們的任何蹤跡。我們曾搜遍整座領地。」

「我們也沒看到他們。」高星喵聲道。「灰紋，也許你把他們嚇跑了。」

「也許吧，」灰紋附和道，不過就像他稍早前曾告訴煤皮的，他其實不相信。「豹星，你們有看到什麼嗎？」他問道。「黑星呢？」

兩位族長都搖搖頭。

「希望大家都同意只要在領地上偵察到任何血族的蹤跡，都要立刻傳遞消息給其他部族。」高星提議。「這件事太重要了，不能等到下次大集會才決定。」

沒有貓兒反對這項提議，於是黑星宣布散會。就在灰紋跳下巨岩時，他的心情突然變得就像那天火星首度告知他必須離開部族時所出現的忐忑與不安。

那些掠奪成性的惡棍貓目前仍未鎖定其他部族，他擔心在這樣的情況下公開討論雷族與血族之間的衝突，恐怕會害雷族在其他部族眼裡顯得脆弱不堪。他不知道要是血族成功拿下雷族的領地，其他部族將作何反應。灰紋擔心他們搞不好樂見其成。

我不知道自己到底能不能真的信任其他部族。喔，火星，你向來比較擅長跟其他部

族打交道！

灰紋環顧其他雷族貓，這時暴毛和羽尾朝他跳了過來。

「先別走，」羽尾喵聲道，同時與他互觸鼻頭。「我們還沒跟你打招呼呢。」

「是啊，你一直站在巨岩上面。」暴毛補充道。「火星還要多久才能回到崗位，我們才能再好好說上話？」

灰紋納悶暴毛為什麼問他這問題？**我的兒子現在也不相信我了嗎？我想我也得像瞞騙其他貓兒一樣瞞著他……不過如果他加入我們雷族，我就不用騙他了。**

「這你得問我們的巫醫貓，」他回答。「不過我相信他下次大集會就會回來了。」暴毛點點頭，似乎很滿意這個答案。「我要去找你的一些族貓聊一聊了。」他大聲說道，隨即鑽進貓群裡。

現在只剩他和羽尾了，心裡多少懊惱說話時間這麼短。他覺得他在她那雙美麗的藍色眼睛裡似乎看到了哀愁，於是想起來剛剛大集會的時候，她和她弟弟坐的位置離河族貓有點距離。

「你在河族過得快樂嗎？」他問道。

「當……當然快樂啊。」羽尾回答，驚訝地抽動耳朵。「你為什麼這麼問？」

灰紋並不完全相信她的答案。「沒有為什麼，」他喵聲道。「只是因為你和暴毛都是我的小貓，如果你們願意的話，可以來雷族當戰士，」他遲疑了一下，然後才又軟著語調接著說：「要是你們都在雷族，我會比較安心。」

羽尾猶豫了一下。那瞬間，灰紋以為她會答應。「我很感激你的提議，」她最後說道。「但既然暴毛是河族成員，我覺得我也應該在那裡找到屬於我自己的位置。」

「我能理解，」灰紋用鼻子輕碰她的耳朵，嗅聞她的氣味。「只要記住，這個提議永遠有效。雷族永遠歡迎你。」

羽尾尷尬地低下頭，然後跟在暴毛後面，消失在貓群裡。灰紋懊惱地轉過身去，朝覆滿蕨葉的斜坡爬了上去，離開凹地。

就在他疾步穿過森林，朝雷族營地前進時，突然有種怪異的感覺，他察覺到自己全身上下緊張到微微刺痛，不免納悶是否正有一雙充滿敵意的眼睛從暗處窺看他。

血族，你們在那裡嗎？你們在監視我嗎？

第十五章

此時「**我的星族老天，妳鬼叫什麼啊？**」灰紋暴躁地吼道，伸出利爪，單掌掃向年輕母貓，輕而易舉地將她從身上鏟開。然後站了起來，甩掉身上的雜屑，環顧四周。

灰紋這才發現他是站在一群年輕貓兒的中間，他算了一下，總共六隻。那個瞬間，他不免懷疑是不是有幾隻河族貓在這裡倖存下來。**不，這不可能**。再說，這些貓的味道也不像河族貓，倒像是寵物貓。

剛剛攻擊他的那隻母貓全身玳瑁色，胸前和腳爪是白色……走上前來，與灰紋鼻對鼻地對峙。他忍住噴笑，看來她是很用力地在表現出凶狠的樣子。

「你擅自闖入我們的領地，」她指控他。「我們是凶狠的戰士貓，無法容忍這一點。」

灰紋瞪著她看。「等一下……戰士貓？」他環顧這一群毛球，顯然他們都是被寵壞的寵物貓，根本不是戰士，哪怕都在嘶聲咆哮，秀出爪子。

「是啊，我們是戰士部族。」玳瑁色寵物貓接著說道。「部族貓已經在這塊領地住了好幾個季節。你要嘛向我們屈服……不然就等著受死吧！」

「不然也可以加入我們。」一隻毛髮很蓬的橘色寵物貓補充道：「這也是個選項，前提是如果你夠強悍的話。」

他們的腦袋裡都長蜜蜂了嗎？灰紋心想，他有點不太懂。「所以你們是……戰士？」他喃喃說道。「那你們都在做什麼？」

「我們都在戰鬥！」一隻黑白色公貓吼道。

「我們在守護這塊領地。」橘色寵物貓解釋道。「因為這裡是我們的，我們合力狩獵，對抗我們的仇敵。但只限白天。」他停頓一下，接著承認道。「晚上，我們就得回家找屋伴。」

「我叫猴星。」玳瑁色母貓大聲宣布。「我是部族的族長，所以每天要做什麼事，大多由我決定。」

猴星？這什麼怪名字？「跟猴子有什麼關係嗎？」灰紋問道。

猴星看起來有點不好意思。「我不知道，」她承認道。「但這是我的屋伴幫我取的名字，所以一定很厲害，就像我一樣。」

「那其他戰士都叫什麼名字？」

「我叫蟲蟲。」一隻虎斑母貓告訴他。

「我叫火臉。」那是一隻薑黃色公貓，臉部四周和耳朵罕見地長了一圈紅色毛髮。

「我叫大牙。」黑白色公貓喵聲道。灰紋帶趣地想道，根本不用多問也知道他為什麼會取這個名字。

「我叫爪哨。」那隻毛髮很蓬的橘色公貓大聲說道。灰紋不解地看了他一眼，寵物貓接著解釋：「你想想看，當你想把某隻貓撕成碎片時，利爪一定會騰空揮出去，那聲音就像爪子在製造哨音一樣。」說完就在灰紋鼻子前面大約一隻老鼠身長的距離示範了揮爪的動作。

「呃……哦，我懂了。」灰紋回應，盡量不往後躲閃。「這名字不錯。」

「我叫賈斯特！」第六隻貓大聲說道，他是隻灰色公貓。

賈斯特？灰紋一頭霧水。猴星起碼在她的寵物貓名字後面加了一個星字來表示她是族長。其他貓兒也都努力地各自取了厲害的戰士名號。**但……賈斯特是什麼東東？**

灰色公貓似乎明白灰紋不解的地方。「家裡一個名字，戰士部族又一個名字，感覺好麻煩喔！」他好心解釋道。「所以我決定就單用屋伴給我的名字就好。不過我也是一個忠貞的戰士。」說完話的他很自豪地挺起胸膛。

我想他講得也有道理，灰紋思忖道。**事實上，天族不是也有一些奇怪的名字嗎？只有白天才當戰士的貓會取這樣的名字也算情有可原。**「所以你們都是寵物貓？」他問道。

「呃……算是啦……」猴星語氣勉強地承認道。「我們跟屋伴在一起的時候是寵物貓，可是我們離開自己的花園……而且白天大多會離開……我們就成了凶狠的戰士。不過火臉的屋伴中午要餵他，所以他得回家吃東西。」

灰紋不確定自己該如何回應。他不知道這些凶狠的戰士可不可以讓他不用先打一架就脫身離開。不過他很確定他光用一隻腳爪就能打敗貓多勢眾的他們……哪怕他都這把年紀了……但他不想傷害他們。

「你們從哪裡得知戰士的生活方式？」他最後問道，設法拖延時間。

「河對岸住了一隻很老的寵物貓，叫做史莫奇，」猴星解釋道。「他告訴我們整座森林以前都是戰士。他們住在空地上，自己捕捉獵物，有時候還會互相打起來。但是他們都很驍勇善戰、忠貞不二。他們守護著這座森林。」

「他們後來怎麼了？」灰紋問道，很想知道他和部族貓留下了什麼樣的故事。

「其實挺傷感的，」蟲蟲回答。「史莫奇也不知道。就是森林裡本來還到處都是戰士，可是有一天突然都離開了。」

「好吧，那麼你們可能會想知道，」灰紋開口道，同時也很好奇待會兒自己會不會後悔吐實。「我就是那些戰士之一。部族現在住在離這裡很遠的地方，要花好幾天時間才走得到。我是回來查看以前的領地。」

戰士部族貓全都發出驚訝的叫聲，他們瞪大眼睛、張大嘴巴地看著灰紋。

「你是？真的假的？」火臉倒抽口氣。

「真的。」灰紋告訴他。

「那你一定很老了！」賈斯特大聲說道。

你說對了，灰紋苦澀地想道。「也沒那麼老啦。」他反駁道。

猴星慌亂地抽動著鬍鬚，好奇地瞪大眼睛。「可是為什麼你們要離開呢？」

灰紋朝河對岸成排的兩腳獸窩穴揮了揮尾巴。「兩腳獸……所謂的屋伴……占領了我們的領地。」

「好可怕喔！」大牙倒抽口氣。「你們不能反抗他們嗎？傳說你們不是很凶狠嗎？」

灰紋搖搖頭。「對付不了兩腳獸的。」

「史莫奇跟我們說了一隻橘色貓的故事，他叫火星。」蟲蟲喵聲道。「你不是橘色的啊！」

「眼力不錯！」灰紋打趣說道。「沒錯，我不是火星。我叫灰紋，我們還住在這座森林裡的時候，我是火星的副族長，祂和我是最好的朋友。」

年輕貓兒們的眼睛瞪得更大了，顯然他們都驚訝自己竟然能見到偉大火星的好朋友。**活像我也成了育兒室故事裡其中一位英勇戰士一樣**，灰紋心想。

「火星跟你在一起嗎？」爪哨東張西望地問道，似乎以為會見到那隻傳奇性的貓兒突然從灌木叢裡走出來。

「沒有，」灰紋突然傷感地說道。「火星死了。祂為了拯救祂的部族，英勇犧牲了。」

「你一定很想祂。」賈斯特喵聲道，同情地眨眨眼睛。

「我的確很想祂。」灰紋一想到自己有多思念好友，便不免哽咽。但他不想因沉溺在過往的憂傷而打壞了這群年輕貓兒的興致。他揚起頭，勇敢地說道：「但是我們永遠不會忘記祂，祂有很多親屬現在也都是雷族的傑出戰士。」

「所以火星死後，你當上了族長？」蟲蟲問道。

灰紋搖搖頭。「沒有，我……」

「問得夠多了。」猴星突然打斷，玳瑁色毛髮全蓬了起來。「如果你是真正的戰士，就跟我打一架，證明給我看。」

灰紋眨眨眼睛看著她。他很不願意跟任何一隻年輕的寵物貓對打。但他必須承認至少猴星挺有膽識的。「好啊，」他喵聲道。「你……」

他的話被突然撲上來的猴星打斷。後者胡亂揮舞前爪，灰紋閃到一旁，對準她的腰側摑了一掌，但沒伸出爪子。猴星一個踉蹌，趕緊穩住陣腳，又從後面跳上去，攀上他的肩膀，劃他的耳朵。灰紋先任由她打上一兩拳，再故意癱軟在地。然後出其不意地突然翻滾過去，拿前爪按住她的肩膀，將她壓制在地。當下的猴星奮力想要掙脫，最後屈服嘆了口氣，不再掙扎。

「怎麼樣？」灰紋輕聲低吼。「我是真正的戰士嗎？」

猴星咆哮，最後心不甘情不願地同意。「我想你應該是吧。」

灰紋站了起來，往後退開，讓年輕的玳瑁貓可以起身。在此同時其他戰士部族貓全都圍了上來，發出驚嘆的喵聲。

「太強了！」

「你可以教我們那幾招嗎？」

「拜託啦！」

灰紋必須承認部分的他還挺享受這種被年輕貓兒崇拜的感覺，哪怕他知道應該專注在自己的任務上。他冷靜下來，對猴星垂頭致敬。他不想讓她因為在自己的族貓面前被另一隻貓打敗而自慚形穢。「以一隻年輕的貓來說，你已經打得很好了。」他告訴她。「你很有膽識也很果決。」

猴星聽到他的讚美，愉悅地彈動耳朵，然後很不好意思地舔了幾下自己的胸毛。「我希望你能訓練我們。」她喵聲道。

「對不起，」灰紋回答。「我沒有那麼多時間在這裡逗留。我是要去某個地方執行重要的戰士任務。」

「也許我們可以幫你。」猴星熱心地提議，興奮到微微跳了一下。

「是啊，」爪哨接著說。「只要告訴我們要做什麼就行了。」

灰紋搖搖頭。「不用了，這是我必須自己去做的事。」他本來要轉身走回橋對岸，但又發現不忍見到他們失望的表情，而且也無法否認自己挺享受他們的讚美。「好吧，」他喵聲道。「我就再待一會兒……但僅限今天早上。我來教你們一些狩獵的技巧吧。」

戰士部族貓全都興奮地跳上跳下，發出欣喜的吼叫聲。**這聲音吵到連躲在這裡和高岩山之間的獵物都被嚇跑了**，灰紋懊惱地想道。「好吧，先冷靜下來，看著我。」他開口道。「我們稱這是狩獵蹲姿……」

「假設那叢灌木底下有一隻老鼠。」灰紋喵聲道，同時朝前方幾條狐狸身長外低矮的冬青叢揮動尾巴。「你第一件事要做什麼？」

火臉揮著尾巴。「偷偷走過去！」

灰紋搖搖頭。「不對，這不是第一件事。爪哨，你知道嗎？」

「先檢查風向？」橘色寵物貓揣測道。

「沒錯，很好。」聽到灰紋的讚賞，爪哨自豪到的橘色毛髮似乎變得更鮮亮了。

「好，如果我們先檢查風向，會希望結果是什麼？」

猴星急切地跳上跳下，搶先回答：「希望風是朝我們這邊吹，這樣老鼠就聞不到我們的味道，才能逮住牠！」

「沒錯！」灰紋差點噴笑出來，但強忍住。「但不是只有這麼簡單。你們必須記住，老鼠對地上的震動很敏感。早在牠看到你或聞到你之前，會先察覺到你的接近。所以這代表什麼？蟲蟲，你說！」

「我們必須非常小心地偷偷走過去。」

「對，我們就是要這麼做，所以我們先來練習這一招。把你們的狩獵蹲姿秀給我看，假裝老鼠是藏在那叢冬青底下，然後你們朝老鼠的方向偷偷匍匐過去。還有不要忘了……尾巴要向下壓！」

灰紋退後一步，戰士部族貓開始練習。他很訝異自己竟然樂在其中，寵物貓都很認真學習，進展也很順利，這使得他想起以前還是戰士時訓練見習生的過往記憶。他訓練過蕨毛……也短暫教過暴毛，傾囊傳授他所知的技巧，讓部族可以變得更強大，他熱愛教學工作，但那都是好幾個月前的事了。**長老是不能收見習生的**，他嘆了口氣在心裡告訴自己。

寵物貓還在小心翼翼地朝冬青叢潛行，他們的影子迤邐在旁邊的草地上。**他們的影子……！**灰紋抬眼望向太陽，驚見它正要西沉。為了訓練這些年輕的貓，一整天都快沒了。**我怎麼會讓這種事發生呢？**

「很好，」他朝寵物貓們喊道。「但很抱歉，我們必須下課了。我真的得走了。我有很重要的部族任務在身。」但在他說話的同時，那顆心就像被爪子戳了進去一樣。他是在假裝雷族有派要務給他，但其實是他主動離開雷族，而且還不保證以後會回去。這種感覺實在很怪。他一直覺得自己可能會回去，但這得取決於月亮石的結果。他在提到自己的部族時，回憶也再度湧上心頭：棘星的死所帶來的夢魘、星族長期緘默不語所造成的困惑，還有雷族對松鼠飛領導權的質疑……這一切都比從前在森林裡由火星領導來得複雜多了。**我還能像以前住在這裡一樣自覺是雷族的一分子嗎？**

「喔，不行，你還不能走啦！」賈斯特大聲說道。「我們還有很多東西要學。」

六隻貓兒立刻丟下那隻假想的老鼠，跑過來圍住灰紋，跟在灰色公貓後面發出抗議聲。

「你要去哪裡？」火臉問道。

「有什麼事重要到你不能再多留一兩天？」大牙接著說。

灰紋停下動作。他知道這些貓不會明白其中原委，但他還是有必要讓他們知道為什麼他得唐突地離開。「我要去月亮石。」他承認道。

「月亮石！」猴星大聲說道，綠色眼睛射出興奮的光芒。「那是戰士們跟星族對談的地方。」

灰紋驚詫到毛髮微微刺痛，沒想到寵物貓也聽聞過月亮石。**我猜火星八成有跟史莫奇提過，但這是寵物貓很難以理解的一件事，我昨晚遇到的那隻寵物貓就絕對無法理解。**「你們對月亮石的瞭解有多少？」他問道。

「它是地底下的一塊大石頭，」爪哨回答。「星族的貓會讓它發光！」

「祂們會現身在石頭上，然後告訴部族貓該怎麼做。」猴星接著說。

呃……算答對了，灰紋心想道，同時也在心裡自承他其實並不確定巫醫貓和部族族長是如何在月亮石那裡跟星族溝通。「你們知道它在哪裡嗎？」

六隻寵物貓都搖搖頭。「那你知道嗎？」猴星反問回去。

「我想我知道。」灰紋回答。「雖然兩腳獸的這些窩穴害這兒的一切都變得不一樣了，但我大概知道它的方向。」

「我們可以跟你一起去。」猴星的綠色眼睛閃閃發亮。「我們或許幫得上忙，我們很擅長怎麼在這些窩穴之間遊走。」

一想到得帶著六隻寵物貓爬上高岩山，前往慈母口，灰紋體內的血液瞬間像結了冰。「絕對不行！」他回答，語氣盡可能嚴厲。「再說，」他繼續說道，「也快到你們被餵食的時間了，你們的兩腳獸一定會很擔心。」

寵物貓失望地看著彼此。「好吧，」猴星最後喵聲道。「我想我也餓了。不管怎麼樣，謝謝你今天的訓練。」

「是啊，太棒了！」爪哨附和道。「我從來沒想過我們會遇到一隻真正的貓戰士。」

蟲蟲縮張著爪子。「好刺激喔！」

「你回頭會再經過這裡嗎？」大牙問道。

「我不確定。」灰紋回答。「這得看我找到月亮石的結果是什麼。但如果我真的有再經過這裡，一定會去找你們。」

「我們也會找你。」猴星垂頭致意地回答。「還有……願星族……看好你的爪子？」

「很接近了，」灰紋努力忍住笑意。「不過戰士們都是說『願星族照亮你的前路』，所以戰士部族貓，也願星族照亮你們的前路。」

六隻貓兒不約而同地跟他道別，隨即轉身消失在灌木叢裡，朝兩腳獸橋和河對岸的兩腳獸窩穴走去。

灰紋目送他們走遠，剛剛共度的時光令他很開心。他一直等到他們應該差不多各自返家了，才邁開步伐，跨越橋樑，暗自希望這個方向是往慈母口的。

正在西沉的太陽射出猩紅的光芒，但山丘上方有雲層正在聚攏。灰紋猜測晚上可能會有暴風雨。**我還真是帶賽……滂沱大雨中卡在高岩山上。**他不免後悔白天不應該花時間訓練寵物貓的。

灰紋刻意繞過兩腳獸地盤，他希望自己不用實際深入兩腳獸窩穴和轟雷路的迷宮，便能在附近找到路。但他還是不覺得自己是站在熟悉的領地上。這裡到處都是兩腳獸占領的痕跡：垃圾半掩在草地上，怪獸的嗆鼻氣味，因兩腳獸笨拙地穿行而過而受損的矮木叢。

這裡不再是當初我與火星來的時候所看見的景致，灰紋心想，**以前這裡不太一樣……不知道怎麼搞的，就是比較大……**

灰紋在一條寬敞的環狀路邊緣停下腳步。它是用堅硬的灰色材質製成，圍著一座凹地，上面是平整的草地，下方有很多碎石。灰紋突然認出自己的所在之處，胃頓時抽緊。

它現在看起來很不一樣，橡樹都被砍掉了，巨岩也被碾成碎石。雖然灰紋早被告知過這裡發生的事，但親眼見到，還是令他震懾到差點喘不過氣來。

這裡是四喬木。

第十六章

彼時

兔子疾奔在林間，衝向影族邊界，就快要越過邊界，逃離雷族的生鮮獵物堆。灰紋趕緊加快速度，撲了上去，泰山壓頂，與邊界只差了一條狐狸身的距離。兔子的驚恐尖叫聲在他咬斷脖子的當下瞬間止住。

「感謝星族恩賜。」灰紋氣喘吁吁，他趴在地上好一會兒，喘了口氣。這是一隻肥美的兔子，可以同時餵飽好幾隻貓。**也許長老們也會喜歡……**

恢復元氣的灰紋站了起來，準備叼兔子回營。「蕨毛？」他邊喊邊四處張望，尋找跟他一起出來狩獵的族貓。

但是沒有回應，也沒有那隻金棕色虎斑貓的蹤影。灰紋這才發現在他瘋狂追逐兔子的同時，也偏離了原來的狩獵場很長一段距離。

也許回去的路上可以找到他，他心想，於是叼起獵物，朝營地方向前進。

但就在灰紋又走了幾條狐狸身長的距離後，他聽到前方的接骨木矮樹叢裡傳來窸窣聲。「蕨毛？」他滿嘴兔毛地含糊說道。

沒有回應，顯然不管矮木叢裡有什麼，都不會是他的族貓。灰紋立刻警覺，暫時扔下兔子，滑出利爪，隨時準備展開攻擊。他曾經假想過暗處有眼睛監視他，如今他的假想又出現了。自從上次遭到襲擊之後……已經過了四分之一個月……這時間已久到足以令他鬆懈，但這不足以代表危機已經解除。嘴裡不再叼著兔子，鼻子裡也不再充斥著生鮮獵物誘人氣味的他，這時竟聞到矮木叢裡傳來血族的味道。他的心開始狂跳，他正奮力壓制住恐慌的情緒。

是血族貓想趁我落單的時候逮住我嗎？

「出來，不管你是誰！」他命令道。過了一會兒，一隻貓走進空曠處。灰紋立刻認出對方就是那隻有斑塊毛色的懷孕母貓。當時他被埋伏後，就被她的同夥丟在兩腳獸花園裡等死，是她睜一隻眼閉一隻眼地默許他逃脫。他不認為她現在會攻擊他。

「你要做什麼？」他問道。

「我不是來找麻煩的，」母貓向他保證，並向他垂頭致意。「事實上，在我來看，我們可以互相幫忙。我叫小妖。」

「好怪的名字。」灰紋嘟囔道。

小妖不屑地彈動耳朵，「不會比灰紋這個名字怪。」

灰紋猛地一顫，不太高興。但母貓繼續說道：「這名字是我的屋伴幫我取的，以前我和我弟弟都有屋伴。」

「你當過寵物貓？」灰紋很是驚訝地問道。她看起來和聞起來都不像是他以前見過的任何一隻寵物貓。

「曾經當過，」小妖回答。「已經是很久以前的事了。但那時我的屋伴有了一個小孩，牠會到處走動之後，就開始拉我們的尾巴和耳朵。於是我弟弟和我決定離開。也就是在那時候我們找到了血族。」

「我想我寧願忍受兩腳獸的小孩！」灰紋喵聲道。**就算是當寵物貓，也比加入那些吃腐肉的惡棍貓好！**

小妖冷哼一聲。「當我需要有同伴時，血族剛好在那裡，」她告訴他。「有很長一段時間，我是全心全意地信賴他們。但現在我要生小貓了……我對他們有了疑慮。」

「為什麼？」灰紋問道。厭煩了一直站著跟對方對峙的灰紋，用尾巴示意要她坐在附近一棵白蠟樹底下的青苔上。然後也在她旁邊安坐下來。

「血族會在小貓長到可以自食其力時，就強迫他們跟父母分開。」小妖解釋道。「家族是不允許住在一起的，小貓必須殺掉血族的宿敵，不然就是被殺。我看過很多貓后的遭遇，還有做父親的遭遇。他們不能保護自己的小貓，而且通常都會失去聯絡。現在我也快要有自己的小貓了。我能體會他們的感受。」她的聲音顫抖。「小貓是我的骨肉……我愛他們，我對他們的愛甚過於對任何其他貓兒的愛，例外也許只有我弟弟吧。但我知道我終將跟他們道別，這會令我心碎。一想到這件事，我便受不了。要是他們出了什麼事，怎麼辦？他們太小了，根本保護不了自己。」

她說話的同時，灰紋竟發現自己開始同情她，但他還是不懂她為什麼要跟他說這些。她想要他幫什麼？或者想要雷族幫什麼？「我自己也有小貓，所以我能體會你的心情。」他告訴她。「但是我要怎麼幫你呢？我們是彼此的宿敵。」

「我們現在是，但……」小妖朝他傾身。「我監看四大部族有一段時間了，」她低聲承認道。「我看到部族貓是如何對待貓后和小貓。貓后可以陪著小貓長大，照顧他們。巫醫貓和其他族貓也會全力協助。貓后甚至不必自己去狩獵。這和血族太不一樣了。那裡的貓后都得自力更生。」

此刻的灰紋前所未有地震驚，他突然曉得小妖想說什麼，這令他無法相信。「等一下……你是說你想加入雷族？而且你還是一隻血族貓？」

小妖點點頭。灰紋看得到她綠色目光裡的絕望。「我知道這很不尋常，但我希望你能考慮讓我加入，還有我哥哥廢鐵。別這樣……先別拒絕我！」灰紋正要開口拒絕，她便趕緊說道：「當然我意思是我會先證明我對你們的價值。我可以為你的部族帶來很多貢獻！」

灰紋懷疑到整條背脊微微刺癢，背上的毛全聳了起來。「你打算怎麼證明？」他問道。

「我可以幫忙你保護雷族！」小妖大聲說道。「這不是族長最該重視的事嗎？我知道你現在是代理族長，我也曉得血族曾威脅你。但我必須跟你說，以前的鞭子雖然很凶殘，但我們的新族長阿怒……她比鞭子還要嗜血。她鐵了心要報復所有部族。此刻，她認為雷族最好欺負，因為你們的族長不在。但我可以在他們計劃發動攻擊的時候，查出所有細節，包括他們會從哪裡下手和怎麼下手。這些我都可以告訴你，這樣你就能輕易打敗他們……只要你答應我等這場戰役結束後，你會准我加入部族，讓我有個安全的處所可以撫養我的小貓。」

灰紋盯住她的目光好一會兒。「我憑什麼相信你？」他最後問道。「畢竟你是血族成員。你難道不在乎他們嗎？我怎麼知道你不是在耍我？」

「我無法向你證明這一點，」小妖嘆口氣回答。「因為沒有貓知道我在計劃什麼。我連廢鐵都沒告訴他。他是我在血族裡頭唯一的牽掛。我知道他愛我，但是……」小妖低下頭去。「我擔心他仍然效忠血族。」

「那何必把他一起帶過來？」灰紋問道。「你怎麼知道他也想當部族貓？」

「我是不知道……但我看得出來血族開始在帶壞我弟弟。」此刻小妖的眼睛就像盛滿憂傷的綠色深潭。「他需要有個出口。曾經有隻血族貓對他來說就如同導師一樣……不，不是導師……是父親。但他在戰役裡被部族貓殺害了。所以現在廢鐵很憤怒，他把怒氣出在其他貓兒身上，常對他們抓狂。」她停頓一下，嚥了嚥口水，接著說道，但語調顫抖。「阿怒很鼓勵這種行為，因為她要我們處在憤怒狀態裡，隨時可以上場殺敵。但我知道在心底深處，我弟弟溫善的本性並沒有變。但我擔心如果繼續待在血族，廢鐵終將永遠失去自我。或者更糟的是……在他還沒恢復理智之前，就在某場愚蠢的戰鬥中喪命。」

灰紋能體會這一點。廢鐵並不是第一隻因失去所愛，哀痛過度而迷失方向的貓。但他仍然懷疑加入雷族是否真的就能解決掉鐵的問題。「那你小貓的生父呢？」他問道。「你不能跟他求助嗎？」

小妖搖搖頭。「小貓的生父並非血族貓。他是寵物貓。他的確提議要我跟一起住進他屋伴的窩穴，但怎麼說……我已經嘗過自由的滋味，我不想再回去過寵物貓的生活。再說我也知道廢鐵也絕對不會同意，我也不想離開他。」

「但你卻認為他會同意住在部族裡？」

小妖發出很小的喵嗚聲，表情帶點好笑，也帶著慈愛。「會的，可能得花點時間才會習慣，但我認為部族生活對廢鐵來說夠自然原始，對我來說則是夠安全。」

灰紋把腳爪塞在身子底下，坐在那裡看著小妖，他眨眨眼睛，陷入深思。他的第一個直覺是，他要想辦法幫她，但出於謹慎的本能，他不敢立刻答應。她終究是血族貓，也是試圖殺害他的其中一隻惡棍貓。更別提不到幾個季節之前，他們才對森林造成很大的傷害。**我知道如果讓這兩隻貓加入雷族，我的族貓一定會不爽……尤其她也承認她弟弟不知道要到什麼時候才懂得收斂自己。**

灰紋深吸一口氣，然後開口：「我會考慮……」

他的話被憤怒的吼聲打斷，那聲音就來自剛剛小妖藏身的接骨木叢後方。只見蕨毛突然衝進空地，站在灰紋面前，肩毛全都豎得筆直。

「有什麼好想的？」他叫囂道。「我們不能信任這隻貓！」

「你剛在偷聽？」灰紋跳起來質問他。「你聽到了多少？」

「聽得夠多了，」蕨毛冷冷地說道。「而且還好我有聽到。我們在整個領地裡搜索血族，但連根鬍鬚都找不到。所以我敢打賭這隻貓是在撒謊騙你血族要展開攻擊，才好讓她自己加入雷族。其實根本沒有什麼威脅。這隻貓或者她的同夥可能還在附近潛伏，這只是他們的另一種伎倆。要是她是想把我們引進圈套裡，讓伺機等候的血族扒了我們的皮，那怎麼辦？」

真是左右為難，灰紋心想，他的腦袋開始打轉。**可能血族根本沒計劃要攻擊，又或者他們是有計畫，但這個交易只是陷阱裡的一部分。**「如果你有參與前幾天的那場戰役，你就不會懷疑血族仍然強悍到足以傷害我們。」他冷冷地說道。

「我保證我沒有騙你們。」小妖反駁道。「要不要信任我，決定權在你。但千萬記住，如果你做錯決定，在戰場上喪命的貓不會是我。我打過很多仗，看過很多死亡。有阿怒的領軍，再加上你們族長又不在……我相信血族是有實力拿下雷族領地的。」

她站起來，朝兩腳獸地盤的方向走去，在經過蕨毛的時候，綠色眼睛狠狠地瞪了他一眼。等走到接骨木那裡，才又突然停下腳步，轉身過來。

「灰紋，如果你想討論這件事，就到兩腳獸地盤的紅色窩穴那裡找我。」她告訴他。「就是阿怒和他的同夥想把你丟在那裡餵狗的那棟窩穴的隔壁。住在那兒的寵物貓史莫奇知道到哪裡可以找到我。」

「哦，你說史莫奇啊！」灰紋大聲說道，同時努力回想小妖說的那座窩穴。「我認識他，他是部族貓的好朋友。」灰紋還蠻高興知道史莫奇跟小妖的關係不錯。也許她真的可以信賴。「我會考慮你的提議，再請他轉告你。」

「不要考慮太久。」小妖警告他。

她再度轉身，甩著尾巴，昂首闊步地離開。

現場只留下灰紋和蕨毛互瞪著彼此，好一會兒雙方都沒有開口。「我們回營地吧。」灰紋最後喵聲道，同時走過去叼起他丟在地上的兔子。

「就這樣？」蕨毛回答，憤慨到肩毛都聳了起來。「你還在考慮跟一隻血族貓交易……血族差點毀了整座森林……而你卻要我們就這樣回去，好像什麼事都沒發生？」

「的確沒發生，反正又還沒發生。」灰紋直言道。「我只是告訴小妖，我會考慮她的提議，但我沒有承諾她任何事情。」

蕨毛憤怒地哼了一聲。「你根本連考慮都不用考慮！如果我是你，我就用爪子刮她幾個巴掌，讓她滾回兩腳獸地盤，叫她終生難忘。」

灰紋感覺到自己很不高興他的族貓竟然敢這樣質疑他的決定。**絕不會有任何貓兒敢這樣找火星爭執**。但他還是強迫自己貼平毛髮，保持語調的平靜，然後回答對方：「血族貓攻擊我和塵皮跟棘爪時，你並不在現場。阿怒是很嗜血的。知道她對奪取我們的領地這麼有信心，這讓我不是很爽。但難道我們可以置之不理可能帶給我們優勢的一些條件嗎？」

「前提是那隻貓說的是實話。」蕨毛憤怒地甩甩身子。「但她是血族貓。你怎麼會認為你能相信她？」

她有些特質……灰紋心想，不過這都純屬他的直覺，不足以構成正當理由說服蕨毛。「她說到她小貓的事，這部分聽起來很合理。」他回答。「如果你是血族的貓后，你不會擔心嗎？」

「我們只聽到她片面之詞地說血族會帶走她的小貓，」蕨毛反駁道。他呼了一口氣，接著繼續說：「灰紋，你是我的導師。我向來信任你。我本來以為火星叫你留守，掌管部族，是做對了決定……但我現在認為你腦袋一定長了蜜蜂！」

灰紋看見自己就快失去這隻年輕貓兒對他的尊重，心痛到就像爪子劃過他心臟一樣。**但我不能只根據一隻貓對我的看法就幫整個部族作出決策。**只是他的自信心還是受到了嚴重的打擊。**要是我錯了，而蕨毛說對了，根本不該跟小妖交易，那該怎麼辦？**

「我保證我會很謹慎思考這件事，」他告訴他的族貓。「但在此同時，我能請你保證不要把這件事在族裡張揚出去嗎?我不想有不必要的麻煩出現。」

「**不必要……**」蕨毛低聲說道，但音量也足夠灰紋聽到。「好，」他很不高興地說道。「但你總得告訴他們的，早晚而已。」

「我會的。」灰紋回答。「等我準備好再說。」

蕨毛惱怒地哼了一聲。「我們回營地吧。」他沒好氣地說。

他旋身一轉，朝接骨木後方走去，出來時嘴裡叼著兩隻老鼠。「我還是覺得跟那隻貓做交易，是個很糟的點子。」他嘴裡咬著老鼠尾巴，含糊說道。

「在完全不知道血族何時攻擊或如何攻擊的情況下坐等他們發動攻勢，才更糟糕吧，」灰紋仍然沒有放棄希望，試圖說服這隻年輕貓兒。「假設有隻貓要給你一隻很肥美的兔子，你不會接受嗎？」

蕨毛搖搖頭，兩隻老鼠跟著晃來晃去。他顯然還是不高興。「如果是血族貓給的，我連碰都不會去碰。但你是代理族長，」他吼道。「所以我猜這得由你來決定。」

很不幸，你說得沒錯。「我們回去吧！」灰紋喵聲道，同時拾起自己的兔子。

他們朝營地走去，灰紋讓他的族貓走在他前面幾步，清楚看到對方的毛髮仍然倒豎，尾巴也還在惱怒地抽動。**我猜他是想讓我知道如果我跟小妖做交易，其他族貓會有什麼反應？**他幾乎可以想像自己聽到族貓們發出的怒吼聲，還有他們眼裡的怒火。**我不希望看見這種場面，一點也不想。但是為了部族好，我可能得忍受。**他失望地長嘆一口氣。**喔，火星，你什麼時候才回來？**

然後他突然想到他並不完全孤單。有一隻貓的智慧他可以信賴，她一定會給他建言，而不是指責他或對他生氣。**謝謝星族，我還有煤皮可以當後盾！**

回到營地，灰紋就把兔子拿去給長老們，然後鑽進蕨叢通道，進到巫醫貓的窩穴。煤皮在裡面，正要把栗掌腳墊上的針拔出來。灰紋琢磨著他剛跟蕨毛的對話。**火星也會認為跟小妖交易，風險太高嗎？火星會怎麼做？**這實在很難想像。

「好了，舔一舔吧！」煤皮喵聲道，幾滴血從她拔出尖刺的地方滴下來。「回你的窩穴好好休息。明天早上起床第一件事就是再回來找我。在那之前，不准再接任何工作，要是塵皮抱怨，叫他來找我。」

「謝謝你，煤皮。」忙不迭地舔著腳墊的栗掌，抽空檔回應道。

「還有不要用到那隻腳爪，」煤皮趁見習生起身要走時又補充道。

「我知道。」栗掌靠著三隻腳跳出窩穴，經過灰紋時，還特地向他垂頭致意。

煤皮目送她，最後嘆了口氣，然後把那根刺小心擱在旁邊，「什麼時候貓兒才知道要小心看路？」她朝灰紋轉身，然後接著說：「嗨，灰紋，我能為你做什麼嗎？」

「我需要你的建議。」灰紋回答。他先把自己安頓在巫醫貓旁邊，然後跟她說他在林子裡與小妖的遭遇，以及她提出的交易，還有蕨毛憤怒的反應。「你覺得我該怎麼做？」

煤皮聽他陳述，完全沒有打斷，表情冷靜嚴肅。等他說完了，她轉頭過去深思，藍色眼睛黯了下來。等候她回應的灰紋只覺得肚子活像在翻攪。

巫醫貓終於朝灰紋轉身過來。「這是一個很大的決定，」她喃喃說道，「獨自作出決定會讓我很不安。我想去一趟月亮石，請教星族的意見。」

第十七章

此時

灰紋仍然沿著兩腳獸地盤的外面走，朝高岩山和月亮石前進。現在他確定自己是站在以前曾是風族領地的地方，原本長滿樹和矮木叢的森林被荒原取代，成簇的金雀花和突起的石塊間或點綴在崎嶇不平的草原上。

他朝山脊的方向爬上陡坡，目光堅定地鎖住自己的目的地。但他始終無法擺脫一種被監視的怪異感覺。自從他離開四喬木後，這種感覺就一直跟著他，活像有螞蟻在他全身上下爬。

是我的想像嗎？

灰紋想不出來有誰……或者是什麼東西……會一路監視他這麼久。這附近唯一有的貓就是寵物貓，而且恐怕早就遭到掠食者的攻擊。

他停下腳步，嗅聞空氣，但他很難從兩腳獸那兒傳來的混雜氣味分辨出任何其他氣味。可是他一停下來，就隱約聽到後方有聲響傳來：樹枝的折斷聲、金雀花叢裡枝葉的窸窣聲。

疑慮上升的他霍地轉身。「是誰？」他質問道。「我是雷族戰士，要是敢耍我，我就撕爛你！」

有好長一會兒功夫都沒有任何聲響。但這時灰紋瞄到山腰下幾條狐狸身長距離外的金雀花叢裡有動靜。他看見玳瑁色的身影一閃而逝，接著猴星鑽了出來，後面跟著爪哨、大牙、蟲蟲、賈斯特、和火臉。他們站在那裡看著他，尷尬地用腳爪刮著地面。。

乍見到他們，灰紋真是好氣又好笑。**我還真的把他們教得太好了**，他心裡很明白，**竟然可以從河邊那裡一路偷偷跟過來**。

「對不起，」猴星喵聲道，只是尷尬過後，她的眼神又亮了起來，看起來一點都沒有懊悔之意。「我們只是很想知道月亮石在哪裡。而且我們的屋伴很習慣我們消失一兩個晚上。牠們不會太擔心的。」

「消失一兩個晚上，保證回去一定會有更多的點心可以吃！」蟲蟲興奮地說道。「只要我們失蹤一陣子，我們的屋伴就會更寵我們。」

他的氣消了。「你們沒有理由跟著我，」灰紋厲聲道：「因為你們也不能進慈母口看月亮石。就連我都不應該進去……只有巫醫貓和族長才有這特權……但因為這是緊急事件。」

「什麼緊急事件？」爪哨問道。「也許我們能幫上忙。」

「這不關你們的事。」灰紋駁斥道。

他沒有辦法忍受自己還得跟寵物貓解釋五大部族現有的遭遇。他太沮喪了。誰知道戰士部族貓會怎麼看待……一個堂堂族長的軀體竟然被邪靈附身。他甚至不確定自己到底有沒有搞懂這件事。

就讓他們以為戰士都很凶猛，平日以狩獵為生吧。

「拜託你讓我們跟你一起去啦。」猴星哀求他，眼睛眨巴眨巴地可憐兮兮望著他。「我保證你只要秀給我們看它在哪裡，我們一定不會進去。」

灰紋遲疑了。他們已經跟蹤他跟得這麼遠了，所以他很確定要是他拒絕帶他們同行，他們一定會繼續偷偷跟在後面。唯一能阻止他們的方式就是朝他們劃上幾爪，嚇走他們。但他不想這麼做。**我太喜歡這幾隻笨毛球了！**他雖然不情願，但也明白無論自己做出什麼決定，都會拖緩他的行程。讓這幾隻寵物貓同行，恐怕是最實際的做法。

「好吧，」他終於說道。「但你們必須記住，你們不能進去，而且一定要照我的話做。」

「我們一定會聽話。」猴星興奮地跳了一下。「我們保證！」

灰紋再度上山，寵物貓全都圍上來。儘管已經長途跋涉了這麼遠，但他們似乎仍然充滿活力，一路上蹦蹦跳跳，每個洞或每叢蘆葦，都要把鼻子鑽進去察看，就像過度熱情的小貓一樣。空氣裡充斥著他們興奮的嘰嘰喳喳聲，灰紋心想這些寵物貓還真幸運，因為這裡再也沒有風族戰士巡守領地。他不確定一旦他們累了會發生什麼事。但他不覺得他們會輕易放棄這趟漫長的征途。

當他們抵達風族舊領地的外緣時，太陽已經西沉，暮色正在降臨。灰紋開始聞到轟雷路的臭味，也瞄到在黑暗中穿梭來去、那一雙雙發亮的怪獸眼睛。

「走這裡。」他朝戰士部族貓喊道。

他很訝異他們竟然這麼迅速地服從命令，跑到他旁邊集合，等他帶著他們走到轟雷路的路緣。「停在這裡，」他下令道，同時抬起尾巴示意他們停下腳步，等一下再朝堅硬的路面探險前進。

「哦，這個我們很熟，」大牙喵聲說道。「只要你小心點，怪獸其實並不危險。」

灰紋全身上下打起寒顫。這條又寬又大的轟雷路比那條將兩腳獸窩穴聚落一分為二的小轟雷路危險多了，這裡的怪獸是以可怕的速度來回呼嘯怒吼。

「你說的也許是真的，」他回應大牙。「不過現在我要讓你們看看戰士是怎麼過轟雷路的。先沿著路緣排隊站好，在我確定安全之前，誰都不准動。」

小貓們乖乖照著他的話做，他們爭先恐後地先搶下自己的位置，然後站定不動，一本正經地等灰紋下令。

「很好，」灰紋接著說道。「現在我們要等到再也沒有聽到或看到怪獸的蹤跡為止，那時我會喊『快跑』，意思就是快跑，直接穿過去，不准停下來追什麼東西，懂嗎？」

「懂！」寵物貓們都同聲回應。

灰紋先等一頭怪獸呼嘯而過，身上的毛髮被牠捲起的大風吹得亂七八糟。等到怪獸的聲響和強光漸遠，臭味也開始消散，他才來回查看轟雷路，確保沒有任何一頭怪獸正在趨近。即便如此，他仍沒下達命令，直到真正確定可以安全越過這條路，他才喊道：「就是現在！快跑！」

寵物貓們腳步紛沓地一口氣衝到對面，灰紋等了一下，確定他們都跑過去了，才趕緊跟上。等到六隻寵物貓全都安全跑過轟雷路，在草地上翻來滾去，樂不可支地喵喵大叫，他才總算鬆懈下來。

「好好玩喔！」火臉大聲說道，他坐了起來，擦掉卡進鼻孔裡的草梗。

「我們可以再玩一次嗎？」賈斯特問道。

星族啊，幫幫我吧！灰紋翻著白眼，心想道。「你們回程可以再走一趟，」他直言道。「現在我們得去高岩山了。」

就在他帶路繼續前進時，最後一道天光也已經快要消失，留下厚重的黑影，雲層也幾乎覆蓋整片天空，擋住了月亮和星群的光。灰紋不免納悶這些寵物貓要如何在山腰的惡劣環境下過夜，尤其可怕的暴風雨即將來襲。

「還好我們有跟你來，」猴星走到灰紋旁邊喵聲說道。「我們可以幫忙你對抗征途裡遇到的任何危險。」

我不認為這是一場征途，灰紋在心裡玩味，**不過我猜猴星是對的，只是希望別遇到什麼無法躲避的威脅。**

他大聲提醒他們：「別忘了，你們都答應過會照我的話做。」

猴星正要開口回應，前方竟出現一個黑影，對方從一塊大圓石後方的藏身處走出來。灰紋立刻上前一步，擋在猴星前面，猴星趕緊煞住腳步。灰紋很是防備地蓬起毛髮，貼平耳朵，嘶聲問道：「誰在那裡？」

他聽到對方嘶聲回應，這才發現那是一隻貓。他好奇這又是一隻什麼樣的貓呢？戰士部族貓已經夠令他吃驚了，究竟還有誰也來攪和？**對方是難纏的惡棍貓嗎？**

戰士部族貓全都圍在他四周，做出他們自認為的迎戰架勢，爪子全都出鞘。

「酷喔！」猴星低聲道。「要打架了！」可是灰紋聽得出來她聲音有點發抖。

「我們不是來找麻煩的，」灰紋喵聲道，聲調刻意平和。「我們只是路過這裡。」

令灰紋驚訝的是，那隻陌生的貓竟以同樣溫和的語氣回應他。「我也不是來找麻煩的。事實上……」他接著說，同時往前趨近，仔細打量灰紋。「我想你可能就是我在找的貓，你叫灰紋嗎？你看起來就跟描述中的一樣。」

灰紋愕然地張大嘴巴。**這麼多個季節過去了，誰會在舊的森林領地裡找我呢？**

就在那當下，月亮從雲層後方出來，灰紋首度看清楚眼前這隻貓。他是一種瘦削的灰色公貓，毛髮上有暗色的斑塊，綠色眼睛晶亮有神。他其中一隻前腿被扯掉一塊毛髮，離腳爪處很近，可能曾打過架或者被掠食者攻擊過。灰紋瞪大眼睛，總覺得他似曾相識，但想不起來以前有在哪裡見過。

「我認識你嗎？」他問道。

那隻貓搖搖頭。「不認識，但是你認識我母親……小妖。」

那瞬間，灰紋驚詫到幾乎站不住腳。一連串的往事如潮水湧來。這是一個他很久不曾想起的名字，久到他都不記得到底過了多少歲月。小妖是快要生小貓的血族貓后，曾在雷族的一次巡邏任務上默許他逃脫她同夥的首度攻擊。

「我母親告訴我，」新來的貓兒接著說道，「你曾經跟她發誓，無論如何你會盡一切可能幫助她。」

灰紋想起那個誓言，心裡起了一陣波瀾。他沒忘記小妖曾經為了他和整個雷族所做過的事。

「那個誓言也適用小妖的孩子嗎？」陌生貓兒問道。「因為我現在需要戰士幫我。」

第十八章

彼時

灰紋跟著煤皮跨過風族邊界，兩隻雷族貓開始長途跋涉，往荒原的邊坡爬上去。灰紋仍聞得到旅行藥草殘留在舌頭上的嗆鼻氣味。

夜色已經降臨，只有月光隱約閃爍在雲層的縫隙間。灰紋一刻不敢懈怠地四處張望，保持警覺，留意暗處有無偷窺的目光。他豎起耳朵，小心傾聽任何可能洩露血族蹤影的鬼祟腳步聲。但一切靜悄悄的。

鼠腦袋！血族為什麼會跟蹤你到這個地方？他反問自己。**他們想要的是雷族領地。至少一開始是以雷族為目標**，他這樣想道。他知道如果血族成功拿下雷族，一定會想把勢力擴及到其他領地，**其他部族應該要知道，我們也是在保護他們。**

灰紋好奇星族會下達什麼旨意給煤皮？他試著回想自己是否有看過火星陪同煤皮前往月亮石徵詢意見，但他怎麼也想不起來。**也許火星向來知道自己想要做什麼。**灰紋很想念他的族長，真希望他快點回來，不過除了這個原因之外，他也很想念有好朋友在身邊的感覺。

等到他和煤皮撐起身子，攀上最後一道陡坡時，他的腿和腳爪都已經很酸痛了。這道陡坡通往慈母口的開口處，那裡比夜色還要幽暗。

爬在他前面兩步之遙的煤皮，在洞穴外面停下腳步，轉身面對灰紋。「你不會想進去吧？」她問道。

灰紋搖搖頭，語氣有點不高興。「我知道我不能進去。」

煤皮俐落地點點頭。「那就在這裡等我。先休息一下。我不知道要花多久時間。」

她沒等他回應，便鑽進洞裡，灰色身影吞沒在黑暗裡。

等她走後，灰紋留在原地好一會兒，凝視著幽暗的洞口。即便只是待在外面，他仍感受得到這地方的莊嚴與肅穆，以及無論季節更迭，這地方對部族貓所代表的意義。他一想到進去裡面的感覺，全身上下便忍不住打起寒顫。**感謝星族老天，他不必跟進去。**

他退後幾步，試著在小徑旁邊一塊平坦的岩石上舒服地坐下來。但又忍不住擔心此刻的自己很容易成為血族的目標，畢竟只有他單獨待在這麼荒涼的地方。不過他知道不會有貓跟過來。血族不知道他們在這裡。

他回想他與小妖的碰面經驗，在心裡告訴自己，她說的故事其實合情合理，他忍不住同情她的處境。但他又納悶自己真的能相信她嗎？

灰紋趕緊推開這念頭。血族若真的有足夠的貓能拿下雷族，他們根本沒必要找一堆藉口混進雷族，直接進攻雷族還比較簡單點。再說，小妖有某種特質讓他打從心底願意相信她是真心的。

夜幕低垂，灰紋等候煤皮歸來。但隨著每一拍的心跳，他的不安感愈來愈強，他想到自己的左右為難。他應該接受小妖的提議嗎？或者乾脆拒絕她？他想像要是在他的暫時治理下，雷族不幸瓦解，火星回來後發現整個部族支離破碎，那感覺會有多可怕。

到時我要怎麼跟他解釋？灰紋只想幫他好友也是他族長的忙，好好保護這個部族。**畢竟我們曾同甘共苦了這麼久！**

灰紋閉上眼睛，他以為自己會因太過擔憂而睡不著。但沒想到才過一會而兒，竟感覺到陽光溫暖地灑在身上，還發現自己正在陽光岩上面晒太陽，波光粼粼的河水湍急流過。

火星就在他旁邊伸著懶腰。「我為你感到驕傲，」他喵嗚道。「你處理得很好！」

「呃……我不確定欸。」灰紋開口道，尷尬地舔舔胸毛。

「你這個笨毛球！」火星親膩地用鼻頭戳他。「我只是想讓你知道我有多開心，還有我相信我不在的期間，你一定會是個很棒的族長。」

這念頭令灰紋頓時驚恐。**我？當族長？沒有火星來指導我？**他想到自己以前也代理過族長，顯然都還蠻順利的，但是……**小妖和血族的事後來怎麼解決了？我怎麼沒印象……**

正當灰紋轉身面對火星時，竟驚駭發現他的朋友已經變身成帶疤的虎斑長毛獨眼母貓，**阿怒！**

血族族長朝他撞過來，爪子伸向他。「醒醒吧！」她吼道。

「灰紋！快醒來！」

灰紋勉強睜開眼睛，看見煤皮正俯瞰著他，才恍然大悟自己在慈母口外面睡著了，巫醫貓已經從洞穴出來。她的藍色眼睛顯得無神，好像是不由自主地被自己的腳爪帶出星族的領地。

灰紋奮力站了起來。「你看到了什麼？」他急切地問道。「星族跟你說了什麼？」

他留意到煤皮似乎正在努力地讓自己看起來冷靜一點，似乎有什麼事情正困擾著她。

「這陣子以來，星族多了好多貓兒，」她低聲說道。「我想我不太習慣在那裡看到黃牙，她曾是我的導師……」

灰紋想起那隻古怪的老巫醫貓，立刻明白煤皮一定很想念她。她是在幾個季節前吸入營地大火的黑煙才喪命的。

「她是一隻很優秀的巫醫貓，」他喵聲道。「失去她，我們都很難過。她不在之後，感覺部族就變得不太一樣了。」

煤皮不耐地甩甩頭。「我想這就是現實生活吧。世事多變，失去族貓在所難免。我只是得習慣這種事。」

她不再說話，於是灰紋把尾尖擱在她肩上。「星族對小妖的事有給任何指示嗎？我們該如何對付血族？」

「我不確定。」煤皮回答。「我對星族提出這個問題，但沒有得到直接了當的答案。」

「我一點也不驚訝。」灰紋嘴裡嘟囔。就他所知，到目前為止，星族好像從來不曾正面回答問題。他朝煤皮轉身，問道：「祂們怎麼說？」

「祂們告訴我……『就像一條三頭蛇，森林裡有許多分岔的小路，灰紋必須走在他自己的那條路上……但他也必須提防蛇咬』。」

灰紋緊張地聳起毛髮。「這話什麼意思？」

「星族要你自己做決定。」煤皮回應道。灰紋從她的語調裡聽出一絲疑慮，心想她一定是很努力地想讓自己的語氣聽起來夠篤定。「我保證不管你決定怎麼做，我都支持你。」

灰紋甩甩毛髮，然後朝雷族巫醫貓垂頭致意。「謝謝你。」他雖然真的很感謝她，但心裡仍不免失望。他原本以為星族會以某種方法協助他，或至少告訴他該走哪一條路。結果反而把決策的重擔加諸在他身上。

要是火星在就好了……

第十九章

此時

「我認為我們不應該相信那隻貓！」猴星站在灰紋的後面怒瞪著新來的貓，同時大聲說道。

「我也絕對不會相信他。」爪哨附和道。「哪有貓會取名叫小妖的？」

「要我們幫忙把他趕走嗎？」蟲蟲問道。她亮出爪子，但灰紋從她正在發抖的爪子看得出來，她並不真的想使用它們。

其他戰士部族貓鬆散地排成一列，面對那隻陌生公貓，他們豎起毛髮，露出尖牙，可是看上去都不像想撲上去的樣子。

「不准輕舉妄動，」灰紋警告他們。「這問題不用靠動武就能解決。」

他希望他是對的。這裡是幽暗的山腰，頭頂聚攏著不祥的雲層。看起來好像什麼事都可能發生。但如果對方妄想以寡敵眾地攻擊七隻貓，那也未免太笨了，就算其中六隻是寵物貓。

灰紋上前一步，目光緩緩掃過那隻陌生的貓，並在空氣中嗅聞他的氣味。他聞起來不像灰紋所知的任何一隻貓或任何一個部族，但這隻貓聲稱他是小妖的孩子。

這時灰紋想起他在拜訪急水部落時，他兒子暴毛曾告訴他的事。**有隻惡棍貓在這頭的山腰處打聽我，一定就是他。**

「謝謝你們的保護，」他接著對寵物貓說道。「但小妖是我以前一個朋友。我曾答應過她我會盡一切可能幫助她。」他瞥了新來者一眼，又接著說：「沒錯，是包括她的小貓。所以我能幫你什麼嗎？」

公貓向灰紋垂頭致意，眼神如釋重負，充滿感激。「我叫尖牙。」他開口道，「我一個月前從一座兩腳獸的窩穴裡逃出來，自此之後，我一直在尋求協助。我……」

灰紋懷疑這隻惡棍貓會像以前他母親一樣要求帶他回雷族營地，讓他加入雷族，於是趕緊抬爪制止。「在我帶任何寵物貓回去之前，都得先徵求部族的同意。」他說道。

「不，你誤會我的意思，」尖牙回答。「我不想離開這裡，我想回到兩腳獸的窩穴，我必須回去。」

「為什麼？」灰紋問道。尖牙未如他所料地要求加入雷族，這令他吁了一口氣，但卻完全不解這隻灰色公貓剛剛說的意思是什麼。**我從來沒聽過有哪隻貓從兩腳獸那裡跑出來之後還想再回去的。**

尖牙遲疑了一下，爪子戳進地面，彷彿想到什麼令他痛苦的事。然後他深吸一口氣後繼續說道：「那裡的情況很糟。我能夠逃出來是因為那頭兩腳獸在門板上留了一個洞，足夠我鑽出來。我一到外面，便想辦法要去救其他貓兒。但我不知道怎麼做。可是還有很多我很在乎的貓兒被困在裡面。」他的聲音顫抖，但仍接著說：「我的伴侶貓水仙也在那裡，她生病了，她的味道聞起來很怪，好像呼吸困難。所以我需要你的幫忙，灰紋，拜託……我走投無路了。」

灰紋看得出來尖牙說的是實話，他痛苦到不可能假裝得出來。**他從來沒見過我，而且我又住得這麼遠，他卻認為只有靠找到我才能解決問題，那麼表示他一定是真的走投無路了……**

「我希望我能幫上忙，」他回答。「但我不懂我能為你做什麼。真是抱歉。不過你在那個窩穴裡都住了那麼久，要是你都找不到辦法回去，你為什麼認為一隻陌生的貓就能幫上忙？」

「我不知道，」尖牙喵聲道。「但你是戰士！小妖總是說戰士是聰明又品德高尚的。至少你可以試著幫幫我。」灰紋還在遲疑，但他又更急迫地說：「先跟我去那個窩穴，再看看要怎麼辦。」

「窩穴在哪裡？」灰紋問道，他不想再因為其他額外的行程而拖延到自己的任務。

「離這裡很遠嗎？」

「不是很遠，」尖牙回答。「就在以前是河族領地的另一頭。拜託你，灰紋！」

「呃……」灰紋語氣遲疑。**越過河族也還好，我當初本來就要從那裡過去……要不是被戰士部族貓擋下的話。還好他沒有要我一路走到日落之地那麼遙遠的地方。**

「你從來沒有見過那樣的事情。」尖牙告訴他。「很可怕！我已經逃出來一個多月了，一直都在找你或者任何可以幫得上忙的貓。但我沒辦法離開太遠……我盡可能常回去查看其他被囚者，但日升日落，一天天過去，感覺那裡的情況愈來愈糟。」

「聽起來很危險……」灰紋喃喃說道。「我很抱歉，但我還有別的地方得去。」

可是尖牙和他母親是如此地神似……灰紋的思緒不禁被小妖的種種回憶給佔據。他永遠忘不了她為了救他和其他雷族貓，是如何置自己於險境，但她其實沒有必要這麼做，**如果能幫助她的孩子，藉此報答她，我會很樂意的，這是她應得的。**

「可以的話，我會幫你。」他答應尖牙。「但我必須先去月亮石。」

尖牙不解地眨眨眼睛。「月亮石是什麼？」

「它是一個我或許能獲得戰士祖靈回應問題的地方。」灰紋回答。「部族貓需要指引，換句話說，尖牙，我也在尋求協助……跟你一樣。」

尖牙無法壓抑住不耐的情緒，鬍鬚不停抽動，顯然很想趕快解決自己的問題。他點點頭。「謝謝你，我接受你的協助，所以我願意跟你去月亮石，如果你允許的話。」

「你不能進去，」灰紋解釋。「因為它對部族貓來說是很神聖的地方。但你可以陪我走到慈母口，月亮石就在裡面。這些貓也是跟我一起來的……雖然我曾極力阻止他們不要來。」他勉強地朝那些戰士部族貓瞥了一眼，後者全都挺起毛茸茸的胸膛。

「我們是在出任務，」爪哨興奮地說道。「很重要的任務。」

尖牙回頭看了一眼，然後點點頭。「那就走吧。」

灰紋和尖牙並肩出發，戰士部族貓恭敬地跟在後面。當他們開始往山上爬時，灰紋忍不住窺了他幾眼。**他看起來真像她。**

山坡愈來愈陡，粗糙的草皮也愈來愈稀疏，荒原開始被高岩山上壘壘的岩塊取代。**不過至少……**灰紋慶幸地想道……**我們總算離開兩腳獸地盤。**

起初他們都不發一語地走著，直到灰紋聽到尖牙肚子發出空洞的咕嚕聲響。「你餓了嗎？」他問道。「你有吃過東西嗎？你知道怎麼狩獵嗎？」

尖牙搖搖頭。「我沒事。」他喵聲道，語調有點不好意思。

灰紋停下腳步。「不行，你這樣會出事。如果你必須進食，我們就停下來吃點東西。我們都爬到這裡了，我可不想要有貓兒突然倒在我面前。」

「好吧，我餓壞了。」尖牙嘆口氣承認道。「我想我的肚子可能以為我喉嚨破了洞，所以一直沒有食物進來。老實說……」他繼續說道。「這一個多月來，我一直在找你，還有尋求別隻貓兒的協助，而找獵物本來就不容易，我也不想浪費太多時間狩獵。所以我已經很久沒吃東西了，至於吃飽這件事，那已經是更久以前……」

難怪他那麼瘦，灰紋心想，隨即甩甩頭。**還好他餓肚子的時候剛好遇到我**。「我們就來找點獵物吧。」他喵聲道。

「可是我在這裡什麼也沒看到，」尖牙反對道。「這兒太荒涼了。但要是下山去找，又太浪費時間。」

「就因為我們沒看到任何獵物，不代表這裡沒有獵物。」灰紋嘟囔道。

他又往前走了幾步，抬頭張嘴嗅聞空氣。兔子的味道飄送進他鼻子裡。充滿期待的他興奮到腳墊微微刺癢，口水也流了出來。**我也好久沒吃東西了**。

他掃動尾巴召集他的戰士部落貓，低頭對他們低聲說道：「待在這裡，千萬別動，一定要保持安靜。」猴星正要開口……他猜她是想抗議吧……又隨即接著說：「尖牙，你也一樣。」

雲層愈來愈厚，但仍有足夠陽光供灰紋看清楚眼前情勢。他匍匐穿過荒原，循著那誘人的氣味前進，直到瞄見淺灘上有個洞，就夾在兩塊突岩之間。他很小心地先保持在下風處，然後在洞口上方蹲下來，朝它丟了一顆小石頭。

沒多久，他就聽到洞裡有搔抓聲，兔子探出頭來查看。灰紋低頭看著那平滑的棕色頭顱和兩根毛茸茸的耳朵，然後倏地撲上牠的肩膀，尖牙戳進脖子。

還蠻容易的嘛！灰紋得意地想道，隨即叼起獵物帶回去給其他同伴。

當灰紋把兔子丟在腳下時，尖牙很是刮目相看地嘶叫一聲。「你這麼快就抓到這隻兔子！」他大聲說道。「你是怎麼辦到的？」

灰紋覺得有點不好意思，不過他自己是覺得他這次的潛行技巧還真不是蓋的。「狩獵的竅門不外乎是耐心、氣味，還有把自己放在正確的位置上。」他告訴尖牙。「我們也許跑的不比獵物快，但我們可以比牠們聰明。」

「我們也可以吃嗎？拜託！」猴星問道。「我們都好餓喔！」

「當然可以。」灰紋回答，不過他還是把兔子先推到尖牙前面。「份量夠大家吃了。」

他們都蹲下來分食兔子時，灰紋察覺尖牙正覷著他看，綠色眼睛裡盡是好奇與敬畏。**希望我沒讓他失望**，他心想。

等到兔子被吃到只剩骨頭和毛屑時，大牙和蟲蟲竟然開始打起哈欠，似乎想蜷伏起來睡上一覺。灰紋站起來，準備要走。這兩隻寵物貓奇怪地瞄了彼此一眼。灰紋看得出來他們現在覺得再往前繼續跋涉，離兩腳獸巢穴愈來愈遠，似乎沒那麼有趣了，於是跌回了現實世界。

「其實現在天色愈來愈暗，我覺得我們應該回家了，」大牙開口。「總得有貓兒留在窩穴裡捍衛自己的領地。」

「對呀，誰知道會發生什麼事。」蟲蟲接著說。「有時候兩腳獸的小孩也會害怕黑暗，所以我得去哄哄抱抱牠們。」

「這聽起來有道理，」灰紋忍住笑意，喵聲道。「我很高興有這麼勇敢的戰士願意為牠們守護窩穴。」

就在他們說話的同時，天空開始滴下幾滴雨。沒過一會兒，整座荒原籠罩在毛毛細雨當中，寒氣滲透灰紋的毛髮，他渾身發抖。

「我想，我也跟你們一起回去好了，」火臉對他朋友喵聲道。「你們可能需要幫手找路回家。」

「我也跟你們走。」賈斯特接著說。

猴星歎口氣，翻個白眼。「好吧，如果你們一定要回去的話。」她回應道。「但是我跟定灰紋了。你呢？爪哨？」

「我也留下來，」毛茸茸的橘色公貓回答。「我想知道月亮石在哪裡。」

「那明天見囉！」猴星在她的四個夥伴轉身離開時，這樣說道。

「回程過轟雷路時要小心。」灰紋在後面喊道。「記得我們是怎麼過來的，一定要確定安全才能過。」

賈斯特揮揮尾巴表示知道了。

灰紋有點擔心讓那四隻寵物貓獨自走在荒地上，但是他阻止不了他們。更何況他也沒時間了，不可能再回頭走一趟，拖延自己的任務。他只希望他們四個別走散，應該會沒事。

剩下這四隻貓繼續艱辛地往上爬。荒地上的草皮終於被光裸的岩石完全取代，沾了雨水的岩面害他們的腳爪很容易打滑。雨勢愈來愈大，他們全身都被打濕，幾乎看不到一條狐狸身長視線外的任何東西。他們費力爬在潮濕又溜滑的岩石上，感覺像是沒有盡頭。

終於慈母口的幽暗洞口在前方陰森逼近。

「終於到了！」猴星謝天謝地地發出吱叫聲。「我們可以進去躲雨了！」就在她要衝進去時，灰紋拿尾巴擋住她。「不可以！別忘了我說過，你們不能進去。」

「你開什麼玩笑，」尖牙說道，不可置信。「我知道我們不能走到最裡面，但你意思是我們連躲雨都不行嗎？只能站在這裡淋雨等你？」

灰紋點點頭。「我很抱歉，但這是一件我必須自己去做的事。」

「可是我們都走得這麼遠了，」猴星抗議道。「我們得進去保護你呀！」

「還有也要把自己弄乾啊。」爪哨接著說。他那一身毛茸茸的毛髮現在全都黏在身上，還徒勞地想甩掉身上的雨水。

「我很抱歉，」灰紋重覆道。「無論如何我都不能讓你們進去。這是為了你們的安全著想。老實說，我也不確定自己夠不夠資格進去。月亮石的洞穴只有族長和巫醫貓才有資格進去。我只希望我有正確解讀星族的旨意。我必須跟祂們連繫上……這是為了所有部族的未來著想，總得有隻貓兒去做這件事……所以我必須冒險違逆星族的規定。」

灰紋說話的同時，尖牙趨近洞口，好奇地嗅聞空氣。「這地方對我來說有點陌生，」他承認道。「誰是星族？裡面這麼黑，我不確定我辨識得出這裡頭的味道。」

因為那是我們祖靈的氣味，灰紋心想道。他看見他同伴的表情很是不安，但他倒覺得慈母口這裡很安全，哪怕他很清楚戰士通常不被允許進到裡面。**但這些貓是我的親友、導師，是祂們成就了現在的我，我當然屬於這裡。希望我也能跟祂們說上幾句話。**

那當下，灰紋的腦海裡充滿他對這些被他愛過又失去的貓兒共有的回憶。**銀流、羽尾、蜜妮、薔光……還有火星。永遠的火星。**

最近有太多貓兒喪命，而全歸咎於假棘星製造出來的問題。一時之間，他覺得自己無法招架親友一個接一個逝去所帶給他的哀傷。但奇怪的是，這股哀傷也激勵出了某種奮鬥的目標。他的腿好似感覺更強壯了，腳爪似乎也急著帶他走進幽暗裡。那瞬間，他忘了雨勢，也忘了寒冷。「星族就是我們口中的祖靈，」他語調堅定告訴尖牙。「祂們生前曾是我們深愛的貓兒，而現在祂們會提供建言來指引我們。為了得到祂們的指引，我必須單獨進去。」

他心想，**若有任何機會可以讓我跟火星或任何一位祖靈繫上，那一定非這裡莫屬。**

「尖牙，」他接著說道，「我有留意到如果繞過這座洞穴，再往下走幾條尾巴距離，會有一塊懸在半空中的突岩。你可以帶猴星和爪哨去那裡躲雨，等我回來。」

「好吧，」猴星喵聲道。「如果需要我們，就吼一聲。」

尖牙對灰紋垂頭致意。「我們隨時可以過來幫你。」他承諾道，然後就帶著戰士部族寵物貓沿著小路走去。

灰紋目送他們在滂沱大雨中走遠，才轉身朝慈母口走去。他緩緩走了進去，這時突然聽見第一聲雷鳴從半山腰那裡隆隆傳來。

他慶幸自己終於不必再淋雨，於是甩甩身子，至少身上不會再滴水了。可是他才往洞穴裡踏出第一步，便被黑暗完全吞沒，他發現自己開始緊張起來。

如果這是巫醫貓每次來這裡都得面對到的，那我還真是慶幸他們當初從來沒邀我進來過。

不過他又想到，要是這時候是走在巫醫貓的後面，而不是像現在這樣獨自走在地道裡，應該就不會那麼可怕了。

「拜託，」他對自己嘟囔道：「你究竟是戰士還是老鼠？」

灰紋果決地走進黑暗裡。腳下的洞穴地面很坦，有點微微向下斜傾，地道窄到毛髮不斷摩擦兩側岩壁。他不時感覺到有氣流從兩邊都有開口的其他通道灌進來，不過他對於自己該走哪一條，從來沒有懷疑。

灰紋越走越深，開始察覺到頭上是沉重壓頂的泥土和石塊。他的胸口上下起伏，不禁胡思亂想可能會突然山崩把他壓在裡面，害他無法呼吸，或者後方地道塌下來，將他困在地底下。他開始緊張這地道到底有沒有盡頭。他是不是得在石頭地道裡一直走一直走，永遠走不到目的地。

就在他跟自己的恐懼糾結時，竟發現前方的幽暗開始微亮，有淺淡的光透了過來，最後終於看見隧道的盡頭。他又走了幾步之後，總算進到一座洞穴裡。

四面八方盡是高聳的穴壁，穴頂有個鋸齒狀的開口，從那裡可以看到正在翻滾的烏雲被乍現的閃電點亮。雷聲再度隆隆響起，極為響亮。

但灰紋只瞥了穴頂鋸齒狀的開口一眼，便沒再理會，因為所有注意力都集中在洞穴的中央。那兒聳立著一座半透明的岩石，離穴頂只有三條多尾巴的距離，風雨加交的天空下，它正在微弱的光線裡兀自微微發光。

「月亮石！」灰紋低語道，驚奇地瞪大眼睛。充滿敬畏的他鼓起勇氣移動腳步。他猶豫地往前走了幾步，又停下來。如今他和那座隱約發亮的神秘岩石之間只剩幾步路了，他逼自己走過去。

正在趨近的他，心跳得厲害，最後在剩僅剩一條尾巴距離的地方蹲伏下來。他很是恭敬地低垂著頭，結結巴巴地對著這片空無開口說話，並在心裡想像他記憶中總是最先浮現的那張面孔。

「火星，」他說道。「我英勇的好友，我很想念祢，雷族的每隻貓兒也都很想念祢。就算祢已經不在我們身邊，但我們比以前更需要祢。我希望祢能幫助我們……現在就幫助我。」

灰紋不再說話，他渴望聽到火星雄厚的聲音打破這方寂靜。但什麼也沒有，只有上方某處又有閃電亮起，然後另一聲雷鳴跟著隆隆響起，暴風雨肆虐山頭。

我激怒星族了嗎？他納悶，**也許我應該對所有祖靈說話，而不是單只對火星說話。**

「星族啊，希望不是因為我在這裡才冒犯到祢們。」灰紋等了好一會兒才又繼續說道。「要不是我真的需要ㄒ們幫忙，我不會擅闖這裡。我不確定這種沒有祖靈指引的狀況，還要多久。所以求求祢們……」他全心全意地祈求。「如果祢們能夠點醒我的智慧，請祢們不吝告知。」

他的聲音迴蕩在寂靜裡，然後漸漸消失。灰紋開始覺得自己好像只是在自言自語。他快要無法忍受這種心痛的感覺。

也許是我蠢到以為星族會跟我說話，哪怕是在歷代族長和巫醫貓會來尋求指引的這處地方。也許五大部族真的造了什麼孽冒犯到星族，就跟那個假冒的貓靈告訴我們的一樣……又或者是那個侵入者做了什麼惡事，阻斷了我們的聯絡管道。

也許我就跟那些跟著我來的傻寵物貓一樣可笑。

疲憊又絕望的灰紋站起身來。他不只氣星族，也氣自己竟然浪費了那麼多時間，畢竟他還有其他比較實際的問題等他解決。

他正轉身要走，這時……

砰！

毫無預警下，一聲巨響撼動整座洞穴，他從來沒聽過這麼大的聲響。耳朵痛到他忍不住嚎叫，但下一瞬間，他擔心自己可能瞎掉，因為眼前的世界似乎在閃現的目眩白光下完全消失了。**出了什麼事？**白光雖然一眨眼就不見，但是當灰紋往後一跌，摔在地上時，還是看到了很多點狀物，他趕緊用前爪抱住自己的頭。

我惹星族生氣了！我的命就要沒了嗎？火星，你在哪裡？

第二十章

彼時

灰紋蹲伏在樹林邊緣，瞪著大片的空地掃視，空地再過去，就是兩腳獸地盤外圍的那些窩穴。他感覺到前方有危險逼近，身上每根毛髮都豎得筆直。

「這一定是圈套。」蹲在他旁邊的煤皮用那雙沉穩的藍色眼睛深長地看了他一眼。「你確定你要往前走？」

在那當下，灰紋不知道該如何回答巫醫貓。那天稍早前，他透過寵物貓史莫奇傳話給小妖，要她來這裡碰面。但他很清楚這位血族貓后也可能帶著邪惡的同夥前來，尖牙利爪全都不缺。

「我相信小妖，」他終於回答。「但萬一我錯了，出了事……煤皮，妳的任務就是趕快逃走，盡快衝回營地，找幫手來，但務必要確保自己的安全。雷族不能沒有巫醫貓。」

煤皮只是點點頭。灰紋知道她比他更清楚自己的職責所在。

他嗅聞空氣，聞到雷族巡邏隊上次經過後正在逐漸消散的氣味，同時也混雜著前方兩腳獸窩穴那裡傳來的寵物貓氣味。此外還有狗味，但不在附近，而且有段時間了。他最後一次小心瞥看四周，然後站起身來。

「行動吧！」

他橫越開闊的空地，跳上籬笆，再往下跳進史莫奇的花園。煤皮因為有條腿不方便，於是慢慢地跟在後面。

從籬笆到窩穴牆面那裡，中間還隔著一片四周長滿鮮花的草地，那些色彩鮮豔的花都是兩腳獸種的。史莫奇正側躺在一塊晒得到太陽的地方，懶洋洋地抬起一隻腳爪拍打正翩翩起舞的蝴蝶，每次都差點打中，彷彿蝴蝶正在逗弄著這隻胖貓咪。

灰紋一出現，史莫奇就嚇得跳起來站好。「哇！又是你！你嚇得我毛都要掉光了。」

「對不起，」灰紋走向史莫奇，並朝他的同行夥伴點頭示意。「這是煤皮，雷族的巫醫貓。」

「嗨，煤皮。」史莫奇對著正走過來找灰紋的灰色母貓喵聲道。「你們要進我窩穴嗎？」他很有禮貌地問道。「有很多食物喔，還有一碗牛奶。」

「不了，不過還是要謝謝你。」灰紋回答。「我們是來見小妖的。她……」

「她在這裡，」一個聲音從籬笆上面傳來，打斷了灰紋，史莫奇的花園和隔壁花園是以這道籬笆隔開。

灰紋抬頭看見血族貓后往下方的花園縱身一躍，但因懷孕的關係，身手有點笨重。他留意到煤皮正眯起眼睛，不發一語地觀察對方。

「好了，灰紋，」小妖開口道，她快步走過來，同時對史莫奇點個頭。「你的決定是什麼？你會讓我和廢鐵加入雷族嗎？」

「我還在考慮，」灰紋告訴她。他和煤皮到現在都仍瞞著其他族貓這筆交易。但是他必須再先搞清楚一些事，心裡難免有些忐忑。「首先，我必須知道妳給我們的好處是什麼？」

「我不會幫你們上場作戰。」小妖開口道。

「我們也不指望妳上場作戰。」煤皮打斷，「妳都懷孕了，怎麼可能。」

小妖苦笑地撇著嘴。「阿怒就會。開戰時，我必須到場，但我也不會幫血族上場作戰。」

這話聽起來似曾相識，灰紋心想，使他想起他當初離開河族的原因。

「我會帶妳去一個安全的地方，」煤皮保證道，「但首先……小妖，我不想嚇妳，我不太喜歡妳現在的肚皮形狀。」

小妖緊張地瞪大眼睛。「為什麼？有什麼問題嗎？」

「我想妳會有一隻小貓的腳先被生出來，」巫醫貓接著說道。「所以妳必須仰躺，多嚼點山蘿蔔根……妳知道山蘿蔔根長什麼樣子嗎？」

小妖點點頭，瞪大眼睛，緊閉鼻口。

「如果妳來雷族，我會協助妳生產。不會有事的……但是如果妳想要小貓健健康康的，就絕對不能上場作戰。」

灰紋突然想到銀流，還有她生小暴和小羽時現場瀰漫的血腥味。他的胃頓時抽緊。他不耐地縮張著爪子，急著改變話題。「煤皮，夠了，不用再交代她不能做的事。我們就專注在她能做的事情上吧。小妖，妳真的能告訴我們血族的計畫嗎？」

「我跟你說過我做得到，」小妖不奈地抽動尾巴，喵聲說道。但「我還不知道所有細節，可是我會查出來。阿怒和其他同夥都認定我忠貞不二。但我還沒打算要為雷族冒任何險，除非你能答應我和廢鐵在戰役過後安全無虞。」

「這很合理，」灰紋看了煤皮一眼，同意道，後者也點頭附和。「所以什麼時候……」

這時本來坐在草地上，腳爪塞在身子底下的煤皮突然起身。「我聞到血族的氣味。」她斷聲說道。

她顯然不是指小妖。灰紋大口吸氣，聞到一股臭味，這是他想起上次將他留在花園裡等死的那場埋伏行動。**是阿怒！**「快躲起來！」他倒抽口氣。

煤皮趕緊轉身，鑽進味道強烈的兩腳獸花圃裡，顯然希望可以靠花香味來蓋住身上的氣味。灰紋也趕緊穿過花園，躲在被清除掉的雜草堆裡面。

他往外窺看，只見小妖原地不動，坐在史莫奇旁邊的草地上，舔著其中一隻腳爪，再拿它來梳洗耳朵。「我說史莫奇啊，你有好好考慮過加入血族的這件事嗎？」她清楚地說道。

阿怒出現了，她鑽進隔壁花園那道籬笆下頭的縫隙，穿過草地，朝小妖走來，僅剩的那隻獨眼怒瞪著她。「妳跟這隻寵物貓在一起幹什麼？」她問道。

「喔，我以為妳有聽到，」小妖轉頭用無辜的綠色眼睛看著血族族長。「我在試著說服他加入我們啊。」

阿怒改瞪史莫奇。「他願意嗎？」

「我……呃……我還在考慮。」史莫奇回答。

寵物貓顯然嚇壞了。他的耳朵貼平，眼睛瞪得斗大，但還是正面對著阿怒，沒有逃進自己的窩穴。灰紋不得不對他刮目相看。**也許他不像我想得那麼膽小。**

「你就好好考慮吧，」阿怒低吼道。她疑色地嗅聞空氣，接著又說：「我聞到雷族的氣味。」

「喔，雷族貓常來拜訪我。」史莫奇回答，然後得意洋洋地舔舔胸毛。「火星是我朋友。」

「哼！」阿怒顯然不相信。她的目光掃過花園，然後惱火地聳聳肩，嘟囔了幾句，但灰紋聽不到。

他傾身向前，想聽清楚她在說什麼，鼻子卻被草屑扎到，刺鼻的氣味害他很想打噴嚏。他趕緊用腳爪蓋住鼻子。**要是洩露蹤跡，我們就死定了，我的計畫也泡湯了。**

還好，阿怒開始轉身走回剛剛鑽出來的籬笆縫隙。只是走到一半，就又突然回頭看了一眼。「部族會議訂在太陽下山時，」她告訴小妖。「記得來參加。」說完，就消失在籬笆另一頭。

灰紋自知不能太快從藏身處出來。他瞪看著煤皮藏匿的花叢處，暗自希望她也繼續待在原地。**我不能排除阿怒突然折回的可能性。她知道有問題，只是沒逮到我們而已。**

過了一會兒，真的被他猜對了，阿怒的頭又出現在縫隙那裡，她疑色地再度掃視花園，發現什麼都沒有，這才再度消失。但灰紋還是又等了好一陣子才敢走出藏身處。他抖掉身上的草屑，最後痛快地打了一個忍了很久的噴嚏。

「那隻貓好可怕！」史莫奇趁灰紋和煤皮走出來找花園中央的他和小妖時這樣大聲說道。

「我也很不喜歡她。」灰紋回答，同時小心走到籬笆邊緣，張開嘴巴嗅聞空氣。臭味已經消失……這表示阿怒沒又再繼續逗留偷聽。他如釋重負地吁了口氣，緩步走向史莫奇和小妖。

「你應對得很好。」煤皮喵聲道，眼神和善地看著正在發抖的寵物貓一眼。

「謝了，」史莫奇尷尬地低下頭去。「但我想我現在最需要的是喝點牛奶，還有讓我的屋伴摸摸頭。我先告辭了。」他揮動尾巴道別，快步穿過花園，鑽進兩腳獸門扇的一個小洞，消失在裡面。

阿怒竟然會相信史莫奇考慮加入血族，這實在很奇怪，灰紋思忖道，**以一隻寵物貓來說，他算是很有膽子了，但他畢竟不是部族貓的料，也不是嗜戰的血族貓的料。**

「所以……阿怒要召開部族會議，」小妖用舌頭舔舔下巴，活像在嚐生鮮獵物的美味。「一定是她要向我們宣布她的計畫。怎麼樣，雷族貓？」

「我必須跟我的族貓們商量，」灰紋回答。「我只是代理族長，如果他們不同意，我也沒輒。」

小妖冷哼一聲。「這對我沒有好處。」

「我會盡我所能，」灰紋承諾道。「先約好明天日正當中在這裡再碰面一次，到時我應該會有答案。」

「好吧，」小妖同意道。「但我可以告訴你，灰紋，如果你和你的部族不相信我，雷族一定會被撕成碎片。」

灰紋站在高聳岩的頂端，俯瞰下方集合的族貓們。他整個晚上都沒睡，擔心要怎麼跟雷族提小妖開的條件。他還是不確定該用什麼適當的字眼來說明這一切。

「所以……」他說完了，突然察覺到他的族貓們全都沒有吭聲。「我同意小妖提出來的條件。」

刺爪率先發言。「你不會是認真的吧？」他吼道。「跟一隻陌生的血族貓談條件？星族老天，快幫幫我們吧！我們竟然得讓她加入我們！」

灰紋試圖打斷。「條件是她要能證明……」

「當然，她要能證明她有辦法，」獨眼嗤之以鼻地說道。「即便如此，我們對她的瞭解有多少？這隻血族惡棍貓會跟我們住在一起……還有她弟弟？我們對她弟弟又瞭解多少？我們只知道他喜歡打架。」

冷靜下來，灰紋蓬起毛髮，試圖不讓族貓們看到他們的反應是如何影響他。「我相信我可以信任小妖，」他說道。「就像我跟你們說過的，她能提供重要的情報給我們……」

「如果你認為她會講實話，你腦袋就是長蜜蜂了！」灰毛告訴他，臉部扭曲成譏笑的表情，同時別過頭去。

「你真的要把全部族的安危拿去壓在那些血族跳蚤貓的身上作賭注嗎？」刺爪嘶聲道，憤怒地貼平耳朵。

灰紋看得出來像雲尾和棘爪這幾隻較年輕的戰士都若有所思地看著他。**至少不是每隻貓兒都覺得這主意很糟**，他邊回答刺爪，心裡邊想道。「不管你們喜不喜歡這點子，但部族的確處境危險，」灰紋試著解釋。「而這計畫會……」

「這計畫會害我們全都變成烏鴉的食物！」說話的是金棕色虎斑貓蕨毛，他通常很冷靜也很講道理，但此刻的他就站在高聳岩的底部，兩眼射出怒火，仰頭瞪著灰紋。「我很抱歉，灰紋……我向來信任你，尊你為導師，但你當初其實就認定做這件事是對的，所以才會要求我不要說出去。我聽過小妖跟你說什麼，我不敢相信你竟然相信她，這不就像相信自己力大如牛，可以把一隻狐狸丟出去一樣荒謬嗎？你只是想把另一隻流浪貓帶進這個部族，但這麼做，你會毀了我們。」

「沒錯，我們幹嘛在乎她發生什麼事或她弟弟出過什麼事，就連她自己也承認她弟弟對身邊每隻貓來說都很危險。」亮心質問道，她就坐在育兒室入口處雲尾和蕨雲的旁邊，那隻完好的獨眼憤怒地瞇了起來。「難道你每次墜入情網，我們部族就得跟著你一起承受風險嗎？」

灰紋的毛髮頓時豎了起來，他很清楚亮心指的是上次他帶自己的小貓來雷族同住的事情。那兩隻小貓的爭議差點在雷族和河族之間引起戰火。

他沮喪地瞪大眼睛，低頭看了煤皮一眼，後者就坐在高聳岩底部。他希望巫醫貓能幫他說幾句話，可是她只是悲傷地搖搖頭，彷彿在問他**不會真的以為這件事很容易吧？當然不容易**，他在心裡回答她，**所以我才需要你幫我說話啊**。

「這不一樣，」灰紋駁斥亮心，「小妖和我不是伴侶關係，我們也從來沒打算要成為伴侶。她只是一隻真的很關心自己弟弟的貓兒，她想盡辦法去做她自認對她弟弟最有益的事。而這意謂在我們解決了血族問題之後……我是說合力解決之後，接納他們進雷族。」他的目光掃過其他族貓，接著又說：「如果我們有任何一個親友也有同樣的危險處境，我們一樣會做同樣的事情。而小妖要冒的風險更大，因為她的小貓就快出生了。」

沒有貓兒直接回答這個問題，灰紋於是懷抱起希望，至少有些族貓已經在認真考慮小妖提的條件。這時刺爪站了起來，看上去若有所思而不是懷著敵意，這令灰紋感到更有希望了。可是等這位虎斑戰士開口後，內容卻完全出乎他意料之外。

「事實上，在得知小妖的計畫之前，鼠毛和我還有其他幾位戰士就在討論了，」刺爪開口道。「我們有另一個主意。」

灰紋肚子裡頓時有種不祥的預感。**我想我不會喜歡他們的主意**。「好吧，說來聽聽。」他喵聲道。

「我們認為我們應該找其他三個部族來幫忙抵禦血族。」刺爪大聲說道。

「沒錯。」鼠毛站起來，也站到刺爪旁邊。「如果血族毀了我們，就等於打開一條通道可以去攻擊其他部族。這攸關到其他部族的安危，所以一定會出手幫忙。為什麼雷族要獨自面對威脅？」一陣低語附和聲從高聳岩四周的貓兒傳來。灰紋俯瞰他們，看見他們眼睛都亮了起來，興趣昂然，許多貓兒的臉上還露出如釋重負的表情。**他們很高興有別條路可選，不用只能冒險聽信小妖。但這不是我要的……我要的是他們支持我的計畫。**

當時灰紋在跟煤皮去月亮石的路上就已經很清楚，是雷族擋住了血族的路，讓它無法進攻其他部族，就跟刺爪說的一樣。但他也很清楚那位虎斑戰士的提議裡頭有幾個問題是族貓們沒有考慮到的。**要是我直接講出來，他們會不高興的。**

「這方法要怎麼實踐呢？」他問道。「假設其他部族都同意了，那我們要他們怎麼做？我們不知道血族何時進攻，我們也不能在等候他們進攻的同時，先找其他部族進駐我們的營地吧？」

「你是鼠腦袋嗎？」灰毛問，同時甩著尾巴。「我們可以派貓兒監看，一旦發現有血族貓入侵，立刻派三隻貓……速度最快的……趕往其他三個營地搬救兵。」

灰紋深吸一口氣。他很想從高聳岩跳下去，用爪子狠刮那位灰色戰士的耳朵，但他知道跟他反目對自己沒有好處。

「我不認為這是個好點子。」他用溫和的語氣說道。「如果戰役一開始我們就少了三名優秀的戰士可以上場，等到他們搬救兵回來時，可能一切都結束了。」

灰毛弓起肩膀，發出懊惱的嘟囔聲。他不想承認灰紋是對的，但他又無法出聲反駁。

「就算這一招不行，」刺爪接著說道。「還是有別的組織方法……也許靠某種信號。」

灰紋再次察覺到他的部族又開始稱許這個提議。貓兒們互看彼此，眼睛發亮，點頭如搗蒜。其中有一兩隻甚至發出鼓舞性的吼叫聲。

「我相信我們是可以想出一些辦法，」他開口道，但又趕在族貓們開始相信他會接受刺爪的提議之前，很快地補充道。「可是還有兩個問題你們沒有考慮到。第一，如果我們找其他部族幫忙，他們就會認為雷族很弱，這是我們最不想見到的事情。」

「不，」鼠毛反對道，語氣鋒利，「我們最不想見到的是被血族撕爛。」

說得倒也是真的，灰紋心想，但他無視鼠毛的打斷，繼續說道。「第二個問題是，我們不能尋求援助，或者跟其他部族的戰士併肩作戰，因為那樣他們就會知道火星不在這裡。」

現場頓時安靜下來，大家都在思索這件事。最後雲尾開口：「這有那麼糟嗎？」

「如果他回去當寵物貓了，」灰毛喵聲道，「他本來就不會再回來。那這個祕密還能撐多久呢？」

「火星沒有回去當寵物貓。」灰紋駁斥道，他既憤怒又沮喪，感覺毛髮都聳了起來。「我希望你的腦袋從此以後不要再有這個想法。」

「可是我們怎麼可能不這麼想呢？」這次開口的是塵皮，他本來坐在育兒室外面蕨雲的旁邊，此刻站了起來。「沒有貓兒告訴我們火星究竟去了哪裡，只知道他幫星族出任務了。所以我們應該怎麼想？」

「你們的想法就是相信他真的是為星族出任務了。」灰紋直言道。「因為這本來就是真的。這也是火星離開前清楚交代我和煤皮的事，不需要讓任何貓兒知道他的任務是什麼。但是我自己決定若是不要讓其他部族知道他出了遠門，事情會比較好辦點。」他突然重嘆一口氣。「我們以前就已經討論過這件事，我知道這很令人沮喪，但就是這麼回事。」

塵皮沒再繼續爭辯下去，只是搖搖頭，坐回他伴侶貓旁邊。

「所以你不考慮我們的提議？」刺爪問道，他的語氣聽起來失望大過於憤怒。

「我希望我能。」灰紋回應道。「如果我們能想出妥善的細節，這不失為一個好對策。但這表示我們得告訴其他部族，我們之前都在騙他們。你們認為他們在知道我們的謊言之後，還會想提供援助嗎？」

「那麼當初也許你就不該騙他們。」鼠毛尖銳地指出。

「也許我是不應該騙他們。」灰紋承認道。「但這就像獵物吃都吃了，難不成還能吐出來嗎？不過我還是相信我們必須證明給其他部族看，雷族是強大的。這表示我們要獨力處理掉血族的問題。」

他察覺到族貓們出現嘟囔聲，有的抽動尾巴，有的貼平耳朵，但這一次沒有貓兒敢發言質疑他。他低頭瞥了高聳岩旁邊的煤皮一眼，後者大力點頭。「加油，再回頭來談小妖吧。」

「我的看法是，」灰紋喵聲道。「我們有兩個選擇。繼續像以前一樣，小心提防血族，等他們最後發動攻勢時再迎戰。不然就是選擇信任小妖，利用她所提供的情報。」他停頓一下，然後又接著說：「你們先討論一下，自己作出判斷。」

他耐心等候，這時貓群三兩成群，開始爭論剛剛聽到的內容。站在岩石頂的他大概聽得到一些片段。

「……灰紋說的也許有道理。」蕨雲正開口說道，棘爪點頭附和。

「可是你根本不應該相信一隻血族貓！」塵皮很是堅持。「那根本是引狼入室。」

「那我們的小貓怎麼辦？」亮心問道。

最後塵皮從貓群當中走出來，大步朝高聳岩走去。「灰紋，告訴我們，你的計畫到底是什麼？如果我們決定相信小妖，接下來會怎麼樣？」

灰紋低頭看著棕色虎斑公貓，有點訝異第一隻理性提問的貓兒竟然是他。他抬起尾巴要大家安靜，等空地上貓群的低語聲慢慢褪去。

「在蕨毛偷聽到我在森林裡與小妖的談話之後，我就傳話給在兩腳獸地盤的小妖了。」他回答。「後來我帶著煤皮去見她，那兒就離你、棘爪和我跟血族貓發生衝突的地方不遠。我們決定小妖回去繼續假裝效忠血族，才能把情報傳遞給我們。事實上，在那場對話中，阿怒有出現，她當時說今晚有一場血族會議。」他掃視貓群。「小妖相信阿怒會在那場會議裡攤開自己的計畫。她打算回報給我們，我們就可以進行反擊。」

「她會跟我們併肩作戰嗎？」棘爪問道。

灰紋搖搖頭，「不會，她……」

「我怎麼一點也不驚訝？」蕨毛吼道。

「小妖必須考慮到她腹中小貓的安危。」灰紋繼續說，同時怒瞪了金棕色虎斑公貓一眼。「所以一旦開打，她會遠離戰場。」

「我會陪著她。」煤皮補充道，同時爬上高聳岩，站在灰紋旁邊俯瞰貓群，確保聲音能被清楚地聽見。「我第一眼看見她，就知道她的分娩恐怕不太容易。從她肚皮的形狀來看，至少會有一隻小貓腳會先生出來。」

這是灰紋首度聽到族貓們傳來同情的低語聲。他看見蕨雲和亮心互看一眼，就連最有敵意的亮心也似乎不再那麼堅持。灰紋希望族裡的一些貓兒能改變看法，不再一味認定小妖是血族貓，而是她只是一隻面臨困境的貓后。

「我有告訴她要仰睡，還有嚼點山蘿蔔根。」煤皮接著說道。「這或許能幫忙她的小貓轉成比較正常的待產位置。」

灰紋暖心地看了煤皮一眼。「謝謝你幫忙她，」他喵聲道。「願意接納她。」

「嘿，還沒到接納的程度，」煤皮回應道，藍色眼睛裡帶著警覺。「她能不能成為雷族的成員不是由我決定。但如果她當不了雷族成員，我會建議她找個兩腳獸一起住。」

「兩腳獸？」跟其他長老坐在那棵倒樹旁邊的斑尾，語調聽起來好似受到很大的驚嚇。「你會送她去當寵物貓？」

煤皮聳聳肩。「我不會對我們的族貓做出這樣的建議，」他解釋道。「但也許這對小妖來說是最好的選擇，我是說如果她不能來這裡的話。她分娩的時候會很需要幫手，而血族是不信互相幫助這一套的。要是小妖繼續跟血族在一起，等到要生小貓時，一定必死無疑，小貓也一樣。就算小貓活了下來，她也沒辦法像貓后一樣撫養他們長大……」

巫醫貓的直言不諱似乎影響了族貓們。他看見斑尾意味深長地看了霜毛一眼，她們挨近彼此，開始交頭接耳。

「我最不忍看見……」他聽到斑尾低聲說道。

在此同時，他看到鼠毛和金花朝高聳岩趨近，他們發出懷疑的喵嗚聲。

「你真的相信……？」鼠毛開口道。

他知道還得多花點功夫說服大家，但他們已經在認真考慮他的提議了。

該是時候再加把勁了，他心想，同時準備開口繼續說下去，**我相信我能說服得了他們。**

但煤皮這時蠕動著腳，看了灰紋一眼。「也許星族說得沒錯，」她苦笑提議道，「你的確可以自己想出辦法。」

灰紋開心地彈動耳朵。「反正我也沒有退路了，或許現在就是一個好機會來做出最後的呼籲？」

煤皮輕輕搖頭，尾巴按住他的肩膀。「不要再說下去了，」她在耳邊低語道。「你已經盡力了，現在就讓他們自己想出辦法。」

最後是塵皮再度出面。「我們有個點子，」他開口道，耳朵同時指向棘爪、蕨雲、和亮心，他們都站在他旁邊，「也算是個折衷的辦法。」

「好吧，說來聽聽。」灰紋喵聲道。

「等跟血族的戰事過後，」塵皮繼續說道。「我們認為可以讓小妖和她的弟弟住進來，但只住到……」

「只住到什麼？」灰毛吼道。「住到他們趁我們睡覺時偷襲我們，占領我們的……」

塵皮從喉嚨裡發出低吼，吼聲愈來愈大，直到灰毛留意到他的不悅，不敢再說下去。

「我剛說了，」塵皮繼續說道，「直到火星回來為止。火星有最後的決策權來決定他們能不能留下來。」

贊同的低語聲從貓群裡響起，就連打從一開便就對灰紋的計畫抱有敵意的蕨毛表情看起來也都若有所思。只有灰毛還在不爽。

「他可能在火星還沒回來前就生小貓了，」煤皮稱許地直言道。「所以不管火星最後的決定是什麼，在小妖最需要幫助的時候，還是能得到部族的保護。」

「我們最好小心提防他弟弟，」灰毛喊道。「要是他敢伸爪越線，我會親自把他趕出我們的領地。」

灰紋好笑地冷哼一聲。「別擔心，他們一住進來，她弟弟就從見習生開始做起。他會有很多事情得忙，不會有時間惹是生非的。灰毛，你願意當他的導師嗎？」

灰色戰士低頭看著自己的腳爪，顯然灰紋的提議並不受歡迎。

「好吧，」灰紋繼續說道，他很滿意沒有貓兒再打斷他。「所以計畫是這樣，假設小妖做到了她答應我們的事情，在這場血族戰役裡協助我們，我們就讓她和她弟弟住進雷族，直到火星回來為止。有誰反對？」

沒有貓兒說話。

煤皮朝灰紋傾身，在他耳邊小聲說：「你快去吧……快日正當中了，你現在就去兩腳獸地盤那裡，告訴小妖我們的決定，免得族貓們又改變主意。」

灰紋聽出了她話裡的智慧，於是向巫醫貓俐落地點個頭。「我現在就去。」

他從高聳岩跳下來，穿過貓群，衝進金雀花隧道。他在林間疾奔，腹毛掠過草地，尾巴在身後跟著飛舞。在開完膠著的部族會議之後，他的樂觀此刻宛若新葉季的太陽正在升起。

這計畫或許對大家都有利。

第二十一章

此時

灰紋趴在地上，緊閉眼睛，他正等著星族使出更大的天譴，心臟不停地捶打著胸口。他一直等到終於不再有任何動靜，才敢重新睜開眼睛。但眼前所見，只是各種混雜的顏色飄浮空中，什麼聲音也聽不到，耳朵就像塞滿了棉花。

我是變瞎又變聾了嗎？他不免納悶，只能強忍住驚恐的情緒。他的視線終於漸漸清晰。洞穴的岩壁在他四周慢慢成形，暴風雨的聲響又開始滲進他耳裡。灰紋朝月亮石轉頭，卻……什麼也沒看到。

他眨眨眼睛，驚恐緊緊攫住他的胸口，他一步步靠近，只想確定……月亮石真的消失了嗎？本來是月亮石的地方，如今堆疊一堆碎片，兀自發出詭異的光。

一定是閃電擊中它了！灰紋不可置信地瞪看著眼前的碎片。他的嘴巴發乾，身上每根毛髮都豎了起來。**我不只沒聯絡上星族，還毀了月亮石！這就是星族給我的答案？還是這一切純屬意外？**

灰紋知道這些都不重要了，只曉得自己必須離開這裡。星族顯然不會找他說話。他蹣跚站了起來，四條腿不停發抖。他慌張地穿過洞穴，用最快速度往地道上面爬。等到自己渾身發抖、氣喘吁吁地衝向開口處時，才敢回頭往下探看那條通往洞穴的地道，只是現在洞裡僅剩破碎的月亮石。

這是一種徵兆嗎？他再次反問自己，**表示火星在生我氣嗎？**他發現他很難相信他的老友竟會對他如此盛怒，就算他不是以族長或巫醫貓的身分斗膽擅入洞穴，也不至於吧？**又或許這都是我自己想像出來的……以為這些閃電和轟雷不是表面看到的暴風雨而已。**但他越是揣想這種可能，就感覺越糟。**究竟哪一個比較糟呢？是星族還在，但是對他很憤怒？……還是星族已經消失或者根本不再在乎他們？**他想著各種可能，喉嚨跟著抽緊。要是那些年輕的雷族戰士說得沒錯，那該怎麼辦？又或者要是真正的訊息是，我只是個老朽的笨蛋，早該接受星族不再的事實？

灰紋站了起來，氣喘吁吁，過了好一會兒才讓思緒沉澱下來。心跳也終於緩和，恢復了正常，灰紋這才發現雷聲已經遠去，雨幾乎停了。暴風雨終於過去。頭頂上方，雲層正在散去，月亮和星子的正透過參差不齊的雲縫滲下來。地平線上的山巒輪廓告訴他黎明正在破曉。他的心跳已經平穩，可以正常呼吸，於是他甩甩身子，沿著小徑去找尖牙和猴星。

他的四肢異常沉重，彷彿跋涉在深水裡。他本來抱著很大的希望想從月亮石那裡獲得星族的解答，但如今希望落空。**如今該怎麼辦？**他知道他答應過尖牙要幫忙他，他一定會履行承諾。但雷族怎麼辦？他的旅程又該怎麼辦？

他本來很篤定火星一定會幫他釐清所有疑問的。

他抵達那塊突岩時，看見猴星和爪哨正蜷伏在一起睡覺，身子盡可能挨近內壁，尖牙則坐得直挺挺的，尾巴繞著腳爪，兩耳豎得筆直，提防可能的威脅。他一看到灰紋，馬上跳起來。

「怎麼樣了？」他問道。

灰紋不知道如何回答。他要怎麼向尖牙描述他在地底深處看到的情景？他該從何說起？他覺得自己的靈魂破碎了。他的任務失敗，沒有從火星或月亮石那裡得到任何答案。他反問自己，尖石巫師是否錯了，也許他灰紋根本沒有本事幫助自己的部族。

我不是救世主，不是族長，就連副族長也不是。我根本什麼也不是。

「很……可怕！」他開口道，然後描述了一下他如何冒險進入地道裡面，提出自己的疑問，結果月亮石在一道眩目的閃光中突然爆炸。猴星和爪哨聽見他的聲音都醒了過來，驚慌地瞪大眼睛聽他描述。

「聽起來你好像跟某種東西有了接觸。」灰紋說完遭遇後，尖牙便這樣說道。

「我不確定，」灰紋語氣平和地說道，他不想把他的疑慮說給寵物貓聽。「不管怎麼樣，我現在也不知道下一步該怎麼辦。不過我沒忘記我承諾要幫你。」他對尖牙點頭示意。「只是等我幫完之後，我……我不知道該怎麼幫助我自己的部族。」

猴星開口了，她興奮地不停縮張著爪子。「我有個點子。」

「什麼點子？」灰紋問道，納悶一隻寵物貓能有什麼解惑的辦法。

「我們認識一隻很有智慧的貓，他或許會有答案。」玳瑁色貓兒回答。「他住在離這裡不遠的一座農場裡，他很喜歡講很長的故事。」

「對啊，」爪哨補充道。「他也認識貓戰士。」

灰紋突然覺得有股暖意流竄全身。**一隻有智慧的貓，喜歡說很長的故事，而且也認識貓戰士……？**「你們是說大麥嗎？」他問道。

猴星和爪哨互看一眼。「對啊，是他。」猴星喵聲道。「你怎麼知道他名字？」

「他是我一個老朋友……事實上，一個很老的朋友。」灰紋突然覺得自己又有了盼望。如果能再見到老友大麥，將是一件多麼令他快慰的事，尤其是現在。就算大麥對他目前的困境幫不上忙，但經過了這個多個季節，能再找他敘敘舊也是不錯的。

「現在就帶我去找他。」他下令道。

猴星帶頭，爪哨走在旁邊，啟程離開慈母口。灰紋看到這兩隻年輕的貓兒很當一回事地帶隊沿著小徑走，不免覺得有趣，只見猴星不時興奮地跳一下，彷彿在經歷了昨晚暴風雨的磨難之後，體力已經恢復，冒險魂又重新上身。

一開始，尖牙押隊殿後，但後來加快腳步，走在灰紋旁邊。「有件事我想問你。」他低聲說道，眼睛發亮地仰頭看著灰紋。

「好哇，」灰紋一臉不解地說到。「你說。」

尖牙有點猶豫，似乎很怕說出來，最後才開口問道：「灰紋，你是……你是我父親嗎？」

灰紋停下腳步，驚詫到差點跌倒。「什麼？」

「我母親不太願意提到我父親，」尖牙解釋道。「每次我問她，她就岔開話題。她以為我沒有察覺到。」

「小貓的好奇心是阻止不了的！」灰紋喃喃說道。

「可是她很喜歡談到你，」尖牙接著說道。「我想她對你敬重的程度甚過於對任何一隻貓。這令我不免好奇，你們是不是不只是朋友？她後來告訴我，如果有一天我需要幫忙，可以去找你。我就想也許……」

灰紋心裡有股莫名的歉意。自從認識尖牙，他很快就開始喜歡他，因此不忍澆熄這隻灰色公貓眼裡燃起的希望之火。

「尖牙，如果你是我兒子，我會很自豪，」他開口道。「但你母親和我從來不是伴侶貓。我不是你父親。」

尖牙低下頭，尾巴也垂了下去。灰紋真的為這隻瘦巴巴的公貓感到遺憾。他看得出來失望宛若落葉季陡升的黃色洪水將他淹沒。這隻獨行貓心碎了，那當下，灰紋心想要不乾脆騙他好了。**如果謊稱我是他父親，應該也沒什麼害處吧？至少我們當中有一個終於找到了一直在找的答案。**

但是灰紋打從心底知道誠實為上還是比較好。**不然，我們終究會因某個原因或者在某個地方因撒謊而付出代價。**

「謝謝你誠實告知，」尖牙喵聲道。「等我們拜訪大麥之後，你會跟我去窩穴幫我朋友嗎？」

「當然會，」灰紋點頭。「我會為小妖的兒子兩肋插刀。」

他又邁開大步往前走，跟在戰士部族貓後面。前者已經跟他們拉開一大段距離。尖牙豎起耳朵，保持警覺，但走得很慢，在粗糙的石子路上拖著腳。

走在他旁邊的灰紋，感同身受他失望的情緒。**我也希望我是他父親，但我不是。我能做的只是期盼有一天他能找到真正的生父，就像他找到我一樣。**

暴風雨停了，烏雲已經散去，等到灰紋和其他貓兒抵達大麥的穀倉時，天空已經被黎明的蒼白天光淹漫。灰紋停在外面，四處打量，張開嘴巴嗅聞空氣。這裡的味道很熟悉，尤其是老鼠氣味和儲藏在這裡的乾草氣味。更遠處是兩腳獸和狗的味道。但此刻灰紋唯一在乎的味道是他的老友大麥。

飽經風霜的穀倉門看起來就跟灰紋當年以見習生身分來訪時一模一樣。門扇底部還是有道縫隙，兩隻戰士部族寵物貓已經消失在裡面。

灰紋跟過去，尖牙緊跟在後。屋頂的洞口和高牆上的幾個小窗有微弱的光線滲進來，他先花了點時間適應裡頭的光線。等到能看清楚的時候，他瞄到大麥蜷伏在穀倉門和一堆乾草之間的一個角落裡。他睡得很熟，黏在鼻口上的草梗被他呼出來的鼻息吹得不停抖動。

猴星和爪哨蹲在他旁邊，眼裡閃著喜悅，尾尖不耐地抽動。猴星用尾巴示意灰紋。「過來吧，」她低聲道。「看到你，他一定很驚訝。」

不用她講，灰紋也知道。他興致昂然地疾步穿過穀倉，停在大麥旁邊，輕輕用鼻子碰觸老公貓的耳朵。

「起床了，大麥，」他低聲說道。「我是灰紋，我來看你了。」

大麥眨眨眼睛，瞬間醒了，他抬起頭，藍色眼睛睡眼惺忪地看著灰紋。起初他眼神茫然，接著表情有點不解。「你看起來很像灰紋，」他用粗啞的聲音小聲說道。「但你不可能是他。」

「我是灰紋！」灰色戰士回應道，同時舔著大麥的耳朵，再用鼻子蹭他頸子。「見到你真好。」他又說道，但納悶他的老友怎麼不起來迎接他。

大麥這時完全醒了。「是你，灰紋！」

「他超老的，」爪哨大聲說道，完全呼應了灰紋心裡的想法。「所以我們都會繞過來看他，他會告訴我們好多故事。我們也會跟他說我們的戰士冒險故事，逗他開心，順便確保他安全無虞。對吧？大麥？」

爪哨邊說邊興奮地跳來跳去，這時他突然來個大跳躍，直接跳進穀倉地板上其中一坨乾草堆裡。

大麥眼帶興味地跟灰紋互看一眼，後者猜這隻老公貓要是沒有這幾隻活力充沛的年輕貓兒來訪，八成也會很無聊吧。

「是啊，」大麥很有禮貌地說道。「沒有這些戰士部落貓的照顧，我該怎麼辦呢？」

猴星慎重其事地點點頭。「我們一定會來的。」她承諾道。然後轉過身去，懊惱地嘆口氣。「爪哨，你給我出來！」

她走過去幫忙爪哨從乾草堆裡爬出來。橘色公貓一爬出來，立刻呸掉嘴裡的草渣，毛茸茸的身上幾乎全是草梗。

「大麥，這是尖牙。」灰紋引薦灰色公貓，後者全程安靜地站在旁邊等候。

灰紋趁兩隻公貓互相打招呼時，好好地打量這個許久不見的老友。雖然大多數的貓兒在爪哨眼裡都是「超老的」，但這隻年輕寵物貓對大麥的描述一點都不假。獨行貓原本犀利的藍色眼睛如今變得混濁，黑白相間的毛髮也攙了些灰毛。不過那付厚實的肩膀和粗壯的腳爪仍讓灰紋想起了記憶中那隻強悍的貓兒。

「我看起來還好啊！」大麥喵聲道，顯然是察覺到灰紋的打量。他站起來，弓背伸個大懶腰，眉眼都皺在一起。「我的關節不像以前那麼好了。耳朵有時候也會痛。我的視力也變差了。所以我現在幾乎不太離開穀倉，但要是有誰能幫點忙的話，我還是能到處走動。」

大麥這番話令灰紋有點難過，但他試著掩飾。「這就是為什麼你一直住在這裡的原因？從我上次拜訪你之後，就住到現在？」他問道。

「這裡是我家啊，」大麥回答。「而且我很幸運，住在這裡的兩腳獸對我很好，很照顧我。事實上，牠們來了。」

某種摩擦聲嚇得灰紋趕緊轉身，只見穀倉門正在從外面被推開。溫暖的日光斜射進來，他才知道他們說話的同時，太陽已經升起。他用尾巴示意尖牙，要他跟著他迅速低頭躲進門後的暗處，這時本來正繞著乾草堆互相追逐的猴星和爪哨也趕緊壓低身子，一邊示警尖叫，一邊鑽進其中一坨乾草堆底下，隔著草梗的縫隙瞪大眼睛好奇窺看。

一頭母的兩腳獸帶著一只碗走進穀倉，然後放在大麥旁邊。灰紋看到裡面裝滿水。接著牠從牠的皮囊裡掏出某個小物件，然後在大麥旁邊彎下腰，將他的頭歪到一邊。灰紋一想到自己離兩腳獸那麼近，便嚇得全身僵硬，但大麥似乎不以為意，他保持不動姿勢，任由牠將某種液體滴進他耳朵。然後她搓搓大麥的毛髮，就出去了，隨後關上身後的門。

「她往你耳朵裡滴什麼啊？」尖牙跟著灰紋從藏身處走出來後，這樣問道。

「我也不確定，但我想那是兩腳獸的某種藥草，」大麥告訴他。「她往我耳朵滴藥草之後，我的耳朵就不再那麼痛了。」

這段時間，灰紋早已察覺到穀倉裡有很濃的老鼠氣味，他肚子的空洞感也愈來愈強烈。之前在往高岩山的路上他們曾分食一隻兔子，但那似乎是很久以前的事了。

「大麥，我們可以狩獵嗎？」他問道。

「當然可以，」大麥揮動尾巴。「你們自己來吧。老鼠很多。但我先警告你們，近來這裡的老鼠動作好像變快了，不再那麼好抓。」

我想我知道原因是什麼，灰紋心想道，眼帶同情地看了老公貓一眼。「我們會盡全力的。大麥，你也想吃點獵物嗎？」

他的朋友伸舌舔舔嘴巴。「我不會說我不想吃。兩腳獸的食物還可以啦，但終究不像肥美的老鼠帶給我的飽足感。」

灰紋朝那兩隻又再繞著穀倉互相追逐的戰士部族寵物貓轉身。「嘿，你們兩個！」

他喊道。「別再追了！你們昨天才剛學會的狩獵技巧，想不想施展一下？」

兩隻貓連忙煞住腳步，眼裡閃著興奮的光。「哪有戰士會拒絕，當然好啊！」猴星喵聲道，同時跳起來站好。

「那就安靜下來，別再跑來跑去，再這樣吵下去，從這裡到高岩山的獵物全被嚇跑了。」

兩隻寵物貓立刻動也不動，表情嚴肅，不過鬍鬚還是忍不住抖動。

「好，」灰紋開口道。「先讓我看看你們的狩獵蹲姿。」他繞著他們兩個走，小心檢查他們的姿勢。**就像在教見習生一樣，不知道怎麼搞的，這讓我覺得自己又變年輕了。**「很好，爪哨、猴星，後腿再收進去一點。對。現在我們去找獵物吧。」

「可是穀倉裡到處都是獵物，」爪哨直言道。「我們根本不用找，只要用耳朵聽就行了。」

灰紋是能輕易聽到乾草堆裡不斷傳來的吱吱叫聲和窸窣聲響，或者聞到很強烈的老鼠氣味。「你說的是沒錯。」他告訴爪哨。「但你還是得找到你要抓的目標，然後鎖定和跟蹤牠，在逮到牠之前，無視其他老鼠的干擾。」

他退回去，看著這兩隻年輕貓兒嗅聞空氣，然後小心朝最近一坨乾草堆慢慢走過去，他們分別從兩頭趨近。他看得出來猴星幾乎立刻鎖定住一隻老鼠。她壓低身子，做出狩獵的蹲姿，匍匐過去，每一步都踩得很小心，最後往前一躍。

但就在她撲上去的時候，老鼠瘋狂地挖著乾草，從另一頭衝出來，好死不死地撞進爪哨的鼻子底下，被他本能地一掌打下去。

「嘿，我抓到一隻了！」他得意洋洋地大叫。

猴星很不高興地聳起毛髮。「那是我的！」

「沒關係，」灰紋喵聲道，同時搶在兩隻寵物貓大打出手之前，擋在他們中間。「團隊狩獵是更先進的技巧。戰士們在狩獵時都會合作，是你們兩個一起抓到這隻老鼠。先拿去給大麥吧！」他提議道。「如果他知道是你們特地幫他抓的，一定會更開心。」

猴星和爪哨看著彼此，「好吧，」猴星同意道，「但得由我來拿。」

正當她要拾起老鼠時，灰紋喵聲道。「等一下，你應該先……」

他突然說不下去。

「什麼？」猴星問道，一臉不解地丟下老鼠。

你應該要先謝謝星族，灰紋心想。這個習慣對他來說已經根深蒂固，他本來想把它傳授給戰士部族的「族長」。但現在只要一想到星族，就又回想起閃電擊中月亮石的那個驚恐瞬間，還有他離開慈母口時的絕望心情。**也許星族憤怒到索性將月亮石毀了，又或者這只是單純的閃電誤擊事件，卻害得星族根本來不及回答我的問題。但不管哪一個，感謝星族恩賜獵物都改變不了任何結果。**

「沒事，」他告訴猴星。「拿去給大麥吧。」

她毫不猶豫地拾起老鼠，衝向大麥。

灰紋一想到剛才刻意沒做的事，突然一陣難過。**戰士部族要我教會他們真正的戰士精神，但我卻沒教他們要感恩星族？**不過真正令他心痛的是，他知道這決定是對的。也許翻爪之前在跟其他戰士爭辯時，就已經說對了……星族可能再也不回來了。也有可能五大部族已經找到沒有星族也能活下去的方法。

但灰紋發現自己很難想像日後得住在這樣的部族裡。

兩隻年輕貓兒疾奔穿過穀倉，這舉動將他從哀傷的思緒裡突然喚醒。「嘿，大麥，看我們幫你帶來了什麼！」猴星大喊道。

灰紋望著他們，只覺得有趣，看見他們如此興致勃勃，彷彿一切又都有了希望。他轉身尋找尖牙。灰色公貓趁灰紋訓練「見習生」時，已經默默地自行狩獵去了。此刻他腳下已經堆了三、四隻老鼠。

「太棒了！」灰紋喵聲道。「你是個很厲害的狩獵者。」

尖牙聽見老貓的讚美，很是驕傲地挺起胸膛。「這裡抓獵物很容易，」他低聲道，「不過要是得在外頭狩獵，我的技巧就得再多練習。」

灰紋總覺得自己也要有一些貢獻，否則不好意思分食。「再抓一隻，我們就可以一起吃了。」他決定道，於是在乾草堆附近潛行，直到鎖定一隻，撲上去抓住牠。

五隻貓兒坐下來享用獵物大餐。猴星和爪哨一直大聲說著老鼠有多好吃。

「其他貓兒一定會後悔沒加入我們。」爪哨邊狼吞虎嚥邊說道。「他們都不知道自己錯過了什麼。」

「這跟以前好像喔。」灰紋對大麥說道。「我們去月亮石的時候都會順道過來拜訪你。」

大麥點點頭，但眼神哀戚。「是啊……不過這裡應該還有另外一隻才對。」

灰紋知道他指的是誰。「天族貓告訴我他們還在峽谷時，烏掌曾去拜訪他們，最後死在那裡。」他喃喃說道，哀傷地想著那隻生性緊張的年輕見習生當年為了躲避虎星的行凶企圖，而在大麥這裡找到棲身之所。他從來沒有當上戰士，但已經成為所有部族引以為豪的英雄。「你一定很想祂。」

「我每天都很想祂，無時無刻不在想祂。」大麥回答。「但現在比較好了，因為我知道我的時間快到了，不管烏掌的靈魂去了哪裡，再過不久，我就會跟著祂一起去了。」

灰紋很快地吸了口氣。**我希望你能找到祂**，他心想道，然後伸出尾巴，碰觸大麥的肩膀。那個當下，他說不出話來。最後是大麥打破沉默。

「灰紋，你還沒告訴我，你為什麼來這裡？路途這麼遙遠，又沒有任何族貓陪你來。」他喵聲道。「你是出來進行某種偵察任務嗎？雷族該不會又想搬回來吧？」

起初，灰紋不知道該怎麼回答。光是要跟大麥說明闖入者是如何在五大部族當中製造混亂以及大家都不知道要怎麼跟星族重新連繫，恐怕這一天時間都不夠用。

「湖邊的情況很糟糕。」他最後開口道。「星族好像遺棄了我們。我以為只要我到月亮石這裡來看看能否跟星族連繫上，或許就能幫上部族的忙。」

「所以有幫上忙嗎？」大麥問道。

「我試了，但是……大麥，當時太可怕了！閃電擊中月亮石，它當場碎了。星族也沒有跟我說上任何一句話，我擔心這會不會是祂們給的一種徵兆？」

大麥一臉不解。「我從來不會假裝自己很懂星族，」他喵聲道，「但如果它是一種徵兆，你知道它的意思可能是什麼嗎？」

灰紋搖搖。「祂們很憤怒，祂們沒打算幫忙，或者更糟的是，那就真的只是一道閃電而已，祂們根本沒聽到我在說話。我一想到未來，只會更迷惑。大麥，你這麼有智慧……你告訴我，我該怎麼辦？」

「有智慧？我？」大麥輕笑一聲。「我的智慧大概就跟還沒開眼的小貓一樣。不過我想我的確知道一件事。從我聽到的內容來判斷，我相信只要你花點時間好好睡上一覺，來自星族的這些徵兆就會變得比較好懂。等你休息夠了，你才可能知道接下來該怎麼做。」

「你說得對，」灰紋很清楚長途跋涉到高岩山再加上被暴風雨折騰了一個晚上，大家都筋疲力竭了。他掃視穀倉，瞥了那兩隻寵物貓一眼，發現他們正在很勉強地保持清醒，不斷打著哈欠。「睡吧，你們兩個，」他接著說道。「睡覺的時間到了，以後再去冒險吧。」

猴星和爪哨累到連抗議聲都沒有。他們在乾草堆裡弄好臥鋪，一躺上去就睡著了，毛髮刷拂臥鋪，尾巴蓋住鼻子。

灰紋也發現自己的眼睛快要闔上了，尖牙也是低垂著眼皮。可是他們還沒在乾草堆裡整理好臥鋪，尖牙就先朝大麥轉身。

「你認識我母親嗎？她叫小妖。」他問道。

大麥瞪大眼睛，看尖牙的眼神多了一份敬意。「你是小妖的孩子？」他問道。

尖牙點點頭。

「我認識小妖啊，」大麥輕聲說道。「她是一隻很了不起的貓。她雖然是某暴力集團的一分子，但她心腸很好，很愛她弟弟，而且她比誰都愛她的孩子。」

尖牙聽見大麥誇獎他母親，短暫開心了一下，但沒過一會兒，表情又哀傷了起來。這幅景象令灰紋更是下定決心一定要好好幫他，哪怕他並不知道自己該怎麼幫，尤其星族現在變得遙不可及又漠不關心。

灰紋在乾草堆裡躺下，但各種念頭像整窩蜜蜂一樣在他腦袋裡嗡嗡作響。雖然肚子吃得很飽，又蜷在溫暖和香噴噴的穀倉裡，但他還是花了好長一段時間才終於入睡。

第二十二章

彼時

我希望這不是陷阱。

灰紋蹲在史莫奇花園邊緣的一叢灌木底下，鼻子皺了起來，因為他聞到陌生的花香味和兩腳獸氣味所混雜出來的味道，再加上遠處的狗臭味。哪怕這座窩穴是位在兩腳獸地盤的外緣，他還是渾身不自在，身上的每寸肌肉都在告訴他快逃回安全的森林地帶。

可是那裡也不再安全了，他告訴自己，**到處都藏著長滿跳蚤的血族貓。**

這一次，花園裡沒有史莫奇的蹤影。灰紋猜想這次黑白相間的寵物貓八成以後會盡量待在兩腳獸身邊，直到這場血族之災結束為止。所以就連他的氣味也消散了。

灰紋將爪子戳進地面，強迫自己再等下去。這裡是小妖答應要來跟他碰面的地方，想知道他最後的決定是什麼。但已經日正當中，到現在還沒看到那隻血族貓后的蹤影。

這會不會是個陷阱？血族是想在這裡殺害我嗎？畢竟我在此地孤立無援。我知道我不是雷族真正的族長，但少了我，雷族就會更弱了。

他不敢相信他怎麼會面臨到這麼艱難的處境，這全是捲土重來的血族所造成的。現在他也沒別條路了，只能硬著頭皮往前走。身為一族之長的意思就是每天都要做出棘手的決定。而此刻的他比以前更能深刻體會火星在平日生活上的日理萬機。

我無法想像有哪隻貓兒會想領導部族。

他聽到兩腳獸窩穴裡傳來砰地一聲，嚇得他跳了起來，趕緊隔著葉叢窺看。他知道有小兩腳獸住在裡面，因為他曾聽過牠們高頻率的尖叫聲，但現在他很擔心牠們會跑進花園裡找到他的藏身處。但還好窩穴的門仍然關著。

這時灰紋聽到後方灌木叢裡傳出窸窣聲響。他轉身，看見小妖正從枝葉裡頭鑽出來。她先吁了一大口氣，然後啪地在他身旁趴下，接著側躺在地，讓斗大的肚子得以休息。灰紋心想她八成快生了。她看起來似乎比他上次見到她的時候還要臃腫。

「怎麼樣？」小妖問道。「你做好決定了嗎？雷族要幫我嗎？」

「我們會幫妳，」灰紋回答。「但有一個條件。我不是雷族真正的族長，所以我不能在沒有他的同意下承諾給妳和廢鐵一個永遠的家。等他回來的時候……他很快就會回來，」**我希望這是真的**，灰紋心想道。「再由他來最後決定妳和你弟弟能否成為雷族貓。但在這之前，你們可以自由地住在雷族，當然煤皮也會協助妳生產。」

小妖若有所思地眨眨眼睛，正在考慮。灰紋緊張地等她回應。要是他提的條件不夠好，他和他的族貓就得在沒有小妖提供情報的情況下面對血族的挑釁。

「我真的很希望我們能被雷族永久接納，」小妖終於回答。「這樣一來，我和廢鐵就不必處處提防可能的威脅。要是火星決定把我們踢出去，而我又已經背叛了血族，最後就會四面楚戈。阿怒一定會復仇雪恥，否則她不會善罷甘休。」

「我知道，我很抱歉……但我不能代表火星發言。」灰紋直言道，**不過感覺好像大家都希望我能代表火星發言。**「可是我很瞭解火星，我無法想像他事後會置之不理曾幫助雷族脫險的貓兒。」灰紋把話說得很真誠，但是他知道雖然他是這麼說，心裡認定包括煤皮還有火星在內……沒錯，包括火星在內的眾多貓兒都會跟他站在同一條陣線，但部族裡還是有些貓兒對接納棄暗投明的血族貓有所疑慮。就連蕨毛似乎也不以為然小妖的條件。灰紋心想，對有些貓兒來說，他們認定只有雷族貓才能信得過。他只希望火星看事情的角度跟他一樣，他們能夠合力說服反對者。

小妖停頓一下，眼神陷入深思。灰紋只覺得胃部抽緊，他不免又想到若是少了小妖的協助，雷族能否招架得了血族的攻勢。

終於小妖點頭了，他鬆了口氣。「聽起來很公平。」她喵聲道。「我和廢鐵一定會盡全力證明我們是優秀的雷族貓。」

「是戰士，」灰紋糾正她。「我們稱自己為貓戰士。」

小妖那雙美麗的綠色眼睛亮了起來。「我喜歡這個稱呼，」她喵嗚道。「我想廢鐵也會喜歡。」

「那好，」灰紋接著說道，**現在就讓我們來談談今天來這裡碰面的主要理由吧。**「關於血族的攻擊計畫，妳有什麼情報？」

求求你，星族，給我們一些管用的情報吧……但他也擔心所謂的情報根本沒什麼助益……等到終將一戰時，雷族還是會被血族擊敗。他無法擺脫這個疑慮，它像蟲一樣在他肚子裡啃蝕，他擔心小妖最後還是會效忠血族。他曾為了她槓上整個部族，但現在他又忐忑不安他們或許是對的，她可能只是在耍他。

「你聽清楚囉，」小妖挨近他。「血族打算在兩個日出後展開攻擊，而且是趁太陽爬上樹頂時。他們會……」

「他們不在夜裡攻擊或黎明時攻擊嗎？」灰紋打斷道。「如果是我，我會挑這兩個時段。」

「你腦袋裡都是毛嗎？那你輸定了！」小妖吼道。「你錯了，血族會等你的巡邏隊都出去了，營地幾乎空了，只剩下小貓和長老的時候，才展開攻擊。這樣就能輕易占領營地，再解決掉其他分散在林子裡、沒有任何退路的戰士。」

「好吧，那麼我們不派任何……」灰紋聲音越說越小，因為他發現他的計畫有瑕疵。

「如果你不派巡邏隊出去，血族就會耐心等候，直到你派出去為止，」小妖直言道。「你們不可能永遠守在營地裡，因為你們會餓死。再說……」她接著說道，同時挨身過去，很緊張地說道。「要是你變更了例行作業，阿怒就會知道機密被洩漏了，不用多久，她就會查出是我洩露出去的。」

灰紋瞪著她看。他的疑慮又都回來了。**所以我們唯一的指望就是讓雷族很容易被攻佔？刻意讓血族進到我們的營地？**在此同時，他的腦袋開始揣想各種可能策略。要是他派多數戰士外出，可以不必走遠，只要誘引血族進到雷族營地裡，再將他們一網打盡。

「灰紋，你信任我嗎？」小妖很清楚他的疑慮。「你自己決定吧！」

灰紋看著她，時間似乎慢了下來。他知道他即將做出一個可能影響雷族千秋百世的決定。但即便他知道自己是在冒險，還是必須信任直覺。而這個直覺告訴他，小妖沒有騙他。

小妖顯然也很緊張，爪子戳進地上，擔心自己萬一被發現出賣了血族，下場會如何。

如果她是騙我的，絕不可能偽裝得這麼好。

灰紋深吸一口氣，感覺自己活像是在一片漆黑裡冒險跳崖，根本看不到崖底。

「我相信妳。」他說道。「兩個日出後，我們會準備妥當。我也答應妳，我們不會做出任何事情害你受到阿怒的懷疑。」

「那我再給你一些建議，」小妖喵聲道，同時如釋重負地吁了口氣。「首先我要告訴你，你要特別留意一隻叫做瓦仔的薑黃色貓……」

灰紋仔細聆聽，試著記住血族貓后告訴他的每一個細節。**求求你，星族，希望這些情報真的可以幫他們一勞永逸地趕走血族貓……我不想成為終結雷族的劊子手。**

此時

過了一會兒，灰紋醒了，他和大麥聊了起來，一天就這樣慢慢過了。他們聊起部族的故事，也追憶尖牙的母親以及她的膽識。

「我記得她是怎麼對付一隻狗，有一次她來看我和烏掌，」大麥回憶道。「那隻狗本來可以一口吞掉她，但她毫不留情地伸爪劃牠鼻口，那隻笨蛋就哀哀叫地跑回去找牠的兩腳獸了。」

本來在乾草堆間追來跑去的猴星和爪哨停下動作聽他們話當年，眼睛瞪得斗大。灰紋聽完大笑出聲。「這聽起來的確很像是小妖的作風，」他評論道。「她很有膽識……而且值得信賴。」

最後天光慢慢消失，大麥打了一個大呵欠。「能有個老友來這裡聊往事，感覺真不錯。」他告訴灰紋。「現在我跟這裡的貓兒也沒有什麼以前的事可以聊了，不過今天我也聊到想睡覺了，」他接著說道。「明天你走之前，我們再繼續聊。」說完，他就蜷伏在臥鋪裡，閉上了眼睛。

大麥的打呼聲才剛在穀倉裡響起，尖牙就站起來，開始不耐地刨抓著乾草，顯然心情並不平靜。

「怎麼了？」灰紋問他。「我還以為你想多聽點你母親如何為其他貓兒冒險犯難的故事。你知道你母親那麼有膽識，難道不引以為傲嗎？」

「不是啦，」尖牙立刻回他。「聽到這些故事只是提醒我此刻還有貓兒等著我去拯救，就像我母親當年一樣。你知道她是怎麼死的嗎？」

灰紋搖搖頭，這才想到自己從來沒問過。**也許是因為我不想承認她死了。**

「她就死在我逃出來的那間兩腳獸窩穴裡。」尖牙告訴他，同時在乾草堆裡再度坐下來。

「什麼？」灰紋瞪著他看，難以置信。尖牙曾告訴他那裡的情況很糟糕，但他從不曾想像所謂的糟糕竟會導致任何貓兒的死亡，更何況是一隻像小妖這麼有膽識的貓。

「我以前以為她會成為戰士，所以我希望不管她最後落腳何處，都能過得很快樂。」他喵聲道，並試圖推開腦海裡出現的各種可怕畫面。

「一開始是過得很快樂，」尖牙嘆口氣。「母兩腳獸對她很好，牠還有另外一隻寵物貓，叫做矮牽牛。小妖後來生了小貓……連我在內一共三隻。兩腳獸把我的兩個同胞手足送給了別的兩腳獸，但我有時候還是可以在他們的兩腳獸花園裡見到他們。我們三個陪著兩腳獸很幸福地過了好幾個季節。」

「結果出了什麼事？」灰紋問道。

「我也不知道。」尖牙又開始用腳爪刨抓。「兩腳獸漸漸老了，我想牠是生病了，牠開始忘記餵我們，有時候一連好幾天都不餵。而且牠不讓我們出去，把我們關在牠的窩穴裡。後來牠帶回來一隻又一隻的貓……有公貓也有母貓。有些母貓還生了小貓，結果搞得整個窩穴都是貓。」

好奇怪喔，灰紋心想，他從來沒聽過兩腳獸會有這樣的行為，**難不成牠想建立自己的部族？但不知怎麼搞的沒有去考慮到要是不餵他們，起碼也得讓他們出外狩獵！**

灰紋可以想見得到被困在擁擠的兩腳獸窩穴裡的貓兒們，在又飢渴又害怕的情況所承受的苦難。一想到這麼聰明、勇敢、又正直的小妖在犧牲掉自己的自由，只為了帶給她的小貓更好的生活之後，竟陷入這樣的困境，他的心就彷彿被爪子攫住一樣那麼痛。

「小妖後來怎麼了？」他問道。

「有一天，她開始咳嗽，」尖牙接著說道，在痛苦的回憶下瞇起眼睛。「當然我知道那是一個很不好的徵兆。她需要幫忙……需要藥草或者兩腳獸的藥物或任何東西！可是老兩腳獸當時的行為已經離譜到根本沒有察覺到。」

「你那時候怎麼辦？」灰紋問道。

尖牙閉上眼睛好一會兒。他必須暫停一下才有辦法繼續說下去。「我不斷對著兩腳獸嚎叫，哀求牠幫忙，但是牠根本聽不懂我在說什麼。但哪怕就算牠懂我的意思，那時候的牠已經連自己都幫不了忙了。牠的衣服和床鋪都變得很髒，也變得好瘦好瘦，因為牠老是忘記吃東西。整個窩穴都充斥著腐臭的兩腳獸食物氣味。但還是有愈來愈多的貓兒被老兩腳獸帶進窩穴裡或者在窩穴裡生出來。食物從來都不夠。兩腳獸也不再清理我們的穢物箱。而且總是把門窗關緊。所以你很難呼吸。那裡臭到你不敢相信。」

灰紋強忍住顫抖。以前在雷族營地裡，見習生最重要的工作之一就是定期清理臥鋪，而且部族裡的每隻貓都有責任保持營地的乾淨，而那裡還是戶外呢！**被困在兩腳獸窩穴裡，會有多可怕啊……**臭味會因牆壁的阻擋而無法消散，結果變得更臭。這一點便足以證明貓兒絕對不適合住在牆內。「你繼續說！」他喵聲說道。他對尖牙越發地欽佩，因為他終於瞭解到他曾經歷過什麼。

「小妖的咳嗽愈來愈嚴重，」尖牙接著說道，聲音微微顫抖。「她也變得愈來愈虛弱，後來……」他閉上眼睛，灰紋在他說之前就知道他接下來要說的話一定令他很痛苦。「後來她就死了。但在她死前，她告訴我，我必須想辦法逃出去……我也必須幫忙其他貓兒逃脫。我答應我會做到。所以現在不管花多少代價，我都必須履行承諾！」那當下，他的眼裡閃著堅定的光芒。但過了一會兒，他又垂下頭，肩膀垮了下來。「可是我不知道我能不能辦到，」他承認道。「沒有你幫忙，我絕對辦不到的。你對我母親的承諾還有效吧？」

灰紋一想到尖牙以為他會食言，突然覺得有點被冒犯，但他後來明白那只是因為尖牙從來沒有跟榮譽至上的戰士打過交道的關係。

「我當然會幫！」他回答。「我知道我去了月亮石，然後又來找大麥，過程中多耗了一點時間，但我沒有要食言的意思。你只是要有一點耐心，可能得再等一下。」

尖牙抬起頭，直接迎視灰紋的目光。「我不確定你是否真的明白那裡的情況有多糟。」他喵聲道。「我們多拖延一天，就有更大的可能會再有貓兒死在那棟窩穴裡。」

灰紋知道灰色公貓說得沒錯。他並不曉得那頭兩腳獸的窩穴狀況有這麼糟。而他又一直沉溺在自哀自怨的情緒當中，對月亮石的經驗失望透頂，以致於完全忘了眼前這隻貓有多需要他的協助，而且非常急迫。

我在月亮石沒有跟星族連絡上，但是這件事就算沒有星族的指引，我自己也能辦到。

「我們就在穀倉裡再多待一天，」他提議道，「因為我們需要時間擬訂計畫，還有也要狩獵來補充體力，所以……」

尖牙突然站起來打斷他。「我現在就要走了，」他大聲說道。「不管你要不要一起來，我都走定了。」

「不行，」灰紋也站起來，伸出尾巴擋住年輕貓兒的路。「外面快天黑了，我們都需要睡眠。所以我們妥協一下，明天天一亮，我就跟你去。我保證在我們解救所有貓兒之前，我絕對不會離開你。」

「保證」這兩個字對我和小妖的孩子來說是個別具意義的字眼，他心想道。

尖牙當下猶豫了一下，然後才又在乾草堆裡坐定。「好吧，」他勉強同意道。「但如果你因為任何理由改變主意，我還是一樣天一亮就走。」

灰紋點頭答應，心裡暗自欽佩這個孩子的決心。**他很固執也很勇敢，就像他母親一樣。**「小妖一定會很以你為榮。」他喃喃說道。

他瞥了對面兩隻戰士部族寵物貓一眼，後兩者曾花了大半天在乾草堆四周追逐彼此，練習狩獵技術，還佯裝保衛穀倉，抵禦狐狸的入侵，現在早就累得睡著了。他們並肩躺在乾草臥鋪裡，鼻子擱在前腳，尾巴纏在一塊兒。

「我們得決定怎麼處理他們。」他低聲說道。「但這等明天再說，到時我們也順便擬訂計畫。」

灰紋醒來時，發現黎明曙光剛透過穀倉屋頂的縫隙滲進來。他旁邊的大麥也醒了。

「你醒得很早。」灰紋說道。這時黑白色公貓站了起來，甩掉身上的草渣。

大麥聳聳肩。「睡得早就起得早囉。」他喵聲道。「可是為什麼你也在這時候醒來呢？我還以為你需要好好休息呢，畢竟你經歷了這麼多。」

「我的腦袋還在消化一些事情。」灰紋承認道。「我長途跋涉這麼遠到了月亮石，但在那裡找到的東西只是讓我更迷惑和更沮喪。我很想念雷族。」他嘆了口氣後接著說：「但我不確定我在雷族那裡還有沒有自己的位置。尤其我現在也快走到了生命的盡頭。我只是好累……感覺就此放棄似乎才是明智的選擇。」

令他驚訝的是，大麥竟爆笑出聲。「如果你老，那我算什麼？」他問道。「古老嗎？」

「對不起，」灰紋解釋道。「我不是在嘲笑你。我只是開始覺得我最輝煌的日子已經過去了。」

大麥揮揮尾巴，沒理會他的道歉。「灰紋，對我來說，你還很年輕，還有很很長的日子要過。」

「我想你說得沒錯，」灰紋嘆口氣承認道。「但是如果我不知道該去哪裡或者該做什麼，又或者如果我愈來愈不確定自己能為部族做什麼，那麼很長的日子對我來說也沒有什麼意義。」

「我懂戰士這條路不是那麼好走，」大麥繼續說道。「你不見得總能在你想要得到什麼東西的時候就剛好得到它。但你必須繼續前進，在這一路上盡你所能地幫助其他貓兒。你知道嗎，灰紋，你不需要任何一隻貓……不管是活的還是死的……來告訴你的直覺什麼事情才是對的。只要你自己想通了，對的答案就會很清楚了。」

灰紋回頭瞥了還在睡覺的尖牙一眼。那當下，他心想是不是該叫醒那隻公貓。但後來決定還是讓他再睡一會兒。**對他來說，這將會是很漫長的一天，他已經受了太多苦，**灰紋心想道。從這隻貓的舉止裡頭看得出來他已經歷經太多滄桑，就像是一隻幾乎快被歸類為長老的部族貓。只是他拒絕放棄。

所以我又怎能放棄呢？灰紋反問自己。**不行，就像蜜妮在夢裡告訴我的，我必須繼續往前走。**

這是自從他在月亮石那裡被嚇到之後，第一次清楚知道至少接下來的這幾步路該怎麼走，而且清清楚楚的就像白晝一樣。

第二十四章

此時溫暖的陽光從高牆的縫隙斜射進穀倉，尖牙終於醒了。他立刻跳起來。

「你為什麼不叫醒我？」他怒瞪著灰紋質問道。「不是說好天一亮就走嗎？我還以為我可以信任你。」

「別生氣，」灰紋回答。「你需要睡眠，而現在的你需要進食。我們有很長的路要走，得一路走到河族領地的對岸。如果你的體力夠好也準備妥當了，我們的速度就可以更快點。」

「可是你答應……」尖牙正要開口，但隨即尷尬地聳個肩，越說越小聲，彷彿承認灰紋說得有道理，哪怕他不是很高興又拖延了一點時間。

黎明即醒的灰紋已經狩獵過了……是在大麥和兩隻寵物貓的小小協助下……他給了尖牙兩隻老鼠，就放在他腳下。

「謝謝，」尖牙含糊說道，囫圇吞下獵物，隨後歉疚地看了灰紋一眼。「我想你是對的。我真的餓壞了，餓到要我再吃兩隻老鼠也可以。」

「如果你願意的話，可以吃點寵物貓食物，」大麥提議道。他的兩腳獸不久前才送來一大碗。「想吃多少都可以，這幾天兩腳獸送給我的食物總是太多……我的胃口不像以前那麼好了。」

「吃吃看。」猴星力勸尖牙。「每次我們來找大麥，都會吃一些，真的很好吃。」

「比我們的屋伴給我們吃的還要好吃。」爪哨很是嫉妒地喃喃說道。

灰紋忍住笑意，心想戰士部族貓經常來拜訪大麥，真的是因為很關心這隻老貓嗎？

「好吧，如果你們堅持的話……」尖牙疑色地看了那只碗一眼，然後伸長脖子試吃了幾顆。但沒過一會兒，他就幾乎把整個鼻子都埋進碗裡。

灰紋趁尖牙進食時，在大麥旁邊又坐了下來，毛髮刷過彼此，像是想把自己的體力多灌注一些在他老友身上。

「謝謝你的建議。」他喵聲道。「能再見到你，真是太好了。」

「我也是。」大麥喵嗚回答。「如果這是我死前最後一次見到部族貓，那我很高興這隻部族貓是灰紋你。」

灰紋挨身過去，用鼻子輕觸大麥的耳朵。「這句話對我來說意義重大。」

大麥還來不及回應，尖牙就從老貓的食碗那裡站了起來。「真好吃，」他喵聲說道，伸舌舔舔嘴巴。「謝謝你，大麥，我再也吃不下了。還有……謝謝你把我母親的故事告訴我。」

大麥垂頭致意。「小妖的孩子永遠可以自由來去我家，分享我的食物。」

「該走了。」灰紋大聲說道，同時站起來。「大麥，如果可以的話，我會在回湖邊的回程上再過來看你。」

「太好了。」大麥回答道。「但不要為了我冒任何額外風險。還有不管路上發生什麼，都祝你好運。」他意味深長地低下頭。「我的老友，願星族照亮你的前路。」

灰紋突然覺得自己不知道該說什麼。**要是我能確定星族有在眷顧我就好了！或者能確定火星和其他祖靈有在指引我就好了。**但灰紋凝視著大麥混濁的眼睛，當下明白這位老友對他的祝福遠非星族之類的千言萬語所能代表。

他在許他一個未來……希望他找到那個未來。

「也照亮你的，大麥。」灰紋上前一步，最後一次用鼻子碰觸他的老友。「永遠照亮。」

「那我們呢？」猴星問道，她跳到灰紋前面，爪哨跟在後面。

「你們可以跟我們一起走，」灰紋回答，然後趁兩隻寵物貓開心地互看一眼時又很快地補充道。「直到走到你們家為止，反正也在路上。」

「可是我們沒有要回家啊，」猴星反對道。「我們想跟你去尖牙的窩穴，我們可以幫忙！」

灰紋歎口氣，**我早預到了！現在只能害他們失望了，**但他也對自己說，**他們想幫忙雖然是好事，但最後只會落得這一路上多出兩隻貓兒得讓我費心照顧。萬一他們出了什麼事，我恐怕無法原諒自己。**

「目前為止你們已經幫了很多忙，」他告訴他們，「先是幫忙我找到月亮石，又幫忙帶我來到農場。但你們聽好……我和尖牙現在要去做的事其實很危險，你們不適合參與。」

「才不會呢！」爪哨很不高興地抽動著尾巴，他和猴星都站直身子，蓬起毛髮，刻意表現出自己體型夠大、夠強悍的樣子。「我們很勇敢。」

「我知道，」灰紋喵聲道。「但就算你們覺得自己是全能戰士，但在部族裡，你們其實只算是見習生，還有很多東西要學。就算是最有經驗的貓兒，要當戰士，也不是那麼容易的。」

「我們不管，」猴星堅持道。「反正我們就是要跟你們去。」

灰紋猶豫不決，心想要用什麼方法來說服這兩隻年輕的貓兒，他和尖牙要去的地方並不適合他們跟著去。但要說服並不容易，畢竟從某方面來說，他還是蠻欽佩他們的勇氣和熱忱，如果他們是部族貓，假以時日一定會成為很優秀的戰士。

「若是說部族之間最近的戰爭教會了我什麼，」他開口道，「那就是哪怕我有多熱愛部族的生活，但其實這種生活並非總是輕鬆自在或安全無虞的。我經歷過太多無謂的死亡，我不想讓你們兩個也成為我日後必須哀悼的對象。」

猴星和爪哨互看一眼，似乎對這件事有了更慎重的態度。「我不認為你對我們夠公平，」她告訴灰紋。「自從我們認識你之後，我們已經學會很多。所以我們並不害怕。讓我們幫忙吧！」

「拜託。」爪哨也接著說。

灰紋還記得當初在往月亮石的路上，是六隻寵物貓偷偷跟著他走了大半的路程，但他也知道現在要擺脫掉這兩隻，絕非想像中那麼容易。他很清楚此刻要說服他們，唯一的方法就是交付給他們某種任務……某種不會害他們喪命的任務，讓他們沒有理由偷偷跟著他。畢竟這也是以前在部族時，對付熱心過頭的見習生的最好方法。他環顧四周，尋找靈感，目光落在大麥身上。

「好吧，我知道你們很勇敢，」他承認道。「所以我想我可以把這趟任務裡頭最重要的一個工作交給你們負責。」

尖牙一臉不可置信地看著他，兩隻寵物貓則是興奮地跳上跳下。「沒錯，你可以信任我們！」猴星保證道。「我們的工作是什麼？」

「待在這裡，守護這片領地，照顧好大麥，」灰紋解釋道。然後搶在這兩隻貓兒出現失望的表情之前，趕緊接著說：「如果我和尖牙路上得不時擔心大麥，我們的效率就會打折，因為……呃……他太老了，似乎太……弱不禁風了。要是……呃……要是有獾跑進農場，怎麼辦？只有像你們這樣勇猛的戰士才有辦法幫他。」

「我會很感激，」大麥插話道。「我從來不曾跟獾對打過。」

爪哨自豪地挺起胸膛，「這我可以！」他誇口道。「我不怕獾。大麥，在我的保護下，你不會有事的。」

但是猴星卻瞇起眼睛看著灰紋。「獾嗎？農場上沒看到很多獾啊。」

灰紋迎視她的目光。**她看穿我了，**他思忖道，**不錯嘛！猴星畢竟是個有點腦袋的領導者。**「總有第一次啊。」他輕聲說道。

猴星盯看著他一會兒，然後才又自豪地抬起頭。「好主意，我們會確保穀倉四週領地安全無虞。」猴星又接著說，「以防你和尖牙需要有個安全的退路。」
「沒錯，」灰紋稱許他們，然後又很誠懇地補充一句：「我就知道我找對了貓兒交付任務。」
「那就再會了，」尖牙喵聲道，同時不耐地戳了戳灰紋。
「再會！」寵物貓齊聲說道。「願星族照亮你們的前路。」
道別完後，灰紋和尖牙就鑽出穀倉門板下面的縫隙，走到外面。
「所以你說那頭兩腳獸的窩穴是在河族舊領地的另一頭？」他們離開身後的穀倉，灰紋順口問道。他還很快地回頭張望一下，確保戰士部族貓沒有偷偷跟上來。
「沒錯，從伐木場那裡過河就到了。」灰色公貓回覆道，耳朵指著那個方向。
「你來帶路吧！」
領頭的尖牙沿著一條旁邊是樹籬的窄徑離開農場。灰紋還記得以前來農場時走的方向，只不過當他們走到以前的風族領地時，得先繞過新的兩腳獸窩穴，緊挨河邊走。有幾座兩腳獸的花園直接延伸到河邊，空氣裡瀰漫著兩腳獸、狗、寵物貓的氣味，再加上遠處怪獸的臭味。渴望回到過去的那股念頭再度襲捲而來，但也同時混雜著一切都變了調的感慨。當他和尖牙終於來到兩腳獸橋，過河進入河族的舊領地時，他才鬆了口氣，畢竟這裡跟他以前記得的景象幾乎一樣。
「我希望別再遇到其他戰士部族貓了。」他對尖牙喃喃說道。「我從來沒想到我遇見的寵物貓竟然還蠻投緣的，但現在我可不想再有他們來礙事。」

雖然他有聞到一點似曾相識的氣味，但並沒看見那些寵物貓。等到灰紋終於鑽進河族那頭的蔥綠矮木叢時，才終於可以稍微放鬆一下。

在這裡我幾乎可以重溫回家的感覺，他心想道，同時想起當年他曾來這裡拜訪豹星，通知她血族捲土重來了。不過那是一段苦樂參半的記憶，他還記得他曾在這裡不期而遇他的兩個孩子，跟他們說上話。但如今羽尾已經死了，暴毛也住在遙遠的山區，遠離部族。

不管你有多想回到過去，但你終究回不去了。

雖然這裡沒有新的兩腳獸窩穴，但灰紋仍無法佯裝一切都沒變。這兒不再有氣味記號線，也不再有貓兒氣味，而且當他們經過河族貓當初建造營地的那座島嶼時，也再也找不到任何生命跡象。灰紋眺望河對岸，望向曾經是雷族領地的所在，但什麼也看不到，只有一排又一排的兩腳獸窩穴。

這地方不再有部族的痕跡，他心想，滿腦子糾結在懊悔的痛苦中。**戰士部族喚起了我們對以前的記憶，但哪怕是他們口中所瞭解的部族，也與真實的部族有一段差距。**

尖牙繼續帶路沿著河岸走，經過陽光岩以及灰紋以前為了密會他的伴侶貓銀流而經常橫越的踏腳石。終於他瞄到了高樹林和伐木場的籬笆。至少這裡沒變。但這時灰紋突然打起寒顫，因為他想起曾經有一群狗從這地方逃脫，幾乎毀了雷族，還好當時有火星解救。

他甩掉這些短暫的回憶，發現自己落後許多，尖牙都已經離開水邊，鑽進林地裡了。「我們快到了。」他說道。

正當灰紋尾隨穿梭時，突然聞到了空氣裡的腐臭味。他停下腳步，抽動鼻子，張開嘴巴嗅聞，卻辨識不出自己聞到的是什麼。裡頭有貓味，而且有部分令他連想到以前營地裡供貓兒方便的穢處，另外也很像是有一次他傷口感染，葉池還沒用刺鼻的新鮮藥草幫他治療前的那股臭味。而這些味道混雜成某種會害他嗆出眼淚、令喉嚨作嘔的惡臭味，這是他從來沒有聞過的。

「那是什麼？」他質問道。

尖牙回頭看了一眼。「是那個兩腳獸的窩穴。」他回答。

這是灰紋首度略知自己身在什麼樣的處境。這臭味臭到他真的很想夾起尾巴逃走，而他連林子裡的那棟窩穴都還沒看到呢。

「要來嗎？」尖牙有點諷刺地撇著嘴問道，好似暗示就算灰紋此刻想退出，他也不驚訝。

灰紋差點真的就要退出，但他已經做好心理準備繼續往前走，因為他想起他曾對小妖做的承諾。「你繼續帶路，」他吼道。「我就跟在你後面。」

過了一會兒，等他跟著尖牙繞過一叢接骨木後，那座窩穴便赫然在目了，它就在正前方，離他還有幾隻狐狸身的距離。牆壁是用灰色石頭蓋的，雖然植物旁邊的那條石頭小徑代表以前那兒曾是花園，但木籬笆已經毀損，地上蔓生著荊棘和雜草，到處都是兩腳獸的垃圾。一條小轟雷路從窩穴前面經過，消失在林子兩頭。

灰紋原本以為他已經聞過史上最臭的味道了，沒想到等他和尖牙穿過轟雷路，趨近那棟窩穴時，才發現沒有所謂的最臭，只有更臭。他根本逃無可逃，吸進去的每一口空氣都令他反胃。**如果外面的情況就這麼糟了，裡面還得了？**他心裡納悶，全身不禁打起寒顫。

窩穴的小窗都被一片有一片的木板蓋住，其中有一片懸在半空中，只靠一隻紅色爪狀物固定。灰紋跳上窗台，隔著那道縫往內窺看，看到貓兒在屋子裡跑來跑去，有的棲坐在牆上的壁架，有的蜷伏在兩腳獸通常會放在自己臥鋪裡的那種軟軟的石狀物上。

裡面的貓兒數量好像有一整個部族那麼多！他心想。

「到底有幾隻貓啊？」他問道，同時跳下來，站在尖牙旁邊。

「我不確定，」尖牙無法確定地眨眨眼睛。「十隻或甚至十五隻吧。很難算清楚。因為一直有小貓出生。我離開的時候，已經有兩隻懷孕的貓后。而且我不在的期間，有些很老的貓恐怕死了。」

我倒是沒想到這一點，灰紋原本很有信心可以成功達成任務，但現在信心開始動搖。**如果裡面有懷孕和年長的貓，這個脫逃計畫會很麻煩。**

灰紋更仔細地檢查了一遍這棟窩穴。起初由於窩穴看起來搖搖欲墜，他以為應該很容易找到進去的方法。但他發現他錯了。哪怕有陽光灑下來，空氣也很溫暖，但門窗全都緊閉。灰紋只看到一塊對外敞開的場域，但它在窩穴底下，用方形石塊堆砌起來。

「下面有什麼？」他問道。

尖牙聳聳肩。「什麼也沒有，只是窩穴地板的底部而已。」

「那我們要怎麼進去？」灰紋雖然大聲問道，但沒打算得到任何答案。

尖牙搖搖頭。「兩腳獸總是把這地方關得緊緊的，」他回答。「除非她進去或出來，但後面的門是用幾片透明的石頭製作的，其中一片破了，我當初好不容易從那裡鑽出來。我本來想把那個破洞弄得更大一點，讓其他貓兒也能逃出來，卻把自己的腳掌割傷了。」

灰紋以前就曾留意到尖牙腳爪附近的毛髮被扯掉，此刻灰色公貓伸出一隻腿，秀出他的腳墊，灰紋皺起眉眼覷看上面的疤痕。

「其他貓兒不能像你一樣鑽出來嗎？」灰紋問道。

「我比多數貓兒都瘦，」尖牙低頭看看自己。灰紋留意到他在飽食了幾天之後胖了一點。「我是說以前啦。小貓比較小，但是他們沒有媽媽陪，不敢鑽出來。再說，其他貓兒都嚇壞了，」尖牙繼續說道，「他們不肯聽我的。他們需要一隻夠權威的貓兒去告訴他們該怎麼做。」

權威？我嗎？灰紋只覺得好笑。「那我們再去試一下後面的門好了。」他喵聲道。「我們合力試試看，搞不好能把洞弄得大一點。這計畫應該不錯。」

灰紋和尖牙繞著窩穴摸索過去，一路避開地上亂丟的垃圾以及幾只用弧狀紅石製成的碗，只不過碗都破了，種在碗裡的植物也早就死了。他們一路跳躍，閃過兩腳獸的各種物品，有的是用棍子做的，有的是用很軟的皮囊做的，皮囊也都裂開，露出裡面像是薊花絨毛的東西。

看來這頭兩腳獸不只收集貓兒而已，灰紋心想道。

等兩隻公貓來到後門時，灰紋立刻尋找那片破掉的玻璃，卻看到它已經被一塊木板從裡面固定住，擋住破洞。

「完了！」尖牙大聲說道，沮喪地甩著尾巴，眼睛絕望地瞪大。

「冷靜點。」灰紋告訴他。「也許我們可以拆掉它。」

可是當他伸爪去推那塊木板時，它卻紋風不動……而且破玻璃的邊緣尖銳，這表示你絕不能用爪子去刨抓外緣，將它扳開。

「狐狸屎！」灰紋低吼，放棄嘗試，改透過旁邊的玻璃窺看裡面的動靜。

在與窩穴如此近距離的情況下，惡臭味自然極為濃烈，他只能強忍住，免得吐出來。他看到裡面堆滿垃圾和腐敗的食物，然後在那些有的沒的東西之間，大概目擊至少十幾隻貓。他們全都瘦骨嶙峋，毛髮凌亂，看起來就像好幾個月沒見到獵物的惡棍貓，而且也起碼有好幾個月沒有梳理毛髮。顯然他們都是隨地大小便。

這絕對不是有教養的貓會做的事，灰紋心想道。他一想到，就覺得想吐。**連寵物貓都懂得利用那些可笑的小箱子來方便。**但就在他再重新檢查緊閉的門扇時，他才明白在兩腳獸根本不理會他們的情況下，被囚禁的他們其實別無選擇。

除了穢物和垃圾的味道之外，灰紋也隱約聞到了感染才會出現的那種噁爛的味道。所以裡面起碼有一隻貓不是病了就是受傷了，若是沒有治療，問題恐怕更嚴重。

那可能是尖牙的伴侶貓水仙吧，他心想。**尖牙不是說她病了嗎？他說得沒錯，這些貓必須被救出來，不能再浪費時間了。**

灰紋回去找尖牙，後者坐在離他幾條尾巴遠的地方等他。他突然為這隻瘦巴巴的公貓感到難過。**現在我終於明白他經歷了什麼……如果再送他回去，未免太殘忍。**「要是我能找到別的方法進到裡面，」他喵聲道，「也許能從裡頭把門打開，你就可以帶著那些貓逃進林子裡。」

尖牙沮喪地搖搖頭。「我不知道……你真的認為你能辦到嗎？」

灰紋開始在窩穴外面四處查探，尋找任何可以利用的破口，尖牙一路跟在後面。就在他快走回原來的起點時，突然瞄到樓上有扇窗戶沒關好。那裡的縫隙很小，老鼠也許可以輕易穿過，但對一隻成年貓來說，可能不夠大，無法鑽出來。

不過那是我們唯一的機會……所以我必須試試看。

「要是我能爬到上面去，」他告訴尖牙，同時用尾巴指。「搞不好可以把它撬開一點，然後鑽進去。」

尖牙疑色地查看那扇窗戶。「我想可以試試看。」

「但你不能跟我去，」灰紋接著說道。「因為……」

「什麼？」尖牙打斷他。「不行。」

灰紋抬起尾巴，要他安靜。「就像我說過的，沒必要讓我們兩個同時困在裡面。再說，等我找到方法，我也需要你在這裡鼓舞貓兒逃出來。他們認識你，所以會相信你。」

「好吧。」尖牙勉強同意。

灰紋環目四顧，看到有棵樹的生長位置離窩穴很近，其中一根樹枝往那扇沒關的窗戶伸了過去，但細長到讓他有點不太放心，再加上得從末端那裡再往前跳一兩條尾巴的距離才搆得到窗戶。不過他認為他應該跳得過去。

星族啊！我已經老了，恐怕玩不起這種把戲。

灰紋察覺到當他爬上樹的時候，尖牙一臉欽佩地看著他，這也使得他在冒險攀上那根樹枝時罕見地感到不自在。樹枝被他的重量壓得彈了一下，他當場嚇到，趕緊把將爪子戳進樹皮裡，同時閉上眼睛。但是他知道如果現在退縮，連試都不願試，日後將如何面對尖牙。

灰紋閉著眼睛，小心翼翼地沿著樹枝摸索前進，一步一步慢慢走，腳下的樹枝跟著垂了下去，不停晃動。他走到末端，感覺到樹枝不太紮實，恐怕無法承受蹬腳彈跳的力道，但沒有別的選擇了。他停下腳步，估算樹枝和窗台之間的距離，然後深吸一口氣，彎起後腿，往前用力一蹬。

起初他以為他跳不過去，一定會摔在地上跌斷腿。結果前爪竟然撞到窗台，兩條後腿忙不迭地巴住窗台，慌亂中好不容易抓到一點平衡，才伸爪塞進窗緣，想把窗縫開大一點。結果腳爪又突然打滑，他一度以為自己會掉下去，四條腿和尾巴無助地胡亂耙抓，還好那扇窗的縫隙又打開了一點點，他見機趕緊鑽進去。

灰紋站立一會兒，氣喘吁吁，四條腿因剛剛使力過度仍在不停發抖。他本來希望他能帶著受困的貓兒從這扇打開的窗戶逃出去，但現在他才明白如果他們有生病或者身體虛弱，根本不可能辦到。懷孕的母貓或小貓也不可能從這個窗縫逃出去。

我也希望自己不用原路回去，他憂心地想道。

樓上很昏暗，光線是勉強透過那扇骯髒的窗戶射進來的。空氣中有發霉的味道，但是貓兒的痕跡不多。令灰紋慶幸的是，這個房間的門至少是打開的，他悄悄穿過房間，走向那扇門，窺看外面的通道。

他正要走出去時，突然聽到隔壁房間傳來兩腳獸的腳步聲，對方正在呼喊。灰紋聽不懂她在說什麼，但他繃緊神經地等候，直到確定對方仍留在原地沒有出來，他才走進通道，用所有的感官提防任何可能的危險。

灰紋聽到下方傳來貓的嚎叫聲，他偷偷沿著通道走，來到一處可通到樓下的鋸齒狀坡道。他先把兩腳獸的叫聲拋在腦後，逕自走了下去。

他的腳才踏到下面的地板，便發現腳掌沾到某種黏乎乎的東西，他低頭一看，發現那是某種味道惡臭的棕色物體，地上到處都是。

好噁喔！我根本不想知道那是什麼！

灰紋往前跨步，發現自己正穿梭在垃圾迷宮裡。他小心翼翼地踩著令人作嘔的地板，每一步都走得如履薄冰，心裡同時想著，要是見習生把營地的地板搞得有一點像這裡這麼髒，一定會大禍臨頭。

他舉目望去，全是困倦疲累的貓兒，他經過時，他們也只是抬頭茫然地看他一眼，完全不發一語，甚至不會好奇怎麼有陌生的貓兒出現在這裡。他在一個很暗的角落瞄見一隻黃白相間的貓兒躺在一堆骯髒的皮囊上。她的眼神呆滯，胸口起伏很大，正在費力喘氣。灰紋趨近，感染的氣味益發強烈。

她一定是水仙！他心想，他還記得尖牙所描述的伴侶貓。看起來她的情況就像尖牙形容的一樣糟，但至少她還活著。他猶豫了一下，心想要不要跟她說點話，跟她說她的伴侶貓就在附近，但最後他決定還是去把門板的縫隙打開，先讓貓兒逃出去比較重要。

灰紋終於找到那扇有破玻璃的門。尖牙就等在門的外面，他抬眼看見灰紋出現，神情鬆了口氣。

灰紋伸爪去刨那塊擋住縫隙的木板邊緣，但不管怎麼刨，都無法將它從門框上扳開。最後反而弄斷了一根爪子。

「狐狸屎！」他嘶聲道，隨即用身體抵住門，伸長腳爪，希望把它推開。

外面的尖牙也跳上去，試圖抓住門板上一個亮亮的圓形物，因為兩腳獸都是用它來開門。但不管他怎麼拉，也無論灰紋怎麼推，都是徒勞。門還是關得緊緊的。

灰紋氣喘吁吁地站在那裡，思索別的出口，這時他聽到樓上傳來嘎吱聲響。尖牙往後一跳，抬眼去看，警覺地瞪大眼睛。

「怎麼了？」灰紋喊道。

「窗戶！」尖牙喊了回去。「兩腳獸把那扇窗關起來了，完了，灰紋，你被困在裡面了！」

第二十五章

此時

「不要慌！」灰紋告訴尖牙，但他也在努力不讓自己陷入恐慌。他的心跳得很快，喉嚨突然有種作嘔的感覺。這一切令他想起上一次的經驗，不過那是很久以前的事了，當時他也被困在兩腳獸的一棟窩穴裡。但是那棟不像這棟那麼糟。他那時也是拚了命地想逃出去。「一定還有別的出路。我們必須先冷靜下來，好好想想。」

「你有看到另外一扇門旁邊的那個洞嗎？」尖牙過了一會兒說道。

「有，」灰紋回答。「但它太小，貓鑽不進去。」

「這倒是真的，」尖牙附和道。「但也許你用爪子刨它，就可以從那裡逃出來。」

灰紋很懷疑。因為如果這麼好逃出去，尖牙和其他貓兒早就這麼做了。但再怎麼樣，都比待在這個髒兮兮的地方，不去想任何辦法逃出去來得好。

「我來試試。」他大聲說道。

他退了回去，橫過窩穴。一路上其他貓兒幾乎都沒留意到他。灰紋猜他們一定是習慣了這裡老是有新的貓兒出現，就像尖牙說的一樣。再不然就可能是他們太疲累了或太餓了，沒精神理會任何事。不過他留意到有一隻疲憊的老母貓一直沒精打采地盯著他看，而且在他趨近那扇門時還站起來跟著他。灰紋朝她垂頭致意，但她沒答腔。

灰紋毫不費力地找到那個洞：它是一個三角形的洞，邊緣參差不齊，就在牆上，大概跟他頭顱位置一樣高。尖牙說得沒錯，對成年貓來說，它太小了，就連小貓都很難鑽進去。但灰紋沒打算放棄。他很是果斷地朝那個洞的邊緣伸出爪子，一開始他還挺有信心的，因為他一耙，就有許多碎屑掉下來。

「你以為我們沒試過嗎？」一個聲音從他後面傳來。

灰紋轉身看見那隻老母貓。他直覺她年輕時一定很漂亮。她有一身毛茸茸的灰毛，至少曾試著努力梳洗過，還有一雙又大又亮的琥珀色眼睛，正用一種惱怒的神情盯著他。

「刨它也沒用。」她沒好氣地說道。「你可能只會刨一點粉狀物下來，但底下有很堅硬的石頭，完全不會鬆動，所以這個洞一直沒變大。這裡沒有出口，忍冬只是運氣好。」

「忍冬？」灰紋一臉不解地問道。

「就是外面那隻瘦巴巴的灰色公貓啊。」母貓朝後門偏著頭回答。

「哦，」灰紋現在懂了。忍冬一定是尖牙的寵物貓名字。他逃出去後，八成幫自己又取了一個聽起來比較厲害的名字。**也許是想讓我留下深刻的印象，**灰紋心想。儘管目前處境糟糕，但灰紋還是忍不住想笑。

從他所在的位置，可以聽得到尖牙……或者說忍冬……正在窩穴外面的另一頭不停刨抓，但老母貓說得沒錯，那塊硬石完全不會鬆動。

「沒用的，尖牙。」灰紋隔著洞口喊道。「坐下來吧，我再想想別的辦法。」

他隔著洞口窺看，發現尖牙坐了回去，一臉信任地等在那裡。**要是我讓他失望了怎麼辦？**他心想。不管他多努力地思索其他逃脫方法，腦袋還是一片空白。

「你是新來的，」老母貓說道。「你叫什麼名字？」

「灰紋？你呢？」

「我叫矮牽牛。我住在這裡的時間最長。我見過所有新來的貓，他們一開始都想試著出去。但根本出不去。只要你安頓下來，接受這個事實，就會好過多了。」

灰紋無法想像在這麼噁心的環境下，是要如何好過？「如果你待在這裡的時間最久，那你應該認識尖牙……我是說忍冬……的母親。」他喵聲道。

「喔，是啊，我和小妖很熟，」矮牽牛回答，眼裡充滿哀傷。「她心地很好，那時兩腳獸再也沒辦法好好照顧我們的時候，她盡全力幫助我們。看到她生病死了，我們都很難過。」

是啊，這聽起來的確像是小妖會做的事，灰紋心想，同時也想起這位貓后對她弟弟和腹中小貓的愛。**她總是盡全力照料那些沒辦法照顧自己的貓兒。**

就在矮牽牛說話的同時，灰紋聽到拖腳走路的聲音，結果轉身看到一頭很老的兩腳獸拿著兩個碗。她的皮膚皺巴巴的，彎腰駝背，那付瘦骨嶙峋的身軀上垂掛著非常骯髒的皮囊。她頭上凌亂的毛髮都白了。灰紋不免同情她，顯然她連自己都照顧不好，更何況是照顧貓兒。

灰紋等著兩腳獸意外看見他。但牠那雙混濁的眼睛竟對他視而不見，一點反應也沒有。顯然貓兒多到她還以為他只是其中一隻而已。

但這怎麼可能？灰紋反問自己。**我聞起來跟他們不一樣，好嗎？**

兩腳獸一邊把碗放下去，一邊不知道嘴裡咕噥什麼，但語氣很溫柔。灰紋聽不懂她的意思，只知道她用矮牽牛這個名字來呼喊所有貓兒，從她關愛的語調裡聽得出來她很疼愛每隻貓。

突然間，貓兒從窩穴裡的各個角落出現，宛若烏鴉撲向死屍。他們餓到不停嚎叫，爭先恐後、互相推擠，都想擠到碗的前面。但食物根本不夠這麼多貓兒吃，體型小一點和體力弱一點的貓兒都被擠到後面，連聞的機會都沒有。

她上次餵飽他們是什麼時候的事？灰紋邊看邊納悶，**從他們爭食的樣子來看，一定很久了。**

灰色母貓矮牽牛硬是闖進那個小戰區裡，胡亂叼了一口碎渣，但沒囫圇吞下肚，反而擠出來，直接走到黃白色母貓躺臥的角落。

灰紋跟上去，剛好看到她把那些碎渣放在病貓前面。

「水仙，給你吃。」矮牽牛說道。「你要吃一點。你需要有體力，病才會好。」

灰紋在旁邊看，對老母貓的好心不免感動到有些哽咽。她用尾巴搓揉著水仙的腰腹，生病的母貓勉強吞下一些。矮牽牛等水仙吃不下了，才把剩下的自己吃掉。

兩腳獸才剛退回去，貓兒們就搶光了碗裡稀少的食物。灰紋跳上附近的窗台，用命令的語氣大聲吼叫，搶在貓兒們散開之前吸引他們的注意。

貓兒們都朝他轉身，有些貓兒不解地眨眨眼睛，也有些好奇地看著他。「你是誰？」一隻黑白色公貓問道。「今天早上還沒有你啊。」

「我叫灰紋，我是尖牙……我是說忍冬的朋友。」灰紋回答。「但這不重要。真正重要的是，你們想離開這裡嗎？」

有幾隻貓點頭。其中一隻是亮橘色的虎斑貓，有一雙琥珀色的眼睛，她上前一步，直接站在灰紋的窗台底下。

「嗨，我叫百合，」她開口道。「我們當然想離開這裡，從我們第一天進到這裡來，就想離開。但我們試過了，沒有方法可以逃出去。」

「一定有。」灰紋堅稱道。「如果我們集思廣益，一定會找到方法。」

「那我相信豪豬都會飛了。」貓群後面有隻貓嘟囔道。

不過灰紋還是認定多數貓兒都在認真思考他的提議。他們的眼睛變得比較亮了，彷彿受到他的鼓舞。

「我有個點子。」一隻比較年輕的貓喵聲道。他是一隻很瘦的公貓，有一雙琥珀色眼睛，身上禿了幾塊毛。「我們也許可以趁兩腳獸下次開門的時候一起攻擊她。」

大家同聲附和他的提議，但老母貓矮牽牛一臉憤怒。「絕對不行！」她厲聲道。她的毛全聳了起來，甚至滑出爪子，似乎想攻擊年輕的公貓。

「可是也許管用啊，」灰紋對她直言道。「為什麼你要反對？」

矮牽牛很不悅地把目光移向他。「我的兩腳獸把我從一個會殺害流浪貓的地方救出來。」她回答道。「她救了我。我知道她現在變樣了，但儘管如此，我還是很愛她。我絕對不會做任何事情傷害她。」

提議攻擊的年輕公貓發出不屑的冷哼聲。

「跳蚤腦！」矮牽牛瞇起眼睛，一臉鄙視地怒瞪對方。「兩腳獸變得又病又老，腦袋也不清楚，這又不是她的錯。她之所以能活著撐到今天，可能就是因為我們還在這裡的關係。如果我們全都逃了，她會心碎的。尤其是我，我是她收養的第一隻貓。」

「所以她才老是對著所有貓兒喊矮牽牛，對吧？」灰紋問道，同時對老母貓的忠心耿耿很是刮目相看。

矮牽牛點點頭。「我想她現在可能只記得一個名字。」

灰紋很同情她。當年他被兩腳獸困住時，也當了一陣子寵物貓。雖然那不是他的選擇，巴不得能再回去當戰士，但他的兩腳獸很照顧他。所以他知道這世上還是有很多好心的兩腳獸。顯然這頭老兩腳獸也不是存心要虐待貓的。

「我懂，」他告訴矮牽牛。「但這裡的環境不適合貓兒居住。」

「我已經習慣了。」矮牽牛告訴他。「其他貓兒早晚也會習慣。」

「可是有些貓兒恐怕活不到等自己習慣的那一天。」灰紋直言道。「這裡有病貓，也有正在捱餓的貓，還有快要生小貓的母貓，你們需要的照顧非這頭兩腳獸所能給予。而他們被這樣對待是不公平的。」

貓群裡傳來附和的低語聲，矮牽牛沒有吭氣，低下頭，承認灰紋是對的。

過了好一會兒，她才抬起頭來再度發言。「我也許知道逃脫的方法。」她喵聲道。

「而你從來沒跟我們提過？」百合大聲說道，似乎無法相信她剛聽到的事。

矮牽牛嘆口氣。「我也不確定這辦法管不管用。但是每隔一段時間，兩腳獸就會到外面從箱子裡拿東西，或者到花園幹活兒。這不會天天發生，但我們得做好準備，逮住這種機會。我在想也許我們可以找個東西趁下次門開的時候，趕緊把門擋住。她可能不會注意到，到時我們就能逃脫了。」

「這主意好，」灰紋說道。「就算得花點時間等待，也值得一試。」

「但我不打算離開，」矮牽牛防備地說道。「無論好壞，這裡都是我家。」

「我們不能把你丟在這裡。」百合駁斥道。

「你必須跟我們一起走。」貓群後面有隻貓這樣說道。

但是灰紋看老母貓的態度很堅定，他尊重她的決定，哪怕他不認為這個決定是對的。

「我會去找東西來擋住門，不讓它關上。」百合立刻跑開，隨即拖了一件很小的兩腳獸皮囊回來，藏在窩穴裡四處可見的垃圾堆後方。灰紋則跑去那扇破掉的門那裡告訴尖牙新的計畫。他要公貓在附近先休息，如果兩腳獸有離開窩穴，就可以隨時過來幫忙。

最後所有貓兒都散開，躲在暗處或兩腳獸的垃圾後面。灰紋待在原地等候，他看得到從各個藏身處射出的目光，他們全都緊盯著那扇關起來的門。

在灰紋和其他貓兒的等待中，時間似乎慢了下來。陽光爬上牆面，慢慢消失，光線漸漸變成淡紅色，然後一片淺藍。灰紋開始覺得想睡，但決定還是保持清醒。最後等到外面光線全都暗了下來時，灰紋聽到兩腳獸拖著腳走路的聲音，看見她帶著一個綠色容器朝門口走去，容器一側有突出的出水口。不時有水從容器頂部晃灑出來。灰紋心想她是不是打算幫外面碗缽裡那些早就枯死的植物澆水。**為什麼現在才澆水？都快天黑了？**不過他想這頭兩腳獸不管如今做什麼事，應該沒有什麼道理可循吧。

灰紋跳下來叼起皮囊，但等到他把它從藏身處拉出來時，兩腳獸已經出了門，門又被關上了。他發出沮喪的嘶聲，等在附近，決定等她回來馬上行動。

終於兩腳獸又進屋了，門在她身後擺動，那當下，灰紋看到了外面的花園，還瞄到尖牙就在附近一株過度生長的灌木那裡瞪大眼睛、滿懷希望地看著裡面。灰紋忙不迭地把皮囊鏟進門縫處。但是那扇門太重，關上時，竟直接把皮囊推到旁邊，啪地一聲又闔上了。

不！

房間再度被關進幽暗裡。灰紋只覺得這股幽暗像灰霧一樣滲入他體內，他絕望地瞪著眼前的障礙，胸口又悶又緊，幾乎無法呼吸。

我會不會再也出不去了？

第二十六章

彼時

灰紋在他的臥鋪裡躺下來，試圖不去理會腳爪的刺癢還有全身好似螞蟻在爬的感覺。自從火星離營後，已經過了兩個月，但灰紋仍決定睡在戰士窩裡。他覺得畢竟族長還健在，這時去佔據火星的窩穴，未免說不過去。

至少，我希望他還健在。

在這一刻之前，他從來沒有後悔過這個決定，但現在的他真的很想起來四處走動，甩甩身子，擺脫緊張的情緒，卻只能原地蜷伏，假裝睡著，以免驚擾到其他族貓。此時的他正在等候血族展開攻擊的那一天。

但前提必須是小妖沒有撒謊，他提醒自己。可是隨後又自言自語：「我相信她，血族現在就在外面。他們就要來了。雷族已經做好準備。」

終於黎明的天光透過窩穴縫隙灑了進來。「謝謝星族，」灰紋吁口氣，站了起來，甩掉身上的青苔屑。

他悄聲地走到各個臥鋪，叫醒一個又一個的戰士，領著他們走到營地中央。其實不是所有戰士都有睡著，有些也跟灰紋一樣緊張，準備隨時跳起來捍衛營地，所以早上起床時也都鬆了口氣總算天亮，跟著灰紋走出窩穴。

接著灰紋到各窩穴裡叫醒長老、見習生、還有育兒室裡的貓后。要是血族貓有在偷聽的話，今天將不會聽到他召開部族會議的大吼聲……但灰紋相信他們一定有在偷聽。他們只會聽到營地乍醒時平日的工作聲響。

最後灰紋鑽進煤皮的窩穴。

「是時候了嗎？」她問道，那雙藍色眼睛在黎明曙光下閃閃發亮。

灰紋點點頭。「你到外面來，我有話要跟部族說。長尾，你也出來。」他隨後對淺色虎斑戰士說道：「我會需要你。」

「我準備好了。」長尾跳起來，跟在灰紋後面進入空地，煤皮用尾巴搭在他的肩上，幫他帶路。

灰紋用尾巴示意族貓們趨近，直到大家全都圍上來，現場一片肅靜，氣氛緊張，目光全緊盯著他。他用很低的音量說話，但每個字都說得很清楚。

「根據小妖的情報，」他開口道。「血族會趁日正當中時攻擊我們。所以我們時間不多。在那之前，我們必須讓血族相信我們沒有對任何事情起疑，雷族的這一天跟平常一樣，像平日一樣做自己分內的工作。」

灰紋停頓一下，視線掃過所有族貓。他擬好計畫的時候，發現他其實沒有足夠的戰士來執行他想做的每一件事，因此他的腦筋動到霜毛和金花身上。她們在火星離營之前，才退休當長老不到一個月，所以活力還很夠。

「霜毛，」他繼續說道，同時轉向白色母貓。「你和金花再回來當戰士如何？只有今天？」

霜毛坐得筆直，藍色眼睛閃閃發亮，金花則跳了起來，爪子在營地的地上急切地縮張著。「那有什麼問題。」她大聲說道。

灰紋垂頭向兩位矢志效忠部族的長老致意。「那你們倆就組成黎明巡邏隊，」他喵聲道。「如果看見或聞到血族貓，別理會他們……不管怎麼做，就是不要跟他們打起來，除非躲不開。」

「我們還是能打。」霜毛喵聲道，語氣有點不高興。

「你們當然能，」灰紋告訴她。「所以你們一聽到開戰的吼聲……相信我，你們會聽到的……就趕緊回到這裡來幫忙。」

「好的，」霜毛揮著尾巴。「走吧，金花。」

灰紋看著兩隻母貓朝金雀花叢隧道走去，希望血族若在監看，不會想到他怎麼不像平常那樣派更多貓兒出去。他希望這一切看起來就像平常的日子。他已經擬好對應的作戰策略，但他不能讓所有經驗老到的戰士全都離開營地。

「蕨毛，」他一等母貓們離開後就接著說道，「你向來擅長偵察獵物，你和棘爪可以組成狩獵隊，但不要離營地太遠，就逗留在營地和兩腳獸地盤之間。我猜血族會從那個方向來。如果你看到他們，立刻回來報告。但萬一不是，只要聽到開戰聲，馬上趕回來。」

蕨毛現在似乎已經接受這個部族跟小妖之間的約定，於是很快地點頭答應就出去了，棘爪跟在旁邊。

「那我們呢？」煤灰掌問道，並從貓群裡擠到前面來。「我們不用做什麼事嗎？」他的導師刺爪賞了他一個耳光，但爪子沒伸出來。「閉嘴，你這個小老鼠腦。這不是見習生玩的遊戲。」

「喔，我是有些事要見習生做。」灰紋喵聲道。「刺爪、塵皮、雲尾，」他接著點名三名導師。「你們帶自己的見習生出去，到沙坑上進行戰技訓練。聽到開戰聲時，要盡快趕回來，從後方突襲血族。」

「好酷喔！」雨掌大聲說道。

「這不是酷。」灰紋告訴他，然後盡可能地用很嚴肅的表情看著年輕貓兒。「你們三個一聽到開戰聲，就爬上最近一棵樹，結束之前，都待在上面。」

「這不公平！」栗掌脫口而出。「我們也想上場。我才剛學會幾套新招。」她用後腿站起來，前爪朝空中揮了幾拳，彷彿是在用她的小爪子耙抓宿敵的皮。

「很好，」灰紋冷冷地說道。「但你們還是要待在樹上。」

「見習生上次就有上場跟血族作戰。」雨掌嘴裡嘀咕。

「那些見習生都很經驗老到，快要當上戰士了，」他的導師雲尾指出。「你們三個才剛從育兒室出來沒多久。」

「如果我再聽見你們瞎起鬨，育兒室就會是你們去的地方，」灰紋厲聲說道。「別再浪費時間，快走吧。」

三名導師朝金雀花叢隧道跳了過去，見習生們嘴裡嘟囔地跟在後面。

「好了，剩下的都待在營地裡，」灰紋繼續說道，目光掃過其餘族貓。他從他們賁張的毛髮和抽動的尾巴看得出來，他們都很緊張，但發亮的眼神很是堅定。「亮心、蕨毛，你們的工作是保護育兒室。」

「別擔心，灰紋，」亮心回應，僅剩的獨眼射出凌厲的光。「血族別肖想傷害我們的小貓。」

灰紋很是稱許地對兩位貓后點點頭，接著朝留在原地的長老轉身。「回你們的窩穴去。」他下達指示。「長尾，你跟他們去。他們需要一位戰士來補強。」

花尾滑出爪子。「我們還是可以上場作戰。」

「是啊，」斑尾接著說道，同時抬起一隻後腿抓抓脖子。「我們沒忘掉的戰技恐怕比那些血族跳蚤貓會的戰技還多喔。」

「這我相信。」灰紋附和道。「不過我還是希望你們躲在窩穴裡，要是他們看起來快贏了，你們就來個第二波攻勢，殺他們個措手不及。」

「沒問題。」獨眼喵聲道，隨即帶著他們往斷樹的方向走回去。長尾墊後，抬頭挺胸，很是自豪自己又回來擔綱戰士的工作。灰紋只希望他能明白他真正的任務是：看好長老們，別受到傷害，除非情況很不妙。

「那我們呢？」灰毛問道。他蹲在鼠毛旁邊，是唯一留在營地裡沒被派任務的兩隻貓。他們看起來都很惱火，似乎覺得自己被灰紋的作戰計畫排除在外。

「你們去藏在營地邊緣的長草叢裡，」灰紋指示道。「你們的任務是把血族貓殺個措手不及。一旦開戰，」他補充道，「就盡量大聲吼叫，讓外面的族貓都聽見。」兩隻貓的惱火神情頓時消失，眼睛亮了起來，立刻朝不同方向跑開，各自尋找藏身處。灰紋鬆了口氣，灰毛似乎已經完全聽命於他，大敵當前，對他領導權的質疑完全忘得一乾二淨。

現在剩下煤皮了。「一旦開戰，我會去找小妖，」她喵聲道。「可以的話，我會帶她離開，躲在陽光岩那裡。等戰事結束後，你再派貓兒來接我們。」

「你覺得我們會贏嗎？」灰紋抽動鬍鬚問道。

煤皮用尾巴彈了一下耳朵。「我們當然會贏。」

「是星族告訴你的嗎？」灰紋滿懷希望地問道。

巫醫貓搖搖頭。「祂們不用告訴我。我們是雷族！」

她掉頭回到自己的窩穴。灰紋知道她已經準備好療傷的藥草，戰役過後就能治療傷患。

所有部族貓都已各就各位，於是灰紋走到戰士窩入口那裡坐定，這樣一來，一旦血族入侵，他就能立刻鑽進窩裡埋伏。他要血族以為他們是走進一座空蕩蕩的營地，再不然也至少以為營地裡最強悍的保衛者都在外面忙。

雖然情況危急，但他樂觀以對。他的作戰計畫沒有受到任何貓兒的質疑，這是他第一次覺得自己很像一族之長。**但我不是一族之長**，他心想。他已經看到其他戰士對他的信心，只是他對自己還不夠有信心。

他坐在那兒，動也不動，表面看起來冷靜，但內心其實波濤洶湧，暗地裡擔心自己的計畫不會成功。他尤其擔心被他派出營地的那些戰士。他告訴他們在林子裡別去攻擊血族貓，但萬一血族貓攻擊他們呢？血族貓的確有那本領埋伏偷襲。他只能相信小妖的保證，血族會以先攻下營地為目標。

當他看到金雀花叢隧道盡頭首度出現動靜時，他的焦慮開始變得難以招架。**血族來了嗎？**他心想，肚子頓時抽緊，心開始狂跳。但太陽仍斜射營地，在地上投出影子。難道是小妖騙他？血族的提早攻擊會把雷族殺個措手不及嗎？

灰紋知道他只能相信直覺。**我在跟小妖談條件時，靠的就是直覺。有時候，信任自己的直覺，是族長唯一能做的事。**

然後他就看到是蕨毛從隧道裡出來，他奔過營地，直挺挺地站在灰紋前面。他氣喘吁吁，金棕色虎斑毛全都聳了起來。棘爪也隨後趕到。

「他們快到了，」蕨毛好不容易緩過一口氣，才喘著說道。「是從兩腳獸地盤那裡穿過林子來的，就跟你說的一樣。我的星族老天，他們數量好多。」

「我們也很多。」灰紋冷靜回答。「就算我們數量比他們少，我們也比他們更訓練有素。」

他下令他們散開，躲進長草叢裡，自己也鑽進戰士窩，就蹲在窩穴入口，隔著交錯的荊棘縫隙往外窺看。

要是沒有成功，他心想，**我就等於是向族貓證明自己根本不適合暫代火星的工**

作……那我還能當副族長嗎？灰紋突然巴不得族長就在營地裡，**火星……**他真希望他朋友能在這兒陪他討論整個計畫，再……幫他定奪最後的決策。

可是決策已經做成，他提醒自己，**是我決定的……所以現在我得為決策後果負起全責。**

樹影愈來愈短，就在樹影完全消失的那瞬間，太陽爬上樹頂，血族貓蜂擁而入營地。阿怒帶頭，他們在空地上散開，嘶聲怒吼，露出尖牙，弓起後背，利爪出鞘。

「快滾出來，雷族貓！」阿怒吼道。「還是你們像膽小的老鼠一樣都躲起來了？」

灰紋衝出戰士窩，聳起全身毛髮，體型頓時大了兩倍……也希望自己看起來威脅性跟著大了兩倍。「進攻！」他放聲大喊。

灰毛和鼠毛從長草叢裡站出來，發出可怕的嚎叫聲。營地另一頭的蕨毛和棘爪也跳出藏身處，響亮的吼叫聲朝還在外頭的貓兒發出信號。

等待總算結束，如釋重負的灰紋衝進戰場，跟在後面的族貓離他只有一步之距。他想直接對槓阿怒，一舉擊敗他們的首領，血族的攻勢就會跟著瓦解。他看到她就在幾條尾巴的距離之外，哪怕她只剩一隻眼睛，但戰技仍然純熟，全身殺氣騰騰，令灰紋不寒而慄。

我有那本領打敗她嗎？他納悶。**不管了，不試怎麼知道。**

一隻像小妖一樣有斑色毛髮的年輕貓兒跟在首領旁邊並肩作戰。**那一定是廢鐵，**灰紋心想，他留意到公貓的動作十分敏捷，利爪朝對手一揮，就立刻閃開。**不過對我來說**

還不構成威脅，別擋路，他心想道，**希望我不用對你下毒手。**

此刻營地中央已經成了貓兒廝殺的戰場，尖牙利爪盡出。雷族貓正處於劣勢。他看到灰毛被廢鐵壓制在地，另外兩隻血族貓將鼠毛和棘爪打得一步步退往育兒室。

喔，星族！灰紋緊張到胃部抽緊，**我們快輸了！**

這時他瞄到雲尾、刺爪、和塵皮衝出金雀花隧道，從後方撲向血族貓。

謝謝星族！可是……灰紋沒有急著殺過去找阿怒對決，因為他瞄到三個見習生竟跟在導師們後面衝了進來！**狐狸屎！我早該料到！**

灰紋暫時不管阿怒，直接往見習生那裡衝過去。可是等他殺到隧道那頭時，雨掌和煤灰掌已經消失不見，只看到栗掌正在跟一隻體型是她三倍大、虎背熊腰的虎斑公貓對峙。

灰紋立刻叼住栗掌的頸背，將她拖到一旁，張嘴對著虎斑公貓嘶聲大吼，直到對方轉身消失在混戰的貓群裡。

她會被撕成碎片！

灰紋低頭看著栗掌，用力搖晃她。「你現在就給我去育兒室！」他吼道。

小玳瑁貓挑釁地抬頭瞪看。「我想上場作戰！我要保衛我的部族！」

我沒有時間跟你廢話！「你要保衛你的部族，就去保護那些小貓！」灰紋下令道。

栗掌瞪大眼睛。「好，我可以！」

灰紋放開她，把她往育兒室的方向推了一把。她迅速離開，繞過戰場邊緣。

此刻灰紋已經完全看不到阿怒。他四處張望尋找，突然瞄到一個薑黃色身影從他旁邊跑過去，立刻認出對方是瓦仔，小妖跟他描述過他。灰紋定神看著瓦仔背上一塊光禿的地方，小妖曾告訴他，那是對方的舊傷，沒接受過適當的治療，**是他的弱點。**

灰紋立刻追在瓦仔後面，撲上他的背，利爪戳進那塊光禿處。血族公貓當場慘叫，倒在地上。灰紋直接踩在他上面，揮爪狠擊他的背。

瓦仔痛苦大叫，絕望地胡亂踢打，試圖逃脫，最後好不容易擺脫灰紋，不過灰紋很得意，因為他看到對方背上那塊光禿的疤變得更大了，爪痕處也正汩汩流出鮮血。

瓦仔又帶著同伴回來找他。後者是一隻公貓，頭頸邪惡地左右擺動，脖子上戴著一條有很多鑲嵌物的奇怪項圈。**這一定是沙錐**，灰紋心想，**小妖說他總是直接進攻對手的頸脖。**

四周的格鬥如火如荼，緊張的灰紋嚴陣以待，收起下巴，兩隻血族貓從他兩邊進逼。

「你自稱是族長？」沙錐嘲笑他。

「是啊，你就一個而已，」瓦仔接著說道。「沒有戰士過來幫你！」

「你錯了！」灰紋背後傳來憤怒的嚎叫聲，棘爪從他旁邊跳過去，毫無畏懼地直接撲上兩隻血族貓。他用兩隻前爪銬住沙錐的後腦，一個下腰，猛力一推，他的對手頓失平衡摔在地上。灰紋認出這個招式，八成是他的導師火星教他的。

他將來一定會成為偉大的雷族戰士，灰紋心想道，**他在過往的戰役裡一次表現得比**

一次好……不過我還是希望別再打仗了。

灰紋暗自讚嘆了一下棘爪的戰技，便又立刻投入戰場。他瞄到霜毛的白色身影一閃而逝，這才發現黎明巡邏隊也回來了。灰毛與鼠毛凶猛地並肩作戰，金花則追著一隻不斷尖叫的血族公貓，奔過營地。

這時灰紋留意到小妖偷偷繞到營地邊緣，半自藏匿在長草叢和矮木叢裡。煤皮緩步跟在她後面。灰紋本來看到血族母貓平安脫逃，鬆了口氣，沒想到情勢瞬間逆轉。

小妖還沒走到金雀花叢隧道，進到外頭森林的安全地帶，一聲憤怒的尖嚎聲突然在營地響起。灰紋旋身一轉，看見阿怒棲在高聳岩上，怒目射向正在脫逃的貓后。灰紋看到血族母貓竟敢登上那處本當屬於火星的位子，頓時怒火中燒。

「叛徒！」阿怒大吼。「蛇仔、阿冰！快阻止她！」

兩隻黑白色公貓從戰場上疾奔而出，衝向小妖，後者試圖逃離他們，跑向隧道。但她因為懷孕，身體笨重，動作不夠靈活。阿冰衝到她前面，將她擋下，蛇仔則從旁邊抄上去，攔腰把她摔在地上，壓制在地。煤皮跳上去想幫忙，但另一隻血族公貓推開她，站在她面前，亮出尖牙。

「把她給我帶過來！」阿怒下令道。

蛇仔，灰紋心想，他看著那隻孔武有力的公貓將爪子按住小妖的頸子和後腿。他突然全身打起寒顫。**星族告訴我要提防蛇咬，就是這個意思嗎？**

阿冰跟蛇仔合力將小妖拉起來，押著她一路穿過混戰中的貓群，拖往高聳岩。灰紋有股不祥的預感，開始奮力朝她的方向一路殺過去，但還沒趕到，本來將塵皮壓制在地的廢鐵突然跳過去，撞開貓群，奔到他姐姐旁邊。

「放開她！」他大吼，試圖推開蛇仔。

阿冰和蛇仔與他對峙。「你真的要對幹嗎?真的嗎?」阿冰質問他。

「她不是叛徒，」廢鐵堅稱道，同時抬頭望向高聳岩上的阿怒。「她只是不想上場作戰……她想保護她的小貓。」

蛇仔回嗆他：「她知道我們的規定。不管怎麼樣，小貓一出生，她就得放棄他們。她這麼在乎小貓，在乎到竟然敢在戰場上背叛我們，這就證明了她跟我們已經不是一夥……她不是真正的血族貓！」

「如果你這麼堅決地想要保護她，」阿怒對著廢鐵冷笑。「你就也不是血族貓了。」她的目光轉向阿冰和蛇仔，惡毒的眼神擺明了一切。

蛇仔和阿冰一看到她的眼神，立刻轉向廢鐵，伸爪朝他揮過去。小妖試圖幫忙，用盡力氣狠擊蛇仔的後腿，但蛇仔神情不屑地伸腿踢開她。

「不要！」廢鐵邊朝她大喊，邊奮力同時回擊兩隻血族貓。「你快離開這裡！」

灰紋還在混戰的貓群裡一路廝殺，想趕到廢鐵那裡。但他來晚了，就在他終於殺出重圍，撲向蛇仔時，廢鐵的腿已經癱軟在地上。使出前爪狠打蛇仔腰腹的灰紋只能一臉驚恐地眼睜睜看著鮮血從廢鐵頸上一個大口子不斷湧出，目光漸漸渙散，最後完全消失。小妖當場悽厲哭嚎。

灰紋朝蛇仔彎下身子，憤恨地將爪子砍進血族公貓的肩膀，同時亮出尖牙，打算戳進對方喉嚨，取他性命。但灰紋還沒開咬，就被阿怒的吼聲喝止。「停下來！」

灰紋抬眼一看，發現在他面前的小妖被兩隻孔武有力的血族貓抓住。她的綠色眼睛滿是哀傷，眼睛緊盯著她弟弟的屍體。附近包括雷族和血族在內的貓似乎明白有什麼重要的事正在發生，全都停下動作。一股肅殺的氣氛從阿怒所在的高聳岩那裡當頭罩下，宛若漣漪朝營地邊緣漫開，直到每隻貓都原地不動，抬頭瞪看那隻血族母貓。

「怎麼樣？」阿怒的聲音帶著邪惡。「你殺了蛇仔，叛徒也活不了。這就是你要的結果嗎？雷族族長？」

第二十七章

彼時

「我們要繼續打下去！」眼看灰紋原地不動地站著，灰毛這樣喊道。「我們必須把血族趕出去。」

有幾個雷族戰士也出聲附和，但灰紋無法果敢地劃開蛇仔喉嚨，因為這麼做，小妖就死定了。他無視部族的怒吼聲，收起爪子，退了回去，讓蛇仔爬起來。

「阿怒，」他抬眼看著高聳岩上的血族首領，開口說道。「血族是不可能打贏這場仗的。我們有很多戰士，全都訓練有素。如果你執意打下去，只會害死你的族貓……我是說如果你把他們當成自己族貓的話。但這真的是你想要的嗎？你難道不同情這些跟著你跑來作戰，最後傷痕累累的同伴嗎？你難道不擔心他們的安危嗎？」

阿怒的表情像石頭一樣頑固。「我就是在為他們的安危著想，才要讓血族把這塊領地占為己有。」她回答。

灰紋沮喪地呼了口氣。「要是你多數的族貓——或者全部族貓，為了占領這塊領地而全數喪命，又有什麼好處呢？」

「只要我還活著，這一切犧牲都是值得的，」阿怒吼道。「我會奮戰到再無一兵一卒為止。」

看在星族老天的份上，這樣的貓是要怎麼跟她講道理啊？灰紋納悶，**還有怎麼會有**

貓兒想追隨她？

在阿怒大放厥詞後，現場肅靜了下來，他清楚聽到血滴下來的聲音，於是環目四顧，嗅聞空氣，這才發現原來是阿怒已經身受重傷，腰腹有個很深的傷口正滲出鮮血，滴在高聳岩上。

灰紋朝另一頭的煤皮瞄了一眼，後者已經從貓群裡擠過去，站在小妖旁邊。他用耳朵指著血族首領向煤皮示意。煤皮看了一眼，回給灰紋一個擔憂的表情，灰紋於是確定傷勢如他所想的很嚴重。

這還是我第一次這麼高興看到有貓兒受重傷，灰紋心想道，**不過這或許是個機會可以跟她講點道理。**

灰紋朝高聳岩上前一步，抬頭望著阿怒。「你那裡傷得很重，」他說道。

阿怒低頭一看，表情驚訝，好像直到此刻才留意到自己受傷了。灰紋看見她的眉頭皺了一下，似乎開始劇烈疼痛。

「我看得出來那很嚴重，」灰紋接著說道。「你參加過夠多的戰役，很清楚流血過多的貓會有什麼下場。傷口要是不治療，通常都會死亡。」

「你這隻跳蚤貓，等一下它就自己止血了。」阿怒咆哮。不過灰紋覺得她的語氣聽起來沒有說服力。

「就算止血了，」他告訴她。「那種傷口也可能會感染。要是感染了，你會痛不欲生。」

血族首領的表情看起來半信半疑。「這種小傷奈何不了我。」她堅稱道。

「灰紋說得沒錯，」煤皮插嘴道，她走過來站在他旁邊。「我是雷族的巫醫貓，我知道自己在說什麼。感染跟只是被砍到完全兩碼事。傷口若是被感染到，會在你的體內製造疼痛，那就不是靠你舔一舔傷口或睡一覺就會好的。但我們可以幫你止血，給你一些藥草預防感染。」

灰紋附和地點點頭。「我們的巫醫貓說得沒錯。雷族願意提供治療，讓你舒服一點。你就不會因傷勢過重而死亡。」

這番話顯然令阿怒陷入長考。她別過臉去，表情若有所思。她不斷刨抓著腳下的高聳岩，似乎無所適從。灰紋心跳跟著加快，等候對方的答案。但就在他開始以為她可能接受他們的提議時，她的目光移了回來，搖搖頭。「你們只是嚇唬我，」她大聲說道。「我是血族貓。血族是森林裡最強悍的部族。一點小傷算不了什麼……」可是突如其來的一陣劇痛打斷了她。

站在灰紋旁邊的煤皮朝他望過去，眼裡有詢問的神色。他知道她是在暗地裡問他，此刻是否應該以巫醫貓的身分對他們的對手伸出援手。

灰紋當下沒有回答，他在跟自己的良心角力，他的善良本性正對峙著步步為營的算計。他腦袋裡最冷酷的那一面告訴他必須等待那一刻的到來。雷族的宿敵……這個狠毒又無情的宿敵……的可能最糟情況是當下喪命。**不過就是死亡而已，**他告訴自己。阿怒給雷族帶來這麼多混亂與傷害，就算她今天死了也不足以為惜，星族不會懲罰他，更不會懲罰雷族貓。

但是他必須給她一個機會。

「你愛怎麼說都行，」他對阿怒喵聲道，盡量保持自己語調的冷靜。「不過這無法改變你即將死亡的事實。雷族願意幫助你，但你必須發誓血族永遠不再找我們的麻煩。」

「我不會發誓的，」阿怒吼道，「我從不接受任何貓的威脅，我是強壯又孔武有力的首領！我想怎樣就怎樣。如果你們雷族貓認為自己……」

阿怒話還沒說完就又被另一波劇痛攻擊，甚至比上一次還要勢不可擋。她的腿不停發抖，差點就從高聳岩上跌下來。她神情恐懼，目光射向其他血族貓。但灰紋看得出來沒有任何一隻血族貓肯移動腳步去幫忙首領。他們似乎一點也不在乎她的傷勢如何。

畢竟，她也說得很明白她根本不在乎他們。

明白大勢已去的阿怒，肩膀整個垮了下來，彷彿招架不住身體的疲累。她一定很清楚就算傷勢沒有惡化，讓她活了下來，她的爪牙也不會再挺她。這場仗已經結束。

雷族獲勝了。

阿怒跌跌撞撞地從高聳岩上面下來，癱倒在地，不再掩飾自己的傷勢。煤皮正要上前一步，但灰紋伸出尾巴攔下她。

「不要去！」他吼道。「除非她要求我們協助。她必須在所有貓兒面前承諾，她會帶血族離開這裡，再也不會攻擊雷族。」

阿怒抬起頭，怒瞪灰紋，眼裡充滿恨意。「好吧，你這隻跳蚤貓，」她咆哮道。「就照你說的。」

「你保證？」

「沒錯，」阿怒回答。「我保證。」

最後幾道陽光漸漸沉到林線後方，灰紋穿過營地，朝巫醫窩走去。他稍早前已經跟煤皮聊過，當時她把雷族戰士的傷口都包紮好了，也告訴他已經在阿怒的傷口上敷了金盞花泥和蜘蛛絲，給了她罌粟籽讓她好好睡上一覺。

在阿怒答應了灰紋的要求之後，其他血族貓就丟下他們的首領，逃之夭夭。灰紋派出傷勢較輕的戰士跟上去確定他們已經離開領地。他沒有十足保握他們再也不會回來，但只希望這次的戰敗經驗已把他們羞辱到未來不敢再犯。不管怎麼樣，他們已經沒了首領，不再成氣候，也不再具有戰鬥力。

此刻當灰紋鑽進蕨葉叢裡時，他發現阿怒已經坐起來，正在把最後幾口田鼠吞進肚子裡。「你現在覺得怎麼樣？」他問她。

「我很好，」阿怒回答他，眼裡仍帶有敵意。「我馬上就走了，不用勞煩你特地過來趕我走。」

「我們不會趕走任何一隻需要幫助的貓。」灰紋語氣溫和地回應。「煤皮，她適合現在離開嗎？」

正在整理藥草的巫醫貓轉過身來。「可以，差不多了，」她喵聲道。「但是阿怒，萬一傷口又裂開或者變得紅腫，你一定要再回來找我。」

起初，阿怒只是咕噥回應，隨後站了起來，緩步走出窩穴，半途回頭對煤皮簡單丟出「謝了」兩個字。

「不要忘了你答應過的事。」灰紋提醒她，也跟在後面走出窩穴，進到營地。他停在阿怒前面，攔下她。「從現在起，你不會再來找雷族的麻煩。」

「別擔心，」阿怒顯然很努力想讓自己的語氣聽起來夠自信。「我不會再回到這個長滿跳蚤的領地。我可能從此離開這座森林。」

我希望你說到做到，灰紋看著血族貓忍著疼痛穿過營地，消失在金雀花叢隧道裡，心裡這樣想道。幾隻坐在生鮮獵物堆旁的貓兒轉頭看她離開。蕨雲和亮心瞇起眼睛，一臉不屑地覷看。大家都沒有動作，也沒有辱罵，但那股敵意強烈到連在空氣裡都嗅聞得到。

總算擺脫了，他心想，同時也慶幸看到雷族貓的團結一氣。**阿怒，希望我再也不用見到你。**

灰紋深吸一口氣，直到這一刻，他才終於卸下還沒開戰前就加諸在他身上的種種壓力。這壓力流竄他體內，凶猛到他覺得似乎是用吐的將它們全吐了出來。

但在那一瞬間，灰紋突然恍然大悟他其實也有可能輸掉整個雷族。火星回來的時候，只剩下一座空營地……或者更慘的是，走進血族的新領地，而且根本搞不清楚自己竟成了入侵者。血族可能會殺了他，而他完全不知道究竟發生了什麼事。**還好我們贏了，**灰紋慶幸地想道，**一切都沒事了。**

起伏的情緒終於歇止，灰紋筋疲力竭到腿有點發抖，他朝自己窩穴走去時，還以為可能隨時倒在地上。

他還沒走到窩穴，就瞄見塵皮、雲尾、和刺爪齊聚在生鮮獵物堆那裡，三名見習生也挨擠在他們面前，瞪大眼睛，很害怕地看著自己的導師。

對齁，還有這些見習生……灰紋心想，於是繞到他們那裡。

他一趨近，就聽到雲尾喵聲說：「我想讓他們負責一個月的除虱工作，應該合理吧，你們說呢？」

「這只是最起碼的，」刺爪附和道。「一開始先這樣處罰。」

「而且在清理完營地裡的所有髒臥鋪，全換新的之前，不准參加狩獵隊。」塵皮接著說。

令灰紋欣慰的是，這些見習生看上去傷勢都不嚴重。雨掌一直在舔其中一隻腳爪，似乎有受傷，煤灰掌的肩上則裹了蜘蛛絲。不然看起來他們都毫髮無傷。

「好了，回你們的臥鋪吧。」刺爪下令道。

「可是我們還沒吃唉。」

「我們很餓！」

「我們現在也睡不著。」

「那你們就躺在那裡好好想想見習生不服從命令的下場是什麼。」塵皮不留情面地駁斥道。

三個見習生夾著尾巴離開，回去窩穴，經過灰紋身邊時，他聽到雨掌嘴裡嘟囔：「還是很值得！」

栗掌興奮地跳了一下。「好酷喔！」

灰紋搖搖頭，忍住笑。這些年輕貓兒被罰得理所當然，但他也不得不欽佩他們的勇氣以及他們對部族的耿耿忠心。這令他想起他當見習生的那段歲月，他總是跟火星為伍。**當年我們為了讓資深戰士刮目相看，什麼事沒做過啊?!**

朝戰士窩走去的灰紋留意到有一群族貓正等在外面，接著那三位導師也很快過來加入他們。灰紋做好了心理準備，認定他們一定是來責怪他竟然放走惡棍貓的首領，而且竟然還相信她會信守承諾不再來犯。

灰紋停在他們面前，一陣尷尬的沉默當頭罩下。**如果你們想對我吼，儘管來吧。**最後是鼠毛先開口。「做得好，灰紋！」她大聲說道。「你做得很棒！」

灰紋一臉愕然地原地不動，其他貓兒開始圍上來。

「是啊，你本來讓我們有點擔心，」刺爪大聲說道。「但你的決策是對的。」

「只要阿怒不再召集那群跳蚤貓捲土重來就沒問題了。」塵皮插嘴道。「不過就算她敢再來，我們也會嚴陣以待。」

蕨毛擠上前來，站在灰紋面前，他恭敬地垂下頭。「灰紋，對不起，你決定信任小妖的時候，我曾對你發過脾氣。」他喵聲道。「你是對的，我錯了。」

金棕色公貓委屈求全的樣子看在灰紋眼裡，就算心裡本來不舒服，也立刻煙消雲散了。他傾身過去，與蕨毛互觸鼻頭。「沒事。我知道我做的事風險很高。你把你的看法告訴我，是對的。」

蕨毛琥珀色眼裡的神色頓時如釋重負。「謝謝你，灰紋。」

站在他旁邊的灰毛在地上刨著自己的前爪。「我想我也是。」

這算是哪門子的道歉？灰紋心想，**但我猜應該也算吧。**「沒關係啦，灰毛。」他喵聲道。

斑尾上前來，用鼻子觸碰灰紋的耳朵。「你已經證明了自己是夠格的副族長。」她告訴他。「如果有一天火星去了星族……不過希望那一天沒那麼快……我想我有資格代表所有貓兒對你說，在你這位新族長的帶領下，雷族一定能安然無恙。」

長老這番話引來了異口同聲的附和。灰紋眨眨眼睛，感到開心，對族貓們的稱許有點尷尬，但同時也對斑尾所揭示的未來有些許的害怕。他在這次對付血族的過程中，才首度明白一族之長所必須承擔的各種磨難。

譬如作戰計畫是他擬的，但他早該預見見習生一定不會聽命。要是他們因此被殺害，就會是他的錯。他也需要有更妥善的方法來確保長老和育兒室小貓的安全。

但這還只是單一事件而已，灰紋心想，**要是我當上族長，便得無時無刻處理這些重要決策。**

他頓時明白他一點也不想負起這麼多責任。

第二天早上，灰紋緩步走過空地，很滿意看到族貓們都在忙著自己的工作：灰毛正帶領狩獵隊回到營地，四位戰士扛了很多獵物回來。蕨毛和塵皮正在修補戰士窩，荊棘枝條在這場戰役中被扯斷了一些。三個見習生正腳步蹣跚地從長老窩裡扛著又髒又重的青苔球出來。

育兒室外面，蕨雲和亮心在可以晒到太陽的地方享受日光浴，同時看著小潑和小蜘蛛在前面玩打仗遊戲。

「滾出去，血族跳蚤貓！」小潑吱吱尖叫。

「不要，」小蜘蛛伸出小爪子。「這領地是我的！」

小白才剛開眼，正一臉好奇地望著他們，亮心很寶貝地用尾巴圈住她，以防她突然跑過去找這兩隻年紀較大的小貓玩那麼粗魯的遊戲。

灰紋朝兩位貓后點頭招呼後，正要鑽進育兒室時，突然看見煤皮快步朝他走來，嘴裡叼了一點山蘿蔔根。「你要去看小妖嗎？」他問道。

煤皮點點頭，「她快生了。」她含著山蘿蔔根，含糊說道。

「在妳進去之前，我有事想跟妳討論。」灰紋喵聲道。

巫醫貓的藍色眼睛瞇了起來，有點惱火地放下嘴裡的山蘿蔔根。「好，但要快一點，」她回答。「小妖需要我。」

「我只是……煤皮……我一直在想星族在月亮石那裡跟妳說過的『就像一條三頭蛇，森林裡有許多分岔的小路』，祂們說我必須走在自己的那條路上，但也要『提防蛇咬』。現在一切都結束了。妳認為這話是什麼意思？他們是在告訴我可以跟小妖做這筆交易，還是在警告我小心這筆交易？」

煤皮想了一下，然後轉頭慢慢舔了肩膀幾下。「我當時就跟你說過，我不認為祂們有給你任何指示，」她語氣平靜地回答。「只是交給你來決定該怎麼做。」

「還真有幫助。」灰紋嘟囔道。

「但這就是星族的方法，」煤皮解釋道。「如果祂們告訴每位族長甚至每個巫醫貓面對危機時該如何處理，部族就不會獨立了。我們會像是星族的見習生，祂們是我們的導師。你或任何一隻貓兒願意這樣嗎？」

灰紋嘆了一大口氣。「我想應該不願意。」他承認道。「但一定會比較輕鬆點。至於祂們跟你說的第二部分呢？」他很快地接著說道，因為煤皮正低頭叼回她的山蘿蔔根。「『提防蛇咬』，這是指血族戰士蛇仔，對吧？」

「我想應該是吧，」煤皮附和道。「聽起來很像是祂們在告訴你要避開蛇仔，要不是戰況逆轉，也許他就是血族裡註定殺害你的那隻貓。」

灰紋點點頭，不過還是不太滿意這個答案。「我當時不知道哪隻貓是蛇仔，」他低聲道，有點自言自語。「所以我要怎麼避開他呢？是阿怒叫他去逮住小妖，我才留意到他。後來……煤皮！」他突然大聲說道。「記不記得戰役最後，我蹲在那裡把蛇仔壓在地上，準備咬斷他喉嚨？會不會是星族在警告我要三思咬蛇仔的後果？」

煤皮突然恍然大悟地瞪大藍色眼睛。「灰紋，我想你可能說對了。」她喵聲道。「如果你殺了蛇仔，血族貓一定也會殺了小妖，這樣戰事就會繼續下去。誰知道最後結果是什麼？」

灰紋從尾尖到腳爪都打起寒顫。「我差一點點就……」他低聲道。「我當時很想殺掉他。」

「但你沒有殺他，」煤皮提醒他。「不管是對蛇仔還是對小妖來說，你都選擇了仁慈。至於最後的阿怒，你也做了正確的選擇。血族走了，森林再度恢復平靜。」她突然輕笑起來。「灰紋，你已經睿智到足以擔任一族之長了。」

「我寧願不要！」灰紋強烈反對。「我巴不得火星快點回來。」

「那就想想等他回來後，你要怎麼跟他說這一切的來龍去脈。」煤皮用尾巴彈了一下耳朵。「好了，我們進去看小妖吧。」

育兒室裡，懷孕的母貓正直挺挺地躺在厚厚的青苔臥鋪上。煤皮給了她山蘿蔔根咀嚼，再檢查她的狀況，將她從頭到腳地小心聞了一遍，然後用腳掌輕輕觸碰隆起的肚子。灰紋突然有點緊張，因為他看到他的巫醫貓神情擔憂地瞪大眼睛。她又把腳掌放回小妖身上，二度檢查小妖肚子上的某個部位。

「你覺得怎麼樣，小妖？」灰紋問道。

母貓長嘆一聲。「我很好。」她沒精打采地回答。

但灰紋看得出來她一點都不好。黎明時，她領著雷族貓外出埋葬了自己的弟弟，此刻的她看起來仍陷在很深的哀傷裡。灰紋真希望能為她做點什麼，但他能做的只是重申他的承諾。

「你在雷族很安全。等過了幾天之後，你的體力就會好起來了。」

小妖不是很確定地眨眨眼睛。「我很感激你信守承諾。」她開口道。「灰紋，你是一隻可敬的貓。」

「這是屬於你的地方，是你應得的。」灰紋低聲道，不好意思地舔舔自己的胸毛。

「可是廢鐵已經死了，」小妖嘆口氣說道。「這一切對我來說都不一樣了。我知道待在部族裡對一隻懷孕的貓來說是件好事，但我一想到隨時都得備戰，就全身緊張。而這似乎是你們的生活方式，也是野外求生無可避免的情況。雷族比血族安全多了……但能有多安全呢？」

「我們不會一天到晚都在打仗。」灰紋反駁道。

「在經歷過這場雷族和血族的戰爭之後，」小妖繼續說道，苦惱地瞪大綠色眼睛。「我現在滿腦子想的都是我這幾隻還未出生的小貓。這雖然不是血族貓的作風，但我現在就是這樣，我是說自從我發現自己懷孕之後。我一想到我的小貓得活在隨時擔心受怕的環境裡，我就很慌。他們的安全是我現在唯一在乎的事……但我不知道雷族對一個新的家庭來說夠不夠安全。」

「所以你打算怎麼做？」煤皮溫柔地問道。

小妖遲疑了一下，深吸一口氣才開口回答。「我從來沒想過我會這麼說，但……我覺得我會去兩腳獸那裡碰碰運氣。」

灰紋嚇得倒抽口氣。「你要當寵物貓？」

「我很難過得放棄自己的自由，」小妖承認道，「但只要能協助我平安生產，我都很歡迎。反正廢鐵也走了，沒什麼好留戀的。」

「可是我們也可以協助你生產啊，」煤皮承諾道。「而且要是兩腳獸在小貓出生後，把他們送走怎麼辦？」

「我會很傷心，」小妖承認道。「但如果是送給別的兩腳獸，我至少可以確定他們是安全的，能得到妥善的照料。再說，事情也沒那麼簡單。」她接著說道。「我知道阿怒在戰役終了時做了讓步，她可能會信守承諾地不再找雷族麻煩。但她知道我幫過你們，我擔心未來若是撞見她，她一定會因為我的背叛而殺了我。她是那種有仇必報的貓。而且如果她找到我，」她的聲音微微顫抖，「她也會找上我的小貓。光想到這一點就讓我受不了。他們是我在這世上僅剩的一切。」

她的話令灰紋感到難過，但他能理解她的想法。那當下，他不免懷疑他讓煤皮治療阿怒，救她一命的這個決定是否錯了。但他隨即將這念頭甩開。**眼睜睜看著另一隻貓兒死掉……哪怕對方是阿怒……這算哪門子的族長啊？**

「我很遺憾不能留住你，」他喵聲道。「我們永遠都會感激你對我們的協助。」

「我是在做對的事情，」小妖回答。「我不需要你們感激。」

小妖在解釋她未來打算的同時，煤皮的神情看起來愈來愈擔憂。她又把她的腳掌按在母貓隆起的肚皮上。

「我希望你重新思考這件事。」她喵聲道，「或至少等你把小貓生下來為止。我檢查過了，就像我先前跟你說的，我確信其中一隻小貓會腳先被生出來。你最好能待在我窩穴附近。如果執意要離開，也可以等到小貓斷奶之後再走。」

小妖搖搖頭。「不，這對我來說是正確的決定。而且我聽說兩腳獸那裡有更好的藥草，所以我相信我不會有事的。」

煤皮看起來只稍微放心了一點。「那你最好要快點找到好心的兩腳獸。」她警告小妖。「還有記住，你必須自己去找山蘿蔔根。我知道你曉得它長什麼樣子。你得找到它們，放進嘴巴裡不停咀嚼。」

小妖站起來。「我會記住。」她喵聲道。「煤皮，謝謝你為我做的一切……我是說為我們所做的一切。」她垂頭向巫醫貓致意後，隨即走出育兒室。

灰紋跟著她，陪她走向金雀花叢隧道。他很難過得送她走，如果她真的在兩腳獸地盤裡當了寵物貓，天知道她最後會落腳哪裡。兩腳獸地盤那麼大，他可能再也見不到她。他留意到蕨毛和塵皮好奇地看著他們經過，似乎也在他們的眼裡看到了些許的懊悔。

他們知道小妖沒有撒謊，所以或許已經想通，願意接納她成為雷族貓。

小妖在隧道的入口處停下腳步，目光巡看整座營地。然後朝灰紋轉過身來。「很抱歉我必須離開，」她告訴他。「但我真的認為這是最好的方法。」

「雷族永遠欠你一份情，」灰紋回答。「希望你和你小貓未來有幸福快樂的日子，這是你們應得的。還有如果你需要任何幫忙，請回來找我們。我保證……只要你開口，我們一定做到。」

第二十八章

此時

灰紋在兩腳獸窩穴裡到處走動，尋找任何可能出口，他心想也許他第一次、第二次或第三次找尋時有漏掉也不一定。但他還是沒找到任何一個大到足以讓貓兒鑽出去的缺口。夜晚已經降臨，仍然沒有脫逃的機會。

腐臭味似乎已經滲進他的毛髮，直到他覺得自己也變得腐臭。他的肚子餓到在叫，但哪怕那頭兩腳獸又多餵了點食物給她的貓兒吃，他也不忍跟這些受困的貓兒搶食殘渣。

他來來回回地走著，心煩意亂，這時瞄見水仙蜷伏在自己的角落裡，矮牽牛坐在她旁邊，正溫柔地梳理病貓的毛髮。灰紋走上前去。

「你覺得怎麼樣？」他問水仙。

橘白色母貓嘆了口氣。「我很好。」她用一種平淡、不帶希望的語氣說道。

這話顯然不是真的，也使得灰紋很想找方法來鼓勵她。「我見過你的伴侶貓尖牙……我是說忍冬，」他告訴她。「他回來找你了。」

水仙抬起頭，凝視著他，那是一雙很漂亮的蔚藍眼睛，表情混雜著懷疑和期待。

「真的？」她低聲說道。「他在哪裡？」

灰紋不確定。自從他擋門的嘗試之舉失敗之後，就再也沒見到尖牙，儘管他曾隔著那塊破掉的門板窺看了多次。他不敢相信那隻灰色公貓竟然放棄，離開這裡。他曾經那麼信誓旦旦地想找到逃生的出口。**我猜他可能是狩獵去了**，灰紋不安地想道，**希望他不是出了什麼事。**

「他在不遠處，」他跟水仙保證。「我們正試著找方法救你們出去……包括所有貓兒。」

他捕捉到矮牽牛眼裡的疑色，彷彿很想說**祝你們好運**，但是沒吭聲，只是低頭慈愛地舔著水仙的頭。

「你為什麼不再睡一會兒？」又過了一下她說道。「這樣等忍冬回來的時候，你就比較有體力，也做好準備了。」

「也許我會吧，」水仙回答。她把頭擱在自己的腳掌上，閉上眼睛，尾巴蓋住鼻子。

灰紋朝矮牽牛點頭致上敬意，然後才緩步離開。他很欽佩老母貓一直在想辦法照顧水仙，哪怕她自己也跟其他貓兒一樣遭受磨難。

灰紋跳上窗台，用全身力氣抵住那塊清澈透明的石板，想把它往外撐開。但不管他怎麼推，窗戶都紋風不動，哪怕他能隱約感受外面些微的涼風。他把鼻口挨近，嗅聞那沁涼、新鮮的流動空氣，隱約聞得到來森林裡萬物生長的氣味。

他看得到窗戶外面那片過度生長的花園，還有轟雷路和再後面一點的林子，它們全都靜靜地沐浴在月光下。他的腳爪渴望草地的觸感，也渴望徐徐微風吹在毛髮上。

怎麼有貓兒忍受得了寵物貓這種生活？他反問自己，沮喪地縮張著爪子，想起以前也曾待在一棟兩腳獸的窩穴裡。**就像這樣只能看到外面的風景，卻不能到外面去，那是最可怕的酷刑。**

灰紋細心掃視花園，但還是沒瞧見尖牙的蹤影。被困在窩穴惡臭氣味裡的他根本聞不出來尖牙的味道。他對灰色公貓的安危愈來愈擔憂。他不相信尖牙會蓄意遺棄他的窩友們，尤其是水仙。

他放棄了窗戶，又再度回頭掃視房間。就在他幾乎就要相信一切又只是徒勞時，突然瞄到某樣東西，肩上的毛瞬間聳起。這裡的地板不像屋子裡其他地方的地板都鋪著皮囊，反而是扁平的木條製造。就在地板中央，有一處表面看起來不太平整，好像其中一塊木條鬆了，比較隆起一點。

灰紋頓時燃起希望，他從窗台上跳下去，衝到那塊不平整的地方，用前爪去壓那塊木條，感覺有點鬆動。他可以前後搖晃它，搖晃程度大概只有一個腳爪的寬度，但起碼是個好的開始。

灰紋蹲在那裡，腳爪滑到木條側邊，想要扳開。如果他能把它扳開，或許就能撬出足夠大的洞讓受困的貓兒逃出去。但是他雖然好不容易可以扳開一點，但那塊木條對他來說沉重到沒辦法整個扳起來。

「算了，」他嘶聲道，「別肖想那些不怎麼管用的貓兒能幫得上忙。」

「嘿，什麼叫不管用？」一個聲音很不高興地在灰紋身後響起。他轉身看見亮橘色的虎斑貓百合。「你以為我們沒試過那地方嗎？」她接著說道。「你根本不知道我們之前花了多少努力和時間，才徹底決定放棄逃脫。」

灰紋仔細打量那塊木條，隱約看見邊緣的爪痕，這才明白百合說得沒錯。「對不起，」他喵聲道。「但我們不能放棄，我們會死在這裡的。」

百合只是聳聳肩，緩步走回其中一個角落。

灰紋環目四顧其他受困的貓兒，再次目睹他們的憔悴、飢餓、和絕望。就算他們想逃脫，也被所遭受到的這些磨難和隔離給擊垮了，難怪他們會從此放棄。

灰紋用後腿坐下來，試著把思緒放在星族上。如果祂們還在外面，在如此絕望的時刻，總該打動祂們傳遞訊息來指示他該怎麼做吧?! **求求祢們，幫幫我們！**他在心裡祈求，**火星，如果你現在看得到我，求你……**他的哀求越說越小聲，因為他又想起在月亮石洞穴裡令他驚恐的那一幕，當時若不是星族刻意保持緘默或者根本不在，就是故意使出閃電，要他知道祂們有多憤怒。

假如火星有在那裡，我相信他一定會幫我，所以火星是真的不見了，他心想道。失去火星的痛苦不斷糾纏著他。

灰紋強迫自己甩開絕望的念頭。他一直都在盡可能說服自己，他沒有被星族遺棄，祂們終究會為了他……也為了所有部族，再度現身。

星族，求求祢們，如果祢們聽得到我的聲音……我們需要祢們幫忙。

但是他的祈求沒有回應。連給他一道閃電來擊毀兩腳獸窩穴、打開逃生之路都沒有。灰紋啪地一聲癱在地上，鼻子擱在腳掌上，閉上眼睛，心想是不是打從一開始他就不該離開雷族？

我曾經是戰士、是副族長……甚至曾短暫代理過族長。難道我的結局就只是這樣？

這時灰紋隱約聽到刨抓聲。他抬起頭，才發現那聲音來自窗戶，他看到玻璃後方有模糊的身影在動，還有含糊的聲音從外面呼喊他。「灰紋！灰紋！」

是尖牙！感謝星族老天他平安無恙！

灰紋跳回窗台，看見尖牙在另一頭抵著玻璃。黎明已經破曉，淺淡的天光下，灰紋捕捉到猴星和其他戰士部族貓在花園裡的身影。

「我找幫手來了！」尖牙喊道，這時戰士部族寵物貓也都興奮地跳上跳下。

「沒有用的，」灰紋大聲回應。「就算有再多貓兒，我們也無法弄壞那塊玻璃，逃到外面。」他發出沮喪的吼聲。「相信我，我試過了，沒有路可以出去。」

就在他從窗戶轉身時，目光落在之前試圖扳開的那塊鬆脫的木條上。他突然想到這座窩穴是用方型岩石架起來的，底下有狹窄的空間。

「尖牙！」他大聲說道，刻意抬高音量，希望隔著窗戶也能被聽到。「這裡的地板有一塊地方有點鬆動，如果你們爬到窩穴底下，也許能扳動它。」

「我知道那塊地方，」尖牙回答，表情疑慮。「但是我們從來沒辦法把它扳開。」

「從裡面當然不行……但是從來沒有貓兒從底下推過。」灰紋告訴他。「所以值得一試！」

尖牙的眼睛瞬間亮了起來。他趕緊轉身，瞬間消失在窩穴底下。戰士部族寵物貓尾隨其後。

灰紋跳下窗台，穿過地板，朝木條鬆脫的地方走去，然後用腳爪用力敲打，好讓下方的尖牙找到位置。

「你在那裡嗎？尖牙？」他喊道。

「就在下面。」灰色公貓的聲音傳了回來。「我想我們應該可以把它弄鬆，但你也必須同時從裡面往上扳。」

「沒問題！」

過了一會兒，灰紋看到木條被些微頂起。他試著把腳爪伸進底下，但縫隙太窄，他得用力抽回來，才不會被彈回原地的木條夾到。

「再推用力一點！」他喵聲道。

這一次木條被推得更高了，灰紋好不容易把前爪塞到底下，用力刨抓邊緣，想把它扳開。「繼續用力！」他氣喘吁吁。

就在跟木條奮鬥的同時，他聽到戰士部族貓亢奮的喵嗚聲，他們都在下面幫尖牙推。

「爪哨，你不要用尾巴打我的耳朵。」

「蟲蟲，我們需要你到這一頭來！」

「我數到三，就用力往上頂！」

灰紋把一隻腳爪深戳進木條裡，結果要拔出來時，不小心扭到，痛得他皺起眉頭。他的腳墊也跟著刮傷了。但一想到就算要找巫醫貓，也只能去離他們最近的急水部落找尖石巫師，就很傷腦筋。不過他還是很興奮他們就快自由了，因此幾乎不覺得疼痛。

有一些被困的貓兒走過來看灰紋在做什麼。

「你找到出口了嗎？」一隻黑白色母貓問道，然後轉身抬高音量對其他窩友喊道：「嘿，他找到出口了！」

更多貓兒圍了上來，全都興奮地喵嗚叫，因為他們發現灰紋真的找到了脫逃的路。

「我們可以幫忙嗎？」

「告訴我們怎麼做！」

灰紋環顧這群受困的貓兒。他看到他們原本黯淡的目光如今因一線希望又亮了起來，不禁為他們感到高興。

「圍著這根木條，」灰紋指導他們。「把腳爪塞進縫裡，然後用力往上扳。」受困的貓兒全都各就各位，摩肩接踵，很有決心地喵嗚大叫。灰紋心想這就像看到貓兒們從一場睡得迷迷糊糊又很長的午覺裡醒了過來。**他們都相信自己的機會來了！**

水仙腳步踉蹌地爬起來，倚著矮牽牛的肩膀，站在木條附近。她歪著頭，聆聽下方尖牙和寵物貓的聲音。

「忍冬，是你嗎？」她用顫抖的聲音喊道。

「是的，我在這裡！」尖牙大喊。「你馬上就自由了！」

但是一開始，所有貓兒集結起來的力氣只能把木條從洞口扳開一兩隻老鼠長度的縫隙。「狐狸屎！」灰紋吼道，那股原本被重新注入的期待心理頓時變成慌張的情緒。「我們永遠也扳不開。」

「可以的！」百合很有決心地說道。站在隔壁的她把腳爪插進縫裡。「我們必須同時出力扳開，你們下面聽得到嗎？當我喊『開始』的時候，你們就一起出力！」她停頓一下，做個深呼吸，然後大喊：「開始！」

貓兒們同時合力扳動木條，喘息聲和咕噥聲跟著四起。就在他們死命地扳動時，灰紋感覺到原本的絕望和消沉宛若雨水滴進乾涸的地上，完全消失了。激勵他的不只是終於有了逃脫的機會，也因為整個團隊通力合作、使命必達的那種感覺。

貓兒們就是應該像這樣生活在一起才對。

終於，在一陣吃力的呻吟之後，木條被扳開，露出了洞口，灰紋和其他貓兒趕緊將木條推到旁邊。沁涼的空氣從外面立刻灌了進來。灰紋深吸了好幾口，盡情品嚐自由的滋味。他往洞裡低頭探看，發現尖牙和戰士部族寵物貓都正瞪著他看。

「我們辦到了！」猴星吱吱尖叫。

「我們辦到了！你們做得太棒了！」灰紋回應道。「但你們現在得後退，先讓這些貓兒出去。」

於是受困的貓兒一隻接一隻地從洞口鑽出去，進到窩穴底下的地面。其中有些是迫不及待地往下跳，也有些猶豫了一下，舉目環顧幽暗的窩穴，彷彿不確定是否該離開這個他們自認是唯一的家。

灰紋轉向旁邊的百合。「你去找出其他貓兒，」他指示她。「你才知道他們可能躲在哪裡。我們不能漏掉任何一隻貓。」

百合趕緊跑開，灰紋則繼續守在洞口旁邊，確保受困的貓兒都安全地逃出去。尖牙和寵物貓則折返回去，帶領那些貓兒進到外面的空曠處。矮牽牛消失了一會兒，再出現時，旁邊跟著一隻母貓和三隻小貓。貓后先跳了下去，矮牽牛則叼起小貓的頸背，一隻接一隻地從將他們從洞口往下放到貓媽媽所在的位置。

灰紋協助水仙進入洞裡，尖牙也過來接應，努力撐住她，以防她直接掉下來。兩隻貓兒交纏著尾巴，開心喵嗚到話都說不出來。

灰紋環目四顧，發現只剩下百合和矮牽牛了。「大家都下去了。」百合告訴他。

「那就好。」灰紋喵聲道，同時點頭稱許。「百合，下一個輪到你了。」橘色虎斑母貓從洞口滑了下去，消失其中。「輪到你了，矮牽牛。」

矮牽牛退後一步，搖搖頭。「我說過，我不走。我要陪著我的兩腳獸。」

灰紋想起在他第一次提到脫逃計畫時，這隻老母貓就曾堅定地說她要留下來。當時他以為一旦有了逃生的出口，她就不會這麼堅持了。原來他錯了。他一想到新鮮的空氣和未來的自由仍無法動搖她的決心，不免感到難過。

「你不會是認真的吧？」他爭辯道。他知道要是不再給她一次改變主意的機會，他恐怕永遠無法原諒自己。「外面的生活舒服多了，你相信我。」

矮牽牛聳聳肩。「我太老了，不適合冒險。」她回答。「我說過我不想傷兩腳獸的心，這話是真的。她不是因為想虐待貓才把貓關在窩穴裡。她的貓是她唯一的朋友，她愛他們。如果我離開了，她就孤零零的了。我不想這樣。」

灰紋不能理解老母貓何以對一頭害她和窩友們無比痛苦的兩腳獸如此忠心，但他知道自己得接受這個決定。「那就再會了，」他喵聲道。「我希望你一切都好，願星族照亮你的前路。」

矮牽牛好奇地看他一眼，彷彿並不明白他最後一句話的意思。**她怎麼會明白呢？**灰紋反問自己，**她又不是部族貓**。也許她是對的，她會難以適應野外的生活。明白了這一點之後，他才不再那麼難過將她獨自留在窩穴裡。

最後一次點頭道別之後，他鑽進洞裡，進到窩穴底下。光是腳踩在地上的那種感覺就令他開心無比，哪怕他只被困在窩穴裡很短的時間。那一瞬間，灰紋原地不動地踩站在地上，縮張著爪子，浸淫在單純的喜悅裡。然後才鑽了出去，進到空地，到雜草叢生的花園裡找尖牙、戰士部族貓、和其他逃出來的貓。

這場逃脫行動花了很久時間，久到太陽都升起了。其中幾隻寵物貓正在太陽底下做日光浴，開始舔洗身上的毛髮，至於其他貓兒則看起來有點被外面的世界嚇到了，全都擠在長草叢裡或者矮木叢底下。灰紋這才首度想到現在該拿這些出了窩穴的貓兒怎麼辦？他們能去哪裡？有些貓甚至還得先學會如何自食其力。

他緩步走向尖牙和戰士部族貓，垂頭感謝他們的幫忙。「做得好，尖牙，」他喵聲道。「找戰士部族貓來，的確是個好點子。」然後又對這些寵物貓說：「要是沒有你們，我們根本不可能成功。」

戰士部族貓自豪地挺起胸膛。「這是真正的戰士任務。」猴星大聲說道。

也許是吧，灰紋心裡打趣想道。

他看了水仙一眼，後者正蜷伏在一株冬青灌木的暗處。「尖牙，我們必須決定……」他才開口，就被某種刺耳尖銳的聲響打斷，那聲響有點像鳥鳴，從轟雷路的遠處一路過來。**現在是怎麼回事？**他心裡納悶，蹲了下來，做好準備。

尖銳的聲響愈來愈大，終於有一頭兩腳獸現身一路走過來。那聲響就是從他嘴裡發出來的。牠腰側掛著一坨皮囊。等趨近兩腳獸窩穴時，牠將手探進皮囊，掏出像一把白色葉子的東西。

灰紋的目光跟著他，希望他只是經過這裡。但令他意外的是，兩腳獸竟轉身穿過籬笆缺口，朝窩穴的方向走去。當他看到四周的貓兒時，不由得停下腳步，嘴裡發出的刺耳聲響也跟著止住。

「你要是敢動我們一根寒毛，」灰紋嘶聲說道。「就別怪我的利爪！」

但這頭兩腳獸並無意圖抓住任何一隻貓。反而好像聞到那股臭味，鼻子皺了起來，目光來回巡看著貓兒和那棟窩穴。

最後兩腳獸趕緊朝窩穴走去，打開門上一道窄縫，將那把白色葉子全塞進去，然後站到旁邊，隔著窗戶往內探看，站在那兒好一會兒。

「牠在做什麼？」尖牙對灰紋低聲問道。

「我不知道。只希望牠快點走。」

過了一會兒，如灰紋所願，兩腳獸從窩穴轉身離開，穿過花園折返回去，經過時，又瞪看了貓兒們良久。然後就從自己的皮囊裡掏出一個很小的兩腳獸物件，壓在耳朵那裡，開始對著它呱呱叫，幾乎是一邊跑一邊講，最後消失在牠剛剛的來處。

灰紋聳聳肩。「我不知道這是怎麼回事，」他喵聲道。「但這表示有兩腳獸知道我們跑出來了，所以我們也該走了。」他抬高音量，召集所有貓兒。

貓兒們都聽從他的指示，圍了上來，灰紋環顧他們，看到其中很多貓兒顯得猶豫，他們平貼耳朵，毛髮聳了起來，恐懼地瞪大眼睛。畢竟他們有大半輩子都待在兩腳獸的窩穴裡，這麼開闊的空間令他們嚇壞了。

「所有貓兒都聽好，」他們一聚上來，他就開口道。「我們要做的第一件事情就是離開這裡。然後去狩獵，餵飽自己，好好休息一下，再決定……」

「我不確定。」一隻年紀不小的黑色公貓打斷道。「我不太喜歡在外面。要是下雨怎麼辦？」

就淋雨啊！灰紋心想，不過他沒讓自己說出這麼沒有同理心的話。

「對啊，還有你說的狩獵是怎麼回事？我們根本不知道怎麼做。」一隻年長的虎斑母貓喵聲道。「也許我們應該回窩裡。」

「至少我們知道我們在兩腳獸窩穴裡活得下去，」黑色公貓附和道。「反正也活了這麼久了。」

附和的低語聲從灰紋四周的其他幾隻貓兒那裡傳來。他忍住發火的衝動，因為他知道他不能對這群受過苦難的貓兒口出惡言。

但尖牙就沒那麼客氣了。「但我們當中也有些貓兒沒活下來。」他直言道，語氣很衝。「我母親就是。」

他的話令其他貓兒羞愧到不敢出聲。「我很遺憾，忍冬，」黑色老公貓喵聲道。「我們都記得小妖。」

「當然，你們想怎麼做都可以。」灰紋簡單說道，反正他們一定得有所行動。「只要讓你覺得自在的地方，你都可以去。但不管好壞，我是覺得最適合貓兒去的地方是野外。你們難道不想呼吸新鮮的空氣，餓了，隨時可以吃到現殺的獵物，感受腳下柔軟的草地嗎？」

「我們會教會你們必要的知識。」尖牙補充道。

「也許這也是個辦法，」虎斑母貓承認道。「如果我們能在外面活下來，總比困在裡面受到那種待遇要好吧。」

「如果我們早一點找到路逃出來，我就不會病得這麼重了。」說話的是水仙，灰紋很驚訝她竟然會開口鼓勵大家。「你們想跟我一樣的下場嗎？」

貓兒們尷尬地互看彼此，但都不敢直接回答水仙，顯然他們都不想。

謝天謝地，他和水仙還有尖牙似乎已經說服這群逃出來的貓兒他們做的是對的事情。「所以我們要怎麼做？」百合問道。

灰紋發現很難回答這個問題。他不知道這些貓兒最後的歸宿在哪裡。附近沒有部族。其中一些貓有可能成為惡棍貓或獨行貓，甚至回頭到別地方再當寵物貓。但唯一清楚的一件事是：「首先我們必須遠離這座窩穴。」他大聲說道。

他帶頭走出花園，然後……在小心檢查過來往的怪獸之後……穿過轟雷路，進到更遠處的林子裡。尖牙負責協助水仙，戰士部族寵物貓則走在幾位年長貓兒的旁邊，一路引導他們。灰紋盯著三隻小貓，後者似乎很樂在其中全新的戶外經驗，小跑步地跟在媽媽後面，晶亮的眼睛不時好奇地打量四周。

但就在他們要鑽進矮木叢時，水仙竟直接趴在地上，其中一兩名年長的貓也停下腳步。

「我們跟不上你們。」黑色公貓喵聲道。

灰紋打量他們，發現他們腰腹劇烈起伏，喘得很厲害。「好吧，我們休息一下。」他回應道。「也許吃點獵物可以讓你們比較有體力。」

但是當他回頭瞥看時，這才發現雖然隔著外圍的林子，但仍看得到那棟兩腳獸窩穴的灰色牆面。他驚慌到全身微微刺癢，要是兩腳獸出來找他們，他們根本逃得不夠遠，仍有安全上的顧慮。

「先藏在長草叢裡，」他向脫逃的貓兒們下達指令。「在我和尖牙帶生鮮獵物回來之前，先別動。」

灰紋心想，至少這處森林似乎有很多獵物。顯然這裡已有很長一段時間沒有貓兒在這裡捕獵。他猜恐怕連狐狸和貛也沒有。沒多久，他和尖牙就捕到很多老鼠和田鼠，帶回藏身處。

他們把獵物分給年長和生病的寵物貓吃，灰紋看見他們先是疑色地嗅聞獵物，猶豫了好一會兒，然後才開心地大快朵頤，囫圇吞下獵物。

「味道不錯喔，」黑色老公貓嘴裡滿是田鼠肉地含糊說道。「非常好吃。」

灰紋留意到幾隻較年輕的貓都神情飢渴地看著年長窩友吞下獵物。「別擔心，」他告訴他們。「等我們找到比較安全的地方，我們也會幫你們捕獵。而且你們也會不知不覺地開始自己狩獵。」

最後等到所有獵物都吃完了，年長的貓兒們站了起來。「我們準備好了，可以走了。」一虎斑母貓大聲說道。

但就在所有貓兒朝他圍過來，準備上路時，灰紋聽到有怪獸的聲響正在趨近。又過了一會兒，尖牙發出警告的嘶聲，後者一直在轟雷路旁監看。

「等一下，全都趴下來！」

灰紋立刻趴到地面，匍匐過去，腹毛刷過草地，行動謹慎到就像在追蹤一隻老鼠。他來到尖牙旁邊，看到一頭怪獸停在那頭兩腳獸窩穴的外面。有兩頭皮囊是黑白色的兩腳獸從怪獸裡面出來，牠們四處打量，開始撥開花園裡蔓生的灌木枝葉。

灰紋驚恐到每根毛髮都豎了起來。牠們看起來就像當年從雷族領地裡捕捉他，把他帶去當寵物貓的那種兩腳獸。牠們也是從一頭類似這樣的怪獸裡面出來，怪獸肚子裡擺滿籠子。灰紋心想會不會有貓兒現在就困在裡面。

但就算有，也不是我的問題，他做了決定。

有幾隻貓兒也穿過長草叢過來找灰紋和尖牙。當他們瞄到剛到的兩腳獸時，都瞪大了眼睛。

「退後一點！」灰紋厲聲道。「難道你們想讓兩腳獸看到你們嗎？」

「我知道他們是誰，」百合低聲說道。「只要有兩腳獸不能妥善照顧貓兒，他們就會來圍捕貓兒。」

野外的貓才懶得管這麼多呢，灰紋心想。「兩腳獸還是會把貓帶去快刀手那裡嗎？」他問道，同時渾身打起寒顫。

百合點點頭。「會啊，」她回答。「而且我聽說之後就會有新的兩腳獸……通常是比較年輕的……來把貓帶回自己的窩穴。」

「對我來說，這也挺好的。」黑色老公貓評論道。

他也許是對的，灰紋心想，同時環顧貓兒們，尤其注視了那些年老和生病的貓兒良久。**對有些貓來說，被兩腳獸抓去，或許不是什麼很糟糕的事。至少他們會有很多食物吃，還有藥草可以醫治病痛。**

灰紋不安地朝黑白色兩腳獸轉身過去。這時的牠們還在搜索窩穴的花園，但他知道要是在那裡找不到任何貓，就會開始往森林裡搜索。

這時他聽到轟雷路上有可怕的尖嚎聲一路快速接近。一頭巨大的白色怪獸映入眼簾，停在窩穴外面。灰紋沒敢等看牠來這裡做什麼，便連忙催促其他貓兒進到林子深處。

「我們得走了，」他急迫地說道。「如果我們不加快腳步，兩腳獸會追上我們。」

「等一下，」黑色老公貓在貓群站起來的時候打岔道。「假如我衝向兩腳獸，我們就可以分散他們的注意力，你們就能找到屬於自己的自由。」

「不行，」百合駁斥道。「我們是一起從窩穴裡逃出來，一定要在一起。」

她把黑色老公貓往灰紋所指示的方向推，但虎斑母貓抬起尾巴攔住她。「太陽花說得沒錯，」她堅稱道。「我們這些老貓不想成為你們的負擔。反正時間不多了，就讓我們為你們年輕貓兒幫點忙吧。」

灰紋聽見老虎斑貓這番話，自己也不免感受到歲月在他身上所留下的痕跡。他忍不住欽佩這些老貓的勇氣以及自我犧牲的決心。

「謝謝你們，」他喃喃說道。「我打從心底感謝你們。」

可是等灰紋轉頭去召集貓兒奔向自由時，竟看見尖牙站在水仙旁邊，不安地拖著腳，似乎不願離開。

「尖牙，我不能跟你去。」她悲切地說道。「我這一輩子沒走過遠路，而且自從你出外求助後，我的病就愈來愈嚴重，就算你把你捕到的生鮮獵物全讓給我吃，也不可能讓我追得上大家的腳步。我不想因為我的關係，拖累到任何一隻貓去追求自由。」

灰紋雖然不想將水仙留下，但他也必須承認她說得有道理。儘管她比其他一些貓兒年輕，但體弱多病，而且感染的氣味很強烈。他記得她是蹣跚穿過窩穴的地板，才從洞裡逃脫，而且她的體力弱到幾乎是直接摔下地面。

在沒有巫醫貓的情況下，她需要的援助不是我們能給的。

但尖牙瞪看著她，綠色眼睛盡是痛苦。「水仙，妳其實很強悍的，只是妳自己不知道。」他告訴她。「妳做得到，我相信妳！」

可是水仙只是搖頭，「你得自己離開，我知道你有多渴望自由。如果我害你走不開，你可能就得永遠跟我一起被困住。」

「我願意冒這個險！」尖牙喵聲道。「只要我們兩個在一起，我無所謂。」

灰紋感覺心像被爪子劃到一樣痛，他明白尖牙有多深愛這隻母貓。他看見尖牙朝她彎下身子，輕柔地舔她耳朵。「我會陪妳。」尖牙低聲說道。

「不行！」水仙充滿愛意地用鼻子貼著他，然後抽身回來。「我不能讓你這麼做。你必須跟他們走。再說，萬一兩腳獸抓到我們，你以為牠們會讓我們在一起嗎？」

「為什麼不會？」尖牙問道。「只要牠們看到我們很相愛……」

水仙搖搖頭。「兩腳獸的思考方式跟我們不一樣。再說，尖牙，其他窩友也需要你，畢竟其中有些貓兒從來沒有到過窩穴以外的地方。你必須照顧他們。把你在野外的求生技巧教給他們。」

尖牙又猶豫了一會兒，然後才垂頭接受她的建議。「水仙，如果這是妳想要的，我會照做。我答應妳，我永遠不會忘記妳。」

就在他們做最後一次道別時，灰紋朝窩穴轉身，看見那頭老兩腳獸被裹在一件很大的皮囊裡，在其他兩腳獸的帶領下進到那台不斷尖嚎的大怪獸裡面。「現在是怎麼回事？」他問道。

這次是百合回答他，語氣聽起來幾乎是如釋重負。「我以前見過這種怪獸。牠很特別，牠似乎知道什麼時候有兩腳獸生病或受傷了，然後牠就會過來把牠們載到別地方，讓牠們好起來。」

哦，所以這些是巫醫兩腳獸囉，灰紋心想，**那好，牠們會好好照顧牠的。**

這時他注意到矮牽牛也跟在老兩腳獸後面走出窩穴，她一路跟著，直到巫醫兩腳獸幫忙把她的兩腳獸帶進怪獸裡面。矮牽牛大聲尖嚎，音量就跟怪獸的聲音一樣大。她也想跟著她的兩腳獸進到怪獸裡面，但其中一頭兩腳獸輕輕將她推開，然後關上怪獸，把矮牽牛單獨留在外面。她站在轟雷路上對著已經起程、漸行漸遠的怪獸不斷嚎叫。

黑白色兩腳獸已經消失……灰紋懷疑牠們正在窩穴後方附近搜索。儘管他恐懼到毛髮微微刺癢，但還是厲聲對其他貓兒說：「先等在這裡。」然後衝到外面，跑到矮牽牛旁邊。

矮牽牛朝他轉身，琥珀色眼睛滿是疑惑，盡是哀傷。「牠們帶走我的兩腳獸了，牠們不讓我跟牠去。我現在該怎麼辦？牠需要我！」

「牠們會好好照顧牠的，」灰紋試著向她再三保證。「牠生病了，牠們會讓牠好起來的。」

但是矮牽牛拒絕被安慰。「牠需要我！」她重覆道，「我也需要牠。」

「妳不再需要牠了，」灰紋斷言道。「妳可以跟我們一起走。」

「跟你們？」矮牽牛語氣憤怒。「我不會跟你們去任何地方，我已經一再告訴你，我要待在這裡直到我的兩腳獸回來。」

灰紋聽到黑白色兩腳獸正從窩穴後方繞過來。他知道牠們馬上就會回到這裡，到時一定會看到他和矮牽牛。他身上的每寸肌肉都在告訴他快點逃回林子，但他沒辦法這樣拋開矮牽牛，儘管她已經老了，但還夠強壯，可以為自己打造新的自由生活。他認為她的兩腳獸不可能再回來，但也知道自己絕對說服不了她。

「妳聽好，」他開口道。「後面那邊有兩腳獸正在尋找貓兒。如果他們找到妳，一定會把妳帶走，交給別的兩腳獸。」

「牠們不會！」矮牽牛大聲說道，語氣驚駭。

「牠們會。但是……如果妳跟我們一起走，妳也不用走遠。妳可以待在附近，常常回來查看妳的兩腳獸是不是回來了。」

矮牽牛眨眨眼睛，陷入長考。灰紋不耐地等候，毛髮跟著微微刺癢，爪子在堅硬的轟雷路表面不停縮張，同時眼睛牢牢盯住窩穴角落，以防黑白色兩腳獸突然回來。

我們這裡這麼空曠，一點遮蔽物也沒有……

灰紋看見第一頭兩腳獸繞過窩穴，立刻貼平耳朵。對方發出大吼聲，指著兩隻貓兒。那聲響似乎震醒了矮牽牛的思緒。

「好，我跟你們走！」她喵聲道。

「那就快跑！」灰紋喊道。

矮牽牛跟在灰紋旁邊奔過轟雷路，衝進林子裡，但就在他們回到貓群這裡時，他才發現自己犯了錯……他等於是向兩腳獸曝露了所有貓兒的行蹤。「我們得馬上離開！」他上氣不接下氣。

「別緊張！」黑色老公貓太陽花老神在在地說道。「接下來我們會處理。」說完他就帶著其他老貓朝轟雷路走去，一路大聲吼叫，吸引兩腳獸的注意，灰紋看見尖牙瞪著他們的背影，動也不動，神情悲痛。虎斑老母貓讓水仙倚在她肩上，走在最後面。

「好了，其他的貓兒走這裡。」灰紋喊道，用尾巴示意剩下的貓兒。

他腳步俐落地帶著他們穿過林地，直下河邊青蔥的矮木叢。最後等他覺得走得夠遠時，才在一大叢山楂旁邊停下來，示意大家鑽進灌木中央躲藏。

「太棒了！」猴星大聲說道。灌木叢下方有一層很厚的枯葉和碎石，她在上面坐定。「這是我們第一次像一個真正的部族。」

「對啊，而且是做真正部族在做的事情，譬如逃離很壞的兩腳獸。」火臉附和道。

灰紋忍住笑意，但看見他們這麼興奮，也跟著開心地喵嗚出聲。他們是應該為自己感到驕傲。沒有他們的幫忙從底下推開鬆動的木條，他和其他受困貓兒永遠也逃不出窩穴。

「那些兩腳獸其實並不壞。」尖牙提醒戰士部族貓。「每當寵物貓遇到真正問題時，牠們都會出現。」

尖牙說得沒錯，」灰紋附和道。「那些兩腳獸不是我們的敵人。牠們只是不懂有些貓就是想過自由的生活，如此而已。」

灰紋請戰士部族貓擔任守衛工作，自己則和尖牙出外狩獵。他們回到舊的河族領地，灰紋還記得水域附近可以找到豐富的獵物。即便如此，等到他們捕獵到足夠餵飽所有貓兒的食物時，太陽已經開始往下滑，灰紋也累透了。**對我來說，負責抓那麼多獵物來餵飽這麼多貓，已經是很久以前的事了，**他心想。那當下，他還真懷念在長老窩裡的悠閒生活。

「我們今晚可能得在這裡紮營，」灰紋等到大家都吃飽了，才喵聲說道。「明天我們再決定下一步該怎麼做。」

「如果你們願意的話，我們可以繼續擔任守衛的工作，」猴星提議，「以防任何兩腳獸跑來找我們。」

「沒錯，我們都知道部族向來都會派貓兒守衛營地，」爪哨接著說，但一邊說一邊忍住呵欠。

「這主意很好。」灰紋不敢笑出來。「聽好，你們可以在柔軟的草地上躺下來，就在灌木外面，這樣任何闖入者都不會知道你們正在盯著他們看」

「好喔，」猴星同意道，立刻和爪哨肩並肩地在草地上坐定，那裡有很好的視野可以清楚看見窩穴方向那邊的林子。

每隻貓兒都累壞了，其中幾隻已經蜷伏起來開始打呼。沒多久，猴星和爪哨也在他們旁邊打起呼來。

灰紋在尖牙身邊坐下，後者將爪塞在身子底下，蹲伏在地，凝神遠望著貓兒們看不到的某種東西。

「我不認為我能夠撐得下去，」他喃喃說道。「在我母親死後，水仙是我能在那種惡劣的兩腳獸窩穴裡撐下去的唯一原因。現在再也見不到她了，我不知道自己要怎麼活下去。」

我該告訴他歲月很長嗎？灰紋心想道，**我該告訴他在未來歲月裡的某個時刻，他可能又會陷入愛河嗎？我知道那是可能發生的。**

但是灰紋也曾和自己深愛的貓兒分隔兩地，所以他知道那種痛苦的感覺。他曾以為這種傷痛永遠不會癒合，或許會痛上一輩子，不管誰來勸他都一樣。**就像現在……我仍然很想念蜜妮。**

所以灰紋什麼也沒說，只是守在年輕公貓身邊，毛髮輕刷彼此，在此安頓過夜。

第二十九章

此時隔天早上，灰紋是第一隻醒來的貓兒。陽光從山楂的枝葉縫隙滲起來，告訴他早晨已經過了大半。他坐起來，看見尖牙也有點醒了。但戰士部族貓和那些逃出來的寵物貓仍在熟睡。山楂叢底下的空氣因他們吐出的空氣而顯得溫暖。

灰紋有點不安，心想這些貓兒要如何適應野外的生活呢？他們不懂怎麼狩獵，也不會格鬥。他們已經太習慣在兩腳獸窩穴裡的安逸生活。儘管那種生活很悲慘，但至少不需要時刻為自己打算。

這時灰紋突然輕笑了起來，原來他看到大牙和蟲蟲正揮著腳爪，好像正在做格鬥的春秋大夢。顯然他們已經養成了冒險魂。但是當他看著尖牙時，他感覺得到這隻公貓仍在感傷。他雖然醒了，但仍躺在鋪滿枯葉的臥鋪裡，動也不動，綠色眼睛充滿哀傷，正在發愣。

他一定是想到昨天的情景，灰紋心裡想，**但那不會令他好過的。**尖牙顯然還在思念被他丟在原地讓兩腳獸帶走的母貓。

「別讓自己那麼難過，」灰紋低聲說道，用尾尖碰觸尖牙的肩膀。「水仙病得很重，可能沒辦法在野外活下去。她做了一個英勇的決定，留在原地，讓其他貓兒能重獲自由。她真的很勇敢。」

「我知道她很勇敢，」尖牙喃喃說道。「但現在，我真希望她不要那麼勇敢。我一直在想我跟她曾經規畫過重獲自由後的未來生活。我們好想要有自己的小貓。但現在……她不在了，我不知道我要做什麼。」

灰紋發出同情的喵嗚聲。心痛的感覺宛若閃電掃過他全身，尖牙那句話令他想起自己的傷痛，但他必須先把它暫擱一旁，才能給尖牙所需的安慰。「你聽我的勸：一隻貓兒的一生當中會有很多很多次的心碎經驗。」他喵聲道。「心碎和失敗會無來由地攻擊你，就算你強悍到足以對抗它們。但重點在於不要讓它們如影隨形地跟著你。而方法就是繼續前進，這樣一來，你才能把那些哀傷和失落不斷地拋在腦後。」

尖牙抬眼看他，神情不安。「我不認為我能立刻忘掉水仙。」

「我知道，」灰紋點頭表示理解。「我不會要求你忘掉那些珍貴的回憶，但繼續前進會阻止它們對你的傷害，所以等你以後回顧你和水仙共同擁有的過往時光時，就能在裡頭找到很多慰藉。」

尖牙嘆口氣。「也許吧，但好難喔。」

灰紋陪在他旁邊，希望他的默默守候也能成為一種安慰，於是他就這樣一直陪他陪到其他貓兒開始醒來。

「我們現在要做什麼？」猴星問道，她的頭從山楂叢的枝葉間探進來。「起來吧！又是全新的一天！」

在那些剛逃脫出來的貓兒當中，有幾隻因為被吵醒而發出牢騷聲。灰紋聽到其中一隻嘟囔著：「閉上嘴巴，讓我睡覺好嗎？」但沒多久，所有貓兒就都繞著灰紋和尖牙參差不齊地圍成一圈，有的呵欠連連，有的睡眼惺忪地整理身上毛髮。灰紋知道他們都等著他開口說話。

「我知道對剛逃離老兩腳獸的你們來說，這一切很新奇，」他開口道。「野外的生活一開始對你們而言會很艱辛。但只要你們現在決定好自己想過什麼樣的生活，日子一定會愈來愈輕鬆的。」

「那好，我決定要待在外面這裡，生活在星空底下。」說話的是那隻禿了幾撮毛的公貓，就是他提議靠攻擊老兩腳獸來逃脫。「希望我再也不用見到另一頭兩腳獸。」

其他幾隻貓兒低聲附和，但也有幾隻態度謹慎。一隻黑白色母貓猶豫地舉起尾巴。

「我花了一整個晚上好好思考了這件事，我覺得我真正想要的是被一頭比較好的兩腳獸收養。」她勉強承認道。「我是說窩穴比較乾淨，沒有養那麼多貓的兩腳獸。」

「那就祝妳好運了。」那隻公貓嗤之以鼻。

「金鳳花，你嘴巴給我閉上！」坐在他旁邊的矮牽牛用尾巴打他耳朵。「如果妳費點心去找，還是能找到好心的兩腳獸。我們的兩腳獸以前也很好啊，只是牠後來老了病了才變成這樣。妳就照妳的話去找個好心的兩腳獸吧。」她接著對黑白色母貓說道，「我相信妳未來的日子一定會過得很好。」

「我的想法是，」橘色虎斑貓百合喵聲道：「我想加入你們的戰士部族。可以嗎？」她問猴星。

有兩、三隻貓兒呼應百合的要求。

「當然可以！」猴星喵嗚道，其他戰士部族貓也熱切地附和。「而且我們認識一隻穀倉貓，也許他會很開心有同伴加入他，」猴星接著說道。「我是說如果你們有誰覺得自己一點也不喜歡戰士生活的話。」

灰紋很是興味地抽動鬍鬚。他可不太確定大麥會迫不及待地想招待戰士部族貓，更別提再加上一群形形色色的前寵物貓。但他猜想至少農場的生活不會再那麼枯燥！「有尖牙擔任你們的副族長會比較好，」灰紋提議道，「如果你們兩個都同意的話。」

尖牙點點頭，眼裡有希望的光被點燃。灰紋很高興看見這場討論多少分散了他悲悽的情緒。

猴星假裝思考了一下，隨即也點點頭。「好啊，這會很好玩。我以前從來沒有找過副族長。」

戰士部族貓和他們的新成員聚在一起，開始討論未來可能的冒險活動。帶著三隻小貓的貓后也擠在裡頭，小貓開心地在枯葉堆裡互相角力，就像部族裡出生的小貓一樣充滿自信。就連金鳳花也不再抱持著敵意的態度，熱切地加入討論。**我猜他剛剛只是害怕，**灰紋心想，現在有了自己的家和可以分享的朋友，也就雨過天晴了。

尖牙抽動耳朵向灰紋示意，引他到旁邊來。「我們剛剛被分派了任務，得負責訓練這群貓。」他低聲道。

「這是你的任務吧?!」灰紋回答。

「這話什麼意思?」尖牙問道,顯然很驚訝。

灰紋眨眨眼睛,思緒回到湖邊的雷族營地那裡。**長老窩、松鼠飛、花落、還有我的其他孩子**。「跟你們在一起的這段日子,讓我更清楚了一些事情,」灰紋解釋道。「不管貓兒面臨了什麼,只有團結合作才是最好的上策。我要回我的部族了。」

尖牙瞪看著他,很是吃驚。「灰紋,我沒辦法獨自完成這件事!」他抗議道。

「你可以的,而且你一定辦得到。」灰紋語氣平靜地說道。「這些貓會成為你未來的責任。我又不可能去告訴猴星她不再是領導者,而你又最瞭解這些貓。只有你能帶領他們。他們會成為你的部族貓。」

「可是我根本不知道如何帶領一個部族,再說,這些貓也不真的是部族貓。」尖牙接著說。「這一切對寵物貓來說只是一個好玩的遊戲而已……到了晚上,他們還是會回家找兩腳獸。而我們這些剛逃出來的貓是不可能回家找兩腳獸的。」

「這也是為什麼我要你當副族長的原因。」灰紋告訴他。「你在野外有求生的經驗,你知道如何狩獵,而且你夠強悍。要是沒有你和你的主動精神以及明智的判斷力,我們根本不可能扳動那塊木條,逃出窩穴。這些你做到了,所以我相信在緊要關頭的時候,你一定能擊敗一隻狐狸或獾,然後也把你的所知教會其他貓兒。」

尖牙吞吞口水。「我不確定你說得對不對,我不覺得自己夠強悍。」

「我說的當然是對的。」灰紋大聲說道,並用尾尖碰觸他的肩膀。「其他貓兒都很佩服你。打從一開始你就沒有自顧自地逃走,所以他們今天才能獲救。在你衝出窩穴,尋求援助的那一刻起，你就已經是他們的領袖。現在你必須成為一隻值得他們追隨的貓兒。」

那當下，尖牙聽到灰紋加諸在他身上的責任，神情甚為驚恐，但後來表情慢慢起了變化，他抬起頭，彷彿找到了全新的自尊。「我會盡我所能。」他承諾道。「但還有一件事。你們的部族是跟星族相通的，但我們這裡沒有。」

「我不確定你們以後會不會有自己的星族，」灰紋回答，但也突然對他當時離開雷族時的現況有了一種不祥的預感，**我也不確定我們還有沒有星族。**「不過星族也許會自行在你們面前彰顯，也許不會。但是貓兒跟祖靈的連結方式有很多種。就算你們從來不曾跟祂們連繫，你們還是可以活得像部族一樣，只要大家彼此照顧，尤其要照顧年老和生病的貓，再好好訓練族裡的小貓，讓他們有一天也成為戰士。」

當他這麼說的時候，一種心安理得的感覺油然而生。**如果戰士部族可以在沒有星族的情況下像部族一樣生活，**他思忖道，**也許我們湖邊的部族也可以辦到。如果星族回來了，自然是再好不過，但就算祂們不回來，真的有那麼糟嗎？**

這是他首度感覺到，他可以想像出一個沒有星族的未來。那的確會很艱辛，有時心裡甚至會受傷……因為他知道當他向火星求助時卻沒得到回應的那種感覺有多難過。但他熬過來了……而且還能在這裡協助這個在舊森林裡臨時湊合起來的部族。**星族，沒有祢們，我一樣活了下來，而且還是能做好事，**他心想，**雖然我不想這樣……但我還是可以辦到。**

「沒錯，我們可以的，」尖牙很是堅定地喵聲道。「但你真的確定我有能力領導他們嗎？」

「百分之百確定。」灰紋向他保證。

尖牙垂下頭。「謝謝你，灰紋，這對我來說意義重大。」他轉身走回貓群，站在猴星旁邊，接下這個新的職務。

灰紋坐著看了他們一會兒。他剛提到生病的貓，這讓他有了一個想法。他站了起來，繞過貓群，去找矮牽牛。灰色老母貓正在聽尖牙和其他貓兒說話，但她看起來有點分神，眼裡仍充滿對她兩腳獸的掛念。

「妳跟我來，」灰紋低聲說道。「我要拜託妳一件事。」

矮牽牛一臉疑惑，但沒有反對，跟著灰紋鑽出山楂叢，進到空地。

「妳會待在戰士部族裡嗎？」他問道。

「一陣子吧，」矮牽牛回答，「直到我的兩腳獸回家為止。」

灰紋不想告訴她，她的兩腳獸不太可能回了，因為他知道這樣說沒有幫助，這畢竟是矮牽牛自己得去面對的事，只是早晚而已。於是他開口說道：「一個戰士部族通常都有巫醫貓。她或他……」

「喔，我知道巫醫貓，」矮牽牛打斷道。「小妖跟我說過。她說他們會在夢裡跟星族溝通，還會治療生病和受傷的貓。」

「沒錯，」灰紋喵聲道。「之前在窩穴裡，我看到妳一直在幫水仙，還有妳也協助了那隻有小貓的貓后。妳有一種天生的本能會想好好照顧別隻貓兒……妳看妳到現在都還很愛你的兩腳獸。這對一位治療者來說很重要。」

「我？治療者？」矮牽牛自嘲道，「如果我是治療者的話，早就能救活小妖了。也能治好水仙。」

「如果妳有對的藥草，搞不好可以辦到。」灰紋告訴她。「我希望妳能成為戰士部族的巫醫貓。我知道妳不能跟星族對話，」他搶在矮牽牛開口反駁前趕緊接著說：「但妳或許可以當治療者。我有留意到我們救出的那些貓裡頭，有一隻快生小貓了。」

「喔，我以前在窩穴裡有幫忙接生過。」矮牽牛若有所思地眨眨眼睛。「不過我對藥草不太懂。」

「我也不是巫醫貓，但我可以教妳一點。」灰紋回想以前自己因受傷或生病而留在巫醫貓窩穴裡被治療的經驗。**要不是有一隻稱職的巫醫貓，我搞不好早就死了。**「我們都是用蜘蛛絲來幫忙止血，然後我們會把金盞花的藥泥塗在傷口上，以防感染。我確信妳可以在河邊找到金盞花。」

他開始朝那方向走去，小心掃視岸邊的植物，同時繼續說道：「腳墊痛就使用酸模葉，」他又接著說：「罌粟梓可以緩解疼痛，不過不能服用太多。」他提醒矮牽牛，「否則可能害他們從此睡著，再也醒不過來。」

灰紋一來到水邊，就揮動尾巴，指著一叢金盞花，然後又指向一種長得很高，開著紫花的尖刺植物。「妳看，這裡也有水薄荷，」他喵聲道。「這是最適合治療胃痛的藥草。不過我沒有看到山蘿蔔，」他補充道，因為他想到很久以前，煤皮曾叫小妖要嚼山蘿蔔根。

「喔，我知道山蘿蔔，」矮牽牛告訴他。「我的兩腳獸以前會在花園裡種山蘿蔔。那裡可能還有。等我下次回去查看牠回來了沒，也順便摘一點。牠也有種貓薄荷。」她補充道，同時閉上眼睛，好似沉浸在美好的回憶裡。「貓薄荷有什麼功效嗎？」

「有，它對咳嗽很有效，」灰紋回答。「妳在禿葉季的時候一定會用到它。」

「如果那時我還在這裡的話，」矮牽牛有點沮喪地說道，但又隨即說：「不過我想我可以把你教我的知識，傳授給另一隻貓。百合也許可以……她夠聰明。」

「這主意太棒了，」灰紋喵嗚道。「妳有見習生了！」

「我得跟尖牙說句話，」矮牽牛喵聲道，隨即朝山渣叢轉身回去。他跟在她後面，一路上聽到她自言自語：「金盞花是防感染，水薄荷緩解胃痛，山蘿蔔根可用在懷孕……」

我挑的巫醫貓不錯，灰紋心想道，矮牽牛有滿滿的愛心，如今她的兩腳獸不見了，也許會感到絕望，但如果整個部族都需要她的愛……**那麼等她發現她的兩腳獸再也不會回來了，也至少能擁有自己的全新生活。**

灰紋和矮牽牛回去的時候，有貓兒已經從山楂叢裡出來。那隻想當寵物貓的黑白色母貓正帶著其他兩隻貓跟大家道別，他們馬上要往上游走去。灰紋猜他們是想先到兩腳獸橋那裡，還有在舊風族領地和雷族領地上的新兩腳獸地盤。**我好奇他們最後會落腳哪**

裡，他一邊想一邊看著他們的身影漸行漸遠。

剩下的貓兒正在接受猴星和其他戰士部族貓的訓練，學習狩獵者的蹲伏技巧，至於那三隻小貓則似乎總是到處亂竄，就跟部族裡的小貓一樣。由於戰士部族貓很年輕，所以看上去很像是見習生在教戰士。不過灰紋看得出來打從他教會他們的第一天起，他們就把一切技巧都牢牢記住了。

不過那似乎也是很久以前的事了。

灰紋站在那裡看，突然有股全新的悸動。他傳授給戰士部族的知識大多是雷族傳授給他的。就算在他「出走」的初期……就算當時他並不確定部族是否是他最後的歸宿……他從雷族那裡汲取的經驗和智慧就一直是他生命裡的一部分。雷族就是這樣代代傳承，哪怕它不再是他年輕時記憶中的雷族。**回到舊森林是個很棒的經驗，**他心想，**但我現在終於明白那座湖才是我的老家，也是我真正的歸宿。**

該回家了。

他想到尖石巫師曾告訴他：**我還有我可以發揮的角色。**他本來以為這話的意思是去月亮石，但是他突然恍然大悟，其實意思完全不是。也許他的「角色」跟他的出走無關，而是跟他的回歸有關。

這時的尖牙和矮牽牛一直在深談。最後尖牙向老母貓垂頭致意，然後走過來找灰紋。

「你幫我們找到巫醫貓了，」他喵聲道。「我從來不敢有這樣的奢望。但也許我們真的可以建立起一個真正的部族。」

「你們當然可以。」灰紋告訴他。「你們會互相照顧，這是最重要的。」

他在說這話的同時，心裡也很清楚它的意味深長。**因為對雷族來說也具有同樣意義。**

「我該回家了。」他對尖牙大聲說道。

尖牙驚訝地抽動鬍鬚。「可是……你確定你不想留下來嗎？我希望你能留下來。我們需要你的協助。」

「我不能留下來，」灰紋搖頭回答。「我現在很清楚我的歸宿在哪裡。再說，如果我留下來，這些貓就會認定我是族長，而不是你和猴星，這樣一切就都白費了。」

尖牙點頭勉強同意。「好吧，我會想念你的，灰紋。我永遠不會忘記你。你對我來說就像父親一樣。」

「如果你是我兒子，我會很自豪的。」灰紋喵聲道。

他緩步走向其他貓兒，他們在他趨近時全數起身，朝他轉過來。「我得走了。」他大聲說道，無視他們的反對。「祝你們一切順利，我知道你們一定能成功打造出屬於你們自己的部族。你們的格局會超過寵物貓和惡棍貓……你們都會成為貓戰士！」

這些逃脫出來的貓和寵物貓都自豪地喵嗚出聲，大聲地跟灰紋道再會，後者最後一次揮動尾巴告別，隨即轉身朝上游走去。

灰紋才在舊河族領地走了幾步，就瞄到一小群戰士部族貓穿梭在緊鄰河邊的濃密植被裡，於是停下來讓他們先過。

我已經道別過了，他們現在得靠自己了。

接著這些貓兒鑽進小溪旁邊一塊視線較好的空地，小溪涓滴流淌在草叢間，像一道迷你瀑布瀉進河裡。猴星負責帶隊，跟在後面的是那隻年輕公貓金鳳花和另外兩隻從窩穴裡脫逃出來的貓。灰紋低頭躲在木賊叢的後方，聽猴星如何指導她的隊員。

「好了，我們現在進行邊界巡邏，」她大聲說道。「我們會沿著這條河一路走到兩腳獸橋那裡，然後再往回走，直到走到你們那頭老兩腳獸的窩穴。這一路上，我們要在邊界做記號，這樣一來，別的貓兒就會知道這是我們的領地。」

誰告訴她要做邊界記號的？灰紋好奇，**可能是史莫奇吧，畢竟他有一肚子部族貓的故事。**

「要是我們遇到別的貓呢？」開口的是一種體型嬌小的白色虎斑母貓。「我們要怎麼對付？」

猴星歪著頭。「這問題問得好。有誰可以回答？」

金鳳花滿心期待地抽動鬍鬚。「我們就撕爛對方的喉嚨。」

「不行，金鳳花，」猴星翻著白眼。「有我當家，就絕對不准有撕爛喉嚨這種事。如果我們真的遇到別的貓，只要告訴他們，現在這裡是戰士部族貓的領地，請他們離開。」

「可是要是他們不離開呢？」母貓追問道。

金鳳花縮張著爪子。「我們就撕爛他們的喉嚨！」

灰紋強忍住噴笑的衝動。他不認為在這些貓裡頭會有誰迫不及待地想上場開戰。不過他也相信猴星一定有辦法來處理任何可能誤闖新領地的入侵者。如今她的語氣聽起來已經比他幾天前遇到時來得成熟穩重多了，那時她還只是個傻白甜的寵物貓。

「金鳳花，你都沒有從灰紋那裡學到什麼嗎？」玳瑁色族長問道。「他有攻擊過來找你們的兩腳獸嗎？沒有，他沒有。」

「是啊，而且在窩穴裡他也不讓我們用爪子攻擊老兩腳獸，」第四隻貓是一隻沙色的公貓，他這樣說道。

猴星用力地點點頭。「沒錯，當我們在荒地第一次遇見尖牙時，灰紋也沒有發動攻擊。他用別的方法。所以我們也要這麼做。灰紋是品德高尚的戰士，我們必須以他為模範。」

我？灰紋心想道。他突然覺得很不好意思，一股躁熱感頓時從他的耳朵一路淹漫到尾巴。他暗自慶幸寵物貓不知道他在偷聽。他本來可以偷偷溜走，但擔心自己一動就會被他們發現。

「灰紋很厲害！」那隻母貓很是欽佩地說道。「喔，尖牙也很棒，但真正救我們出去的是灰紋。他主動跟我們一起被困，目的是為了幫助我們。」

「他給了我們希望。」沙色公貓附和道。「而且他讓我們知道可以怎麼逃脫出去。」

「我認為他是所有部族裡頭最厲害的貓，」猴星大聲說道。「灰紋長途跋涉到這麼遠的地方，深入禁地，只是為了幫助自己的族貓。後來又順道幫助了我們還有受困在窩穴裡的你們。」

金鳳花勉為其難地點點頭。「我想他是蠻特別的。」

喔，我不特別，灰紋心想，**我只是一個老到骨頭都快散掉的長老。對我的部族來說，我可能曾經很有價值……甚至當過一陣子的族長，而且成效也不錯。但那段歲月早就過去了。**

但就算他心裡閃過這樣的念頭，他仍有股奇怪的悸動，彷彿他的老友火星正從遠方對他說：**你這個笨毛球！**

灰紋有點不高興地豎起鬍鬚，火星的玩笑話迴蕩在他腦海裡，但這時的他又想到寵物貓剛說過的話。**沒錯，這些我都做過。我長途跋涉到山區，又遠行到舊領地。我也的確冒險深入月亮石……但我的星族老天啊，當時我嚇得毛都快掉光了。後來我又幫忙這些寵物貓逃脫，協助他們建立自己的部族。**他不可置信地眨眨眼睛，然後在心裡對自己說，**不過這都稱不上是勇敢或品德高尚，我只是在做我該做的事。**

然後他覺得自己好像又聽到火星的聲音……又或者他認定火星一定會這樣說：**鼠腦袋！這就是勇敢和品德高尚的意思啊！**

戰士部族貓還停留在溪邊。「你剛剛那話什麼意思？他有深入禁地？」母貓問道。

「對啊，那是一場很奇幻的冒險！」猴星回答。「爪哨和我陪他去的……至少陪了一部分的路程啦，」她很誠實地接著說道。「等太陽下山後，部族集合好，開始吃我們的生鮮獵物時，我再告訴你們來龍去脈。」

母貓興奮地扭動身子。「我等不及了！」

這下又有故事誕生了，灰紋心想道，但只覺得有點好笑。**也許長老們會一代傳一代地告訴他們的小貓，說曾有位英勇的戰士深入山區中央，但一定不會提到他當時發抖到鬍鬚都快掉了！**

「好了，走吧，」猴星下令道。「我們不能待在這裡八卦一整天。我們得巡邏整個邊界。」

她躍過小溪，消失在矮木叢裡，其他隊員也緊跟在後。

灰紋等到他們的味道消散了一些，才跟上去。就在穿過河族舊領地時，他突然有種滿足的感覺，原來曾經長住在這裡的部族不會被完全遺忘，就連以前有過的生活方式也會被猴星、尖牙、和其他寵物貓傳承下去。

他們建立的部族跟我們的不一樣，他很清楚這一點，**但是他們會彼此照顧，而這正是一個部族的精神所在。如果這就是我這次出走所得到的結論和成就，那也不賴啊，而且還真是不賴！**

這時灰紋想到尖石巫師曾告訴他：在他部族面臨的困境裡，他還是有可以發揮的角色。當初他第一次聽到這句話時很吃驚，心想像他這樣又老又累的貓怎麼可能扮演什麼吃重的角色。

但現在誰敢說我又老又累？他反問自己，同時忍不住甩甩毛髮，驕傲地抬起頭來。**不，我可是凶猛的戰士灰紋，沒有什麼事是我不敢面對的，儘管放馬過來吧！**

有部分的他其實是在自嘲，很清楚自己根本不是寵物貓眼裡了不起的貓，但也有部分的他打從心底找回了勇氣和使命感。這是他首度感覺到尖石巫師的話或許是對的。

他記得蜜妮也說過同樣的話，是在他夢見她垂死的那個夢境裡說的。她告訴他，他的貓生還沒到盡頭，他仍然很重要。「妳說我絕對不能放棄，」他大聲地自言自語，半自想像他的伴侶貓就走在他身邊。「我答應妳，我絕對不會。」

就再陪大麥一個晚上吧，他暗自決定，**然後我再去山裡多待一個晚上，看看暴毛。之後就回湖邊的老家，無論未來的命運是什麼！**

第三十章

彼時

灰紋吁了口氣，如釋重負：在經過這麼多動亂之後，雷族又回到了正常作息。小貓在育兒室外面嬉鬧。就連小白也加入了那些年長的同窩夥伴一起玩耍。長老們都在斷樹旁邊閒聊，說著陳年八卦或故事。而塵皮正在生鮮獵物堆旁對三名見習生訓示戰士守則。

「要記住，你們絕對不能殺害別的戰士，就連戰場上也不行，除非攸關生死。」他喵聲道。

「連渾身發臭的影族貓也不行嗎？」煤灰掌問道。

「連影族貓也不行。」塵皮斬釘截鐵地回答。「就算他們很臭也不行。」他抬起一隻腳掌，查看爪子。「你們想要我示範一下一隻雷族貓可以有多臭嗎？」

煤灰掌貼平耳朵。「不想，塵皮，對不起啦！」

忍住笑意的灰紋留意到金雀花叢隧道入口有動靜，率領黎明巡邏隊的棘爪出現了，隨即朝灰紋的方向跑過來。

「有什麼事要報告嗎？」灰紋問道。

棘爪恭敬地垂下頭。「沒有，灰紋，」他回答。「一切都很平靜，我們還特別查看了狐狸或血族的蹤跡，但是都沒有。」

灰紋強忍住得意的喵嗚聲，這種得意不光是因為聽到棘爪報告眼前沒有任何威脅，也是因為看到棘爪對他的敬重。

我曾多次懷疑過自己的能力，他心想，**但這位年輕戰士顯然認為我很稱職。這個部族已經能接受我擔任他們的代理族長。**

灰紋點頭解散棘爪，並試著表現出對他的報告毫不訝異的自信態度。雖然跟血族大戰過後，已經快一個月，但灰紋私下很清楚恐怕還得好幾個月過後，他才能完全說服自己那些可怕的貓不會再回來，或者阿怒沒有忘記自己的承諾，不會再用別的方法製造事端。不過他也知道領軍驅趕血族貓所帶給他的自信，已經使他成為一個更強悍的族長。幾天之前，他才剛帶領四大部族把定居在四喬木的狐狸家族驅離。他也相信牠們短期內不會再回來。

這時他留意到金雀花叢隧道又出現動靜。這一次是灰毛，後者奔過營地，在他面前煞住腳步。

灰紋跳起來，毛髮豎得筆直，心臟開始不安地狂跳。「又出了什麼問題？」他問道。

「不是！」灰毛上氣不接下氣，胸口劇烈起伏，藍色眼睛閃著亢奮的光。「我看到火星了！他回來了！」

消息迅速傳開，像池塘裡被丟了一顆石頭引發的漣漪。貓兒們全從窩穴裡蜂擁而出。等到火星和沙暴從隧道裡出來時，所有族貓已經擠在空地上，向他們平安歸來的族長大聲問好。

灰紋一見到他的老友，頓時如釋重負。能看見他還有沙暴平安回家，真是太好了。除此之外，一想到自己再也不用當族長，扛在全身的重擔頓時卸了下來。能把重責大任歸還給這隻向來抗得住的貓兒，著實令他如釋重負。

「你們去哪裡了？」鼠毛趁大家朝歸來的戰士圍上來時，開口問道。

「你們都在做什麼？」斑尾喵聲道。

「快告訴我們路上的見聞！」棘爪緊接著問道。

火星揮動尾巴要他們安靜下來，但花了好一陣子這些詢問的吵鬧聲才終於歇止。「別急，」他大聲回應。「我們才回到家，可不想當場就被你們壓扁。」

他沒有回答任何問題，灰紋猜想八成有很多地方不方便讓族貓們知道。但是如果火星還不想如實告知族貓們他去了哪裡，一定有他的理由。

灰紋好不容易從貓群裡鑽過去，走到火星面前，向他的族長兼好友垂首表達最深的敬意。「歡迎回家，」他喵聲道。「很高興再見到你們兩位。」

「灰紋，我也很高興再見到你。」火星回應。「我們不在期間，一切都好嗎？希望你沒遇到什麼麻煩事。」

「麻煩事？」回答的是棘爪，他的琥珀色眼睛閃著興奮的光芒。「要不是有灰紋……」

「別說了，」灰紋嚴厲地瞪了年輕戰士一眼，要他別提。他雖然很感激這隻貓兒對他的稱許，但他不想害族長操心，尤其他才剛回到營地。「我們有遇到一些問題。」他告訴火星，「但沒有什麼事是我們不能處理的，因為你給了我一個強大的部族。」

火星的綠色目光在灰紋和棘爪之間來回巡看。「好吧，」他喵嗚道。「很高興知道我不用時刻擔心你們。現在沙暴和我得先休息一下，」他接著說道。「我們走了很長的路，感覺腿都快斷了。」

族貓們趕緊讓開，讓他們可以直接回到族長窩穴。等到他們消失在地衣簾幕後方，貓兒們才各自解散，回到自己的工作崗位上，邊走還邊討論族長回來這件事。看到他們如此敬愛火星，灰紋更加確定自己並非族長的料。**唉，竟然這麼快就把我忘了！**他苦笑地想道。

但有一隻貓沒有忘記他。棘爪正要去找鼠毛和塵皮去狩獵，走到一半，突然在灰紋旁邊停下來。「你為什麼不讓火星知道你當代理族長時的表現有多好？」他問道。

灰紋想了一會兒才給他答案。「直覺吧。」他最後承認。「感覺這樣做才對。再說棘爪，你也聽到火星剛剛說了，他很高興自己不用操心我們。所以如果沒必要，何必害他多操心呢？」

棘爪想了一下，點頭表示理解。然後就去找正在金雀花叢隧道入口等候他的隊員們。灰紋深吸一口氣，覺得這是自火星離營探險以來，首度完全放鬆自己。不過他還是允許自己可以有一點洋洋得意的感覺。

畢竟帶領部族熬過這些爭端的是我欸！

已經過了日正當中，灰紋正在生鮮獵物堆旁享用食物，栗掌一路跑跳地穿過營地來找他。「火星要你去他窩穴，」她說道。這隻小玳瑁貓兩眼發亮，尾巴捲了起來。

「你看起來很開心。」灰紋邊說邊吞下最後一口鼠肉。

「我的導師回來了！」栗掌興奮地跳了一下。「我太想念沙暴了。」

「所以不用再跟著塵皮？」灰紋揶揄她。「你的皮就不用再繃那麼緊了？」

「對啊，不用再跟塵皮了。」然後栗掌的態度又突然變得正經八百：「不過塵皮是很棒的導師，我很幸運能同時跟兩位很棒的導師學習！」說完她就跑去找見習生窩穴外面的同胞手足玩耍。

灰紋緩步穿過營地，上到高聳岩，在窩穴入口處喊火星的名字。

「進來吧。」他的老友喊道。

灰紋一進去就看到火星蹲在地上，腳爪塞在身子底下，沙暴仍蜷伏在臥鋪裡。她微微睜開眼睛，露出一條綠色細縫，旋即又閉上，發出昏昏欲睡的喵嗚聲。

「回到家真好。」火星開口道，「更棒的是，不用一回來就得處理危機。灰紋，我為你感到驕傲。」灰紋留意到他眼裡有黠光一閃而逝，心裡不免忐忑。「你有什麼事沒告訴我嗎？」火星接著問道。

懊惱的灰紋這才曉得他的老友實在太瞭解他了。「血族的一些殘存黨羽製造了一些麻煩，」他承認道。他看見火星的目光出現憂色，趕緊接著說：「沒有什麼好擔心的，我們打敗他們了，他們不敢再來找麻煩。然後還有……有幾隻狐狸在四喬木那裡定居。

這問題我找了其他部族一起處理，已經把狐狸都趕走了。所以也沒問題。」

火星瞪大綠色眼睛。「你真是讓我刮目相看，」他喵聲道。「你是怎麼聯合其他部族趕走狐狸的？你又是怎麼在沒有任何奧援的情況下帶領部族擊垮血族？而且沒有折損任何一隻貓？」

「這個嘛，我是耍了一點小聰明啦，」灰紋回答。「我跟一隻懷孕的血族貓后訂下協議，請她告訴我血族何時從哪裡進攻，這樣我們就能擬出更好的作戰計畫。」

「她只是出於好心告訴你？」火星問道，嘴巴故作譏諷的表情。

「也……不是啦，」灰紋承認道。「我同意讓她加入雷族……直到你回來為止，到時再由你來定奪她能不能永遠留下來。不過她現在不在這裡了。煤皮認為她很可能會難產，而那隻貓后又很在乎未出生的小貓，於是決定改去當寵物貓。」

火星若有所思地眨眨眼睛。「灰紋，你一定是妥善處理了她的問題。事實上，從這件事還有很討厭的狐狸事件裡頭可以聽得出來，你的領導非常成功。顯然我當初選你當副族長，沒有做錯決定。」

灰紋不知該如何回答，只能尷尬地舔舔胸毛。

「萬一我出了什麼事，你一定可以成為一位稱職的族長，」火星接著說道。「不過我希望那是很久以後的事。」

灰紋彈動耳朵，很開心聽到族長的稱許，同時也感到不安。「火星，有件事想跟你說……」他謹慎地開口。「這次的經驗讓我終於明白，我其實很不想成為一族之長。」

「灰紋，你別鬧了……」

「不是我不尊重這個職位，也不是我不愛這個部族，」灰紋打斷道，「只是我覺得當你的後盾比當最後的決策者更讓我覺得自在。我一定會拚死守護雷族！火星，我答應你，我絕不會離開部族！不過也許有天我會改變主意也說一定。」

火星驚訝地抽動其中一隻耳朵。「你覺得什麼事情會讓你改變主意？」

灰紋低頭看看自己的腳爪。「這個嘛……」他誠實說道。「火星，我看得出來族貓們很敬重你。我相信你天生就是領導者，但也請相信我，在代理了你的工作一兩個月之後，我才明白這份工作有多艱難。」他停頓一下。「如果我有更多時間能向你學習，也許會有那麼一天我覺得自己準備好了。但現在的我敬謝不敏。」

他說完後，沉默當頭罩下。灰紋瞇起眼睛看著他的族長，最後勉為其難地說道；「如果你想換掉副族長，我可以理解。」

火星似乎正在考慮他的提議，灰紋等候他的答案，胃部跟著翻攪。

「不用，」火星最後回答。「我希望你有一天會改變主意，至少我還年輕，還有很多時間讓你接受考驗。」

「希望如此。」灰紋大聲說道。

「但話說回來，」火星接著說道。「身邊有一個根本不想當族長的貓充當顧問，也許比什麼都好。灰紋，你保證你會永遠對我坦誠，將部族的利益置於一切之上嗎？」

「我當然會。」灰紋熱誠地回答。

火星點點頭。「對我來說，這樣就夠了。」

灰紋覺得心頭暖烘烘的，非常開心，就好像是從窩穴出來，走進陽光底下的感覺。心滿意足的他繼續聽火星接著說。

「對所有部族來說，未來將有更多挑戰，」族長思忖道。「光是驅趕血族和終結掉來自虎星的威脅，並不足以擔保我們的安全。森林世界很大，充滿各種危險。而我才剛見識到森林外面的世界，所以我知道有更多危險等在那裡。」

灰紋豎起耳朵聽。**他去尋找天族時，究竟去了哪裡？他有找到他們嗎？他發現了什麼？**仔細打量火星，他發現他的老友似乎得到了新的歷練，就好像身上又多披上了一層毛皮。**不管曾有過什麼經歷，肯定都不簡單。**

「雷族必須隨時做好準備。」火星結語道。

「我們會的，」灰紋向他保證。「畢竟我們有一整個部族的戰士，他們每個都很優秀強悍。」

火星低聲附和。「的確。能回到這樣一個幸福又快樂的部族，實在很讓我欣慰，每隻貓兒都平安，也都很守自己的本分。」

灰紋離開族長的窩穴時，不免開始思索火星的話。就算他從來不覺得自己像是真正的一族之長，但也成功地讓他所愛的部族團結一氣。**如果說這次經驗教會了我什麼，**他一邊想，一邊緩步橫過營地，朝戰士窩走去，**那就是我愛雷族甚過一切。雷族始終是我的家。**

第三十一章

此時灰紋朝穀倉走去時，已經快被疲累吞沒。他的影子在旁邊不斷被拉長。這是漫長的一天。他停在樹籬的遮蔭處，小心嗅聞空氣，提防任何狗的蹤跡，還好他聞到的氣味離他都有段距離。於是灰紋疾奔穿過空地，鑽進穀倉門底下的縫隙。

血紅色的陽光從高高的窗戶和屋頂的洞斜射而下，但穀倉裡多數的空間仍陷在陰暗裡。灰紋無法憑視線找到大麥，只能靠氣味。他靜悄悄地穿梭在乾草堆之間，直到發現那隻老貓正蜷伏在一床舒適的臥鋪上。鼻口旁邊的草梗在他輕微的鼾聲下不時抖動。

「大麥？」灰紋輕聲喊道。

他的老友鬍鬚抽動了一下，眨眨眼睛。「烏掌，是你嗎？」他問道。

灰紋的心頓時抽了一下，不免同情他。可以想像大麥剛剛夢見了什麼。「不是，是我……灰紋，」他喵聲道。

大麥咕噥出聲，坐了起來，眼睛在微光中發亮。「灰紋！」他大聲說道，這下完全醒了。「你回來了！」

灰紋傾身向前，與他互碰鼻頭。「是啊。」

「那個年輕的小夥子呢？他叫什麼？尖牙嗎？他跟你在一起嗎？」大麥環目四顧地問道。

「沒有，我們好不容易從他的窩穴裡救出很多貓兒，他現在跟他們待在河族領地裡，」灰紋回答。「我想我先來抓兩三隻老鼠跟你一起吃，再告訴你事情經過。」

能在柔軟的草堆上完全放鬆，大啖溫熱的生鮮獵物，說著兩天前離開穀倉後所發生的種種故事，感覺真不賴。大麥聽著灰紋描述那棟兩腳獸窩穴的惡臭味和裡面餓著肚皮的病貓時，不時驚恐地瞪大眼睛。

「我沒有想到兩腳獸會這麼殘忍。」他低聲道。

「她不殘忍，」灰紋解釋。「她很愛她的貓，只是她生病了，忘記要怎麼好好照顧他們。我們應該為她感到難過。」

「嗯……」大麥的語氣聽起來還是有點疑慮。「快點告訴我，你是用什麼方法逃出來的。」他接著問道。

灰紋描述他和尖牙是如何在窩穴的地板上撬開一個洞，讓所有受困的貓兒逃出去，還有年長的貓兒又是如何犧牲自己，只為了給較年輕和強壯的貓兒有機會逃離前來搜捕他們的兩腳獸。當灰紋告訴他戰士部族貓在其中所扮演的角色時，他不禁大笑出聲。

「我猜那幾隻毛頭小夥子馬上就會來找我了，」他喵聲道，「等不及告訴我整個故事經過。」

「對啊，而且他們的冒險故事一定會被他們形容得像上刀山下油鍋一樣那麼刺激危險。」灰紋附和道。「不過這樣說也不公平啦，」過了一會兒他繼續說道，「要不是猴星他們的幫忙，我們很難逃出來。」

「如果他們再也不來這裡，我一定會想念他們的吱吱喳喳。」大麥補充道。

「反正吱吱喳喳也不構成什麼危險啊，」灰紋告訴他。「另外，你可能會多出很多同伴。」他看見大麥眼神不解，於是解釋道：「有幾隻逃出來的貓加入了戰士部族。不過猴星跟他們說，如果他們不喜歡部族生活，可以過來這裡跟你一起生活。」

大麥從胸口發出隆隆的喵嗚聲。「很歡迎他們。」他停頓了一下，一邊聽灰紋繼續說故事，一邊啃著最後一隻老鼠。「我猜你明天就要回家了吧？」他最後低聲說道。

灰紋點點頭。「是啊，如果說這趟旅程有教會我什麼，那就是雷族的家才是我真正的歸宿。」

「所以這是我們最後一次見面了……」大麥的聲音有點傷感，但又莫可奈何。「不過你也知道我不是不懂得感恩。我從來沒想到我會再見到你或任何部族貓。」他再度停頓，然後又繼續說道，「我一發現自己再也沒辦法做我以前能輕鬆做到的事情時，我就開始思考自己的生命終點。自從我失去烏掌之後，一切都變得暗淡。」

「蜜妮去世的時候，我也有這種感覺。」灰紋喵聲道。

「但我們都錯了，灰紋，因為你出現在這裡，這教會了我原來生命當中仍有機會得到驚喜。」他帶趣地繼續說道。「哪怕像我們這麼『老朽』的貓，還是可以有期盼。」

「大麥，你說得對。」灰紋很是佩服這隻充滿智慧的老貓。「從現在起，我會永遠用期盼的心情來面對每一刻。」

灰紋攀上陡峭的岩坡，氣喘吁吁地站在池邊。瀑布在他面前轟然奔流而下，激起氤氳的水花，頃刻間，他身上的毛髮都濕了。太陽正在西下，瀑布上方的山峰輪廓在血紅的天光裡被勾勒得格外鮮明。

「嗨，灰紋，我在這兒！」

聽見聲響的灰紋抬頭看見他的兒子暴毛站在瀑布後方的小路盡頭。「上來吧！」暴毛喊道，同時用尾巴示意。

灰紋撐起身子攀上岩石，有點擔心自己的腳爪可能踩不住溼滑的岩面，但暗自下定決心絕不在兒子面前流露出恐懼的神色。等他終於爬上小路時，暴毛立刻帶路折返，直抵部落的洞穴。

「你知道我要來？」灰紋問道，同時後退一步，輕甩毛髮，以免水滴濺到他兒子身上。

「我們有狩獵隊遠遠看到你，」暴毛解釋道。「能再見到你，真是太好了。」

「我也是。」灰紋開心地喵嗚道。

「過來休息一下，」暴毛喵聲道，並示意灰紋跟著他再往洞穴裡頭走進去一點。

「我想聽你的冒險故事。」

「在我說故事之前，得先吃點東西。」灰紋回答。「我今天走了很遠的路，腳掌很酸痛，肚子也餓扁了！」

「部落已經吃過了，」暴毛開口道。「不過我想我可以幫你找點東西來吃。」

他消失在洞穴裡陰暗的凹處，灰紋趁這時在岩地上安頓下來，迅速舔乾身上毛髮。隔著瀑布滲灑進來的粼粼光影正在消散。洞穴裡很安靜。大部分的部落貓似乎都回去自己的睡坑了。

沒多久，暴毛回來了，帶來一塊肉，灰紋猜那應該是老鷹的腿，反正看起來很像取自於一隻很大的鳥，跟雷族在湖邊抓到的小鳥完全不同。

「謝謝你，」他含糊說道，同時撕咬下一塊多汁的鮮肉。

暴毛坐在他旁邊，看著他吃。「我真的很高興你回來了，」他喵聲道。「我本來很擔心你。回舊森林的路那麼遠，尤其……」他話沒說完，表情看起來有點尷尬。

尤其是像你這麼老的貓，灰紋心想道，自行腦補將暴毛沒說出來的話補上。他突然想到暴毛可能以為他是打算來部落定居，畢竟他的旅行已經接近尾聲。

他好奇地眨眨眼睛，抬眼看著暴毛。只見他兒子緊抿著嘴，這表情似乎在告訴他，他已經猜到他父親的決定。「暴毛，我很抱歉，」灰紋喵聲道。「我要回去雷族。」

暴毛驚惶地抽動鬍鬚。「所以你跟星族聯繫上了？」他問道。

「我希望我有，」灰紋回答，語氣難免懊惱。「但是沒有。我已經明白我不需要星族來告訴我最後的歸宿就是我所愛的部族。雷族一直在變，也一直在前進。回去舊森林使我終於明白我們已經走了這麼遠的路，就算星族已經放手。」

「究竟是什麼讓你改變了主意？」暴毛問道，還是一臉不解。「雷族不再是你從小長大的那個部族，你不是很介意這一點嗎？」

灰紋遲疑了一下，又咬了一口老鷹肉，順道整理思緒。「沒錯，」他終於說道。「但現在我明白我必須放手這個問題。因為我對雷族的愛不是只針對某特定族長或者以前曾並肩作戰或狩獵的戰士，我熱愛的是雷族的一切，包括以前的雷族……和未來的雷族。無論好壞，只要我還有經驗智慧可以分享，那兒就是我的歸宿。」

暴毛懊惱地哼了一聲。「我想你的族貓搞不好根本沒留意到你不見了。」

灰紋瞪著他看，不敢相信暴毛居然說出這麼惡劣的話。暴毛的懊悔瞬間寫在臉上，他朝他父親伸出一隻腳掌。「我意思是那些部族貓都很神經大條，不是說你不重要。」

「我也許只是個長老，」灰紋喵聲道，同時想起在他成功救援寵物貓後所得到的自我價值感。「但我還是可以有很多貢獻，包括我的智慧和經驗。」

「那你何不乾脆留在這裡呢？」暴毛提議道。「你在這兒的親屬也需要你指導。」

「我很想啊，」灰紋承認道。「但我在雷族也有親屬。我對他們有責任。我為我的部族付出很多，而他們也給了我很多東西。」

「他們不能指望你沒完沒了地付出。」暴毛爭辯道。

「也許他們不能，」灰紋說道，「但是是我想要付出。當尖石巫師告訴我，我還有可以發揮的角色時，我以為他的意思是我可以當那個英雄，我可以去月亮石那裡把星族帶回來。這樣一來，我們就可以清楚知道雷族的下一步該怎麼走。」他停頓一下。「但我沒有當上英雄。閃電擊中月亮石，摧毀了它。我向火星求救，卻沒有回應。那當下我完全崩潰。」

暴毛瞪大眼睛看著他。「誰都會崩潰的。」他說道。

「但後來我明白，」灰紋接著說道，「我還在這裡，我還是要想辦法當一隻好貓去幫助其他貓兒。於是我把戰士之道傳授給年輕的貓兒。」

「所以你不介意星族不見了？」暴毛不可置信地問道。

「不，」灰紋喵聲道，同時搖搖頭，「我介意，這件事傷我很深。我想念我在天上的親屬和老友，但我知道就算他們不回來了，日子還是要繼續。雷族在經歷了這麼多紛擾之後，可能得花很大的功夫才能讓大家再團結一氣，但它仍然是一個部族。我們也還是一群會懂得分工合作、彼此照顧的貓兒。」

他話還沒說完，暴毛就跳了起來，憤怒地豎起頸毛。「你就是要回去那個風波不斷的地方，不願留在這裡？」他質問道。然後又搖搖頭地接著說：「我從來不懂那些部族貓，總是寧願選擇衝突和爭戰，也不願選擇平和的生活，跟自己親屬住在一起。」

「你以前也當過部族貓，」灰紋提醒他。隨即又衝動地補了一句：「你隨時可以來雷族找我，跟我一起住！」

暴毛的火氣還沒消，但他似乎考慮了一下，但又搖搖頭。「溪兒和我的小貓離不開山區。再說我年紀也大到不想再改變了。」

「我也是啊。」灰紋回應他。

暴毛似乎明白了，他垂下頭表現接受他的決定。「我無法假裝自己很高興你所做的決定，」他喵聲道，「但尖石巫師真的有告訴你，你還有可以發揮的角色？」

灰紋點點頭。「他是講過。」

暴毛的耳朵彈了一下。「如果是這樣，那你應該回去。尖石巫師向來是對的。」

剛剛跟他兒子爭執時的那種心痛和疑惑慢慢消散，最後只剩下對最後決定心安理得的那種感覺：雷族的確是他真正的歸宿，還有暴毛總算能理解他執意回去的原因。

但在這時候，一想到得跟自己的兒子永遠分隔兩地，又不由得悲從中來。他想起自己總是在費心琢磨僅餘的時光。先前他已經跟可能最後一次見面的老友道別，而現在他才明白這也可能是他最後一次見到暴毛。這個想法緒宛若一顆沉重的火球深埋在他肚子裡，絕望到令他作嘔，想要放聲哭嚎。

這對再也無話可說的父子靜靜坐在一起。灰紋心想要不要問暴毛如果可以的話，能不能偶爾來雷族探望他。**我希望在我僅剩的歲月裡，能盡可能地經常見到他。**但不知道是什麼原因阻止他開口，結果他什麼也沒說。

最後暴毛問道：「你要告訴我你的冒險故事了嗎？」

灰紋慶幸終於有個跟悲傷離別無關的話題可以聊。他描述了他是如何找到被兩腳獸窩穴占領的舊領地，暴毛很高興得知河族舊有的狩獵地目前逃過了一劫。他還說了他遇到戰士部族和尖牙的經過，以及他試圖在月亮石洞穴裡跟星族溝通所發生的災禍。他告訴暴毛他去拜訪了大麥，以及他如何從那頭生病的老兩腳獸窩穴裡救出貓兒們。

由於提到尖牙，於是也順道把很久以前跟小妖的那段故事說出來，以及血族貓后是如何拯救了雷族。

「我都不知道有這段故事！」暴毛大聲說道。「那時我和羽尾住在河族。你們雷族貓在大集會裡從來沒有提到這件事。」

「難道你們願意告訴其他部族，你們曾賭上整個部族的命運，跟一隻血族貓交易？」灰紋反問道。

暴毛帶笑喵嗚道：「不會，我猜我不會。」

現在灰紋終於明白為什麼他稍早前不願主動要求暴毛常來探望他。從他們擺脫了那場爭執之後，這最後一夜就變得完美了。如果這可能是他最後一次見到他兒子，至少他留給暴毛的是一個快樂的回憶。

離開山區後，又過了幾天，灰紋蹣跚地爬著一道陡峭的草坡，氣喘吁吁地踏出每一步。他費了很大的力氣，但那座山脊好像永遠爬不到頂。

你是長老了，你這個笨毛球，他在心裡斥責自己，同時停下來喘口氣。**你這個年紀不應該遊蕩到這麼遠的地方！**

灰紋花了一番功夫，終於在爬了幾條尾巴的距離之後，登上山脊。野風呼嘯，吹拂他的毛髮。下方是大片土地，他在遠方看到陽光下有一小方粼粼水光，那是湖。他覺得好像只要自己奮力一躍，便能直接飛過湖面，回到雷族的森林。

他被一種快樂和解脫的感覺瞬間淹沒。**我到家了，**他心想，**不管好壞……我都會在這裡撐住它……我熱愛的部族。**

後記

彼時

當天稍早有下雨，但此刻天空已經晴朗，皎潔的圓月浮掛在樹頂上方。空氣清新冷冽，微風從四喬木的方向吹拂過來，許多貓兒的氣味跟著飄送而來。

灰紋跟著族長火星的腳步爬上最後一道坡，全身上下無比輕鬆，因為這次他不必再跟其他族長一起站在巨岩上。火星已經回來，一切回到常軌。

當他走到坑地邊緣時，火星抬起尾巴，要族貓們停下來。火星一動不動地站在原地，俯瞰集會場所。灰紋從他肩膀後面伸頭探查，看見貓兒們群聚在坑底，每一隻都轉頭瞪看。他們的眼睛閃閃發亮，宛若無以數計被月光倒映的小水池。在巨岩上的高星、黑星、和豹星突然中斷談話，愣在原地。

「他們以前是沒看過貓嗎？」火星嘟囔道。

灰紋忍住笑意。

這時有某隻貓兒突然大喊：「是火星！」這聲喊叫宛若信號似地引爆了全場的歡呼聲和驚訝聲，灰紋猜一定是別族的一些貓本來認定火星回去當寵物貓了。

看你們錯得多離譜！他心想。

等到喧鬧聲開始消退，火星才揮動尾巴，率眾走下斜坡加入貓群。蕨叢上的雨珠在灰紋穿行而過時弄溼了他的毛髮，但他急著進到大集會現場，根本沒注意到。

火星一躍而上巨岩，站在其他族長旁邊，灰紋則去找巨岩下方的其他副族長。

高星上前一步，垂頭向雷族族長致意。「火星，歡迎回來。」他喵聲道。「我希望你已經完全康復了。」

灰紋覺得風族族長的語氣還挺真誠的，但接下來豹星的語氣就明顯帶著諷刺。「是啊，火星，我們都很擔心你。」

「我們還以為你再也不回來了。」黑星打岔道。

「我現在很好啊，」火星直言道。「謝謝你們的關心。我承認自己沒料到一場綠咳症竟然害我花這麼久的時間才康復，但我現在一切無恙。」

他看起來的確無恙，灰紋心想。火星和沙暴遠途歸來時，兩個看上去都比以前來得削瘦，長途跋涉害他們筋疲力竭，毛髮凌亂。但經過幾天的休養和進食之後，已經都恢復過來。如今火星精神抖擻，充滿自信，毛髮在月光下閃閃發亮。

黑星和豹星互看一眼，那當下，灰紋全身緊繃，惟恐他們會質疑他的族長。他猜他們還是認定火星有事隱瞞他們。

但最後黑星禮貌地點個頭，上前一步，走到岩石邊緣，抬頭說道：「大集會正式開始！」他大喊。等到凹地上的所有貓兒都靜下來豎耳傾聽時，他才朝火星轉身，接著說道：「火星，也許這次就先由你開始，我相信你一定有很多事要跟大家報告。」

灰紋聽得出來影族族長又在暗示火星的缺席其實不像表面說的那麼單純。火星偏著頭，抽動鬍鬚，從這些小動作看得出來，火星也心知肚明對方話中有話，但他沒理會。

「我的確有很多事要向大家報告。」他俐落地接口說道，同時移動身子，站到黑星旁邊，後者垂頭致意，退到後面。「大家都知道，」火星繼續對貓群說：「我生了一場大病，無法履行一族之長的工作。但感謝星族，我有一位出色的副族長為我分勞解憂。」

灰紋低頭看著自己的腳掌，這時四周傳來稱許的低語聲。

「而且不只這樣，」火星接著說道：「血族也挑了這時候來找我們麻煩。我想他們一定是用某種管道探聽到我沒辦法上場作戰。」

「是喔，那血族的事怎麼樣了？」高星抬高音量。「灰紋告訴我們曾在你們的領地上看到他們。」

「血族有了一個新首領叫做阿怒，」火星開口道。「她是一隻很可怕的貓，決心要完成鞭子當初辦不到的事情。我猜他們是認定雷族族長無力行動，可以輕易拿下雷族。」

「他們想都別想，火星！」發聲的是見習生煤灰掌，但說完之後，表情立刻尷尬，趕緊拿尾巴蓋住嘴巴。

「沒錯，想都別想。」火星喵嗚道。「因為雷族有一個英勇、機智、和能幹的副族長。灰紋很快就讓血族見識到他們犯了錯。」

灰紋往沙暴挨身過去，低聲對她說：「他幹嘛小題大作啊？不管是誰都會做一樣的事情啊。」

「但是『他們』不會，」沙暴喵聲道，同時用鼻頭戳了戳灰紋的肩膀。「你才會。」

雷族貓群裡有貓兒大喊了一兩聲「灰紋」，但火星抬起尾巴制止。

「這樣說好了，」他接著說道。「你們有沒有想過，要是血族真的拿下雷族領地，他們就滿意了嗎？不會，我猜他們下一個目標會是風族，然後是影族和河族。我們都會被他們驅趕走，最後淪落為惡棍貓或獨行貓，甚至是……看在星族老天的份上……寵物貓！但我們沒有。今天我們能在這裡開大集會，部族貓仍然統治著自己的領地，這一切你們都應該感謝雷族……感謝灰紋的領導有方。」

灰紋看到高星點頭稱是，不過豹星和灰星看上去活像成了烏鴉嘴裡的那塊腐肉。

但是他們無法反駁火星，灰紋心想，**因為他說的沒錯**。雷族阻止了血族進一步侵犯森林裡的其他領地。**這是雷族的功勞，不是我**，他對自己說道。

其實當初誰都不知道……甚至連煤皮也不知道……他決定相信小妖的那個決策有多艱難。要是他賭錯了，他所深愛的部族就會被徹底摧毀。即便到現在，只要一想到當時他們可能全盤皆輸，就會忍不住反胃。

火星退了回去。灰紋似乎看到凹地裡的每隻貓兒都張大著嘴巴，大聲歡呼雷族和他的名字。

「灰紋！雷族！灰紋！雷族！」

灰紋坐在原地，緊盯著自己的腳掌，聽著全場歡聲雷動，聲音響亮到宛若強風灌進他的耳朵。「我真的不值得大家這麼做。」

「當然值得。」沙暴喵聲道，同時親切地瞇起綠色眼睛。「不過反正這種歡呼聲也不會持續太久……我這麼說是為了讓你好過一點。等下次有白目的兔子又越過部族邊界時，我們一樣也是爪下不留情。至於現在，就閉上嘴巴，好好享受這一刻吧。」

但我並不享受，灰紋心想，**我不想成為大家的注目焦點，這也是我不想當族長的原因之一。**

他很樂於擔任火星的副族長和一隻忠貞不二的雷族貓。**所以在我的餘生……在我去星族之前……我一定會盡全力保衛我的部族。**

國家圖書館出版品預行編目(CIP)資料

貓戰士外傳 . XVII, 灰紋的誓約 / 艾琳・杭特（Erin Hunter）著；高子梅譯 . -- 初版 . -- 臺中市：晨星出版有限公司, 2023.10
面；　公分 . --（Warriors；66）
譯自：Graystripe's Vow
ISBN 978-626-320-647-2（平裝）
873.59　　112015487

貓戰士外傳之XVII **Warriors Super Edition**

灰紋的誓約 *Graystripe's Vow*

作者	艾琳・杭特（Erin Hunter）
譯者	高子梅
責任編輯	謝宜真
文字校對	謝宜真、林怡辰、謝宜庭
封面繪圖	彩木Ayakii
封面設計	張蘊方
美術編輯	張蘊方
創辦人	陳銘民
發行所	晨星出版有限公司 407台中市西屯區工業區30路1號1樓 TEL：04-23595820　FAX：04-23550581 行政院新聞局局版台業字第2500號
法律顧問	陳思成律師
初版	西元2023年10月15日
讀者訂購專線	TEL：（02）23672044 /（04）23595819#212
讀者傳真專線	FAX：（02）23635741 /（04）23595493
讀者專用信箱	service@morningstar.com.tw
網路書店	http://www.morningstar.com.tw
郵政劃撥	15060393（知己圖書股份有限公司）
印刷	上好印刷股份有限公司

定價399元

（缺頁或破損的書，請寄回更換）

ISBN 978-626-320-647-2

☐ 我已經是會員，卡號 ________________

☐ 我不是會員，我要加入貓戰士會員

姓　名：____________ 性 別：_______ 生 日：____________

e-mail：______________________________________

地　址：☐☐☐ ______ 縣／市 ______ 鄉／鎮／市／區 ______ 路／街

______ 段 ______ 巷 ______ 弄 ______ 號 ______ 樓／室

電　話：______________________________________

我要收到貓戰士最新消息　☐要　☐不要

我要成為晨星出版官網會員　☐要　☐不要

貓戰士鐵製鉛筆盒抽獎活動

請將書條摺口的蘋果文庫點數與貓戰士點數黏貼於此，集滿2個貓爪與1顆蘋果(點數在蘋果文庫書籍)後寄回，就有機會獲得晨星出版獨家設計「貓戰士鐵製鉛筆盒」1個!

點數黏貼處

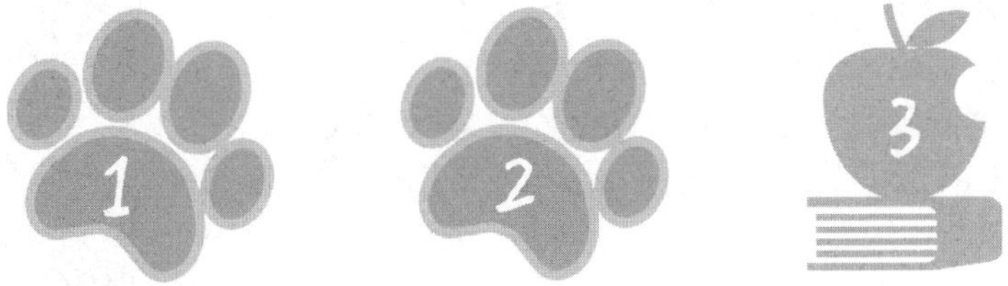

若有問題，歡迎至官方Line詢問

請填妥後對折裝訂，再貼妥郵票寄出

請黏貼
8 元郵票

407

台中市工業區30路1號

晨星出版有限公司

TEL：（04）23595820　FAX：（04）23550581
e-mail：service@morningstar.com.tw
http://www.morningstar.com.tw

請沿虛線摺下裝訂，謝謝！

加入貓戰士俱樂部

【貓戰士會員優惠】

憑卡號在晨星出版社購書可享優惠、擁有限定商品、還能獲得最新消息等會員福利。

【三方法擇一，加入貓戰士會員】

1. 填妥本張回函，並寄回此回函。
2. 拍照本回函資料，加入官方Line@，再以Line傳送。
3. 掃描後方「線上填寫」QR Code，立即填寫會員資料。

Line ID：
@api6044d

「線上填寫」
QR Code

★寄回回函後，因郵寄與處理時間，需2～3週。